LE JOUR OÙ KENNEDY N'EST PAS MORT

Du même auteur
chez Sonatine Éditions

Seul le silence, traduit de l'anglais par Fabrice Pointeau, 2008.

Vendetta, traduit de l'anglais par Fabrice Pointeau, 2009.

Les Anonymes, traduit de l'anglais par Clément Baude, 2010.

Les Anges de New York, traduit de l'anglais par Fabrice Pointeau, 2012.

Mauvaise étoile, traduit de l'anglais par Fabrice Pointeau, 2013.

Les Neuf Cercles, traduit de l'anglais par Fabrice Pointeau, 2014.

Papillon de nuit, traduit de l'anglais par Fabrice Pointeau, 2015.

Les Assassins, traduit de l'anglais par Clément Baude, 2015.

Un cœur sombre, traduit de l'anglais par Fabrice Pointeau, 2016.

Les Fantômes de Manhattan, traduit de l'anglais par Claude et Jean Demanuelli, 2018.

Le Chant de l'assassin, traduit de l'anglais par Claude et Jean Demanuelli, 2019.

R. J. Ellory

LE JOUR OÙ KENNEDY N'EST PAS MORT

Traduit de l'anglais
par Fabrice Pointeau

SONATINE ÉDITIONS

Directeurs de collection : Arnaud Hofmarcher
et François Verdoux
Coordination éditoriale : Marie Misandeau et Hubert Robin

Titre original : *Three Bullets*
Éditeur original : Orion Books, Londres

Sonatine Éditions
32, rue Washington
75008 Paris
lisezsonatine.com

Ouvrage réalisé par Cursives à Paris

ISBN 978-2-35584-795-0
N° d'édition : 795 – Dépôt légal : avril 2020

PROLOGUE
23 novembre 1963

Ed Dempster se tenait à la fenêtre du quatrième étage du dépôt de livres scolaires et regardait en direction du croisement de Houston et d'Elm Street. À cinquante-six ans, insomniaque et irritable, il se demandait pendant combien de temps il pourrait continuer de trimballer des cartons pour un salaire de misère. Depuis l'endroit où il se trouvait, il distinguait clairement le poste d'observation qu'il avait occupé sur Dealey Plaza trois ou quatre heures avant l'arrivée du président et de la Première dame. Il se rappelait leur apparence. Ce tailleur rose qu'elle portait. Si élégante, si belle. Elle avait souri en regardant dans sa direction, et même si la foule était dense, il avait voulu croire que ce sourire lui était adressé. C'était idiot, car Jackie souriait pour tout le monde. Mais pourquoi pas ?

« Ed ? »

Il se retourna vers la cage d'escalier. Larry Furness apparut à l'autre bout de la pièce.

« Tu les as vus ? demanda Ed.

– Bien sûr. »

Larry le rejoignit à la fenêtre.

« J'étais juste là-bas, déclara Ed en désignant la place.

– Moi j'étais dans Elm, répondit Larry. Un peu avant le passage souterrain.

– Tu parles d'un truc.

– Je te le fais pas dire. Mais maintenant ils sont partis et faut qu'on bouge tous ces trucs au cinquième. »

Larry jeta un coup d'œil à sa montre. « 14 heures. Je veux pas partir d'ici en retard. »

Ed ferma les yeux l'espace d'une brève seconde. Il se rappela le sourire reconnaissable entre mille de Jackie Kennedy, puis se retourna et suivit Larry.

« Qu'est-ce que c'est que ça ? » demanda Larry en émergeant de la cage d'escalier et en examinant le cinquième étage.

Ed regarda par-dessus son épaule. Des cartons avaient été déplacés, par douzaines, et empilés pour former un mur de fortune d'un mètre vingt ou un mètre cinquante de haut entre l'extrémité de la pièce et la fenêtre.

« Qui a fait ça ? demanda Ed.

– Ce nouveau gamin qui bosse ici, répondit Larry. Le maigrichon. »

Ils marchèrent jusqu'à l'angle opposé et tournèrent à gauche pour longer la longue rangée de cartons. Deux autres avaient été repoussés contre le mur et des signes indiquaient qu'une personne avait tenté de se cacher.

« On dirait que quelqu'un a voulu voir le cortège en privé, commenta Ed.

– Il aurait au moins pu tout remettre en place.

– Bah, c'est pas bien grave. Faut qu'on les porte vers l'escalier, de toute manière. »

Ils s'attelèrent à leur tâche, soulevant l'un après l'autre les cartons de manuels scolaires. C'était un travail fatigant, répétitif. À chaque nouveau semestre, les textes étaient renouvelés et les ouvrages devaient être localisés, organisés, rendus accessibles et empaquetés pour être livrés aux divers districts.

Après quinze minutes à un rythme rapide, Larry s'arrêta.

« Qu'est-ce que c'est que ce truc ? » demanda-t-il. Il se baissa et ramassa quelque chose par terre. « Ed... regarde ça. »

Ed s'approcha. Là, dans la paume de Larry, se trouvait une balle.

Ed la saisit.

« Bon Dieu », dit-il dans un murmure.

Larry se retourna vers les derniers cartons empilés entre la cage d'escalier et la fenêtre. « Tu penses comme moi ? »

Ed tint la balle entre son pouce et son index et l'inspecta de plus près.

« C'est du 6 millimètres, dit-il. Sûrement pour un fusil.

– Laisse-moi y rejeter un coup d'œil », dit Larry en tendant la main vers la balle.

Ed la vit lui glisser des doigts. Elle rebondit une fois et se mit à rouler vers l'escalier.

Ils s'élancèrent après elle sans échanger un mot, la suivant tandis qu'elle filait sur le parquet. Ed projeta instinctivement son pied pour tenter de l'arrêter avant qu'elle atteigne le haut des marches. Il dérapa maladroitement et perdit l'équilibre. La balle continua de rouler, puis sembla hésiter un instant dans sa progression.

Larry se précipita en avant tandis qu'elle s'enfonçait dans l'espace entre les lattes du parquet, mais il arriva une fraction de seconde trop tard.

Il l'entendit rebondir sur le sol de planches qui soutenait le parquet, et elle disparut.

Il se redressa sur son séant. Ed était à côté de lui.

Ils se regardèrent.

« Je vais chercher des outils », déclara Ed.

Ils s'activèrent pendant une heure, soulevant précautionneusement les lattes sur deux bons mètres dans toutes les directions. Ils trouvèrent des déjections de souris, une quantité incalculable de moutons de poussière, des éclats de bois et même des mégots de cigarettes, des pièces de monnaie et deux clés. Mais impossible de localiser la balle. Ils examinèrent chaque centimètre, et c'était comme si elle s'était volatilisée.

Finalement, s'avouant vaincus, ils remirent les lattes en place, terminèrent de déplacer les cartons et se tinrent à la fenêtre du cinquième étage qui donnait sur Dealey Plaza.

« Qu'est-ce qu'on va faire ? demanda Ed.

– Rien, répondit Larry. Voilà ce qu'on va faire.

– On devrait peut-être en toucher un mot au jeunot ? Comment il s'appelle, déjà ?

– Harvey, dit Larry. Je crois que c'est Harvey... Harvey Machin-Chose.

– Tu crois qu'il a quelque chose à voir avec ça ?

– Avec quoi, Ed ? »

Ed ne répondit pas. Il avait une expression à la fois distante et pensive.

« Avec rien », dit-il finalement, et ils retournèrent en silence vers l'escalier.

1
3 juillet 1964

Judith Wagner était allongée nue sur le lit. Depuis quelques minutes, elle ne faisait rien que fixer le plafond, taraudée par une unique question : *Combien de temps vais-je pouvoir continuer de m'infliger ça ?*

Jack était dans la salle de bains. Elle sentait l'odeur de son eau de Cologne sur l'oreiller. Elle l'entendait ouvrir des flacons de comprimés qu'il gobait les uns après les autres – Librium, Ritaline, codéine. Dieu sait quoi d'autre.

Combien d'autres filles y a-t-il ? Les traite-t-il toutes de la même manière ? Restent-elles toutes allongées là après à se poser les mêmes questions ?

Sur le moment, elle était tout. Mais lorsque c'était fini, elle n'était plus rien. Comme si ce qu'ils avaient partagé ne s'était jamais produit.

L'attention de Jack était comme un projecteur, et elle était là, au centre de la scène, grisée, enivrée, esclave de cette attention. Car enfin, qui n'aurait pas été captivé, voire émerveillé, par une telle situation ?

Je le suis, pensait-elle. *Et de nombreuses autres le seraient également. Ça, j'en suis sûre.*

Judith se roula sur le côté, s'assit au bord du matelas et attrapa ses cigarettes. Elle en alluma une, se pencha vers la chaise et tira sur la chemise de Jack. Celle-ci glissa par terre, et l'espace d'une seconde elle fut tentée de la laisser là. *Est-ce que ça l'irriterait vraiment ?*

À la place, elle la ramassa, l'enfila, ferma deux boutons puis marcha pieds nus jusqu'à la fenêtre.

Un flacon de comprimés tomba dans le lavabo. Jack jura.

Il apparut à la porte, regarda la chaise, puis Judith. Il fit la moue et l'interpella en claquant des doigts.

« Chemise ! » lança-t-il sèchement.

Judith défit les boutons, ôta la chemise, la tint par le col entre son pouce et son index et marcha vers lui.

Il la lui arracha de la main, indifférent à sa nudité, et dit : « Et éteins-moi ce truc… je t'ai déjà dit de ne pas fumer ici. »

Judith passa à côté de lui et jeta la cigarette à moitié consumée dans la cuvette des toilettes. La braise produisit un sifflement. Elle tira la chasse d'eau, mais le mégot continua de flotter obstinément.

Jack ferma les yeux et soupira.

Judith aurait voulu lui coller une grande claque. Elle aurait voulu lui laisser sur le visage une marque qui n'aurait pas disparu avant une semaine. Elle aurait voulu le frapper tellement fort que l'empreinte de ses doigts aurait été gravée de façon indélébile sur sa peau.

Salaud.

Mais elle ne le frappa pas. Elle ne dit rien. Elle revint s'asseoir au bord du lit, tirant désormais le drap autour d'elle pour se cacher. Elle se sentait calme, seule, étrangement honteuse.

Je suis dépendante de son attention, pensa-t-elle. *J'ai tellement plus besoin de lui que lui de moi, et pourtant je sais que je ne pourrai jamais l'avoir. Personne ne peut l'avoir. Jack n'appartient qu'à lui-même. Et il en joue. Il joue avec mon esprit et mes émotions, je l'aime et le déteste et parfois je voudrais qu'il meure.*

On cogna doucement à la porte.

C'était l'heure.

Judith se leva et enfila un peignoir. Elle ouvrit et vit Walter. Lui était gentil. Attentionné.

« Bonjour, Walter, dit-elle.

– Bonjour, Judy.

– Il arrive.

– OK.

– Vous voulez entrer ?

– D'accord. »

Elle ouvrit un peu plus la porte et Walter jeta un coup d'œil de chaque côté du couloir avant de pénétrer dans la chambre.

Il pouvait se tenir n'importe où et être invisible. Il ne semblait jamais nerveux ni mal à l'aise. C'était une sorte de bouddhiste, pensait-elle. Il était dur, ça ne faisait aucun doute, et il n'aurait pas hésité une seconde à tuer quelqu'un, mais pourtant – curieusement – il y avait dans ses yeux une profonde gentillesse qui était rare dans le monde que fréquentait Judith.

Jack sortit de la salle de bains. Il portait sa cravate et sa veste. Ses cheveux étaient impeccables.

« Walter, dit-il.

– Monsieur.

– Ils sont dehors ?

– Oui, monsieur.

– Allons-y. Je ne peux pas être en retard pour les gens de la télé. »

Jack ne lança même pas un regard à Judith, ne prit pas le temps de lui adresser un sourire, de l'embrasser, ni même de lui toucher la main tandis qu'il passait devant elle et quittait la pièce.

Walter, lui, s'arrêta. Il tendit le bras pour redresser le col du peignoir de la jeune femme puis repoussa une mèche de cheveux par-dessus son oreille.

Judith ferma les yeux. Elle avait envie de pleurer.

« Prenez soin de vous, dit Walter.

– Vous aussi », répondit-elle.

Il referma la porte en silence derrière lui.

Elle entendit leurs pas s'estomper dans le couloir puis marcha jusqu'au lit et s'étendit. Elle ferma de nouveau les yeux.

Si elle en avait parlé à quelqu'un, on ne l'aurait pas crue.

La plus grande défense contre une telle révélation était l'incrédulité.

Lorsqu'ils furent partis, elle se sentit minable. Comme d'habitude.

Mais elle avait conscience de ne pas l'être plus que les autres.

Même Marilyn Monroe avait couché avec lui, et elle était tout sauf minable.

Judith s'était mise dans cette situation. Elle le savait. Et désormais elle était forcée de faire avec.

Un jour il se débarrasserait d'elle, et il n'y aurait pas de retour en arrière.

Après tout, il était John Fitzgerald Kennedy, président des États-Unis d'Amérique, et une fois qu'il se débarrassait de vous, c'était comme si vous n'aviez jamais existé.

2
4 juillet 1964

Peut-être partageons-nous tous la même crainte : arpenter la terre invisible, inconnu, anonyme, oublié.

Cette pensée – soudaine et inattendue – survint au milieu d'autres sans rapport. Mitch Newman fixa le bourbon dans son verre et la médita. Était-ce une réflexion qu'il avait entendue quelque part ou pensait-il réellement ça ?

Le sentiment de solitude est très rarement lié au fait d'être seul. Un humain qui se sent ainsi éprouve la même chose dans une pièce bondée.

Il leva son verre et le vida, adressa un geste de la tête à Tom, le serveur, qui s'approcha avec la bouteille.

« C'est la fête nationale, Mitch. T'as nulle part où aller dîner ? T'as pas de fête à laquelle te rendre ? »

Mitch esquissa un sourire sardonique.

« Je ne suis pas un fêtard, Tom.

– Tout le monde va à des fêtes. Faut juste trouver la bonne.

– Alors je vais continuer de chercher.

– Je vais bientôt allumer la télé.

– Kennedy ? demanda Mitch.

– Cette histoire de droits civiques, répondit Tom. Tu veux voir ?

– Pourquoi pas ? On a voté pour lui, autant écouter ce qu'il a à dire.

– C'est du sérieux, tu penses pas ? Enfin quoi, le Dr King, les Freedom Riders, tous ces trucs. Une nouvelle élection en novembre, ça va sûrement peser dans la balance. »

Mitch but une gorgée.

« Je suis journaliste, dit-il. J'écoute ces gens depuis le début de ma carrière. Ce qu'ils disent, ce qu'ils veulent dire et ce qu'ils font sont trois choses très différentes.

– T'es beaucoup trop cynique.

– Et toi, tu leur fais beaucoup trop confiance, mon ami. S'ils se mettent vraiment à abroger les lois raciales et à accorder aux personnes de couleur les mêmes opportunités professionnelles qu'aux Blancs, c'est que ça va rapporter beaucoup d'argent à quelqu'un, crois-moi.

– Bon Dieu, mon vieux, comment es-tu devenu si amer ? »

Mitch secoua la tête.

« Ça a été beaucoup plus facile que je le pensais, Tom… beaucoup plus facile que je le pensais. »

Kennedy avait fière allure, même Mitch Newman devait en convenir. Au milieu de son discours – retransmis depuis le Bureau ovale – il y eut une coupe, ce qui signifiait qu'il n'était pas diffusé en direct. Mais quel meilleur jour pour faire une telle annonce que celui de la fête nationale ? La convention nationale démocrate aurait lieu dans un peu plus de six semaines, et qui se présenterait contre Kennedy ? Encore Nixon ? Goldwater, d'Arizona ? Montrer la tête du président à la télé entre *Fanfare* et *L'Île aux naufragés* avec quelque chose de potentiellement aussi important qu'une loi sur les droits civiques était un coup de maître de la part de l'assistant spécial de Kennedy, Ken O'Donnell, et du porte-parole de la Maison-Blanche, Pierre Salinger. Mitch avait rencontré ce dernier. Vif comme l'éclair. Les frères Kennedy avaient leur propre petite mafia irlandaise, et Salinger était un bon *consigliere.*

Mitch alluma une cigarette, attrapa un cendrier plus loin sur le bar.

« En juillet 1960, lorsque j'ai accepté la nomination démocrate à l'élection présidentielle, j'ai dit que l'Amérique et tous les Américains se trouvaient face à une Nouvelle Frontière. Je n'ai pas parlé de promesses, mais de défis... des défis auxquels nous serions confrontés en tant qu'individus et que nation dans les années à venir. »

Kennedy marqua une pause calculée. L'année précédente avait été difficile pour l'administration. Les républicains avaient lancé des allégations de fraude électorale. La rumeur prétendait qu'une sorte de commission éthique parlementaire dirigée par le président de la Cour suprême, Earl Warren, pourrait être convoquée pour enquêter. Avec soixante-neuf millions de citoyens appelés à s'exprimer, Kennedy était passé *in extremis* en 1960 avec une marge d'un peu plus de cent vingt mille votes. C'était l'élection la plus serrée depuis près d'un siècle, et déjà des questions avaient été soulevées quant à la manière dont les bulletins avaient été comptés en Alabama. Nixon avait obtenu quatre États de plus, mais Kennedy avait remporté le vote des grands électeurs, et donc la Maison-Blanche. Robert Kennedy, faisant jouer son influence aussi bien en tant que procureur général qu'en tant que frère du président, avait usé de toutes les tactiques de retardement possibles. Personne dans l'administration ne voulait d'une enquête indépendante avant une nouvelle élection. Pourtant, novembre approchait, et plus Robert s'échinait, plus ça incitait les républicains à fouiller dans les poubelles.

Mitch se fit resservir un verre et demanda deux glaçons de plus.

« Chers compatriotes... ce soir je veux vous dire que l'une des libertés les plus fondamentales que possède un homme – la liberté d'être l'égal de ses semblables – a été gravée de manière indélébile dans le socle de notre grande nation. Il y a tout juste deux jours, le 2 juillet 1964, la loi sur les droits civiques – pour laquelle je me suis battu sans relâche et infatigablement depuis ma prise de fonction – a été votée. Faisons en sorte que l'on se souvienne à jamais d'aujourd'hui – le 4 juillet 1964, fête de l'indépendance américaine – non seulement comme du jour où nous avons célébré notre anniversaire en tant que nation autonome et souveraine, mais aussi comme de celui où l'Amérique s'est libérée des derniers vestiges de l'injustice. Refermons les sources du poison de la haine raciale qui a infecté notre terre. Prouvons au monde non seulement notre caractère progressiste, mais également notre foi en la morale, en l'honneur, en la vérité, en les fondations mêmes sur lesquelles cette grande nation a été bâtie : la vie, la liberté et la quête du bonheur... »

« Ça suffit, dit Mitch. Tu veux bien éteindre, Tom ?

– Cynique, répliqua ce dernier. Cynique, antipatriotique et sans amis le jour de la fête nationale. Ça ne pourrait vraiment pas être pire, pas vrai ?

– Oh, ne tentons pas le destin, d'accord ? »

Mitch vida d'un trait son dernier double bourbon, se laissa glisser de son tabouret et faillit perdre l'équilibre. Il ne savait plus combien il en avait bu. Suffisamment, ça, c'était une certitude.

« Je m'en vais, dit-il.

– Fais gaffe à toi, mon ami, lança Tom.

– J'en doute, répondit Mitch, mais je vais essayer. »

Peut-être certaines personnes deviennent-elles folles car c'est leur dernier refuge.

Telle était la pensée que Mitch Newman avait à l'esprit lorsqu'il s'assit à la table de sa petite cuisine dans son appartement de Washington.

Lorsqu'il repensait à sa vie, aux événements en Corée qui l'avaient brisé, il se disait souvent que tout aurait pu changer s'il avait pris une seule décision différente. N'était-ce pas le cas pour tout le monde, du moins pour ceux qui avaient échoué ? Pour certains, il y avait un cataclysme fracassant, des plaques tectoniques qui entraient soudain en collision, et le monde entier cédait sous la pression. Pour d'autres, c'était une accumulation de petits déplacements qui aboutissait à un effondrement. Où tout cela avait-il vraiment commencé, et – surtout – où cela s'arrêterait-il ?

West Haven, Virginie : le petit provincial qui avait mal tourné. C'était le cœur de tout. Les aspirations, les rêves, le zèle avec lequel il s'était consacré à ses passions – écriture, journalisme, photographie –, avec une telle énergie et une telle assiduité, et pourtant il se retrouvait là, à trente-cinq ans, gagnant à peine de quoi vivre en rapportant les échos microcosmiques de seconde main d'un monde bien plus vaste. Washington, capitale des États-Unis, capitale de la plus grande superpuissance du monde, et Mitchell James Newman, génie journalistique ignoré, écrivaillon raté, photographe médiocre, recevait des coups de fil de la police pour aller prendre des clichés de cadavres à Georgetown quand le photographe de scènes de crime officiel était malade.

Certains matins, il se réveillait en pensant que cette journée serait sa dernière. Puis elle s'achevait, la lumière diminuait, et il savait qu'il avait survécu. Parfois il éprouvait un sentiment de soulagement, d'autres fois une étrange déception.

Qu'aurait-il donné pour revenir en arrière et rejouer sa vie différemment ?

Tout, voilà ce qu'il aurait donné.

Tout.

Le téléphone sonna.

Ça l'irrita, ça lui tapa sur les nerfs, qu'il avait déjà à fleur de peau. Quelqu'un qui appelait pour l'inviter. *Allez, c'est la fête nationale, espèce de sinistre enfoiré !*

Mitch attendit trente secondes. La personne laisserait à coup sûr tomber.

Le téléphone continua de sonner.

Finalement, à contrecœur, il se leva de sa chaise.

« Mitchell ? Mitchell, c'est vous ? »

Mitch Newman resta une seconde immobile, puis il fit un pas en arrière et s'appuya au mur.

Cette voix. Telle une balle lui parvenant au ralenti du passé, transperçant plus d'une décennie d'histoire sombre, une histoire qui l'avait vidé et brisé.

« Alice ? » demanda-t-il, pensant presque se tromper.

Mais il savait qu'il ne se trompait pas, et avant qu'elle dise un autre mot, il fut submergé par un terrible sentiment d'appréhension.

« Oh, Mitchell », dit-elle d'une voix brisée, chaque syllabe contenant un million de larmes.

Et alors il sut. Il sut sans le moindre doute.

« Elle est morte, Mitchell. Jean est morte. Et on me dit qu'elle s'est suicidée, qu'elle a pris des somnifères et s'est donné la mort. C'est un mensonge, Mitchell… un horrible mensonge…

– Morte ? demanda-t-il, comme si le fait de prononcer ce mot allait le dissiper, le faire disparaître, le tirer de ce rêve affreux.

– Elle est morte, Mitchell… ma petite est morte. »

3

Jack Kennedy se tenait à la porte de la chambre de sa femme. Elle était occupée à se coiffer, et même s'il savait qu'elle le voyait, elle mettait un point d'honneur à l'ignorer.

« Tu as entendu le discours ?

– Oui, répondit-elle.

– Qu'est-ce que tu en as pensé ? »

Jackie hésita. Elle ferma les yeux une seconde puis se retourna et fit face à son mari.

« Je l'ai trouvé magnifique, Jack. Je l'ai trouvé parfait, splendide et éloquent, et je me suis dit que tu étais le plus grand homme qui ait jamais arpenté la surface de la terre, mais s'il te plaît, ne t'approche pas plus car je sens une odeur de cigarette et de parfum sur toi, et ça me dégoûte.

– Jackie…

– Non, Jack. Ne cherche pas à m'attendrir. Cette fois, je ne veux même pas savoir qui c'était ni où ça s'est passé, ni combien de fois tu l'as déjà vue. Était-ce une danseuse, ou une jolie journaliste, ou la fille d'un quelconque donateur au parti, ou bien était-ce juste une stagiaire du service de presse ? Tu sais quoi ? Je m'en fiche, Jack. Je m'en fiche vraiment. »

Jack fit un pas dans la pièce. Elle sentit la colère de son mari, tellement intense qu'elle s'apparentait presque à de la haine.

« Je vais à un gala de bienfaisance avec Lady Bird. Tu peux te soûler avec Ken et Pierre et qui tu veux et te féliciter de ta victoire écrasante à venir. » Elle lui jeta un coup d'œil, ne fit aucun effort pour dissimuler son mépris. « Évidemment, tu ne peux pas envisager la défaite, n'est-ce pas ? Pour toi, une telle chose est impossible, ce qui ne fait que confirmer ton arrogance. Mais tu ne vas pas pouvoir continuer d'abuser le monde éternellement, très cher.

– Il paraît qu'il va y avoir une enquête sur le résultat de l'élection », déclara-t-il sans mordre à l'hameçon, ignorant l'hostilité qui semblait désormais ne jamais se dissiper.

Il s'était depuis longtemps fait à l'idée que sa femme ne comprendrait jamais pleinement la pression qu'il avait sur les épaules, ni les moyens par lesquels il devait la soulager. Elle n'avait jamais totalement tenu compte de ses besoins, et il savait qu'elle ne le ferait jamais.

« Bobby va s'en occuper, répondit Jackie. Laisse ça à la mafia irlandaise, comme tout le reste. »

Jack soupira et secoua la tête.

« Ça me brise le cœur, dit-il.

– Eh bien, mon amour, quand il sera brisé pour de bon, fais-le-moi savoir, tu pourras rejoindre mon club. »

Jackie se tourna à nouveau vers le miroir.

Depuis l'endroit où il se tenait, elle était superbe – féroce, belle, fière, défiante. Cette femme était une force de la nature, un ouragan, une tornade, et il s'était une fois de plus trouvé sur son passage et avait été broyé.

Il l'aimait. Il le savait. Et il pensait qu'elle aussi le savait. Pourtant, il ne pouvait se défaire de sa dépendance aux autres femmes – l'attrait, la séduction, ces premiers instants si précieux et parfaits.

Si seulement le monde savait, songea-t-il.

Jack Kennedy se retourna et quitta la chambre de sa femme, son cœur telle une pierre dans sa poitrine, ses pensées telle une pluie glaciale.

4

Si les souvenirs de sa vie avaient été effacés, Mitch Newman était persuadé que celui de Jean Boyd aurait été le dernier à partir. Du début à la fin, cette jeune fille, cette femme avait occupé son esprit, sa conscience, son cœur; elle avait alimenté ses plus grandes extases et ses plus profondes dépressions.

Il se rappelait encore le moment où il l'avait *vraiment* vue pour la première fois, qui était rapidement devenu celui où ils s'étaient parlé pour la première fois.

Samedi 19 avril 1947. L'oncle de Jean avait organisé une fête d'anniversaire pour elle et ses amis.

Naturellement, Mitch la connaissait de nom et de vue – West Haven, Virginie, n'était pas une grande métropole. Mais jusqu'à ce jour elle n'avait été qu'une jolie fille avec une frange, des barrettes et un vélo.

Les filles qui l'intéressaient étaient celles qui se destinaient à l'université de Virginie, où lui-même était censé aller quelques mois plus tard. Jusqu'alors, Jean Boyd avait été une petite étoile perdue dans le vaste cosmos des conquêtes potentielles à venir. Ce jour-là, puis tout au long de cet été torride et étouffant, elle était devenue le centre de son univers.

Mitch avait dix-huit ans et était bien résolu à faire peser sa présence dans un monde qui ne se doutait encore de rien, mais cette résolution s'était toujours alimentée d'elle-même. Et à vrai dire, par moments, la flamme vacillait et devait être rallumée à force de consciencieuse détermination.

Il avait été envoyé chez les Boyd avec un pichet de crème glacée, car s'il y avait une chose que Ruth Newman pouvait préparer mieux qu'à peu près n'importe qui, c'était la glace, et on l'appelait souvent pour qu'elle en fournisse. Il trouva la pelouse devant la maison bondée, et Jean se tenait sur le porche, le regardant sans détour tandis qu'il longeait l'allée.

« Je sais qui tu es, dit-elle.

– Et moi aussi je sais qui tu es », répondit-il. Il tendit le pichet. « De la glace.

– Quel parfum ?

– Aucune idée. C'est ma mère qui l'a faite et elle m'a demandé de l'apporter. Je crois que tu devrais la mettre au congélateur avant qu'elle fonde. »

Jean se tourna et héla sa mère.

Une fois le pichet livré, Mitch échangea quelques mots polis puis s'apprêta à repartir.

« Tu peux rester si tu veux, dit Jean.

– Je n'ai pas été invité.

– Est-ce que tu as un cadeau pour moi ? »

Mitch secoua la tête.

« Ce n'est pas bien. Tu sais, si tu n'apportes pas de cadeau à une fille le jour de son anniversaire, tu ne devrais probablement même pas lui parler.

– Je suppose que non.

– OK, monsieur le livreur de glace, vous avez fait votre travail. Maintenant vous devez quitter cette pelouse avant que j'appelle la police. »

Mitch éclata de rire.

« Tu es un peu cinglée, dit-il.

– Oh, merci », répondit Jean en faisant une révérence.

À partir de ce moment, sans explication claire ni raison logique pour étayer cette certitude, Mitch Newman sut que la vie et tout ce qu'elle aurait à offrir seraient toujours à portée de main. Jean Boyd lui donnait le sentiment qu'un feu d'artifice était allumé quelque part et risquait d'exploser à tout instant.

Avec elle à ses côtés, il pourrait secouer le monde par la queue d'une main et rattraper tout ce qui en tomberait de l'autre.

Naturellement, elle ne ressentait pas la même chose. Du moins, pas au début. Attirer son attention fut déjà difficile, car elle semblait s'intéresser à tout ce qui l'entourait en même temps. Mais l'accaparer pour lui seul fut une tout autre affaire qui exigea de la stratégie et de la persévérance.

Le lendemain de la fête, Mitch apporta une unique fleur et un petit gâteau à Jean. Il frappa à la porte-écran et la mère de la jeune fille, Alice, arriva du fond de la maison.

« Mitchell Newman, dit-elle. Comment va ta maman ?

– Très bien, répondit Mitch.

– Remercie-la encore de ma part, tu veux bien ? Dis-lui que la glace était succulente.

– Je n'y manquerai pas.

– Je suppose que tout ceci n'est pas pour moi, observa-t-elle.

– Non, madame.

– Tu sais que tu as un jour de retard ?

– Oui. »

Alice se retourna et appela Jean.

« Il y a quelqu'un pour toi.

– Qui est-ce ?

– Tu n'as qu'à venir voir. »

Alice disparut.

Le bruit de pas sur le palier à l'étage devint un bruit de pas dans l'escalier. Jean apparut en salopette et tee-shirt rouge, ses cheveux attachés sur sa tête.

Elle regarda Mitch Newman et marqua un temps d'arrêt.

« Vraiment ? demanda-t-elle.

– Vraiment.

– C'est plutôt gentil, mais également bizarre. »

Mitch ne répondit rien. Il resta planté là avec la fleur et le gâteau, se moquant de l'impression que ça donnait.

« Je ne vais pas t'inviter à entrer, dit-elle. Je ne te connais même pas vraiment.

– Moi non plus je ne te connais pas vraiment, répondit Mitch. N'est-ce pas ainsi que commencent toutes les amitiés ? »

Jean sourit. « C'est une phrase tirée d'un film ou elle est de toi ?

– Elle est de moi.

– Tu veux que nous devenions amis ?

– Oui.

– Pourquoi ?

– Parce que sinon demain sera semblable à aujourd'hui, sauf que je me maudirai de ne pas être venu pour savoir si tu es vraiment la personne que je pense que tu es. »

Jean s'esclaffa. C'était un rire magnifique, charmant et contagieux.

« Tu parles toujours comme ça ? demanda-t-elle.

– D'habitude, non, répondit Mitch. Je fais juste un effort particulier pour toi. »

Elle fit un pas en avant, saisit la fleur et le gâteau.

« Joyeux anniversaire, Jean, dit-il.

– Merci, Mitch. »

Ils se tinrent là un moment, le silence entre eux aussi palpable que si une troisième personne était présente, puis elle dit : « Demain, 19 heures. Viens me chercher. Tu pourras m'emmener au cinéma. »

Mitch emprunta une voiture. Il emmena Jean à Culpeper, paya les hot-dogs et le popcorn. Il la fit tellement rire qu'elle renversa du soda sur sa jupe. Au retour, il lui tint la portière et la raccompagna jusqu'au perron. Elle lui dit qu'elle avait passé un moment formidable puis l'embrassa sur la joue.

« Il faudra qu'on recommence un de ces jours », ajouta-t-elle comme si elle avait failli oublier, et elle pénétra dans la maison.

Pendant trois ans, ils furent émotionnellement inséparables. Mitch alla à Charlottesville et débuta ses études de journalisme en septembre. Ils se parlaient au téléphone chaque jour et il revenait à West Haven toutes les semaines pour la voir. Quand Jean passa son diplôme de lycée, il était impossible qu'elle envisage un autre endroit que l'université de Virginie. Elle fut acceptée et s'inscrivit au même cursus. Une bourse couvrait ses frais de scolarité, et en travaillant à temps partiel pour le *Daily Progress* de Charlottesville et le *Richmond Times-Dispatch* – emplois qui faisaient également office de stages –, elle gagnait suffisamment d'argent pour louer une chambre dans une maison près du campus.

Elle se fit les dents sur des articles tels que « L'HOMME DE KESWICK AVOUE AVOIR VOLÉ DEUX VOITURES » et « SES RHUMATISMES EMPÊCHENT LE PAPE DE FAIRE SA PROMENADE QUOTIDIENNE », publiés sur la même page que le programme de la radio WCHV. Elle passait la plupart des nuits avec Mitch tout en sachant que si leur liaison était découverte, ils risquaient d'être renvoyés de l'université. Ils étaient discrets, travaillaient dur, aimaient ce qu'ils faisaient. Il leur semblait que la vie qu'ils étaient en train de se créer ensemble n'aurait pas été meilleure s'ils l'avaient planifiée. À tel point qu'au réveillon du Jour de l'an 1949, Mitchell Newman demanda Jean Boyd en mariage, et elle accepta. Ils devaient encore terminer leurs études, décider de la carrière qu'ils embrasseraient, se dégoter un emploi, mais pour ce qui était de trouver la personne avec qui chacun souhaitait passer le restant de ses jours, c'était fait.

Le sol qu'ils partageaient, si stable pendant si longtemps, commença à bouger pendant l'été 1950. Comme si un lointain séisme s'était produit à l'horizon, les secousses arrivèrent par vagues lorsque Mitchell tenta d'expliquer pourquoi il devait abandonner l'université et laisser Jean.

« La Corée, dit-il. Nous allons faire la guerre en Corée.

– Je le sais, Mitch. Ce que je ne comprends pas, c'est pourquoi tu as besoin d'y aller.

– Parce que je suis comme ça et que c'est ce que je veux faire. Ce sont de telles opportunités qui font les carrières.

– Tout à coup tu es Robert Capa ?

– Bon sang, Jean, Robert Capa était un immigré illégal qui a fait boire l'attaché britannique à Washington jusqu'à ce qu'il lui accorde un visa de sortie avant de gagner l'Angleterre sans passeport. Il a débarqué avec les premiers soldats en 1944 et a pris les photos les plus emblématiques…

– Et toi, tu es un étudiant en journalisme de vingt ans originaire de West Haven, Virginie, et jamais on ne t'autorisera à partir.

– Si j'ai les bonnes accréditations, si.

– Et où vas-tu te les procurer ?

– J'allais demander à Lester Byron au *Dispatch*, répondit Mitch.

– Tu comptais demander à *mon* rédacteur en chef de te fournir des accréditations ? Je vais dire à Lester que s'il fait quoi que ce soit pour t'aider, je quitte son foutu journal.

– Jean…

– Quoi, Mitch ? Est-ce que tu t'entends ? Ça fait deux ans et neuf mois que tu étudies et tu comptes tout laisser tomber pour traverser la moitié du monde et te faire tuer en pleine jungle ? Je n'arrive même pas à prendre ça au sérieux. »

Ainsi se déroulaient leurs conversations, et elles ne tardèrent pas à devenir amères et maladroites, voire accusatrices. Jean était inflexible : cette idée était non seulement irresponsable et égoïste, c'était également du suicide.

À la mi-juin 1950, Mitch Newman obtint une solide accréditation de la part du rédacteur en chef du *Richmond Times-Dispatch*. Si un jeune de vingt et un ans peut aller se battre, pourquoi un jeune de vingt ans ne pourrait-il pas rendre compte des combats ? Tel était le point de vue de Byron. Toujours terre à terre, toujours pragmatique, il était suffisamment expérimenté pour ne pas se laisser impressionner par la menace de démission de Jean. La vie personnelle des journalistes, à moins qu'elle ne mérite de faire les gros titres, ne le regardait pas.

Le plus dur pour Mitch fut de convaincre sa mère, Ruth. Son père avait été tué lors de la bataille de Kasserine en février 1943 par un tireur de l'Afrikakorps onze jours après le quatorzième anniversaire de Mitch. D'une balle en pleine tête – il était mort avant de toucher le sol. Son corps n'avait jamais été récupéré et on supposait qu'il avait été écrasé dans le sol par les chenilles des chars lors de l'ultime assaut désespéré de la division italienne Centauro et des divisions de la 5e Panzerarmee.

Après avoir remis en cause toutes les raisons que Mitch pouvait invoquer pour justifier sa décision, sa mère voulut savoir ce que Jean en pensait.

« J'imagine qu'elle ne veut pas que tu partes ?

– Non, en effet, répondit Mitch.

– Et tu ne comprends pas pourquoi ?

– Bien sûr que si, maman, mais ça ne change rien à ce que je ressens. Si on commence à vivre en fonction des règles édictées par les autres, à répondre à leurs attentes, à faire ce qu'ils veulent, alors autant ne pas vivre du tout.

– Tellement semblable à ton père, observa-t-elle. Rien qu'un fichu entêté.

– Je pars en tant que correspondant de presse. Je ne pars pas pour me battre. Je vais prendre des photos et envoyer des articles au pays pour le journal.

– Tu ne crois pas que les journalistes se font aussi tirer dessus ? Des civils sont tués. Des témoins innocents sont tués. Tu penses qu'un appareil photo te met à l'épreuve des balles ? »

Mitch ne répondit pas. Toute communication était désormais une confrontation. Jean et sa mère avaient un certain point de vue, il en avait un autre. Leurs opinions ne seraient jamais semblables, et plus ils essayaient d'en parler, plus chacun devenait intraitable.

Le dernier jour du mois de juin, moins de quarante-huit heures avant que Mitch soit censé décoller de l'aéroport Arlington

Municipal, Jean et lui restèrent longtemps sans aller se coucher. Elle pleurait et il semblait incapable de dissiper ses craintes.

« Je croyais vraiment que nous avions un avenir ensemble, dit-elle.

– Bien sûr que nous en avons un.

– Mais il n'a jamais été question de cela, Mitch. Je ne saisis pas pourquoi tu ne comprends pas mon point de vue. Tu pars de ton plein gré à la guerre. Tu vas sauter d'un hélicoptère et te précipiter vers une chose que tout le monde cherche à fuir, et tout ce que tu auras pour te protéger, c'est un appareil photo.

– Je crois qu'ils me donneront peut-être un casque », répondit-il, tentant de détendre l'atmosphère.

Elle lui lança un regard noir.

« Désolé, dit-il.

– Tu vas vraiment partir, n'est-ce pas ? Tu vas t'en aller comme ça et me laisser seule ici, tu seras à des milliers de kilomètres et je ne saurai à aucun moment si tu es vivant ou mort. »

Mitch n'avait pas de réponse.

« Tu es un salaud égoïste », lança-t-elle, et elle se remit à pleurer.

Il tendit la main vers elle pour tenter de l'attirer à lui. Elle la repoussa d'une claque.

« Ne me touche pas, Mitch Newman ! Je te hais !

– Non, c'est faux. »

Elle cessa de pleurer un moment et le regarda avec dans les yeux cette colère féroce qu'il ne connaissait que trop bien.

« Lis bien sur mes lèvres. Je te hais. H-A-I-S. »

Il tenta de s'expliquer, mais elle ne voulait plus entendre la moindre de ses raisons. Elle implora, le supplia de ne pas partir, mais Mitch demeura insensible. Ce n'était pas de l'entêtement comme l'avait dit sa mère, mais plutôt un sens de l'obligation et du devoir, non seulement envers ceux qui avaient suffisamment cru en lui pour ne pas le mettre à la porte du journal, mais aussi envers lui-même. Il se devait quelque chose. Quoi ? Il n'en savait rien. Tout ce qu'il comprenait – et il le ressentait au plus profond de lui –, c'était que s'il reculait maintenant, il ne pourrait plus jamais se regarder en face sans voir un homme faible.

À 5 h 30 le matin du 1er juillet 1950, Mitch Newman plaça dans un sac ses derniers vêtements, deux appareils photo, six douzaines de pellicules, dix carnets, une bouteille de bourbon et un thermos en aluminium cabossé qui avait appartenu à son père.

Jean refusa de lui dire au revoir. Elle l'étreignit longuement puis le laissa partir sans un mot.

Mitch prit le train pour Arlington. Il s'envolerait pour Séoul, où il rejoindrait la 24e division d'infanterie à laquelle il avait été affecté avec un statut de correspondant de guerre. Il accompagnerait la 24e quand la Task Force Smith serait la première unité militaire américaine à combattre les Nord-Coréens à Osan. Ce qui se passerait là-bas, et durant le reste de sa mission en Corée, aurait bien plus de répercussions et de conséquences que tout ce que lui, Jean ou sa mère auraient pu imaginer.

Jean acheva son diplôme et demeura reporter au *Progress* jusqu'en mai 1957, après quoi elle prit un poste permanent au *Times-Dispatch*, mais passa au *Washington Tribune* après seulement quatorze mois. Son travail lui plaisait et elle avait beaucoup appris de Lester Byron, mais peut-être n'arrivait-elle pas à lui pardonner d'avoir facilité le départ de Mitch pour la Corée.

Jean Boyd était une journaliste enthousiaste. Quand il s'agissait d'enquêter, elle était sur les charbons ardents. Il y avait dans tout ce qu'elle entreprenait un engagement total et une bonne dose de persévérance. Elle avait des idées arrêtées, était obstinée et franche. Et bien que Mitch lui écrivît à de nombreuses reprises, elle ne répondit jamais à ses lettres.

Il la vit pour la dernière fois au printemps 1951. La Corée l'avait broyé et recraché après seulement quatre mois. Ce qui s'était passé là-bas avait failli le tuer, et il était revenu avec des blessures qui ne guériraient peut-être jamais. Il logeait chez sa mère, quittant rarement la maison, et avait été des mois durant tourmenté par des cauchemars. Bien entendu, sa première idée avait été de contacter Jean. Il lui avait écrit au journal, avait trouvé son adresse personnelle et lui avait également envoyé des lettres chez elle. Il l'avait fait chaque semaine pendant près de trois mois. Puis sa mère lui dit un jour que Jean avait tourné la page, qu'elle était désormais avec quelqu'un d'autre. Non, elle ne savait pas qui.

« Tu as pris ta décision, Mitchell. Tu l'as abandonnée. Elle a choisi de ne pas t'attendre. Tu dois l'accepter et continuer de vivre ta vie. »

Mitch voulait juste lui dire qu'il était rentré, qu'il était brisé et désolé. Ne pouvait-il demander pardon ?

Il roula jusqu'au campus de l'université, se gara près de la maison où elle logeait. Avant même de la voir, il sut qu'elle était là. Ça ne faisait aucun doute. Il en était tout simplement certain. Pourquoi elle n'était pas rentrée chez elle pour Noël, il l'ignorait. Il resta assis dans sa voiture et attendit, l'esprit vide, son cœur s'emballant puis ralentissant. Il était trop confus pour imaginer ce qui se passerait si elle apparaissait. Il ne savait même pas s'il arriverait à lui parler. Il espérait ne rien éprouver mais savait que c'était impossible. Un coup d'œil et tout referait surface, chaque sentiment, chaque regret, chaque promesse trahie.

Jean sortit sur le porche. Mitch entendit son propre souffle se coincer dans sa gorge. C'était bien pire que tout ce qu'il avait imaginé. Dans cette seconde, il y avait toutes les autres fois où il l'avait attendue, depuis les premiers instants excitants lorsqu'il avait su qu'il était en train de tomber amoureux jusqu'à l'époque où il avait partagé avec elle une familiarité réconfortante avant que tout s'écroule.

Elle descendit les marches et s'éloigna. Mitch se contenta de la regarder. Il ne sortit pas de sa voiture. Il ne l'appela pas. Il ne la suivit pas. Après plus d'une heure, elle revint accompagnée d'un jeune homme. Ils se tenaient la main. Ils riaient ensemble. Elle était belle, insouciante et heureuse.

Si son cœur n'avait jusque-là été que partiellement brisé, il était désormais irréparable.

Il n'était pas seulement en proie à des émotions dont il ne voulait pas; il devait également lutter contre la colère et le ressentiment que le simple fait de les éprouver lui inspirait. Il avait été l'architecte d'une grande cathédrale d'ambition, mais celle-ci n'avait pas de fondations sur lesquelles s'ériger.

Il avait pris le mauvais chemin, persuadé qu'il le mènerait au bon endroit.

Il avait l'impression que sans Jean la vie ne serait que la moitié de ce qu'elle aurait pu être. Peut-être même ne serait-ce pas une vie.

Ça, c'était plus de treize ans plus tôt, et maintenant elle était morte.

Un suicide.

Ça ne collait pas. Ce n'était pas logique. Ça n'avait aucun sens. Mais au bout du compte, qu'est-ce qu'il en savait ? Il avait connu Jean adolescente, elle n'avait que dix-neuf ans la dernière fois qu'il l'avait vue. Le lendemain serait le quatorzième anniversaire du premier engagement de l'armée américaine en Corée : le jour où il avait compris ce que c'était qu'être réellement abasourdi et terrifié, le jour où il s'était rendu compte qu'une vie comme celle de Capa ou de Carl Mydans ou de Hank Walker était un fantasme naïf. Pendant que Hank Walker prenait le cliché qui lui vaudrait de remporter le grand prix de la photo, Mitch Newman gerbait dans un casque en acier et chialait comme un bébé.

Presque autant d'années s'étaient écoulées depuis ce jour qu'il n'en avait vécu avant. Les choses changeaient. Les gens changeaient. Nul instant ne pouvait être répété. À aucun moment de la vie. La lumière, les émotions, les bruits – tous étaient uniques, non seulement en eux-mêmes, mais pour chaque être humain. Tout le monde percevait les choses à travers des sens différents, émettant des jugements fondés sur une expérience singulière et originale. Jean avait vécu une vie sans lui, et il ne saurait jamais comment celle-ci l'avait menée à connaître une telle fin.

Il avait promis à sa mère, Alice, de découvrir tout ce qu'il pourrait. Il lui devait au moins ça. Et lui aussi voulait savoir. Il devait – avait besoin de – comprendre.

Peut-être en vérité voulait-il apaiser son sentiment de culpabilité. Il fallait qu'il sache si le fait qu'il l'avait abandonnée et était parti avait joué un rôle dans le drame qui se déroulait désormais. Égoïste, peut-être, mais ça le rongeait comme un cancer et il ne pouvait le contrôler.

Le lendemain était un dimanche, mais il irait tout de même. Il découvrirait où elle avait vécu. Il apprendrait le nom de ses collègues, de ses connaissances. Il chercherait tout ce qu'il pourrait sur Jean Boyd. Il l'aimait toujours, l'avait toujours aimée, et tant qu'il n'aurait pas compris ce qui s'était passé, il ne parviendrait jamais à la laisser partir.

5

5 juillet 1964

S'il était cruellement honnête avec lui-même – chose qu'il essayait de faire le plus rarement possible –, Mitch Newman sentait que le fait d'utiliser une accréditation de journaliste était une imposture. Une petite imposture, certes, mais une imposture tout de même.

Après la Corée, il avait travaillé à Charlottesville, à Fredericksburg, brièvement avec Lester Byron à Richmond, et il avait même eu une expérience de huit mois ratée et frustrante en tant que rédacteur adjoint à la *Post-Gazette* de Pittsburgh. Après ça, il avait uniquement œuvré en free-lance, principalement en tant que photographe – scènes de crime, événements publics, meetings politiques, mariages au sein de la haute société et commémorations. Il avait trimballé ses appareils photo et vendu ses clichés à travers la Caroline du Nord, la Virginie-Occidentale, la Pennsylvanie, le Maryland, et jusqu'à l'Illinois et le Missouri à l'ouest. Un de ses faits d'armes avait été un projet pour le *National Geographic*, qui n'avait cependant pas débouché sur d'autres missions. Il y avait eu quelques reportages, mais rien qui eût élevé sa carrière au-dessus de sujets sans grand intérêt. Motels bon marché, routes à n'en plus finir, trop de mauvais repas. D'une manière ou d'une autre, dix années s'étaient évaporées en silence. Il avait trente-cinq ans, était seul, épuisé, et la seule femme qu'il avait réellement aimée s'était suicidée.

Combien de temps avant que tu comprennes qu'une tendance à foirer les choses peut perdurer jusqu'à ce que tout soit perdu ?

L'annuaire lui donna l'adresse de Jean. Elle se trouvait à quinze minutes en voiture de chez lui. Il ne savait pas depuis combien de temps elle vivait là-bas. Après la douzième lettre sans réponse, il avait cessé d'écrire, cessé d'attendre. Ça s'était produit plus d'une décennie plus tôt. Il ignorait si elle s'était mariée, si elle avait eu des enfants, il savait seulement qu'elle travaillait pour le *Tribune*. Il tombait sur sa signature de temps à autre, mais ne pouvait se résoudre à lire ses articles.

Mitch resta un petit moment dans sa voiture à enchaîner les cigarettes. Il ne voulait pas monter, même s'il savait qu'il devait le faire. Comment il entrerait dans son appartement, il n'en savait rien. Soudoyer quelqu'un. Forcer la serrure. Peut-être qu'il y aurait une présence à l'intérieur – un mari, un amant, un ami. D'un côté il ne voulait rencontrer personne qui ait été intime avec elle pour la simple raison qu'il ne voulait pas qu'on lui rappelle ce à quoi il avait renoncé, mais d'un autre il devait découvrir autant d'informations que possible. Les questions le taraudaient et il ne pouvait pas en rester là.

Un agent en uniforme était posté dans le couloir qui menait à l'appartement. Celui-ci se trouvait au dernier étage d'une maison de ville de deux niveaux, un bâtiment élégant et de taille généreuse. Comme le logement possédait son propre accès privé et une sortie de secours sur la droite, il ne devait pas être bon marché. Jean s'était établie à Washington et y avait manifestement prospéré.

Mitch montra sa carte de presse au flic.

« Possible d'entrer ? demanda-t-il.

– Pour quoi faire ? » répliqua l'agent.

Mitch sourit, tenta de paraître tranquille et nonchalant. « Heu... pas de raison particulière. Je la connaissais. Je travaillais avec elle. Nous sortions ensemble quand nous étions étudiants. Sa mère m'a appelé et m'a informé qu'elle s'était suicidée.

– C'est exact.

– Agent... ?

– Garrett.

– Eh bien, la nouvelle m'a fait un choc, comme vous pouvez l'imaginer. Un vrai choc. Je voulais voir si je pouvais découvrir ce qui s'était passé.

– Je ne peux pas vous aider.

– Et pourquoi êtes-vous ici ? demanda Mitch. Ça semble inhabituel d'avoir une présence policière sur le lieu d'un suicide, à moins qu'il y ait une possibilité que ce n'en soit pas un. »

Garrett sembla se détendre un peu. « Je ne sais pas, dit-il. Je ne peux pas vous dire ce qui s'est passé, ni pourquoi. C'était une journaliste. Ça, je le sais. D'après ce que j'ai compris, il y a des documents à l'intérieur, des trucs qui appartiennent au journal pour lequel elle travaillait.

– Le *Tribune*, coupa Mitch dans l'espoir de donner l'impression qu'il en savait plus sur Jean Boyd que dans les faits.

– Le *Tribune*, c'est ça. Quoi qu'il en soit, ils vont envoyer des gens pour récupérer ce qui est la propriété du journal. C'est tout ce que je sais.

– Pas étonnant », observa Mitch.

Et c'était vrai. Les journalistes confirmés étaient souvent en possession de notes, de mémos et de documents sensibles et confidentiels. Les scoops étaient des scoops parce que quelqu'un tenait les informations secrètes.

Il était frustré de ne pas pouvoir entrer, éprouvait des sentiments mitigés. Il n'avait pas encore pris la pleine mesure de ce qui s'était passé. Il le savait. Il s'attendait constamment à craquer et à péter les plombs, mais d'une manière ou d'une autre, il tenait le coup. Une réaction à retardement, peut-être.

« Vous savez comment elle s'est donné la mort ?

– Cachets, répondit Garrett. Beaucoup de cachets. À part ça, je ne peux pas vraiment dire quoi que ce soit. »

Mitch resta silencieux, aussi bien intérieurement qu'extérieurement. Une overdose. Des cachets. En abondance. Comme Marilyn.

« Toutes mes condoléances, déclara le flic.

– Merci. »

Mitch quitta le bâtiment et regagna sa voiture. Il parcourut un demi-bloc avant de se garer de nouveau. Il resta un moment assis là à se demander si ce qu'il pensait était dingue.

Ça l'était, mais il ne parvenait pas à se l'ôter de la tête. Il devait pénétrer dans cet appartement. Il devait voir par lui-même.

Parmi un assortiment d'outils divers qu'il transportait systématiquement dans le coffre de la voiture, il préleva un tournevis et un petit démonte-pneu. Il avait déjà fait ça et avait cru qu'il ne recommencerait jamais, mais accéder à des pièces verrouillées et pénétrer dans des bâtiments par l'issue de secours semblait constituer la base du métier de journaliste. Paradoxalement, c'était Lester Byron qui lui avait montré comment ouvrir un meuble de rangement fermé à clé avec une épingle à cheveux bien des années auparavant.

L'arrière du bâtiment n'était pas gardé et se trouvait suffisamment loin de la rue pour que personne ne le voie. Il leva les yeux, plaça sa main en visière pour se protéger de la lumière et vit précisément l'endroit où la passerelle donnait sur l'appartement de Jean. Il tira sur l'échelle, regarda une fois de plus en direction de la rue, puis commença à monter.

S'il avait eu des doutes, ceux-ci furent rapidement dissipés. L'issue de secours ouvrait sur la cuisine, et en glissant le tournevis entre le palastre et le bord de la porte, il parvint à faire suffisamment levier pour insérer l'extrémité du démonte-pneu dans l'interstice. Il maintint cet espace écarté tout en utilisant la pointe du tournevis sur le loquet. Il manquait d'entraînement. L'astuce consistait à exercer une pression continue sur le loquet pour le repousser. Le tournevis glissa sur la surface lisse en métal à six ou sept reprises avant qu'il sente qu'il avait atteint le point de non-retour. Il appuya fortement sur la poignée et le loquet se rétracta. Dans le silence, le claquement qui se répercuta sur les hauts murs qui l'entouraient ressembla à un coup de feu.

Une fois la serrure déverrouillée, Mitch resta où il était, respirant calmement. Après une bonne minute, n'entendant aucun bruit en bas ou dans l'appartement, il ouvrit la porte. Il hésita un moment avant d'entrer. Il avait l'impression d'envahir non seulement l'appartement de Jean, mais également sa vie, de réveiller étrangement leur passé commun, faisant ressurgir chaque émotion qu'il avait tenté d'enterrer. Il devait néanmoins savoir ce qui s'était passé, ce qui signifiait faire face sans détour aux circonstances de sa mort.

Après un moment, Mitch Newman pénétra dans la cuisine de Jean. C'était comme si elle était encore chez elle. Vaisselle sale dans l'évier. Un mug de café froid près du bord de la gazinière. L'air était rance et une sorte d'effluve d'ammoniaque lui piqua les narines.

En baissant les yeux vers la poubelle dans le coin, il vit un bac à litière sale. Il y avait également deux gamelles vides. Qu'était-il advenu du chat ? Quelqu'un l'avait-il emmené ?

Il parcourut la pièce du regard, ouvrit les placards, ainsi que le four et le réfrigérateur. Il n'y avait rien que les équipements et les ustensiles habituels.

Dans la petite salle de bains, il trouva un savon avec des cheveux collés dessus. L'armoire au-dessus du lavabo renfermait des flacons de comprimés. Aspirine, antalgiques, préparations médicales ordinaires. Il y avait également une fiole d'imipramine avec quelques cachets à l'intérieur. Mitch connaissait ce médicament, il en avait pris une fois en Corée pour tenter d'apaiser l'humeur sombre dans laquelle il avait sombré. C'était un antihistaminique et un tranquillisant puissant, mais le médecin qu'il avait vu l'avait recommandé en tant qu'antidépresseur. Pour Mitch, une seule fois avait suffi. Il avait eu l'impression de se noyer dans son propre chagrin. Le fait qu'elle s'était fait prescrire un tel traitement indiquait que Jean s'était sentie suffisamment mal pour consulter un médecin. Le médicament avait-il pu aggraver sa dépression ? Il n'y avait aucune trace de somnifères, mais si elle en avait ingéré une grande quantité, le flacon avait plus que probablement dû se trouver à proximité de son corps avant d'être emporté par la police.

Mitch longea ensuite le couloir en direction du salon. Il découvrit des livres, des disques, un paquet de cigarettes et une boîte d'allumettes, une autre tasse à café à moitié vide, une assiette et une paire de chaussures sur la moquette devant la télé. Il y avait des piles de journaux, des carnets noircis par ses pattes de mouche caractéristiques, d'autres documents et des coupures de presse. Elle n'avait jamais été ordonnée, mais il y avait néanmoins une certaine organisation dans son désordre. Nombre de ses notes traitaient des affaires courantes à Washington – les analyses habituelles des déclarations de la Maison-Blanche, la rhétorique sibylline de la vie politique dans la capitale.

Il parcourut le tout mais ne vit rien de frappant, rien qui justifiât un suicide. À quoi s'était-il attendu ? Un mot que personne n'aurait vu expliquant pourquoi elle n'avait eu d'autre choix que de se donner la mort ?

Il se figea.

Un bruit dans le couloir.

Le flic l'avait-il entendu ? Venait-il voir s'il y avait quelqu'un dans l'appartement ?

Son cœur s'emballa. Il recula jusqu'au mur près de la porte et tendit l'oreille. Il perçut un nouveau bruit, des pas lourds, peut-être, mais rien d'autre.

Après quelques minutes, il passa la tête dans le couloir et jeta un coup d'œil en direction de la porte d'entrée. Tout était silencieux à l'exception de son propre souffle et des battements rapides de son cœur.

Il se remit en mouvement, marchant à pas feutrés. Il atteignit une porte qui ne pouvait qu'être celle de la chambre de Jean. Était-ce là qu'on l'avait découverte ?

Il referma les doigts autour de la poignée, exerça une pression et sentit le pêne se libérer. Il marqua instinctivement une pause. C'était comme s'il franchissait une seconde barrière, plus importante que la première. C'était l'endroit où elle avait dormi, où elle avait pu accueillir d'autres amants et partager avec eux ces moments qu'ils avaient autrefois vécus ensemble.

Mitch ferma les yeux et prit une profonde inspiration.

Il ouvrit la porte.

Le chat fila entre ses jambes. Surpris, il perdit l'équilibre et recula en titubant. Agrippant le montant de la porte, il parvint à se retenir de tomber à plat sur le dos.

Il se redressa et reprit la direction de la cuisine. Un petit chat écaille de tortue se tenait sur le plan de travail. Le félin l'observa un moment avec méfiance puis s'approcha, sa faim l'emportant sur ses réserves.

« Tu dois être affamé », dit Mitch.

Il regarda dans les placards, sous l'évier, mais ne vit aucune trace de nourriture pour chat. Dans le réfrigérateur, il trouva un paquet de jambon. Il l'ouvrit, déchira des lamelles de viande et les donna à manger à l'animal, qui les attrapa l'une après l'autre, dévorant la totalité du paquet mais en réclamant toujours plus.

« Bon Dieu… qu'est-ce que je vais faire de toi ? » dit-il tandis que le chat traversait le plan de travail jusqu'à lui.

Il tendit la main. L'animal lui donna un coup de museau, désirant non seulement de la nourriture, semblait-il, mais également de l'attention.

« Tu veux Jean, c'est ça ? »

Le chat se figea et leva les yeux vers lui.

« Moi aussi je la connaissais. On l'a tous les deux perdue, mon pote. »

Il quitta la cuisine, retourna vers la chambre. Le chat lui emboîta le pas, le dépassa, entra dans la pièce et sauta sur le lit.

Mitch se tint à la porte.

Le lit était défait. Il voyait l'empreinte de l'endroit où la tête de Jean avait reposé sur l'oreiller.

Il ferma les yeux. Une vague de nausée s'empara de lui et il posa la main contre le mur pour ne pas perdre l'équilibre.

Le chat s'étendit et commença à faire sa toilette.

Mitch ne put se retenir. Il fit quelques pas en avant et s'assit au bord du matelas. Il tendit la main, toucha l'oreiller. Le chat s'immobilisa et le regarda sans bouger un muscle, comme s'il comprenait que c'était un moment qui ne devait pas être interrompu.

« Oh, Jean, murmura-t-il. Qu'est-ce qui t'est arrivé ? »

Les larmes montèrent aux yeux de Mitch, il ressentit cet essoufflement bien trop familier et resta assis sur le lit avec le chat, chaque question qu'il s'était posée à propos du passé lui revenant comme une promesse trahie.

Le souvenir de leur liaison était comme un soleil mourant. Jean avait toujours été là, sa silhouette penchée se détachant sur la lumière de plus en plus faible, une ombre qui s'étirerait jusqu'à la fin de sa vie.

Avait-il vraiment cru qu'il avait la moindre chance de la récupérer ? Il n'osait se poser la question car il aurait été forcé d'affronter une réponse qu'il ne voulait pas entendre. Qu'aurait-il pu faire de plus ? Tellement de choses, évidemment, mais il était impossible de savoir si elles auraient changé quoi que ce soit.

Maintenant il ne le saurait jamais. Il ne pourrait jamais le savoir.

Maintenant elle était partie pour de bon.

Il n'en pouvait plus. Il souleva le chat et le tint contre lui, quitta l'appartement par où il était entré. Descendre l'échelle avec l'animal dans son manteau fut délicat, mais il se tint finalement dans l'allée, levant une dernière fois les yeux vers le bâtiment avant de regagner la rue.

Pour autant qu'il sache, personne ne l'avait vu arriver, personne ne l'avait vu repartir, et c'était précisément ce qu'il voulait.

6

De retour chez lui, Mitch tira un bol du placard de la cuisine et le remplit de lait. Qu'est-ce qui lui était passé par la tête ? Il n'avait jamais eu de chat, n'avait pas la moindre idée de la façon dont on s'en occupait, mais il lui aurait été impossible de le laisser là-bas.

Peut-être était-ce de la culpabilité mal placée. Il avait abandonné Jean. Il ne pouvait pas abandonner aussi ce qui semblait être la dernière chose vivante qui la représentait.

Le chat semblait content. Il lapa le lait puis trouva un coin sur le canapé et se roula en boule.

Pendant une minute ou deux, Mitch resta assis à côté de lui. Il le caressa et l'animal se mit à ronronner.

« Alors, hein ? On dirait que tu t'es fait adopter, mon ami. »

Le chat le regarda puis se roula sur le dos et exposa son ventre.

Mitch le caressa. La bête arqua l'échine et étira les pattes, manifestement ravie de s'être trouvé une nouvelle maison.

« J'aimerais que ce soit aussi simple pour tout le monde, déclara Mitch. Foutre le camp en un clin d'œil. Un nouvel endroit où vivre, de nouveaux amis, une nouvelle vie, hein ? Ce serait chouette, non ? »

Il devait appeler la mère de Jean, mais pour lui dire quoi ? *Je suis désolé, Alice. Votre fille est morte. Elle a fait une overdose de médicaments. Je ne sais pas ce qui s'est passé. Et même si je dois le découvrir, c'est pour des raisons égoïstes. Je ne veux pas apprendre que j'ai pu contribuer à son suicide. Ça m'effraie plus que vous ne pouvez l'imaginer. Je l'ai trahie. Je l'ai abandonnée.*

Je voulais tellement qu'elle me pardonne, mais maintenant ça n'arrivera jamais. Je suis un lâche et c'est la seule chose que vous ayez besoin de savoir.

Il ne prononça pas ces mots. À la place, il lui dit : « Alice. C'est Mitch.

– Mitchell. Merci d'appeler.

– Je suis allé chez elle. Je n'ai pas pu entrer parce qu'ils ont posté un agent de police.

– Un policier ? Pourquoi ?

– À cause de son travail. Elle était journaliste senior au *Tribune*. Elle devait avoir des documents confidentiels, des notes de recherche. Quelqu'un du journal devra y aller et s'assurer qu'il n'y a rien de confidentiel. Ensuite, vous pourrez venir et tout régler. »

Alice pleurait. Mitch l'entendait qui tentait de réprimer ses larmes.

« Je ne pourrai pas, Mitchell. Je ne le supporterais pas. Je ne veux pas voir l'endroit où elle vivait.

– Mais vous allez devoir vous occuper de ses affaires, Alice. Je sais que c'est horrible. Je ne peux même pas imaginer ce que vous devez ressentir, et vous n'avez pas besoin d'y penser pour le moment, mais il faudra le faire. Vous ne pouvez pas laisser l'endroit comme ça.

– Vous ne voulez pas m'aider, Mitchell ? »

Il ferma les yeux. Il savait qu'elle lui demanderait ça. « Était-elle propriétaire, Alice ? L'appartement était-il à elle ou bien le louait-elle ?

– Elle le louait.

– N'avait-elle pas un mari, un petit ami ? »

Alice resta un peu trop longtemps silencieuse.

« Alice ?

– Pas de mari. Ni de petit ami pour autant que je sache. Elle disait qu'elle vivait comme une nonne, qu'elle était mariée à son travail. »

Mitch ne répondit rien.

« Au début, pendant un petit moment, peut-être. Elle est sortie avec des garçons à l'université. Elle a fréquenté un autre journaliste quand elle travaillait à Richmond. »

Ne me dites pas, songea Mitch. *Ne me dites pas.*

« Elle n'a plus jamais été la même, Mitch. Pas après...

– Alice, non...

– Vous lui avez brisé le cœur, Mitchell. Vous le savez. Vous ne pouvez pas vous voiler la face.

– S'il vous plaît, Alice, c'était il y a longtemps. Vous ne pouvez pas affirmer que ce qui s'est passé il y a tant d'années a quoi que ce soit à voir avec ce qu'elle a fait.

– Ce n'est pas ce que je dis. Tout ce que je dis, c'est qu'elle vous aimait plus que vous ne pourrez peut-être jamais le comprendre, et quand vous êtes parti, elle a été anéantie. Ça lui a brisé le cœur. Ça l'a brisée *elle*. Elle a mis longtemps avant d'en parler. Je sais que vous lui écriviez et je n'ai aucune idée de ce que vous lui disiez, mais chaque fois qu'elle revenait, elle...

– N'ajoutez rien, Alice. Vraiment, je ne veux plus rien entendre. »

Alice demeura silencieuse.

« Je suis désolé, dit Mitch. Je ne peux tout simplement pas m'impliquer comme ça.

– Comment ça, vous ne pouvez pas vous impliquer ? C'est la vie, Mitchell. La vie de Jean, votre vie. Elle est morte et on me dit qu'elle s'est suicidée... et quiconque connaissait Jean sait qu'elle n'aurait jamais pu faire une telle chose.

– Qui comprend les autres, Alice ? Je ne l'avais pas vue depuis près de quinze ans...

– Vous n'allez vraiment pas venir, Mitchell ? Vous allez vraiment me laisser m'occuper de tout ça seule ? Vous allez m'abandonner comme vous avez abandonné ma fille ?

– Alice, je ne crois pas que ce soit juste...

– La vie n'est pas juste, Mitchell. Et la mort non plus. Ma fille, la jeune femme que vous avez aimée, la femme qui n'a jamais cessé de vous aimer, est morte. Quelqu'un doit m'aider à nettoyer le bazar qui reste. »

Mitch Newman sentit son cœur se gonfler. Il ferma les yeux et inspira profondément.

Il entendait la voix de Jean dans sa tête. *Je sais que nous allons faire la guerre en Corée, Mitch. Ce que je ne comprends pas, c'est pourquoi tu as besoin d'y aller.*

Il voyait son visage.

Je croyais vraiment que nous avions un avenir ensemble.

Il avait pensé à elle sans répit. Il avait tenté de ne pas le faire, naturellement, mais elle s'arrangeait toujours pour s'immiscer dans les vides entre ses pensées.

Lis bien sur mes lèvres. Je te hais. H-A-I-S.

« Mitchell ? »

Il revint à la réalité. « Alice. Oui, désolé.

– Alors, qu'est-ce que vous allez faire ? Vous allez me laisser gérer tout ça seule ?

– Non. »

Elle fondit en sanglots et Mitch sentit une émotion monter dans sa poitrine.

Il n'était pas retourné chez lui depuis près de quatre ans. La dernière fois, ça avait été pour l'enterrement de sa mère en septembre 1961. Alice était présente, mais sa fille n'était pas venue. Mitch et Alice avaient échangé quelques mots, sans jamais évoquer Jean.

« Je serai là demain », dit-il.

Il reposa le téléphone, traversa la cuisine et attrapa une bouteille de bourbon.

Il s'assit à la table, et bientôt le chat bondit dessus. Il resta là à le regarder et Mitch ne put s'empêcher de penser que l'animal comprenait précisément ce qu'il ressentait.

« Il va te falloir de la vraie nourriture et une litière, hein ? » dit-il.

Le chat cligna des yeux puis tourna la tête, son attention attirée par une chose que Mitch ne voyait pas.

« Je vais t'acheter ça, poursuivit-il, et je vais demander à Tom de te nourrir en mon absence. »

7
6 juillet 1964

Pour Mitch Newman, il était difficile d'assimiler que le passé et le présent – si différents, si distincts – étaient séparés par à peine plus qu'une heure d'autoroute. L'I-95 était une artère entre un cœur brisé et une attitude obstinée.

Il essayait de se convaincre qu'il s'était échappé plus à cause de son état d'esprit que pour des raisons géographiques. West Haven était son enfance, son ancrage, chez lui. Il s'était enfui, comme l'avait dit Alice. Il avait abandonné sa mère, la jeune femme qu'il aimait, tout ce qui l'avait rattaché à la réalité, et en échange de quoi ?

À quinze kilomètres de la périphérie de West Haven, Mitch se gara. Il descendit de voiture et s'enfonça dans un champ. Il continua de marcher jusqu'à ce que le bruit de l'autoroute soit semblable à celui d'une rivière, puis d'une respiration, jusqu'à ce qu'il ne l'entende plus.

Il s'assit par terre et remonta ses genoux contre son torse.

Continue de fuir et tu te retrouveras inévitablement sur la route qui te ramènera chez toi.

Il ferma les yeux et tenta de se rappeler à quoi ressemblait Jean la dernière fois qu'il l'avait vue. Il n'y parvint pas. Il ressentit la perte, le chagrin, mais les larmes auxquelles il s'était attendu ne vinrent pas. Il savait qu'elles arriveraient, aussi bien qu'il savait comment il s'appelait, mais elles le trouveraient le moment venu.

Il s'étendit, regarda le ciel, observa la traînée lointaine laissée par un avion, se rappelant clairement le moment où il avait quitté Arlington pour aller à la guerre. Tout ce qui s'était passé n'avait laissé de lui qu'une coquille vide.

Demain sera un nouveau jour. Mais il sera le même que tous les autres.

Il se rappela la vantardise et la bravade dont il avait fait preuve avant son départ. *On me dit que c'est absurde et dangereux, comme si je mettais à l'épreuve la volonté de Dieu. Je réponds : « Y a-t-il une autre manière de vivre ? »*

Quel idiot naïf et irresponsable il avait été, convaincu d'avoir raison quand il y avait tant de preuves qu'il se trompait. Et il continuait de s'abuser en se disant que ses regrets seraient bien plus lourds s'il n'était pas parti. Lorsqu'ils arrivaient à la fin de leur vie, les gens ne pleuraient pas à cause des choses qu'ils avaient faites, mais uniquement à cause de celles qu'ils avaient laissées passer.

S'il était resté, Jean serait-elle encore vivante ?

S'il était resté, comme elle l'avait imploré de le faire, se seraient-ils mariés, auraient-ils fondé une famille, poursuivi leur carrière ensemble, partagé des expériences qui les auraient élevés, inspirés, exaltés ?

Peut-être. Peut-être pas.

L'avion disparut. Le bruit de l'autoroute s'insinua de nouveau dans sa conscience. West Haven serait toujours au bout de la route et il ne pouvait rien faire pour l'éviter.

Pour la première fois, d'aussi loin qu'il se souvienne, il avait besoin de tenir parole.

« Oh, Mitchell », prononça Alice, et elle fondit en larmes.

Elle sortit sur le porche pour l'accueillir. Elle le prit dans ses bras, le serra fort, et Mitch se rendit compte à quel point elle semblait âgée et fragile.

Il resta là sans dire un mot. Il n'y avait pas de paroles appropriées.

Une fois à l'intérieur, ils s'assirent dans la cuisine. Pendant un petit moment, il n'y eut que du silence, l'un comme l'autre se remémorant peut-être la dernière fois qu'ils s'étaient trouvés là ensemble.

« Je ne vous voyais pas d'un bon œil, déclara-t-elle. Du moins, pas au début. Elle avait seize ans et n'était qu'une enfant. »

Mitch sourit. « Jean n'a jamais été une enfant.

– Elle avait perdu son père, comme vous. Trop jeune pour une telle perte. Les enfants qui grandissent avec un parent en moins auront toujours en eux des choses qu'ils ne comprendront pas.

– Peut-être est-ce la raison pour laquelle nous étions si proches. Nous avions beaucoup en commun.

– Je sais, Mitchell. Vous êtes devenu tout pour elle. Je le voyais bien. » Alice se pencha en avant. « Non, c'est inexact. Sa vie lui a toujours appartenu. Vous en faisiez partie de telle sorte que vous complétiez tout ce qu'elle était déjà. Je savais qu'elle était en sécurité avec vous. Quand vous étiez ensemble, je ne m'inquiétais jamais.

– Alice, s'il vous plaît...

– Non, Mitchell, vous devez m'écouter et vous devez parler. Vous devez savoir qu'après vous personne dans sa vie n'a représenté une once de ce que vous étiez pour elle. »

Mitch soupira. Il se renfonça dans sa chaise. Il écouterait, mais il ne parlerait pas.

« Ces lettres que vous lui avez envoyées après votre retour. » Alice le regarda. « Je sais que vous tentiez de vous expliquer et de vous excuser. Je sais que vous vouliez arranger les choses.

– Je voulais qu'elle me parle. Je lui demandais un geste, n'importe lequel, mais elle n'a jamais répondu. Au bout d'un moment, c'est devenu trop dur d'y penser et j'ai cessé d'écrire.

– Elle se sentait coupable.

– Coupable ? De quoi ? Quelle raison aurait-elle eue de se sentir coupable ?

– Parce qu'elle n'a pas accepté. Elle n'a pas compris pourquoi vous deviez partir. À votre retour, elle m'a expliqué à quel point ça avait été absurde. Vous étiez parti quatre mois. Vous êtes revenu en novembre. Elle m'a dit que quatre mois, ce n'était rien, qu'elle aurait facilement pu attendre, mais elle était encore plus têtue que vous, je crois.

– Elle avait ses moments, convint Mitch.

– Elle refusait de faire machine arrière, de céder. » Alice leva les yeux vers lui. « Et c'est pourquoi tout ça n'a aucun sens. Même si elle avait beaucoup de pression à cause de son travail, elle ne se serait jamais suicidée. Ce n'était pas Jean. Jamais.

– Quelle pression ? Qu'est-ce qui se passait ? »

Elle secoua la tête. « Oh, je ne sais pas, Mitch. Elle était déterminée, toujours tellement déterminée. Son ambition était à la fois un don de Dieu et une malédiction.

– Savez-vous sur quoi elle travaillait ?

– Je le lui ai demandé, mais elle ne m'a jamais vraiment laissée comprendre ce qu'elle faisait.

– On ne peut pas toujours tout savoir sur les autres, Alice.

– On connaît *toujours* ses enfants, Mitchell. Assurément assez pour savoir s'ils sont capables de faire une telle chose. »

Il ne répondit rien.

Une demi-heure plus tard, Mitch se tenait à la porte de la chambre de Jean. Elle y dormait régulièrement quand elle rentrait à West Haven pour des anniversaires, pour Thanksgiving et Noël, pour les vacances. C'était la chambre d'une femme d'une trentaine d'années, mais sous la surface, Mitch voyait tout ce dont il se souvenait d'elle adolescente. Le papier peint était pareil, la moquette, et même le lit. La porte de la penderie était ouverte. Il y avait des affaires qu'il se rappelait l'avoir vue porter quand ils sortaient ensemble.

Il repéra une écharpe. Elle était là, sur un cintre. En laine bleue – d'une couleur vive, saisissante. Jean l'enroulait autour de son cou, mais quand le vent était glacial, elle la remontait par-dessus le bas de son visage. Il devait l'abaisser pour l'embrasser.

Pendant une brève période, nous avons chacun été la personne que nous voulions que l'autre croie que nous étions vraiment, et rien de plus.

Mitch tenta de ne rien ressentir, mais il savait qu'il ne pouvait pas lutter.

Il parcourut la pièce du regard. Il ne parvenait pas à en franchir le seuil. Des images lui revenaient – Jean en train de rire, Jean en colère, Jean posant un 45 tours sur le tourne-disque et lui disant qu'il devait *absolument* écouter ça.

Le passé déferlait sur lui si rapidement et avec une telle force qu'il lui était impossible de s'écarter de son chemin.

Il se tint là pendant une petite éternité, son corps et son esprit déchirés par le chagrin. Il aurait voulu pleurer pour elle, mais n'y arrivait pas.

Alice vint se poster un moment à côté de lui. Elle s'accrocha à son bras. La pression exercée par sa main semblait être l'unique lien ténu avec la réalité.

Elle le regarda à travers des yeux pleins de larmes et ne dit rien.

Après quelques minutes, il regagna la cuisine.

« Je reviens bientôt, dit-il. Je suis désolé… j'ai juste besoin de prendre un peu l'air.

– Prenez tout le temps dont vous avez besoin, Mitchell. »

Il prit sa voiture, roula jusqu'au bout du pâté de maisons et tourna à gauche. Tout avait changé, et pourtant tout était pareil.

La pharmacie, le 7-Eleven, l'agence immobilière, la banque, le pont ferroviaire désaffecté où jouaient les enfants.

Sous le pont, traverser les voies, courir comme une furie sans jamais regarder en arrière.

Tout était là, à un jet de pierre de l'ici et maintenant, mais c'était néanmoins comme s'il n'avait jamais vécu cette vie.

C'était la fin de matinée et les rues étaient pleines d'agitation. Conversations, courses, pelouse que l'on tondait, le facteur qui livrait le courrier; poubelles, massifs de fleurs et trottoirs impeccablement entretenus. Tout continuait comme si de rien n'était.

Mais c'était faux. Quelque chose d'important s'était produit.

Un vaste trou avait été percé dans le monde et Mitch était en train de tomber dedans. Il se trouvait en état de choc – ça, il le savait –, hébété et sans mot, et même si son cœur avait été arraché, ce cœur se rappelait encore tout ce qu'il avait éprouvé pour Jean.

À l'approche de l'autoroute, il s'arrêta devant le drugstore. Il ne put se retenir, comme attiré par une force invisible, de la même manière qu'il l'avait été à l'appartement de Jean.

L'auvent était différent, mais à l'intérieur on aurait dit que rien n'avait changé.

La clochette au-dessus de la porte tinta lorsqu'il entra et l'homme au comptoir leva les yeux.

« Bonjour.

– Bonjour.

– Qu'est-ce que je peux faire pour vous ?

– Vous faites encore du milkshake au caramel ?

– Absolument. »

Mitch s'assit au comptoir. Il se tourna en direction de la rue. Le juke-box attira son regard. C'était le même. Un souvenir lui revint.

Va mettre un peu de musique.

C'est de l'argent jeté par les fenêtres.

Eh bien, Mitchell Newman, il va vraiment falloir revoir ton attitude.

Comment ça ? Nous sommes censés économiser pour un appartement.

Dix cents ne feront aucune différence, et crois-le ou non, le simple fait que nous puissions être assis à boire un soda en écoutant Ted Weems ou les Harmonicats constituera un jour un souvenir important.

Tu es une telle rêveuse.

Tu ne me crois pas ?

Il lui avait fallu plus d'une décennie et demie pour comprendre qu'elle avait raison. Il était là, même siège, même milkshake au caramel, et le morceau « Heartaches » de Ted Weems semblait être le plus important de ses souvenirs.

Sa boisson arriva. Mitch goûta une gorgée, sachant qu'il n'en boirait pas plus. Il laissa un billet coincé sous le verre lorsque l'homme au comptoir s'absenta un instant. Il remonta dans sa voiture et roula jusqu'au bout de la rue. Il resta assis en silence et fuma des cigarettes, tentant une fois de plus de se convaincre que la Corée n'avait pas été un choix. Pour une raison ou pour une autre – une raison qu'il ne comprenait toujours pas totalement –, il avait *dû* partir. Cet endroit avait été comme un aimant qui ne l'avait pas lâché. Oui, il allait être Robert Capa. Et Jean serait sa Gerda Taro. Ils travailleraient ensemble. Ils prendraient des photos et écriraient des reportages. Ils remporteraient des distinctions et des prix. Ils seraient reconnus, admirés et respectés par leurs contemporains.

Mais dès l'instant où ses bottes avaient foulé le sol de la péninsule coréenne, il avait su que ce serait une mise à l'épreuve.

C'était réel. Des gens mouraient autour de lui. Le viseur à travers lequel il regardait ne le déconnectait de rien.

Au bout d'une semaine, peut-être deux, il était parvenu à cacher ce qu'il ressentait, ses pensées, l'horreur que lui inspirait ce à quoi il assistait. Ses photos étaient envoyées au pays et publiées. Il était resté quatre mois, s'accrochant et tenant bon jusqu'au jour où tout s'était écroulé. Un unique événement – en apparence pas pire que n'importe quel autre – l'avait fait basculer. Et il était rentré. Rien ne serait plus jamais pareil. Peut-être que si Jean lui avait pardonné et l'avait repris, il aurait pu retrouver suffisamment de souvenirs de son ancienne vie pour se remettre. Mais elle ne l'avait pas fait, et la vie qu'il avait eue autrefois était désormais une lointaine illusion.

Mitch avait continué de travailler, continué de prendre des photos. Mais il buvait trop et s'était fait renvoyer. Alors il était passé en free-lance. Il gagnait à peine de quoi survivre, avait pris un appartement de trois pièces juste à la périphérie de Washington et s'était contenté d'exister. C'était l'impression qu'il avait : il avait juste existé.

La seule chose qui l'avait fait revenir à West Haven avait été le décès de sa mère. Cinquante et un ans. Cancer.

Et maintenant, ça ? Il y avait ceux qui rentraient chez eux pour Thanksgiving, pour Noël, pour des anniversaires et des fêtes. Et il y avait ceux qui étaient forcés de revenir à cause de tragédies et de pertes.

Qu'allait-il faire ? Quel serait son choix ? Rester et assumer, ou bien s'enfuir de nouveau ?

Pile ou face, songea Mitch, et il rit de sa stupidité, de son irresponsabilité. Ne se souciait-il vraiment plus de rien ? Ni de personne ? Jean Boyd avait été son premier véritable amour, la femme qu'il aurait dû épouser, celle avec qui il aurait dû fonder une famille et vieillir.

Ne lui était-il pas suffisamment redevable pour s'assurer que ses affaires étaient en ordre ?

Ne l'aimait-il plus assez pour être présent pour sa mère ?

Personne ne devrait gérer ce genre de chose seul.

« Mitchell, dit Alice, et elle fit un pas de côté.

– J'ai besoin d'aller dans sa chambre.

– Oui, bien sûr. »

Elle le suivit dans le couloir. Il marqua une brève pause, la main sur le montant de la porte.

Elle tendit la sienne et la posa sur son bras.

« Je vais vous laisser seul », dit-elle.

8

Ken O'Donnell, assistant spécial et secrétaire de l'homme le plus puissant du monde occidental, se tenait en silence à la fenêtre de sa chambre et regardait la rue.

Il entendait Helen au rez-de-chaussée. Elle lui avait déjà demandé à deux reprises s'il allait se rendre au travail. C'était lundi. Kennedy avait fait son annonce concernant les droits civiques. Le monde entier voulait des détails. Pierre avait appelé quatre fois, et Ken n'avait pris aucun des appels.

Finalement, elle monta de nouveau. Les enfants étaient partis. Tout était silencieux.

« Qu'est-ce qui se passe, mon chéri ? demanda-t-elle. Qu'est-ce qui te ronge ? »

Ken se retourna et lui sourit. Dix-sept ans de mariage. Elle pouvait voir à travers lui, le lire comme une carte.

« Ça va chauffer, dit-il. Je le sens venir.

– À cause de cette histoire de gens de couleur ? »

Il secoua la tête. « La loi sur les droits civiques est un écran de fumée. C'est de la peinture fraîche sur une clôture rouillée. Si quelqu'un croit que ça va changer le monde... »

Il hocha la tête d'un air résigné.

« Alors qu'est-ce que c'est ? »

Ken parcourut les quelques pas jusqu'au lit et s'assit. « Quand on envoie quelqu'un comme ça à la Maison-Blanche... bon sang, quand on envoie n'importe qui à la Maison-Blanche, il faut faire des compromis, Helen.

– Je sais, chéri, je sais. Je suis la femme d'une homme politique depuis suffisamment longtemps pour comprendre un minimum ce que tu fais. Qu'est-ce que tu dis toujours ? Il faut être prêt à tout pour l'intérêt général, c'est ça ?

– Exact, répondit Ken, mais il y avait de l'hésitation dans sa voix.

– Tu penses avoir commis une erreur ?

– Non. Le faire élire n'était pas une erreur... » Il leva les yeux. « Mais l'homme que j'ai aidé à accéder au Bureau ovale n'est pas celui qui l'occupe désormais.

– Comment ça ?

– Peu importe. Des décisions ont été prises, à tort ou à raison, et il est trop tard pour revenir en arrière.

– C'est cette histoire d'enquête ? Sur l'élection ?

– Oui, et aussi d'autres choses.

– Est-ce qu'il va y avoir des auditions ?

– Elles ont déjà débuté. Ils posent déjà des questions. Bobby essaie d'éteindre l'incendie, mais je ne sais pas s'il y parviendra. Tu te souviens d'Earl Warren ?

– Le président de la Cour suprême ?

– Exact. C'est lui qui allume les feux, et s'il y a un homme qui ne recule ni n'abandonne jamais, c'est Warren.

– Ça va aller, dit Helen. On a déjà vu ça, et on le reverra. Personne ne s'en souviendra dans un mois. Les journaux d'aujourd'hui serviront à nettoyer les vitres de demain. »

Ken O'Donnell soupira. Il sentait que la guerre arrivait, et c'était une guerre qu'il n'avait ni l'énergie ni la motivation de livrer. La vérité était qu'ils avaient besoin de quatre ans de plus, pas simplement pour tenir les promesses qu'ils avaient faites, mais pour effacer les traces qu'ils avaient laissées. Et Dieu sait qu'elles étaient nombreuses.

Rien ne garantissait que Kennedy s'en sortirait. L'élection de novembre pourrait tout aussi bien entraîner la chute de la Maison de Camelot. Ce n'était pas juste un point de vue pessimiste, c'était une possibilité bien réelle. Son intégrité avait été mise à l'épreuve, et il s'avérait qu'il en manquait. Si Kennedy ne mettait pas un terme aux allégations pendant la convention nationale démocrate, alors ils étaient tous finis, et pas simplement à cause du fait qu'ils se retrouveraient sans emploi. Ce qu'il dirait en août devrait non seulement redynamiser la foi des électeurs en leur président, mais également redynamiser ses propres équipes. Il l'avait déjà fait. Il avait charmé le monde. Mais désormais le charme ne suffirait pas. Et ensuite ils n'auraient que trois mois pour convaincre l'Amérique que l'administration actuelle méritait quatre années supplémentaires.

Kennedy était son ami, son patron, l'homme en qui il avait placé sa foi, sa confiance, son avenir politique. Ken était obligé de croire en lui, mais sa conviction faiblissait. Il en avait trop entendu, trop vu, et il y avait désormais un risque qu'il soit cité à comparaître à cause de ce qu'il savait. Et il était certain qu'il ne résisterait pas à un interrogatoire.

Parfois le prix à payer pour ses idéaux était de composer avec ceux-ci. Même si ce n'était pas censé se passer comme ça. Absolument pas.

Il avait accroché son drapeau au mât de Kennedy, et si le navire sombrait parce que le capitaine était ivre à la barre, ils se noieraient tous avec lui.

« OK », dit Ken. Il se leva et enfila sa veste. « Je risque de rentrer tard.

– Pas de problème, chéri.

– Tu vas peut-être finir par en avoir assez de m'entendre dire ça. »

Helen s'avança et posa la main sur le visage de son mari. Sa peau était chaude et son contact rassurant, comme toujours.

« Fais ce que tu as à faire, dit-elle. Et quoi qu'il arrive, je serai là quand tu rentreras. »

Il lui retourna son regard, mais elle savait qu'il avait l'esprit ailleurs.

9

Jean était bien plus organisée dans sa chambre de West Haven qu'elle l'était dans son propre appartement. Manifestement, la maison de son enfance était devenue le lieu qui renfermait les archives de sa carrière. Il y avait des papiers partout. Des cartons, des dossiers, des chemises, des liasses de notes manuscrites maintenues par de la ficelle. Il y avait des journaux, de vieux carnets, des photos de personnes, d'endroits, d'événements publics. Tout était daté et mis en correspondance, et elle semblait avoir conservé la documentation de chaque article qu'elle avait écrit.

Au dire de tous, elle était devenue la journaliste qu'elle avait toujours souhaité être.

Mitch feuilleta autant de documents qu'il pouvait en absorber. Grèves des éboueurs, pots-de-vin et corruption dans l'industrie du bâtiment, dessous-de-table à des fonctionnaires municipaux, bakchichs à des lobbyistes, conventions d'État, meetings politiques, plus deux cartons de matériel ayant spécifiquement trait à l'élection présidentielle de 1960. D'après ce qu'il comprenait, il apparaissait que Jean n'aimait ni Nixon ni Kennedy. Un commentaire révélateur disait : *La seule bonne chose est que, quel que soit le candidat qui remportera l'élection, l'autre ne la gagnera pas.*

Peut-être que pendant toutes ses années à Washington elle était devenue aussi amère et cynique que lui.

En parcourant les souvenirs rassemblés de sa vie professionnelle, Mitch éprouva un mélange de respect, d'admiration et de jalousie. Elle avait tenu bon. Elle avait passé son diplôme, été stagiaire et s'était fait une place dans une profession extrêmement compétitive, puis elle avait gravi les échelons. Ajoutez à cela que c'était encore un univers principalement dominé par les hommes, et Jean Boyd avait accompli une prouesse remarquable.

Venaient ensuite ses effets personnels. Elle avait un carton de souvenirs, et Mitch mit quelques minutes à s'apercevoir qu'il contenait les reliques du temps qu'ils avaient passé ensemble. Des talons de tickets de cinéma, un collier qu'il lui avait offert, une barrette, un flacon de parfum vide, une poignée de cailloux qu'ils avaient ramassés lors d'une promenade depuis longtemps oubliée.

Regarde celui-ci, Mitch. C'est un œil-de-chat.

Et alors il trouva les lettres.

Chacune d'entre elles.

Chacune des douze lettres qu'il avait écrites, toutes ouvertes, conservées dans leur enveloppe d'origine, maintenues au moyen d'un élastique par ordre chronologique.

Elles avaient bien été reçues. Elle les avait bien lues.

Il s'enjoignit de ne pas les consulter, estimant que ça ne ferait que renforcer sa peine et ses regrets, mais il ne put s'en empêcher.

5 décembre, 11 décembre, 19 décembre...

Les lettres se succédaient, l'une après l'autre, jusqu'à la dernière semaine de février 1951.

Il était jeune, naïf, contrit, désespéré. Il était mentalement brisé, ses expériences de guerre ayant anéanti le sens de la droiture, la détermination et la motivation qu'il avait eus.

Il lui disait combien il l'aimait, lui envoyait des vers de poésie.

À nul autre moment en nul autre endroit, personne ne ressentira jamais ça.

L'arrivée et le départ. Tenir et laisser partir.

Mitch Newman ne lut que quelques phrases, et tout ce qu'il se rappelait avoir éprouvé à l'époque, chaque misérable instant d'apitoiement sur son sort et de haine de soi, lui revint au centuple.

Tous les mécanismes qu'il était parvenu à mettre en place pour se protéger de la vérité s'effondrèrent et ne laissèrent que de la poussière et des ombres.

Le son des voix et le silence.

Les choses que nous savions, et celles que nous ignorions.

Il replaça les lettres où il les avait trouvées. Il ne pouvait plus les lire. Mais il y reviendrait, dans ses souvenirs à défaut de le faire en réalité.

Il retourna aux notes que Jean avait prises durant la course à l'élection. Il y avait des noms, dont celui de Dean Rusk, une personne que Mitch ne connaissait que trop bien. Rusk avait été secrétaire d'État adjoint pour l'Extrême-Orient. C'était lui qui avait conseillé de diviser la Corée entre le Nord et le Sud au niveau du 38e parallèle dès 1945. Il était devenu secrétaire d'État sous Kennedy en décembre 1960 et avait pris ses fonctions au début du mois de janvier 1961. Avec celui de Rusk, Jean avait inscrit les noms de Stewart Udall, secrétaire à l'Intérieur, C. Douglas Dillon à la Trésorerie, Pierre Salinger, le porte-parole de Kennedy, et Kenneth O'Donnell, le chef de cabinet à la Maison-Blanche.

Mafia irlandaise, avait-elle ajouté. Il y avait également une note qui devait avoir trait au comptage des voix en Alabama. *Comment ont-ils acheté AL ? Gouv. Patterson. Soutien du KKK dans campagne gouv. 1959. Patterson/CIA d'accord pour que garde nationale aérienne d'AL entraîne pilotes dans le but invasion baie des Cochons. Conseillé JFK de repousser Cuba jusqu'après élection.*

Kennedy avait gagné d'un peu plus de cent mille voix, une marge de moins de 0,2 pour cent. Il y avait eu beaucoup de controverses concernant l'élection en Alabama. Si les grands électeurs indépendants avaient été également répartis entre Kennedy et Nixon – comme de nombreuses personnes estimaient que ça aurait dû être le cas –, ce dernier aurait remporté l'État. Il aurait également gagné l'élection et la Maison-Blanche, et ce avec une marge bien supérieure à 0,2 pour cent.

Jean avait-elle, comme tant d'autres, soupçonné que le tristement célèbre Joseph Kennedy – trafiquant, antisémite, homme adultère en série – avait acheté une place dans l'histoire à ses fils ? Était-ce ce sur quoi elle enquêtait ?

L'affaire conservait un intérêt médiatique. Robert Kennedy était désormais procureur général, non seulement le premier flic du pays, mais également le principal avocat du gouvernement des États-Unis et le septième dans la ligne de succession présidentielle. Le frère du président, susceptible d'être renvoyé du jour au lendemain par celui-ci, d'être mis en accusation par le Congrès, était interrogé à propos d'élections truquées et de corruption. Les questions venaient évidemment du camp républicain. Les partisans de Nixon n'avaient pas accepté la défaite sans se battre. Ils avaient lancé des accusations de fraude au Texas, le siège sénatorial de Lyndon Johnson. Le comté de Fannin avait compté plus de six mille votes pour moins de cinq mille électeurs enregistrés. Des morts avaient voté pour Kennedy à Chicago. On avait tenté d'inverser les résultats au Texas, en Illinois et dans neuf autres États. L'équipe de campagne républicaine avait fait pression pour remettre en cause la validité du comptage final, mais Nixon n'avait pas donné suite.

Était-ce la direction que Jean prenait ? Menaçait-elle la Maison-Blanche ?

Elle avait toujours été impulsive, parfois sanguine, mais elle était tout sauf stupide. Son impétuosité et sa passion étaient contrebalancées par un regard pragmatique. Elle savait ce qu'elle pouvait dire et quand. Du moins, telle était la Jean qu'il avait connue.

Mitch se figea. Il pensait à elle au passé.

Le début et la fin. L'impulsion et la retenue.

Il parcourut la pièce du regard, une pièce qu'il avait si souvent vue. Il avait besoin d'un indice, n'importe lequel, pour l'aider à comprendre pourquoi elle s'était donné la mort.

Peut-être avait-elle été de plus en plus obsédée par quelque chose. Un événement s'était-il produit au *Tribune* qui l'avait mise sous pression ? Il faudrait qu'il parle à Lester Byron et à tous ceux qui l'avaient fréquentée, qui avaient travaillé avec elle. Peut-être comprendraient-ils en partie ce qui avait pu la pousser à une solution aussi extrême et désespérée.

Il avait été le témoin de ça en Corée. Des hommes s'étaient suicidés ou avaient tenté de s'infliger des blessures suffisamment sévères pour justifier un retour immédiat aux États-Unis. Mais ils étaient confrontés au risque terrifiant d'une mort imminente. Alors que Jean ? Une journaliste de presse ?

Mitch était sans ancrage dans un océan déchaîné de réactions émotionnelles et il avait désespérément besoin de comprendre, ne serait-ce que pour sa propre tranquillité d'esprit.

Il entendit du bruit dans le couloir derrière la porte. Alice apparut. Elle avait une mine affreuse.

« Je n'en ai pas pour longtemps », dit-il.

Elle hésita un instant puis repartit vers la cuisine.

C'est parmi les dernières notes sur Kennedy – les meetings électoraux, les coupures de presse reprenant les discours prononcés, les réunions auxquelles elle avait assisté – que Mitch trouva une enveloppe au fond d'un carton. Elle renfermait le talon d'un billet d'avion pour Dallas en novembre de l'année précédente. Elle s'y était rendue le 20, mais rien n'indiquait quand elle était rentrée. Il y avait également quelques feuilles de bloc-notes sur lesquelles étaient inscrits des dates, des numéros de téléphone, les initiales J. R., le mot *Carousel* ainsi que les noms *Joseph Civello* et *Carlos Marcello.* Ces derniers ne signifiaient rien pour Mitch. Les initiales H. W. ne cessaient d'apparaître. *H. W. au C en 10/63. Où se trouvait H. W. après le 22/11 ? J. R. était-il au courant pour H. W. ?* Il parcourut les pages une dernière fois puis les glissa dans l'enveloppe avant de remettre celle-ci à sa place. C'est alors qu'il vit le coin d'une carte de visite coincée sous les rabats au fond du carton. Il la tira. *Département de police de Dallas. Inspecteur Nelson Shaw.* Au dos, Jean avait écrit *Rubenstein* et *Holly W.* H. W. et Holly W. étaient-ils une seule et même personne ?

Mitch nota le nom du policier et son numéro de téléphone. Il inséra la carte dans l'enveloppe avec les autres documents relatifs à Dallas, remit le tout là où il l'avait trouvé et quitta la chambre.

Il ferma la porte, se tint sans bruit dans le couloir ombragé.

Les certitudes et les incertitudes.

Il prit plusieurs inspirations profondes et silencieuses.

Que tu aies été là-bas et que tu aies dû partir.

Il ferma les yeux et serra les poings, résistant à la vague d'émotion irrépressible qui lui montait dans la poitrine et lui nouait la gorge.

La promesse et la trahison.

La vie et la mort.

C'était la fin d'une époque pour lui ainsi que pour Alice, la fin des espoirs et des rêves de pardon de la part de Jean, de la possibilité qu'elle l'appelle un jour et dise : « Bien des années se sont écoulées, Mitch. Rencontrons-nous. Parlons. Voyons ce que nous pouvons sauver du naufrage que nous avons créé... »

Ce coup de fil n'était jamais arrivé et il n'y avait plus la moindre chance qu'il arrive.

Jean Boyd était morte, et il ne pouvait rien y changer.

10

« Je vais te dire une chose ici et maintenant, mon ami. Si Nixon avait eu le cran de dénoncer ce résultat, il serait à la Maison-Blanche au lieu de ce salopard drogué, faible d'esprit et adultère. Nixon a remporté cette élection, et grâce à son argent Kennedy nous l'a volée sous le nez. L'Alabama, l'Illinois, le Texas. C'était un fiasco. Une foutue blague. J'ai dirigé la campagne de Nixon en toute honnêteté, et c'est nous qui avons gagné dans les règles. »

Donald Finch cessa de crier pendant un petit moment. Il se mit à faire les cent pas dans le hall de l'hôtel de Los Angeles. Il était tard. Il n'y avait personne d'autre que lui et son vieil ami de campagne, Murray Chotiner. Ce dernier avait permis à Nixon d'entrer au Sénat de Californie en décembre 1950. Malgré l'heure tardive et l'absence de clients, le réceptionniste semblait agité. Le fait que des personnes se hurlent dessus dans le hall du Biltmore était tout simplement inacceptable.

Finch – un ancien marine qui avait servi à la fois en Europe et en Corée – était un as de la politique, coriace et pragmatique. Chotiner était un stratège de génie. À eux deux, ils auraient dû envoyer Nixon au Bureau ovale, mais ils avaient échoué. Et ils voyaient désormais avec amertume et une rancœur profonde et implacable la « foire démocrate » qui dirigeait le pays.

Finch saisit Chotiner par le bras. Il l'entraîna hors de vue du réceptionniste et parla à voix basse.

« Mon nouveau gars, George Murphy, c'est un acteur, un foutu acteur. Il a tourné plus de quarante films. Tu aurais pu imaginer un acteur au Sénat ? Eh bien, ça va arriver. C'est un type bien, un bon républicain, et il est hors de question que je laisse l'ancien siège de Nixon aux mains d'un foutu démocrate...

– Faut que tu te calmes, Don, répliqua Chotiner.

– Me calmer ? Depuis quand on arrange les choses en disant aux gens de se calmer, Murray ? Tu sais ce qui se passe. Le sénateur Engle s'est fait opérer en août de l'année dernière. Il est de nouveau passé entre les mains du chirurgien en avril, il y a tout juste trois mois. Il ne peut plus parler, il est malade comme un chien et il va mourir. Et qui est en lice ? Pierre Salinger. Tu comprends ce que je dis ? Le porte-parole de JFK, démocrate jusqu'à la moelle. Un homme qui a contribué à voler la Maison-Blanche à Nixon il y a quatre ans pourrait très bien réussir à lui piquer son ancien siège en Californie. Ça me met hors de moi. Si ça c'est pas en remettre une couche ! Et ce n'est pas par opportunité, Murray. C'est un foutu calcul. John et Bobby Kennedy tirent les ficelles exactement comme ils l'entendent. Tu crois que JFK ne laisserait pas son porte-parole aller au Sénat ? Bien sûr que si, juste pour planter un couteau de plus dans le dos de Nixon. C'est dire à quel point ils sont malveillants, Murray, vraiment. Leur père était un gangster et un voyou, et il les a élevés à son image. »

Finch se pencha plus près de Chotiner. « Tu crois vraiment que j'ai envie de diriger une campagne sénatoriale pour un foutu saltimbanque de Hollywood ? Honnêtement ? Et pourtant je vais le faire, uniquement pour empêcher ces deux salopards d'entraîner ce pays sur le pire champ de mines politique et financier depuis... eh bien, de tous les temps.

– OK, Don, OK. Alors, qu'est-ce que tu veux que je fasse ?

– Nous allons les anéantir, Murray. Nous allons les anéantir avant que Kennedy ait une chance de se présenter à la convention nationale démocrate et de convaincre tout le monde, encore une fois, qu'il n'est pas un sale traître menteur et adultère. Il l'a déjà fait, et je suis persuadé qu'il peut recommencer. Je veux qu'il soit jeté aux lions avant le mois d'août. Tu me comprends ? Je veux le démolir avant qu'il ait une chance de gagner une fois de plus le cœur et l'esprit du peuple américain avec son baratin, de la même manière qu'il parvient à coucher avec Dieu sait combien de filles avec ses belles paroles. Je veux entraîner tout le cirque Kennedy d'une audition sénatoriale à une autre, et quoi qu'il arrive, je vais faire destituer ce salopard, je suis sérieux.

– Alors il va te falloir quelque chose de substantiel, Don, et je ne parle pas de rumeurs à propos du fait qu'il ait pu être au courant ou non de combines lors du comptage des voix. Tu dois l'atteindre avec quelque chose qui pourrait entraîner sa destitution, voire l'envoyer en prison. »

Don se figea. Il regarda attentivement Murray. La question n'était pas formulée, mais elle était là.

« Tu as besoin que quelqu'un parle. Tu as besoin que quelqu'un nous donne un délit bien réel que nous pourrons lui coller sur le dos. Sinon, autant pisser dans un violon.

– Alors on ferait bien de se mettre à chercher, déclara Don, et vite. Nous devons coûte que coûte faire dérailler ce satané train de foire avant qu'il arrive à la convention démocrate. »

11
7 juillet 1964

« Aussi douée que Jean ait été pour se faire des amis, elle l'était encore plus pour se faire des ennemis. »

Mitch Newman n'avait pas parlé à Lester Byron depuis la Corée. À l'époque, par pure politesse, il était revenu voir l'homme qui lui avait donné les accréditations nécessaires pour partir, l'homme qui avait reçu tant de photos qu'il avait prises. Peu après, Lester était passé au *Chicago Tribune*. Désormais, il était rédacteur en chef. Paradoxalement, c'était le journal pour lequel Jean avait fini par travailler, et quelles qu'aient été les enquêtes qu'elle menait, Byron était l'homme qui en saurait peut-être plus que n'importe qui d'autre sur ce qu'elle faisait.

Le revoir était difficile. Ils avaient partagé une histoire de guerre, et maintenant ils partageraient une histoire de perte.

« Des ennemis ? Comment ça ?

– Vous connaissez la musique, Mitch. Vous êtes assez familier de Washington pour savoir que ce n'est pas une ville ordinaire quand il s'agit d'information. Même si ça m'a fait de la peine, nous avons dû la laisser partir. »

Mitch leva les yeux, surpris. « La laisser partir ?

– Du journal. Sa... eh bien, appelons ça sa démission.

– Je suis désolé. Je ne comprends pas ce que vous voulez dire. Elle a quitté le journal ? »

Byron resta un moment silencieux. Il regarda franchement Mitch. « Vous n'êtes pas resté en contact avec elle.

– Vous dites ça comme si vous le saviez déjà.

– Nous étions assez proches, Mitch. Elle m'a dit que vous lui aviez écrit. Elle m'a aussi dit qu'elle n'avait jamais répondu. Ça ne signifie pas qu'elle me racontait tout ce qui se passait entre vous.

– A-t-elle dit pourquoi elle ne m'a jamais répondu ?

– Vous n'avez pas besoin que je réponde à cette question à votre place. »

Mitch savait qu'il avait raison.

« Vous êtes allé voir sa mère ? demanda Byron.

– Hier.

– Et elle n'a pas évoqué le fait que Jean ne travaillait plus ici ?

– Pas un mot.

– Eh bien, peut-être qu'elle ne voulait rien dire, vous savez, étant donné les circonstances.

– Les circonstances ? »

Byron secoua la tête d'un air résigné. « Je suppose que ça n'a plus d'importance maintenant qu'elle est morte. Nous avons appelé ça une démission, mais en fait nous n'avions pas le choix. Si ça avait été quelqu'un d'autre, elle aurait été publiquement renvoyée, mais je la respectais bien trop pour anéantir à ce point ses perspectives de carrière.

– Qu'est-ce qui s'est passé ? Qu'a-t-elle fait ? Et quand est-ce arrivé ?

– À la fin mai, répondit Byron. Son dernier jour de présence a été le 29. Je lui ai demandé de vider son bureau et elle est sortie d'ici sans cérémonie à la fin de la journée.

– Et qu'est-ce qui s'est passé ?

– Elle a enfreint la règle d'or, Mitch. Trouvez une source, confirmez-la deux fois.

– À propos de ?

– Ken O'Donnell, l'assistant spécial de Kennedy.

– Elle a écrit sur lui ?

– Oh, oui. Elle ne s'en est pas privée.

– Et elle a dit quoi ?

– Que c'était un alcoolique, qu'il avait participé au truquage de l'élection en 1960, tout un tas de choses.

– Mais ça fait un bon moment que ces rumeurs circulent, observa Mitch.

– Il y a une très grande différence entre une rumeur sans fondement et le fait de l'imprimer, même quand tout le monde s'accorde à dire que c'est un fait. Vous le savez, Mitch.

– Et le *Tribune* a publié l'article ?

– Bon Dieu, bien sûr que non. Vous croyez que je suis suicidaire ?... » Byron s'interrompit en milieu de phrase. « Bon sang, c'était indélicat. Je suis désolé, Mitch. Je ne... »

Mitch leva la main. « C'est bon, Lester. C'est juste une expression.

– En tout cas, non, nous ne l'avons pas publié.

– Alors comment ça a abouti au renvoi de Jean ?

– Parce que c'était une tornade. Vous la connaissiez, n'est-ce pas ? »

Mitch sourit. « Oui, Lester, je la connaissais.

– Eh bien, c'est une excellente description. Elle était féroce. Déterminée, inflexible, travailleuse, rien que des qualités, mais elle pouvait être un véritable cauchemar. J'ai refusé de publier l'article. Elle et moi, nous avons eu une prise de bec. Elle a menacé de partir. Je l'ai prise au mot. Elle a fait machine arrière. Ça aurait pu s'arrêter là. J'insistais pour qu'elle trouve des preuves pour corroborer ses allégations. Je lui ai dit de laisser tomber cette histoire d'alcoolisme. Que c'était perdu d'avance. Quant à cette affaire d'élection truquée, je lui ai demandé de trouver plus de faits, une source intérieure, n'importe quoi pour donner plus de substance à son article.

– Quelles informations avait-elle ?

– Elle rapportait des conversations qui avaient apparemment eu lieu avec le maire Daley à Chicago. Une rumeur selon laquelle il avait retenu les voix du comté de Cook en attendant de savoir exactement combien étaient nécessaires pour faire pencher la balance en faveur de Kennedy. C'était un sujet polémique, croyez-moi, et elle n'avait pas grand-chose en termes de preuves tangibles. Et il y avait une autre question qui l'obsédait. Elle croyait sincèrement que Joe Kennedy avait été complice de l'élection de John Patterson au poste de gouverneur d'Alabama en 1958. Le fait que Kennedy senior ait pu s'intéresser à ce genre de campagne n'a de sens que si vous regardez l'élection présidentielle de 1960. En vérité, elle essayait de relier des choses entre elles mais n'avait pas beaucoup de ficelle. C'est devenu une obsession. Vous savez comme elle pouvait être obstinée parfois.

– Et ses sources ? »

Byron esquissa un sourire ironique. « Un bon journaliste d'investigation...

– ... ne révèle jamais ses sources, compléta Mitch. Alors comment cet article non publié est-il devenu un problème pour vous ?

– Eh bien, d'une manière ou d'une autre, il a atterri entre les mains de quelqu'un au *Post*. La personne m'a appelé. J'ai soupçonné que Jean le lui avait secrètement fait parvenir dans l'espoir qu'elle le publierait, mais plus j'y réfléchis, moins ça semble probable. Jean était loyale. Je ne crois pas qu'elle aurait agi dans mon dos.

– Donc la fuite vient de quelqu'un d'ici ?

– Honnêtement, Mitch, je n'en sais rien. J'ai dû admettre le fait que mettre un terme à la carrière de Jean au *Tribune* ait pu contribuer à sa décision de se donner la mort. Elle était malheureuse. Elle était en colère. Je pourrais aller jusqu'à affirmer qu'elle avait peur. Elle était journaliste de métier, et sacrément douée en plus, et rebondir après ça aurait été difficile, même pour quelqu'un comme elle.

– Donc le *Post* a publié l'article ?

– Non. Mais le bruit a tout de même circulé jusqu'au bureau de presse de la Maison-Blanche et j'ai reçu un appel. On m'a fait savoir en termes très clairs que l'emploi de Jean Boyd devait être reconsidéré. C'est le mot qu'ils ont utilisé. *Reconsidéré*. Ce qu'ils voulaient dire était sans équivoque.

– Et le bureau de presse est l'arbitre qui décide de qui peut accéder aux briefings, qui obtient les interviews, qui est prévenu des lois qui vont être publiées, c'est ça ?

– Exact. Une interdiction d'accès aux conférences de presse de la Maison-Blanche sonnerait le glas pour un journal de Washington, vous le savez bien.

– Donc Jean a été renvoyée.

– Effectivement, oui. Elle a argumenté. Elle s'est indignée. Elle m'a dit d'avoir plus de cran, les trucs habituels, mais elle comprenait ce qui s'était passé et pourquoi il n'y avait pas de marge de manœuvre. Elle savait qu'elle devait partir et voulait juste exprimer sa protestation.

– Ce qui n'a jamais été un problème pour elle.

– En effet. Elle n'a jamais été du genre à garder ce qu'elle pensait pour elle.

– Et vous croyez que ça a pu influer sur ce qui s'est passé ? »

Byron haussa les épaules. « Qui sait, Mitch ? On imagine connaître les gens, et on se trompe si souvent. Je l'ai toujours crue à l'épreuve des balles, mais elle a été blessée. Ça lui a fait très mal. Elle savait que je n'avais pas le choix, mais elle l'a tout de même pris personnellement. Elle était comme ça. Est-ce que je crois que ça a pu aggraver le genre de dépression qui mène au suicide ? Je n'en sais rien. Est-ce que je pense que Jean était susceptible d'être déprimée ? Oui. La chose que j'ignore, c'est si autre chose a pu être la goutte d'eau qui a fait déborder le vase. »

Il se leva et marcha jusqu'à la fenêtre. « Alors dites-moi, Mitch, si elle n'était qu'une petite amie de lycée que vous n'aviez pas vue depuis plus de dix ans, pourquoi êtes-vous ici en train de fouiner dans tout ça ? »

Mitch ne s'offusqua pas de la réflexion de Byron, même si Jean était beaucoup plus qu'une petite amie de lycée, depuis longtemps perdue de vue ou non.

« Pour sa mère, répondit-il. Je ne crois pas que Jean lui ait dit qu'elle avait été renvoyée. Je crois qu'elle a caché ce détail. Sa mère est anéantie. Jean était fille unique. Il n'y a pas de père. Je pense qu'elle s'est tournée vers moi par désespoir. Je veux juste faire ce que je peux pour l'aider à gérer la situation.

– C'est très noble de votre part, mais c'est un milieu dur. Vous voulez mon opinion ? Jean était obstinée et déterminée. Peut-être trop. Quand elle avait quelque chose dans le collimateur, elle ne lâchait jamais. Tout ce foin à Dallas en novembre dernier…

– Dallas ?

– C'était son cheval de bataille, cette histoire d'élection truquée. Elle était résolue à faire en sorte que quelqu'un dans le camp Kennedy laisse échapper quelque chose. Elle y est allée alors que je lui avais dit de ne pas le faire. Elle a payé son propre billet. Comme j'ai dit, elle pouvait être un vrai cauchemar. »

Mitch songea à la carte du flic de Dallas qu'il avait trouvée parmi les papiers de Jean.

« Je ne sais pas quel genre de personne il faut être pour considérer le suicide comme une option, déclara Byron, mais peut-être qu'elle était comme ça. Peut-être qu'elle avait trop de personnalité en elle et qu'elle a finalement implosé. Je n'en sais rien. Je ne suis pas psychologue. Je sais que la vaste majorité des suicides que nous rapportons sont généralement inattendus. La chose que leurs proches semblent tout le temps dire, c'est : "Je ne l'aurais jamais cru capable de faire ça." Voilà ce qu'ils disent. »

Une heure plus tard, Mitch se tenait de nouveau dans la rue face à l'appartement de Jean. Il n'entra pas dans le bâtiment. Il ne voulait pas paraître intéressé par ce qui s'y était déroulé une seconde fois en quarante-huit heures.

Il regardait les fenêtres, noires et sans lumière, et se demandait pourquoi Jean n'avait pas informé sa mère qu'elle avait perdu son travail ou, si elle l'avait fait, pourquoi Alice ne l'avait pas mentionné. Il se demandait ce qui s'était passé au cours des cinq semaines qui avaient séparé son départ du *Tribune* de son décès.

Surtout, il se demandait si Lester Byron avait raison, si Jean était véritablement le genre de personne – obstinée et déterminée – capable de prendre une décision aussi définitive et irréversible.

Il éprouvait de la compassion et du chagrin, se sentait plus affligé qu'il ne l'avait été pour son père et sa mère.

Solitude, douleur, peine ; tant de fois nous les avons connues, tant de fois nous les fréquenterons encore.

Le souvenir d'un événement sismique. Le souvenir de la plus grande des pertes.

Et les souvenirs de Jean devenaient soudain précieux et rares. Le drugstore. Le cinéma. La musique qu'ils avaient écoutée ensemble. La poignée de cailloux qu'ils avaient ramassés. L'image de son visage était lointaine et fragile et il faisait tout son possible pour s'y accrocher.

C'était comme si une partie de sa vie lui avait été arrachée des mains et avait été effacée sous ses yeux.

Il regarda une fois de plus les fenêtres de son appartement vide puis se retourna et s'éloigna.

12
8 juillet 1964

« Allô ?

– Inspecteur Nelson Shaw, police de Dallas ? demanda Mitch.

– Oui. En quoi puis-je vous aider ?

– Inspecteur Shaw, mon nom est Mitchell Newman. Je suis photographe et journaliste free-lance à Washington. J'appelle pour vous parler de Jean Boyd du *Washington Tribune*... Vous la connaissiez, n'est-ce pas ?

– Eh bien, je ne dirais pas que je la connaissais tant que ça. » Mitch entendit un sourire ironique dans la voix de Shaw. « Plutôt professionnellement, pourrait-on dire. Elle m'a harcelé pendant quelques jours à la fin de l'année dernière.

– Elle est venue à Dallas, n'est-ce pas ? Elle a pris l'avion et vous l'avez rencontrée ? »

Shaw hésita. « Pourquoi me demandez-vous ça, monsieur Newman ? Si vous voulez savoir où se trouve Mlle Boyd, je vous suggère de la contacter directement. »

Ce fut au tour de Mitch de marquer une pause. Il ferma les yeux un moment. « Jean Boyd est morte, inspecteur Shaw. Elle s'est suicidée il y a cinq jours.

– C'est une plaisanterie ? Qu'est-ce que vous racontez ?

– Comme j'ai dit, elle a été retrouvée morte dans son appartement vendredi dernier. Overdose de somnifères.

– Oh, bon Dieu. »

Mitch attendit en silence. Il voulait savoir ce que Shaw avait à dire.

« C'est la dernière chose au monde que je m'attendais à entendre. Qu'elle avait des ennuis, soit. Qu'elle avait écrit quelque chose qu'elle n'aurait pas dû écrire et avait fini avec un procès, mais ça... c'est juste... Bon Dieu, je ne sais pas quoi dire.

– Elle a été renvoyée. Le *Tribune* s'est séparé d'elle à la fin mai. L'hypothèse, naturellement, est qu'elle a plongé dans une sérieuse dépression, mais il n'y a pas de preuve formelle. D'après ce que j'ai compris, elle n'a même pas dit à sa mère qu'elle avait perdu son emploi.

– Vous avez parlé à son médecin ? Vous savez où elle s'est procuré les comprimés ?

– Je n'enquête pas sur son suicide, inspecteur. Ce qui m'intéresse, c'est pourquoi elle vous a contacté et pourquoi elle s'est rendue à Dallas.

– Ai-je dit qu'elle était venue ici ?

– Vous avez dit qu'elle vous avait harcelé à la fin de l'année dernière.

– Exact.

– Donc elle n'est pas allée vous voir ?

– Je ne crois pas que je souhaite avoir cette conversation, monsieur Newman. Je ne vois pas du tout en quoi ma brève relation avec Mlle Boyd vous concerne. Il faut que j'y aille.

– Inspecteur Shaw ? »

L'homme n'avait pas raccroché. Il était silencieux, mais Mitch savait qu'il écoutait toujours.

« Je suis allé chez elle, là où elle a grandi en Virginie. C'est une ville minuscule nommée West Haven. Son père est mort quand elle avait huit ans. Il en avait trente-quatre et son cœur s'est arrêté de battre. Jean a été élevée par sa mère, Alice. Elle était son unique enfant. J'étais avec Alice hier et elle est totalement anéantie. J'essaie juste de me faire une idée de la raison qui a poussé une femme comme Jean Boyd, une femme qui m'a laissé le souvenir d'une personne courageuse, coriace, intrépide, à commettre un acte aussi radical que s'ôter la vie. »

Mitch marqua une pause. Shaw ne dit rien.

« Si vous connaissiez Jean, si vous saviez un tant soit peu comment elle était, vous comprendriez sans doute pourquoi son suicide n'a pas beaucoup de sens. Peut-être que c'est juste comme ça. Peut-être que les suicides n'ont jamais de sens. Mais je sais que j'ai des questions, et je crois qu'il y a des réponses. Que s'est-il passé durant les dernières semaines de sa vie ? À quoi était-elle mêlée, où son travail la menait-il, sur qui et quoi écrivait-elle ? C'est tout ce que j'essaie de découvrir. Vous comprenez ? J'essaie juste d'aider une mère en deuil à comprendre pourquoi sa fille unique s'est donné la mort dans un appartement à Washington vendredi soir dernier. »

Une fois encore, rien. Mitch entendait Shaw respirer.

« S'il vous plaît, inspecteur, rendez-moi service, vous voulez bien ? Jean est-elle allée à Dallas en novembre dernier ? L'avez-vous rencontrée ? Quelle piste suivait-elle ? Qu'essayait-elle de découvrir ? »

Il y eut un nouveau moment de silence, puis Shaw répondit : « Toutes mes condoléances, monsieur Newman, ainsi qu'à Mme Boyd. S'il vous plaît, ne me rappelez pas. »

La ligne fut coupée.

Mitch resta assis là avec le bourdonnement dans l'oreille et il sut, sans l'ombre d'un doute, que quelque chose clochait sérieusement.

Ce même après-midi, peu après 15 heures, Mitch retraversa la ville jusqu'à l'appartement de Jean. Le policier était invisible et il frappa à la porte de l'étage inférieur.

Lorsqu'elle s'ouvrit, un homme âgé se tenait là avec sur le visage une expression curieuse.

« Oh, fit-il. Je croyais que ce serait encore la police.

– Désolé de vous déranger, commença Mitch. J'étais un ami de Mlle Boyd. »

L'homme acquiesça. « Épouvantable, dit-il. Tellement, tellement triste. C'était une jeune femme merveilleuse. Mon épouse et moi sommes dévastés.

– Vous la connaissiez ?

– Oui, bien entendu. Nous nous occupions de son chat. » L'homme fronça les sourcils. « Je ne sais pas ce qu'il est devenu. Je suppose qu'il a été emporté. J'espère qu'ils ne l'ont pas piqué. Je l'aurais bien pris, mais ils refusent que quiconque entre dans l'appartement. Vous ne pensez pas qu'ils l'ont simplement laissé là, si ?

– Ça m'étonnerait », répondit Mitch.

Il se rappela la descente précaire depuis l'issue de secours avec l'animal dans son manteau.

« Jean s'absentait souvent, juste pour une nuit, parfois pour retourner chez elle en Virginie. Elle était toujours tellement occupée. Elle était infatigable. Ça a été un terrible choc, et ça prouve que quoi que vous pensiez savoir de quelqu'un, il y a toujours une part d'inconnu.

– Comment s'appelait le chat ?

– Oh… Mitch. Il s'appelait Mitch. Un petit écaille de tortue. D'une nature très douce. Il s'enfuyait constamment mais revenait toujours. »

Mitch eut un mouvement de recul, peut-être pas physiquement, mais intérieurement. Plus tard il comprendrait que ça avait été le moment où il s'était vraiment reconnecté à Jean. Le moment où il avait réellement compris qu'elle était morte, partie pour toujours – qu'elle ne reviendrait jamais.

« Et son appartement ? demanda-t-il, luttant contre la vague de chagrin qui s'abattait sur lui comme une déferlante.

– Je suppose que le propriétaire va se débarrasser des meubles, le repeindre et le louer à quelqu'un d'autre. Je ne sais pas, monsieur… ?

– Newman.

– Je ne sais pas ce qui va se passer, monsieur Newman.

– Et ses papiers, tout son travail pour le *Tribune* ?

– Ils sont venus les prendre. Des cartons et des cartons de documents.

– Ils les ont pris ? Qui ça ?

– Les gens du journal. C'est ce qu'ils ont dit. Il y avait un policier qui a tout supervisé, qui s'est assuré qu'ils ne prenaient rien qui ne leur appartenait pas. Je suppose que sa mère voudra peut-être venir voir s'il y a des effets personnels qu'elle souhaite conserver. » L'homme secoua tristement la tête. « C'est juste affreux, vous savez. Un parent ne devrait jamais avoir à enterrer son enfant. Ce n'est pas dans l'ordre naturel des choses, n'est-ce pas ?

– Non, monsieur, en effet. » Mitch marqua une pause. « Puis-je vous demander votre nom ?

– Oui, bien sûr. Je m'appelle Ernest Harper.

– Merci de m'avoir accordé un moment, monsieur Harper. Je vous en suis sincèrement reconnaissant.

– Je vous en prie, monsieur Newman, et s'il vous plaît, transmettez mes condoléances à la mère de Jean. »

Mitch redescendit jusqu'au hall. Il se tint dans la fraîcheur silencieuse pendant deux ou trois bonnes minutes avant de se ressaisir suffisamment pour longer le trottoir et regagner sa voiture.

Le chat s'appelait Mitch.

Il avait l'impression que le monde lui avait roulé dessus et avait brisé chaque os de son corps.

C'est alors que les larmes arrivèrent. Elles le déchirèrent intérieurement, l'écartelant. Il ne pouvait rien faire pour les retenir. Il pleura jusqu'à ne plus pouvoir respirer, puis il pleura encore un peu.

13

L'histoire de l'humanité était une histoire d'inhumanité. C'était une histoire de guerre. Une histoire sans fin.

En Corée, Mitch Newman avait vu des choses qu'il avait cru vouloir voir, des choses dont il pensait qu'elles devaient être montrées au monde. Rapidement, peut-être trop, il avait compris qu'il n'était ni spectateur ni observateur. Un photographe de guerre était un vautour qui se repaissait des restes de la mort ; il assistait à un enterrement auquel il n'avait pas été invité, uniquement pour feindre la compassion et profiter du buffet ; il était un non-combattant dans une zone de combat. La caméra n'était qu'un simulacre de séparation. Les balles étaient tout aussi réelles, le sang tout aussi rouge, les risques de mourir encore plus élevés car il n'avait pas d'entraînement, pas d'expérience, aucun sens de la guerre.

Pour les soldats, il était une distraction et un fardeau. Pour sa mère, il était une source permanente d'inquiétude. Quant à lui, il s'était rapidement rendu compte que la réalité et le fantasme étaient diamétralement opposés.

Après ses premiers instants de terreur et d'accablement, il avait fait quelques petits progrès. Au bout d'une semaine, il ne sursautait plus à chaque riposte ou explosion. Il portait un treillis taché de boue, un casque et de lourdes bottes. Au bout de deux semaines, il ressemblait à un soldat et parlait même comme eux. Il prenait des photos, discutait avec les autres correspondants de presse, était entré en contact avec l'unité de relations publiques de l'ONU et avait commencé à comprendre ce qui se passait.

Les porte-avions américains et britanniques avaient frappé avec succès Pyongyang. Le ministère de la Défense avait réquisitionné les avions commerciaux pour envoyer plus de soldats. Les Nord-Coréens étaient arrivés de Suwon, avaient traversé la rivière Kum et pris Taejon, et le président Rhee s'était enfui. Les Américains manquaient de munitions et de lanceurs antichars. Leurs forces étaient désorganisées. Des renforts promis en provenance d'Angleterre et d'Australie semblaient ne jamais arriver. Ce n'est qu'après le débarquement d'Incheon que le vent avait semblé tourner. Mitch était présent à la bataille de Séoul, il avait assisté au massacre de Namyangju. À la fin octobre, les Sud-Coréens n'étaient qu'à quatre-vingts kilomètres de la frontière mandchoue. Pyongyang était tombée et MacArthur – qui voulait poursuivre à travers la Corée du Nord jusqu'en Chine – avait été retenu par Truman.

Et pourtant, malgré tous les progrès qui semblaient avoir été effectués, la situation s'était retournée une fois de plus en novembre. Les forces de l'ONU avaient été repoussées par un gigantesque assaut chinois. Des marines américains avaient été piégés dans le réservoir gelé de Chosin et avaient dû se battre jusqu'à la mer du Japon pour sauver leur peau.

C'est alors, durant ces jours fatidiques, que la guerre de Corée avait brusquement connu une fin épouvantable pour Mitch Newman. Comme il transmettait des photos à Lester Byron, ce dernier l'avait informé que ce qu'il fallait, c'étaient des clichés pris sur le terrain qui donneraient une véritable idée de la réalité du conflit.

« Il nous faut des images puissantes, avait dit Byron par-dessus les parasites de la ligne téléphonique. Des images qui placent l'homme de la rue dans la ligne de feu. »

Après avoir plaidé sa cause auprès du commandant de division, Henry Urquhart, Mitch s'était vu accorder une jeep et un chauffeur, le première classe Raymond Bancroft, ou Ray-Ban pour ses camarades soldats. Il avait vingt et un ans et était un joueur de cartes diabolique, son sens de l'humour plein de sagesse n'allait pas avec son âge et il était aussi ambitieux que Mitch.

« Fais quelque chose de valable de ta vie ou laisse tomber jeune, disait-il. Quand j'aurai fini ma mission ici, je raccrocherai et je reprendrai mes études. Je me vois bien devenir architecte ou décorateur d'intérieur ou quelque chose comme ça. »

Il était né à Broken Bow, Nebraska.

« C'est dans le comté de Custer, pile au centre de l'État. Bon sang, on a seulement eu le train en 1884. Quand on naît là-bas, la première chose qu'on comprend, c'est qu'il faut en partir. »

Son père était dentiste, se rendant de ferme en ferme pour extraire des dents de sagesse incluses et des molaires infectées. Sa mère avait eu sept enfants, dont deux étaient morts en bas âge, et elle s'était résignée à passer le reste de ses années à scruter une météo prévisible et un horizon qui ne changeait jamais. Malgré l'amour et le respect que lui inspiraient ses parents, Ray-Ban était déterminé à ne pas devenir comme eux. L'armée avait été son ticket de sortie, mettant à sa disposition des aides financières et des bourses, lui offrant le respect réservé à ceux qui avaient servi leur pays. Il avait tout planifié, et tout s'était déroulé comme prévu jusqu'à la fin de l'après-midi du vendredi 24 novembre 1950.

Obéissant aux instructions, Mitch avait emprunté une route connue à destination des affrontements les plus intenses. Ceux-ci se déroulaient à deux bonnes heures de l'endroit où ils étaient cantonnés. Ray-Ban parlait de la vie à l'armée, du fait que l'entraînement rudimentaire qu'on leur offrait était aussi utile qu'un parachute en plomb quand il s'agissait de réels combats.

« Eh bien, au moins tu as une formation de base, déclara Mitch. Tout ce qu'on m'a appris à faire, c'est transmettre mes clichés aux États-Unis.

– Tu n'auras droit à aucune compassion de ma part, mon ami. Tu t'es porté volontaire pour venir ici avec un appareil photo, nom de Dieu. Ça fait de toi un dingue un peu spécial, tu sais ? »

À mi-chemin, ils firent une pause et vérifièrent leur itinéraire pour s'assurer qu'ils étaient toujours sur la bonne route. Mitch prit quelques photos de Ray-Ban examinant attentivement la carte étalée sur le capot de la jeep. Le terrain était devenu plus accidenté, la route n'étant guère plus qu'un sentier plein d'ornières. Les broussailles avaient été repoussées ici et là, mais elles ralentissaient tout de même le véhicule. C'était à de tels moments que Mitch saisissait l'énormité de ce que les Américains avaient entrepris. Les tactiques et les stratégies qui auraient pu fonctionner en Europe étaient inutiles et inapplicables dans un tel environnement. Un Sherman aurait peut-être été capable de traverser le bocage de l'ouest de la France, mais la jungle coréenne était une toute autre affaire. Sa densité était étouffante. Ce n'était que quand les arbres et la végétation commençaient à s'ouvrir un peu qu'on pouvait percevoir la lumière du jour. Tout semblait fétide et nauséabond, des ombres profondes et des sentiers défoncés, des endroits où les personnes familières de ce milieu pouvaient dissimuler des armes, des réserves de nourriture, de munitions et de l'eau, et même des divisions entières. Les Américains n'avaient pas l'expertise logistique nécessaire pour organiser des lignes d'approvisionnement à travers un marécage infini. C'était un monde qui ne ressemblait à nul autre, et y livrer une guerre contre des hommes qui le connaissaient si bien était une entreprise exigeante et terriblement éprouvante.

Lorsqu'il fut sûr qu'ils étaient toujours sur le bon chemin, Ray-Ban s'éloigna pour se soulager dans les broussailles. Mitch attendit, fuma une cigarette, épiant le moindre son indiquant une présence sur la route devant ou derrière eux.

Ray-Ban revint. « Hé, lança-t-il, j'ai une blague à te raconter. » Il grimpa dans la jeep. « Donc c'est un type, d'accord ? Il va dans un bar et il a une valise. Il dit au barman qu'il y a quelque chose dedans qu'il n'a jamais vu, quelque chose qui le laissera sans mot. Le barman dit : "OK, et qu'est-ce qui se passe si c'est vrai ?"

Le type répond que le barman devra lui servir des boissons gratuites pendant le restant de la soirée... »

Où se trouvait le tireur, impossible de le savoir.

Le son arriva après l'impact, fusant et se répercutant à travers la jungle.

La balle pénétra le visage de Ray-Ban juste au-dessus de l'œil droit et l'arrière de sa tête fut arraché. L'arrière et le côté gauche. Alors même que ça se produisait, il souriait, s'apprêtant à finir sa blague, à rire avec Mitch. Mais ses mots furent interrompus net, puis il émit un son comme si de l'air était coincé dans sa gorge et il s'affala en avant.

Mitch retint ce qui restait de la tête de Ray-Ban entre ses mains, mais elle était si lourde, et son corps était un poids mort. C'est alors qu'il comprit ce que ces mots impliquaient réellement : le poids d'un mort.

La panique monta. Il roula sur le côté et se laissa tomber de la jeep. Le corps de Ray-Ban tomba également, roulant une fois sur lui-même avant de s'immobiliser. Il était visage contre terre, son œil gauche tout juste visible à travers les broussailles. Celui-ci était fixé sur Mitch, observant ce qu'il allait faire, cet unique œil voyant tout en lui, mettant son courage à l'épreuve, sa force d'âme, sa santé mentale.

Mitch resta étendu sur le sol, retenant son souffle et cherchant à repérer des bruits de voix, d'autres coups de feu, la sensation d'une balle s'enfonçant dans son corps. Tout était fini. Quatre mois à vivre sur le fil du rasoir et le destin l'avait trouvé. C'était ici que tout s'achèverait, au beau milieu d'une jungle puante et nauséabonde au cours d'une guerre à laquelle il n'aurait jamais dû se mêler.

Combien de temps resta-t-il étendu là à avaler de la terre ? Il n'en savait rien. Il avait l'impression que son esprit avait largué les amarres. Il voulait hurler. S'enfoncer comme un dératé parmi la végétation et tout abandonner derrière lui. Il voulait disparaître et se retrouver à West Haven, avant que tout ça se produise, avec

Jean en face de lui tandis qu'il lui dirait que oui, elle avait raison, tout compte fait il n'irait pas en Corée.

Il savait qu'il devait bouger, mais il n'osait pas. Pas encore. Pas tant qu'il ne serait pas certain qu'il ne rencontrerait pas le même sort s'il se levait.

Une heure s'écoula. Peut-être deux. Il consulta sa montre mais n'avait aucun point de référence. Chaque minute était la plus longue qu'il eût jamais vécue. Chaque souffle, chaque battement de son cœur était une victoire, d'autant plus précieux qu'il savait que ça pouvait être le dernier.

Finalement, au prix d'un énorme effort de volonté, il commença à se rapprocher de la route. Il devait replacer le cadavre de Ray-Ban dans la jeep et foutre le camp.

Il avança lentement, maintenant son corps aussi près du sol que possible. Son nez était plein de terre, mais il sentait toujours la puanteur de l'essence et, en dessous, un relent de sang.

Il savait que si la balle avait été tirée depuis un endroit devant eux, sur la droite peut-être, il devait rester derrière la jeep.

Il n'y avait pas un son, là-bas. Absolument rien.

À un moment, il dut se mettre à genoux pour contourner le véhicule jusqu'à l'autre côté. Il s'attendait à un coup de feu, net, rapide et parfaitement ciblé, qui lui arracherait la moitié de la tête comme celle de Ray-Ban.

Mais il n'y eut rien.

Il attrapa son appareil photo et le jeta sur le sol de la jeep du côté passager, puis il recula d'un mètre et agrippa le bras de Ray-Ban juste au-dessus du coude. Il tira de toutes ses forces, mais le corps ne bougea pas d'un centimètre. Mort, Ray-Ban semblait peser deux ou trois fois plus que vivant. Il tira de nouveau, y mettant toute l'énergie qu'il possédait, puis s'aperçut que le cadavre était coincé contre la roue arrière. Pour le déplacer, Mitch devrait revenir en arrière afin de l'écarter de la jeep. Ça semblait une tâche réellement impossible, mais il n'avait pas d'autre choix.

Il recula terriblement lentement, épiant le moindre son dans les broussailles qui l'entouraient. La jungle respirait à son propre rythme, et une fois que vous en aviez conscience, vous perceviez parfois un changement. Si quelque chose bougeait, ça créait une onde de répercussions qui se diffusaient en cercles concentriques.

À un moment, il regarda par-dessus l'arrière de la jeep en direction de l'endroit d'où le coup de feu avait pu être tiré.

Une fois encore, alors qu'il s'attendait à une détonation, il fut surpris de ne trouver que le silence.

Il écarta Ray-Ban de la roue arrière et s'assit, les pieds contre le côté du véhicule, faisant levier pour tirer le corps un peu plus afin de le hisser à la place du passager. Il serait obligé tôt ou tard de s'agenouiller et de porter Ray-Ban sur son épaule. Il n'y avait pas d'autre moyen de procéder.

Après dix bonnes minutes, il fut dans la position voulue. Il s'agenouilla, se pencha en avant et souleva Ray-Ban par les aisselles tout en tentant de ne pas regarder l'épouvantable expression sur son visage, conscient que l'humidité qu'il sentait sur l'arrière de sa chemise était le contenu de sa tête. Il tira Ray-Ban vers lui, plaça son épaule contre son ventre. D'un simple geste rapide il parviendrait peut-être à caler suffisamment le corps pour le soulever.

La première tentative échoua, mais à la seconde il parvint à utiliser le poids du cadavre à son avantage. L'avant du corps retombait sous l'effet de la pesanteur et Mitch savait que s'il se penchait en arrière il pourrait avoir la prise qu'il désirait.

Il entendit alors des voix caractéristiques, et elles n'étaient pas américaines.

Une terreur telle qu'il n'en avait jamais ni connue ni vue s'empara de lui. Il lâcha Ray-Ban, bondit sur le siège côté conducteur et démarra.

Alors même qu'il enclenchait la marche arrière et tournait, il savait ce qui se produirait. C'était inévitable.

En roulant sur le corps de Ray-Ban, il éprouva une sensation ignoble. Par-dessus le bruit du moteur, il entendit les os se briser. Il y voyait à peine à cause des larmes dans ses yeux. Il enfonça l'accélérateur, fila à travers les broussailles pour regagner la route qu'ils avaient empruntée, et il ne s'arrêta que lorsqu'il eut regagné la base.

Il fut questionné par Urquhart et mentit. Il affirma que Ray-Ban et lui avaient rendez-vous avec une autre unité, que Ray-Ban était parti avec celle-ci et avait dit à Mitch de retourner à la base. Quelle unité ? demanda Urquhart. Il répondit qu'il l'ignorait. Mitch savait-il quelle direction ils avaient prise ? Une fois encore, il l'ignorait, il savait seulement que Ray-Ban semblait bien décidé à partir avec les autres et avait insisté pour que Mitch rentre.

Après un moment, Urquhart sembla satisfait. Il avait été réticent à utiliser un soldat pour conduire un journaliste. Mitch fut congédié.

Ce soir-là, assis seul dans son cantonnement, alors qu'il ôtait la pellicule de l'appareil et l'exposait à la lumière, détruisant à jamais les dernières images du soldat de première classe Raymond Bancroft, Mitch sut que sa guerre était finie.

Il ne raconterait jamais à personne ce qui s'était passé. Il savait que ça le hanterait, mais il ne pouvait pas affronter l'ignominie et la honte de sa propre lâcheté. Il savait qu'il continuerait de se mentir pendant le restant de sa vie.

En janvier 1951, les Sud-Coréens et leurs alliés tenaient une ligne défensive le long du 38ᵉ parallèle, la vieille division Nord-Sud, mais Mitch était déjà rentré chez lui. Lorsqu'un cessez-le-feu fut instauré en novembre, la guerre de Corée et tout ce qu'il avait vécu n'étaient plus rien que des cauchemars.

Mitch Newman avait perdu son innocence et sa naïveté. Il avait perdu son rêve d'être le dynamique photojournaliste de guerre, salué non seulement pour son travail spectaculaire, mais aussi pour son courage.

Un héros ne meurt qu'une fois, mais un lâche meurt mille fois.

14

Comme pour amplifier tout ce qu'il avait vécu, souligner et intensifier son terrible sentiment de solitude, Mitch avait compris tout juste quelques jours après son retour de Corée que Jean était elle aussi irrémédiablement perdue.

Ses lettres étaient restées sans réponses, et il venait seulement de comprendre qu'elles étaient bien arrivées. Elles étaient là parmi les papiers de Jean, dans la chambre où ils avaient tant partagé. Dans un sens, ça rendait les choses encore pires. Jusqu'à cet instant, il était parvenu à entretenir le fragile espoir qu'elle ne les avait peut-être jamais vues.

Jean et lui s'étaient disputés avec férocité. Elle lui avait donné un ultimatum. *Pars et les fiançailles sont annulées.* Il avait tenté de la reconquérir, tenté de lui faire entendre son point de vue, mais elle avait édicté la règle. Il était parti, moyennant quoi les promesses qu'il lui avait faites étaient nulles et non avenues.

Quand il s'était retrouvé assis dans une tranchée boueuse avec des balles qui sifflaient au-dessus de sa tête et les restes tordus d'hommes brisés gisant autour de lui, il avait été *certain* qu'elle le reprendrait. *Certain* qu'elle lui pardonnerait. Mais il s'était trompé. Tellement trompé. Quand il s'était accroché à elle, elle l'avait lâché. Tous les mots qu'il avait écrits entre le début décembre et la fin février avaient été ignorés. Et ce n'est qu'alors qu'il avait compris combien il lui avait fait mal. Lorsqu'il s'était rendu sur le campus de l'université de Virginie au printemps 1951, il l'avait vue mais n'avait pas osé lui parler. Il n'avait pu se résoudre à faire dérailler une fois de plus la vie de Jean. En Corée, il avait perdu ses désirs de guerre. Il semblait également y avoir perdu son désir de vivre.

Ce soir-là, le mercredi 8 juillet, Mitch Newman resta un moment assis dans le silence frais de son appartement. Il alluma la radio, mais la musique de chaque station lui tapait sur les nerfs. Il tenta de regarder la télé. En vain. Il se détestait. Il détestait sa vie. Il ne savait pas ce qu'il faisait. Il était à la dérive et les raisons de se lever le matin devenaient de plus en plus rares et insignifiantes.

Il se retrouva à parler au chat qu'il avait désormais adopté, un chat qui portait le même nom que lui.

« Elle était comment ? Elle avait changé ? Tu étais là quand elle est morte ? »

Le chat était assis sur la table basse et le regardait sans ciller.

« Tu veux savoir ce que je pensais d'elle ? demanda Mitch. Je pensais qu'elle était folle. Vraiment. Tu sais, une de ces personnes qu'on rencontre et dont on se dit que, quoi qu'il arrive désormais, ce sera quelque chose de spécial. C'était comme ça avec elle. Elle ne s'arrêtait jamais. Rien ne s'arrêtait jamais. Elle était toujours occupée à faire quelque chose ou sur le point de faire quelque chose, ou alors elle avait une idée géniale et disait que ce serait formidable de faire du stop pour aller sur la côte et vivre sur la plage pendant un mois juste pour voir le genre d'ennuis qu'on s'attirerait. »

Il tendit la main et caressa le cou de l'animal.

« Quand je lui ai dit que je partais, j'ai été surpris par sa réaction. Tu sais ce que je voulais ? Tu sais ce que j'espérais qu'elle dirait ? J'espérais qu'elle dirait qu'elle viendrait avec moi. Qu'elle serait ma partenaire. Absurde, je sais. »

Il marqua une pause et regarda le chat. L'animal lui retourna son regard.

« Elle aurait été tout pour moi… comme elle l'était pour toi. »

Mitch se rappela ses idéaux, ses aspirations. Il allait être aussi génial que Capa. Il allait prendre des photos qui termineraient dans *Life*, *Collier's* et *Illustrated*. La véritable ironie était que Capa, déjà salué comme le plus grand photographe de guerre au monde, était arrivé en Afrique du Nord juste un mois après la mort du père de Mitch. Ces photos prises alors que la compagnie E du 16e régiment d'infanterie attaquait les unités de reconnaissance allemandes sur le flanc nord de la colline 336 auraient tout aussi bien pu être des photos du IIe corps d'armée au sein duquel se trouvait son père. Les images de croix en bois dans le cimetière américain de Béjà, les croix de fer allemandes et les pales d'hélices gravées qui ressortaient à côté des squelettes tordus d'avions abattus et de chars éventrés, partout la puanteur de la fumée, du diesel et de la mort. Toutes ces choses lui venaient à l'esprit quand il pensait à son père, quand il se demandait comment faire honneur au nom de sa famille. Il était allé en Corée pour se prouver qu'il était un homme aussi bon qu'un autre, qu'il était fort et courageux, que sa vie pouvait servir à quelque chose. Mais à son retour, il avait prouvé que non seulement il avait échoué, mais aussi qu'il avait perdu la seule personne qui avait donné un véritable sens à son existence.

Finalement, il avait su qu'il devait la laisser partir, et il s'était convaincu qu'il y était parvenu. Mais c'était un faux-semblant. Chaque fois qu'il songeait à elle, il s'efforçait de penser à autre chose. Néanmoins, elle le trouvait toujours. Elle lui retournait son regard – un reflet dans une vitrine, un visage dans la foule – et elle avait chaque fois la même expression, une expression que seul lui comprenait.

Pourquoi ? Pourquoi, Mitch ?

Il n'en pouvait plus du silence. Il quitta l'appartement et se dirigea vers le bar du quartier.

Tom le salua lorsqu'il entra, lui prépara un bourbon avec de la glace sans qu'il ait besoin de lui demander.

« On dirait que quelqu'un vient de descendre ton chien... ou peut-être ce chat dont tu as hérité.

– Merci de l'avoir nourri, dit Mitch.

– Pas de problème, répondit Tom, et il porta le verre jusqu'à l'endroit où Mitch s'était assis au comptoir. Alors, ça s'arrange ?

– Aussi moche que soit la situation, elle peut toujours empirer.

– Ça va être une de ces soirées ?

– Quelques journées difficiles. La fille que j'ai failli épouser s'est suicidée. »

Tom sembla abasourdi.

« C'était à elle qu'appartenait le chat, ajouta Mitch.

– Elle s'est suicidée ?

– Apparemment.

– OK... Bon, apparemment et assurément sont deux choses très différentes.

– Officiellement, c'est un suicide, mais il y a trop de raisons qui font que ça n'a aucun sens.

– C'est arrivé quand ? Quand l'as-tu appris ?

– Samedi. Après être parti d'ici, à vrai dire. Je suis rentré et sa mère m'a appelé.

– Bon Dieu, Mitch. Comment on gère un truc pareil ?

– Je ne sais pas encore, répondit-il. Je m'occupe de son chat. Pour le moment, c'est à peu près tout. »

Tom hésita puis déclara : « Au fait, j'avais oublié, mais quelqu'un est venu ici lundi soir pour te voir.

– Qui ?

– Je suppose que c'était officiel. Un type en costume. Il a dit que c'était pour une affaire personnelle.

– Pas de message ?

– Je lui ai demandé s'il voulait en laisser un. Il a répondu qu'il passerait chez toi.

– Je n'ai pas beaucoup été là. J'ai dû le rater. À quoi il ressemblait ?

– Bon sang, j'en sais rien. Un type en costume. Cheveux sombres, taille moyenne, corpulence moyenne.

– Un flic, peut-être ? »

Tom haussa les épaules. « Je ne pense pas. Il l'aurait dit, non ?

– Tu ne lui as pas demandé ?

– Il n'est resté que quelques instants. Le bar était bondé. Match de football. Peut-être que ce n'était rien. Peut-être que tu n'as pas payé tes charges. »

Mitch sourit. « Ce ne serait pas la première fois.

– Un autre ? demanda Tom en levant la bouteille.

– Oui, répondit Mitch, et encore deux ou trois après. »

Tom remplit le verre, alla chercher plus de glaçons. « Je suis vraiment désolé, dit-il. La perte d'un ami est aussi la nôtre.

– Une vieille relation. Nous étions fiancés. Nous étions des gamins. J'avais la ferme intention de changer le monde et je suis parti en Corée.

– Sérieusement ? Tu ne me l'avais jamais dit.

– Qu'est-ce qu'il y a à dire ? Je m'étais mis en tête de devenir un grand photojournaliste. Je ne savais pas dans quoi je m'embarquais et je ne me suis rendu compte de ce que j'avais laissé derrière moi qu'après l'avoir perdu.

– Comment elle s'appelait ?

– Jean.

– D'ici ?

– Non. On a grandi à West Haven. Elle avait seize ans quand je l'ai rencontrée. Elle m'a suivi à l'université de Virginie, mais j'ai laissé tomber et suis parti à la guerre. Elle a passé son diplôme, c'était une bonne journaliste au dire de tous. Elle bossait pour le *Tribune*.

– Elle était jeune.

– Trop jeune.

– Un sacré gâchis, Mitch. » Tom posa la bouteille sur le comptoir. « Sers-toi. C'est moi qui rince.

– Merci, mais c'est pas la peine.

– Bon Dieu, mon vieux, je ne peux rien faire à part t'aider à te soûler, alors laisse-moi au moins faire ça. »

Mitch leva son verre. « Nul homme n'est aussi pauvre que celui qui n'a pas d'amis.

– Je suis bien d'accord. »

Les clients commençaient à s'impatienter à l'autre bout du bar.

« Vas-y, dit Mitch. Je vais rester ici un moment et m'apitoyer sur mon sort.

– Dis-le-moi si tu as besoin d'une oreille compatissante.

– OK, Tom, ça marche. »

Mitch rentra par ses propres moyens mais ne fit pas grand-chose à part ôter ses chaussures avant de s'écrouler sur le lit. Le chat arriva et sauta sur le matelas. Il le caressa un peu. L'animal se mit à ronronner puis s'allongea et commença à faire sa toilette.

« Hé, Mitch », dit-il.

Le chat connaissait son nom.

« Comment va ta vie ? Tout se passe bien ? »

Le chat s'approcha et s'étendit, puis il se roula en boule tout contre lui pour avoir chaud.

« Faut que je te dise que je suis soûl, mon pote. Je suis soûl et je vais m'endormir. Je vais probablement ronfler comme un sonneur, OK ? Je pense que c'est bien de t'avertir si on doit vivre ensemble. »

Le chat ne bougea pas, n'eut pas la moindre réaction.

« Je t'aurai prévenu », dit Mitch, et il reposa la tête sur l'oreiller.

Si ça n'avait pas déjà été le bazar dans sa vie, ça l'était assurément désormais.

Ce qu'il avait dit à Tom à propos du fait qu'il allait s'apitoyer sur son sort était une demi-confession. Il le faisait trop souvent, et il savait que personne à part lui n'allait inverser cette spirale infernale.

Demain, songea-t-il. *Je vais reprendre les choses en main demain. Si je ne le fais pas pour moi, je le ferai pour Jean.*

Quelque part dans la brume tamisée de son ivresse, il entendit le téléphone. Sa sonnerie était irritante, mais pas assez pour qu'il trouve l'énergie de répondre.

De quoi qu'il s'agisse, ça peut attendre. Ce fut la dernière pensée dont il se rappellerait.

15

« Alors, il est où ?
– Dans son appartement. Je suis en face de chez lui en ce moment.

– Du neuf ?

– Rien d'important. Il a vu Byron au *Tribune*, est retourné à l'immeuble de la fille et a parlé à un voisin.

– Son téléphone est sur écoute ?

– Non, pas encore.

– Pourquoi ça prend si longtemps ?

– Il faut que ça paraisse suffisamment légal au cas où il y aurait un problème.

– Combien de temps ?

– Ça ne devrait pas prendre plus de deux jours, trois maximum.

– C'est tellement lent.

– Toujours.

– OK. Et la mère ?

– On s'en occupe.

– Je veux tout, d'accord ? Il ne doit rien rester.

– Je comprends, monsieur.

– Bien. Je ne veux pas entendre que quelque chose a été oublié ou négligé.

– Vous ne l'entendrez pas.

– OK. Rapport dès que c'est fait.

– Oui, monsieur. »

La ligne fut coupée. La personne qui avait appelé raccrocha et sortit de la cabine. La lumière était allumée à la fenêtre de la cuisine de Mitchell Newman. Il était ivre, ça ne faisait aucun doute, et il y avait de grandes chances pour qu'il soit rentré en titubant, se soit écroulé et soit désormais dans les vapes.

Dieu seul sait ce qu'il avait fait, ce que la fille avait fait. Mais ce n'était pas son problème. Il devait le surveiller, le suivre partout, voir à qui il parlait puis faire son rapport.

Mieux valait ne pas poser de questions. Elles entraînaient tellement souvent des réponses qu'on ne voulait pas entendre.

16

9 juillet 1964

Le téléphone n'arrêtait pas de sonner. Le son arracha Mitch à son sommeil, presque comme s'il avait duré sans interruption tout au long de la nuit.

Il avait trop bu. Il avait tant de fois renoncé à l'alcool et pourtant fait preuve de si peu de volonté. L'ivresse était une fuite. Les conséquences étaient une malédiction. Il avait besoin de café et d'aspirine.

Mais le téléphone ne s'arrêtait pas et il n'était pas près de le faire.

Il répondit.

« Mitchell. »

C'était Alice.

« Alice... Bonjour. Comment allez-vous ?

– Mitchell, des gens sont passés à la maison hier et ils ont tout pris. Ils ont emporté tous ses papiers, chaque carnet. Ils ont dit qu'ils étaient du *Tribune*, et il y avait aussi un policier qui a expliqué que c'était pour les besoins de l'enquête sur sa mort.

– Ils ont tout emporté ?

– J'ai caché les lettres, Mitchell. Celles que vous lui avez écrites. Je les ai prises avant qu'ils entrent dans sa chambre. Je ne trouvais pas correct que quelqu'un ait quelque chose de si personnel. »

Mitch n'arrivait pas à se concentrer. Il peinait à assimiler ce qu'Alice lui disait.

« Je suis désolé, Alice. Je viens de me réveiller. C'est arrivé quand ?

– Hier. Je n'ai pas arrêté de vous appeler. Vous ne répondiez pas au téléphone.

– Désolé, oui. Je suis rentré tard. J'ai dû vous rater.

– Je suis tellement contrariée, Mitchell. C'est comme s'ils me prenaient ma Jean une seconde fois.

– OK, Alice. OK, OK. »

Mitch réfléchit. Étrangement, il éprouvait un profond sentiment de malaise. Quelque chose clochait sérieusement. La police à l'appartement de Jean, et qui maintenant allait jusqu'à West Haven pour prendre des documents chez sa mère. Le journal, oui. Il comprenait qu'ils aient pu vouloir récupérer des notes sensibles et des archives, mais pourquoi un tel intérêt de la part des autorités ?

« Je vais appeler quelqu'un, dit-il. Laissez-moi m'en occuper. Je vous contacterai dès que j'aurai du neuf.

– Oui, oui, faites ça, s'il vous plaît, répondit Alice, et Mitch entendit qu'elle pleurait de nouveau.

– Ça va aller, lui assura-t-il, même s'il pensait exactement le contraire.

– S'il vous plaît, téléphonez-moi, Mitchell, répéta Alice. C'est vraiment terrible. Je suis désolée de vous embêter avec ça, mais je n'ai vraiment personne d'autre vers qui me tourner.

– Je vous rappellerai, dit-il. Vous avez ma parole. »

Mitch parcourut de vieux carnets. Des noms, des dates, des endroits, des bribes de conversations, des références à des photos qu'il avait depuis longtemps oublié avoir prises. Il cherchait un nom et un numéro. Il ne savait pas si la personne serait toujours là, mais il devait tenter sa chance.

Il lui fallut près d'une heure, et lorsqu'il eut fini, il avait vidé trois cartons de papiers sur la table et le sol de la cuisine. Il avait l'impression de regarder sa propre histoire, une histoire de ce qui aurait pu arriver s'il avait été moins déterminé à être constamment une victime. Jean avait avancé. Lui avait rencontré un obstacle et calé. Il avait imputé au fait qu'elle ne l'ait pas repris tout un tas d'échecs ultérieurs, aussi bien personnels que professionnels. Il avait attribué à la perte de Jean toutes les pertes qui avaient suivi. C'était cependant lui qui avait pris sa décision, et sa vie actuelle en était le résultat. Le constat était triste, mais il ne pouvait en vouloir à personne d'autre que lui-même. Telle était la douloureuse vérité, et, même s'il le savait, il n'arrivait pas à y faire face. Repousser la réalité était devenu sa spécialité.

Il trouva finalement le nom et le numéro qu'il cherchait.

« John Riley a quitté le service il y a quatre ans, voire cinq. »

C'était la réponse qu'il avait espéré ne pas entendre.

« Retraite ? demanda Mitch.

– Pour raisons médicales, si je me souviens bien.

– Vous savez s'il est encore en ville ?

– Je suis désolée, monsieur. Même si je le savais, ce n'est pas le genre d'information que nous communiquons.

– Oui, je comprends. À cause des personnes avec des rancœurs et de la mémoire.

– Exactement.

– Merci pour votre aide. »

Mitch parcourut l'annuaire. Il y avait six entrées pour *J. Riley.* Il le trouva au quatrième essai, mais il n'était pas chez lui.

« Il y a longtemps, nous avons travaillé sur quelques affaires, expliqua Mitch à la femme de Riley, Kathy. Vous et moi nous sommes même rencontrés un jour, mais je doute que vous vous en souveniez. J'ai juste besoin d'un coup de main, et j'ai pensé que John pourrait être l'homme de la situation. »

Kathy Riley prit le numéro de Mitch et dit qu'elle demanderait à son mari de le rappeler dès qu'il rentrerait.

Mitch raccrocha, se mit à remballer tous les documents qui racontaient son histoire, trouva un classeur de négatifs parmi lesquels se trouvaient des photos de Jean qui appartenaient à une autre vie désormais presque oubliée. C'était difficile de penser à elle. Les souvenirs étaient clairs, succincts, inévitables. Ils remontèrent l'un après l'autre – anniversaires, Thanksgiving, Noël, leurs disputes, les réconciliations, les nuits passées ensemble à l'université de Virginie, les retards en cours, les excuses, elle et lui chaque jour un peu plus proches. Puis, surgi de nulle part – faisant l'effet d'une bombe –, ce besoin obsessionnel de faire quelque chose de différent, de *nécessaire*, l'idée qu'il pouvait être bien plus que ce qu'il était déjà. Elle s'était rebiffée, il s'était entêté, pas contre Jean, mais contre la possibilité qu'on l'empêche d'accomplir ce qui semblait être sa destinée. Raisonnement absurde. Comportement absurde. Et qu'est-ce que ça avait donné de positif ? Vraiment, en toute honnêteté, est-ce que ça avait donné *quoi que ce soit* de positif ?

Il rangea tout, resta un petit moment assis en silence, tentant d'oublier, de repousser les regrets, le désarroi, les doutes. Si souvent tout commençait et s'achevait par un *et si ?*

Le téléphone sonna.

« Mitchell Newman ? *Le* Mitchell Newman ? Photographe, c'est ça ?

– John Riley, dit Mitch. Bon sang, mon vieux, ça fait des années. J'ai essayé de retrouver votre trace par le service du personnel de la police. On m'a dit que vous aviez pris votre retraite. »

Riley marqua une pause. « Ah. Une longue histoire.

– Ils ont évoqué des raisons médicales. Vous allez bien ?

– Oui, mais j'ai pris une balle dans le genou. Ça m'a alité pendant des semaines, et maintenant je marche avec une canne. Je ne peux pas courir, je suis recalé aux tests médicaux. On m'a proposé un bureau, mais j'ai préféré arrêter complètement.

– Désolé d'apprendre ça, dit Mitch.

– C'est la vie, hein ?

– Tout à fait.

– Alors, qu'est-ce qui vous arrive ? Comment ça va ? Ça doit faire... quoi ? Cinq ans ?

– Plus. Sept.

– Bon Dieu, où file le temps ?

– Aucune idée.

– Alors, pourquoi avez-vous cherché à me retrouver ?

– J'ai besoin de votre aide, John. Je suis sur une affaire qui n'a aucun sens et j'ai vraiment besoin de quelqu'un qui connaisse la musique pour me donner un coup de main.

– Quel est le problème ? »

Mitch lui raconta ce qui s'était passé.

« Un suicide... Si c'est un suicide, ça ne concerne pas la police. Une fois qu'il a été établi que c'en était bien un, qu'il n'y a pas eu d'acte criminel, pas d'autres facteurs qui auraient pu jouer, aucune enquête n'est nécessaire. Quant à ce qui est de récupérer des affaires et des papiers personnels, ça ne peut pas se faire sans mandat. Sa mère a-t-elle dit s'ils en avaient un ?

– Elle n'en a pas parlé, mais elle n'aura même pas pensé à demander.

– S'il n'y avait pas de mandat, alors c'est à la fois une violation de propriété et une perquisition illégale. Vous devez découvrir s'il y en avait un.

– Et comment je m'y prends ?

– Sans vous exposer, impossible, répondit Riley. Mais je suis obligé de vous demander, Mitch : vous pensez que ce n'était pas un suicide ?

– Je n'en sais vraiment rien, John. C'est peut-être exactement ce à quoi ça ressemble. Mais il y a quelque chose là-dedans qui selon moi ne colle pas, et ça me reste en travers de la gorge.

– Je peux passer quelques coups de fil. Découvrir s'il y avait un mandat autorisant à prendre des affaires chez la mère.

– Vous feriez ça ?

– Bien sûr. Donnez-moi son nom et son adresse. »

Mitch s'exécuta.

« Laissez-moi retourner quelques pierres, voir ce que je découvre en dessous. Il n'y aura peut-être rien, mais s'il n'y avait pas de mandat, alors c'est au moins le signe que quelque chose ne tourne pas rond.

– Merci, John.

– Pas de quoi, Mitch. Ça m'a fait plaisir d'avoir de vos nouvelles. Faites attention à vous. »

Riley raccrocha. Mitch replaça le combiné. Il se rassit sur sa chaise avec une folle envie de boire un verre, mais ne succomba pas. Il devait prendre une décision. Allait-il se laisser entraîner là-dedans – de quoi qu'il s'agisse – ou bien allait-il laisser tomber ?

Il connaissait la réponse facile, et ce fut sa première réaction instinctive : jette l'éponge, ne dis rien. Mais il avait déjà fait ça tant de fois, et il y avait quelque chose dans cette histoire qui ne le laisserait jamais en paix.

Peut-être était-il temps de bien agir, de se comporter avec décence. Peut-être était-il temps de finalement cesser d'être la victime des circonstances.

Et s'il ne le faisait pas pour Alice, il le ferait au moins pour honorer la mémoire de Jean. Ne méritait-elle pas qu'on sache la vérité ?

Il regarda le chat.

« T'en dis quoi, Mitch ? »

L'animal le fixa pendant dix bonnes secondes, puis détourna les yeux.

17
10 juillet 1964

Bobby Kennedy se tenait à la porte du bureau et examinait le visage des hommes réunis.

Le chef de cabinet de son frère, le porte-parole de la Maison-Blanche, puis les secrétaires d'État à la Trésorerie et à l'Intérieur.

Ils avaient des expressions sérieuses, la conversation ce vendredi matin faisant partie d'une longue succession de discussions qu'aucun d'entre eux ne voulait avoir.

Que devaient-ils faire – que devaient-ils *vraiment* faire – pour s'assurer que Jack obtiendrait non seulement la nomination du parti, mais aussi quatre années de plus à la Maison-Blanche ?

Jack n'était pas en ville, un discours pour le Rotary, peut-être afin de décerner un prix de reconnaissance présidentielle à l'une des branches des Lions. Pour autant que Bobby sache, Jackie était dans la maison d'O Street avec sa mère et les enfants. Depuis le printemps, Jack et sa femme avaient passé de moins en moins de temps ensemble. Bobby tentait de se tenir à l'écart de leur vie personnelle, mais le gouffre entre son frère et sa belle-sœur devenait tel qu'il était presque impossible de ne pas tomber dedans. C'était un tourbillon émotionnel. Quand le président des États-Unis utilisait des membres des services secrets pour effacer les traces qu'il laissait derrière lui lorsqu'il trompait son épouse… eh bien, c'était non seulement politiquement explosif, mais c'était aussi de la folie pure.

Bobby craignait sincèrement que son frère ait dépassé les bornes, trahi trop de promesses et se soit rendu personnellement vulnérable. C'était une chose de se retrouver avec une procédure de destitution à cause de ce qu'il avait fait pour accéder à la Maison-Blanche en 1960, c'en était une tout autre de la risquer pour des questions de moralité. L'ignominie d'avoir à mentir lors d'une audition au Congrès à propos de la vie personnelle sordide de son frère était plus que Bobby ne pourrait supporter.

Ceux qui travaillaient au plus près de Jack étaient au courant pour les filles, même s'ils ne savaient pas combien il y en avait, ni la fréquence des rencontres, ni les risques que Jack courait en fréquentant des personnes qui étaient tout sauf discrètes. Ils étaient encore plus nombreux à être au courant de ses soucis physiques – les migraines, les abcès, les maux de ventre, les problèmes de côlon et de prostate. Mais ils ne connaissaient ni la quantité ni l'éventail de médicaments que Jack prenait – Ritaline, procaïne, injections de phénobarbital et de testostérone, sans parler de sa consommation délirante de Tuinal pour l'aider à dormir. Il ingurgitait des antihistaminiques pour les allergies, et en plus d'une occasion ceux-ci avaient provoqué des sautes d'humeur si violentes que Jackie avait demandé à leur médecin personnel de lui administrer un traitement contre l'anxiété et des antipsychotiques. Le président souffrait également de la maladie d'Addison, qui entraînait une pression artérielle basse, des vomissements, des maux de dos et, quand il était stressé, des trous noirs et des évanouissements.

Les républicains avaient tout fait pour remettre en cause la capacité de Jack à assumer ses fonctions, mais des soutiens en interne et l'opinion publique les avaient tournés en dérision. Jack et Jackie étaient le roi et la reine de Camelot, et ils le resteraient tant que la façade ne serait pas fissurée par des révélations de scandales, de comportement inconvenant, d'immoralité et d'abus de pouvoir. Car Jack était coupable de toutes ces choses, et plus encore. Et lui, Bobby Kennedy, frère du président, premier flic du pays, avait tout vu, en avait entendu encore plus, et il avait tout laissé passer.

Chaque homme présent dans la pièce ce jour-là s'était rendu coupable de tromperie et avait provoqué des dissensions. Ils avaient imaginé des couvertures, déguisé les faits, et avaient même commis le parjure lors des auditions du Congrès et devant les commissions d'éthique. Bien sûr, une partie de tout ça avait été perpétré dans l'intérêt général. Même les héros avaient des poux. Les citoyens devaient savoir que le pays était entre des mains solides et capables, que le marché de l'emploi se portait bien, que l'économie était florissante, qu'ils étaient parfaitement à l'abri des menaces que représentaient le crime organisé, le communisme et la guerre. La manière dont ces prouesses étaient accomplies ne les regardait pas tant que tout ce qui était fait l'était pour le bien commun.

Douglas Dillon, à la Trésorerie, parla en premier. Cet homme exceptionnel à tous les égards – ambassadeur en France, membre du comité exécutif du Conseil de sécurité nationale lors de la crise des missiles de Cuba – avait été un roc en termes de fiabilité et de pondération.

« Et c'est reparti pour un tour, dit-il avec une bonne dose de résignation dans la voix.

– Bon Dieu, Douglas, on se croirait à un enterrement, observa Salinger.

– Ça pourrait tout aussi bien en être un, répliqua Dillon.

– Et où est passée cette attitude enjouée et positive que nous connaissons tous et aimons tant ? intervint Dean Rusk avec un sarcasme évident.

– Messieurs, nous devons regarder la vérité en face », déclara Bobby.

Il s'approcha et s'assit. Comme son frère, il en imposait, mais d'une manière très différente. Alors que Jack possédait un charisme et un charme infinis, Bobby inspirait confiance par son assurance calme et mesurée. Il y en avait qui estimaient qu'il aurait constitué un meilleur choix, mais personne ne l'avait jamais ouvertement exprimé.

« Six semaines jusqu'à la convention nationale, dit-il, et si nous pouvons tenir pour acquis que Jack obtiendra la nomination du parti, la vieille garde pourrait se tourner vers Lyndon, ou alors elle pourrait décider que nous avons besoin d'une nouvelle tête. Si Lyndon emporte le vote, je n'ai aucun doute que Hubert Humphrey sera son vice-président, mais supposons que Lyndon ne veuille pas du poste. Hubert se présenterait-il contre Jack pour la nomination ? J'en doute. Alors à qui serait-il confronté ? La Californie a Pat Brown et Sam Yorty, l'Alabama a George Wallace, il y a Reynolds dans le Wisconsin...

– Porter en Ohio, Welsh en Indiana, ajouta Salinger.

– Je ne crois pas que ce soit là où vous vouliez en venir, Bobby, déclara Udall. Ce que nous pensons tous sans que personne le dise, c'est que nous n'aurons peut-être même pas assez de soutiens pour que le président se présente. »

Ken O'Donnell acquiesça. « Ce que nous craignons, c'est que les républicains sachent ce que nous savons.

– Alors arrêtons de nous raconter des histoires, reprit Salinger. Disons à voix haute les choses que tout le monde a une telle trouille de mentionner.

– Les filles, déclara Dillon.

– Leur simulacre de mariage, ajouta Udall.

– Les maladies, surenchérit Dillon, et le fait que son état ne semble pas s'améliorer. Entrez dans ce bureau et voyez-le par terre pendant que deux hommes des services secrets lui attachent ce corset. Bon sang, il utilise une nacelle élévatrice pour monter à bord d'Air Force One. Pendant combien de temps allons-nous continuer de dire que ce n'est rien de plus qu'un mal de dos ?

– C'est l'élection, déclara O'Donnell. Nous savons tous ce que nous avons fait pour l'envoyer à la Maison-Blanche. Les mensonges, les dissimulations, les magouilles de Daley avec les votes à Chicago, ce qui s'est passé en Alabama. Il n'y a pas un homme dans cette pièce qui, s'il était convoqué pour une audition au

Sénat, ne serait pas obligé de mentir pour éviter d'être poursuivi en justice.

– Alors, qu'est-ce qui se passe avec Warren et cette enquête ? demanda Udall.

– Earl Warren est un foutu entêté, mais ce n'est pas un révolutionnaire, répondit Bobby. Il ne veut pas aller trop loin. Je vais lui parler, répondre à ses questions, l'amadouer. S'il fait trop de vagues, il se noiera avec nous autres.

– Donc, qu'est-ce que vous attendez de nous ? demanda Dillon.

– La même chose que d'habitude, Douglas. Jack est le président. C'est nous qui l'avons placé là et il est de notre devoir de tout faire pour qu'il y reste. Sa vie personnelle, tant qu'elle n'affecte pas sa fonction de président, ne nous regarde pas. Dès que ce sera le cas, alors nous devrons prendre des décisions, et elles risquent d'être très dures, car nous devons penser au bien du pays. L'intérêt général avant l'individu, d'accord ? Outre le fait que c'est mon frère, il demeure notre commandant en chef. Notre loyauté est dirigée vers la fonction, pas la personnalité. Quels que soient les problèmes qui peuvent exister, ils n'ont aucune importance à moins qu'ils n'influent directement sur sa capacité à être à la tête de l'État. Nous pensons à Cuba, nous pensons à la loi sur les droits civiques, aux Peace Corps, aux négociations avec Khrouchtchev, au programme de la Nouvelle Frontière, à la loi sur l'égalité des salaires, au moyen de mettre un terme à la récession. Et ainsi de suite. Je ne sais pas pour vous, mais j'ai du mal à voir un autre président qui ait accompli autant de choses en si peu de temps. »

Un murmure d'approbation parcourut la pièce.

« Et nous aussi nous avons accompli ces choses, car nous sommes les délégués, les ambassadeurs, les généraux. Nous sommes la branche exécutive de l'administration de mon frère et nous sommes tout aussi influents et importants pour faire en sorte que ces choses se réalisent. J'en suis fier et j'espère que vous éprouvez la même fierté, car ce que nous avons fait, c'est guider la plus grande nation du monde vers encore plus de grandeur.

Comme l'a dit Hesburgh : "L'essence même du leadership est qu'il faut avoir une vision." Jack en a une. Peut-être plus que nous tous combinés. C'est ce en quoi nous avons cru et ce en quoi nous devons continuer de croire. Si notre foi fléchit, alors le pays fléchira, et nous ne pouvons pas laisser ça se produire.

– D'accord, convint Salinger, et sa réponse fut accompagnée par un nouveau murmure d'approbation de la part des autres hommes dans la pièce.

– Et donc, qu'est-ce que je pense ? Je pense que nous devons voir notre propre convention nationale non pas comme un défi, mais comme une continuation. Honnêtement, je ne crois pas qu'il y ait d'autres concurrents à la nomination. Je crois que Jack sera président jusqu'en 1968 et qu'alors nous devrons tous réfléchir à trouver de vrais emplois. »

Tout le monde éclata de rire.

« Laissez-moi gérer les questions personnelles. J'occupe la plus haute fonction légale du pays, et si je ne peux pas conseiller de façon compétente et efficace mon frère, alors je ne devrais pas avoir ce poste.

– Je suis on ne peut plus d'accord, déclara Dillon. Arrêtons avec les obstacles. Concentrons-nous simplement sur la façon dont nous allons réussir, quoi qu'il arrive.

– C'est l'attitude que nous devons avoir, reprit Bobby. Jack a vendu un rêve à la nation en 1960, et il peut recommencer. Nous savons tous ce qui se passe quand il communique vraiment. Il doit refaire la même chose, et le faire mieux que jamais, et c'est ce qui va se produire à la convention démocrate en août. S'il y parvient, je ne crois pas qu'il y ait de réel danger pour la nomination. Tout dépend de ces quatre jours. Nous devons faire en sorte que ça fonctionne car je ne souhaite pour ma part travailler pour personne d'autre.

– Moi non plus, lança O'Donnell.

– Alors mettons-nous au boulot. Anticipez chaque stratégie que les républicains pourraient envisager. Analysez toutes les issues possibles de chaque révélation qui vous vient à l'esprit et préparez des plans B, des réfutations et des contre-attaques. Nous ne pouvons pas être mal préparés ou naïfs, car ça risque d'être dur. »

À cet instant, il n'y avait pas un homme présent qui ne pensait pas que le plus jeune frère aurait été le meilleur choix. Oubliez Humphrey et Brown, Yorty et Wallace – le seul homme qui avait suffisamment d'envergure pour se présenter contre le président à la nomination du parti démocrate était le propre frère de celui-ci.

Mais personne ne dit un mot.

18

Avant même qu'il ait eu le temps de boire une deuxième tasse de café, le téléphone sonna.

« Mitch, c'est John Riley.

– Salut, merci de me rappeler. Vous avez appris quelque chose ?

– Avez-vous été en contact avec quelqu'un au *Tribune*, Mitch ? demanda John.

– J'ai vu Lester Byron mardi. C'est le rédacteur en chef. Pourquoi vous demandez ça ?

– Moi aussi je lui ai parlé. Tôt ce matin. Il a dit qu'il n'était pas au courant de personnes allant récupérer des documents, que ce soit dans l'appartement de Jean ici à Washington ou chez sa mère à West Haven.

– OK. Bon, je suppose que ça a pu être organisé par quelqu'un de la police. Byron n'a peut-être pas été informé.

– D'accord, fit John, et il marqua une pause.

– Quoi ?

– C'est l'autre problème. Pour autant que je sache, et j'ai attentivement regardé partout où j'ai accès, il n'y a pas de mandat existant pour aller chercher quoi que ce soit dans aucun de ces deux endroits. »

Mitch ne croyait pas ce qu'il entendait. Il ne put s'empêcher d'éprouver une profonde suspicion. Il était illégal de saisir quelque chose chez quelqu'un sans un mandat dûment signé et sans témoins. Il ne s'agissait pas d'une affaire de meurtre. Il s'agissait d'un suicide. Les documents de Jean, qu'ils aient été considérés comme la propriété du *Tribune* ou non, pouvaient uniquement être intégrés à une enquête s'il y avait des raisons de croire que ce sur quoi elle travaillait l'avait affectée au point de la mener au suicide. Mais même si tel était le cas – et c'était un grand *si* –, toute personne impliquée aurait dû suivre la procédure légale.

Alice avait affirmé que des gens du journal étaient venus et qu'un policier était également présent. Le voisin de Jean, Ernest Harper, avait également parlé de personnes du journal, une fois encore accompagnées d'un agent de police.

« Qu'est-ce qui se passe, John ? demanda Mitch.

– Je n'en sais pas plus que vous, répondit Riley. Je peux seulement vous dire ce que j'ai appris. Le journal ne semble rien savoir et il n'y a aucune trace de mandat.

– Mais le mandat pour la maison de West Haven n'aurait-il pas concerné la police du comté d'Orange ? Elle est en Virginie, pas dans le Maryland.

– Bien sûr. J'ai vérifié. J'ai aussi vérifié le comté de Rockbridge, juste au cas où il y aurait eu un mélange de juridictions. En vain.

– Vous avez parlé à quelqu'un ?

– J'ai parlé à un tas de gens.

– Qu'est-ce que cela signifie ? Vraiment, qui se fait passer pour des employés du journal et se fait aider par la police pour saisir les affaires de Jean ? »

Riley resta un moment sans rien dire, presque comme s'il cherchait la meilleure façon de formuler ce qu'il pensait.

« Je suis de la maison, Mitch. Être flic a été toute ma vie pendant plus de vingt ans. J'ai vu et entendu beaucoup de choses qui me gênaient, mais en règle générale il s'est avéré que c'était du vent. Je ne sais pas ce qui se passe et je répugne à émettre des hypothèses. Je sais simplement que nous sommes dans la capitale, que nous avons affaire à la presse et qu'il y a un paquet de sujets sensibles et confidentiels dont les gens comme vous et moi n'avons pas conscience, et même si nous étions au courant, je doute que nous les comprendrions. Les décisions sont prises dans l'intérêt général, mais...

– Conneries, John, l'interrompit Mitch, qui sentait l'indignation monter en lui. Ne me racontez pas ces sornettes. Bon sang, elle s'est suicidée. Maintenant il y a des gens qui emportent ses papiers sans mandat… des gens qui disent qu'ils sont du *Tribune* alors que c'est faux. Vous êtes toujours flic, John. Vous ne portez peut-être plus l'uniforme, mais vous comprenez toujours la loi mieux que n'importe qui, et votre devoir est de la faire respecter. Au minimum, et quelles que soient ses raisons, quelqu'un a commis un vol dans l'appartement de Jean et chez sa mère…

– Écoutez-moi, Mitch », coupa John.

Sa voix était calme et mesurée.

Mitch était agacé, c'était comme si on lui faisait obstruction. Il avait l'impression que Riley faisait tout son possible pour lui faire jeter l'éponge sans lui dire pourquoi.

« Parfois vous devez reconnaître qu'un match est en cours et qu'il y a des règles, et même si vous pensez les comprendre, ce qui n'est probablement pas le cas, vous ne pouvez pas pénétrer sur le terrain…

– Soyez franc avec moi, John. Nous nous connaissons depuis longtemps et je veux que vous me disiez la vérité. Quelqu'un vous a-t-il conseillé de laisser tomber ? Quelqu'un vous a-t-il conseillé de me pousser à laisser tomber ?

– Personne ne m'a rien dit, Mitch.

– Alors c'est quoi, ça ?

– La voix de l'expérience. »

L'irritation de Mitch se transforma en colère. « Vraiment ? C'est ça le jeu auquel nous jouons ? Laissez tomber, ne posez pas de questions. Faites-moi juste confiance, je suis flic. C'est ça l'idée ?

– Mitch, si vous voulez vous mettre en colère…

– En colère ? En colère ? Je suis bouleversé, John. Vraiment bouleversé. Jean est morte. Sa mère a le cœur brisé. Ils prétendent que c'est un suicide, mais je la connaissais. Certes, c'était il y a longtemps, mais je pense être assez fin psychologue et je ne la vois pas faire ça. OK, elle a merdé et perdu son boulot, mais on merde tous, pas vrai ? Pourtant, on ne va pas sauter d'un pont ou se jeter sous les roues d'une voiture ou gober des médicaments, si ? On se ressaisit et on se remet en selle, d'accord ?

– Certaines personnes le font, Mitch, mais d'autres s'allongent et se laissent piétiner.

– Pas Jean, répliqua-t-il, intimement persuadé de ce qu'il disait. Elle n'était pas comme ça, et je ne crois pas qu'elle le soit devenue. Je ne peux tout simplement pas accepter qu'elle se soit intentionnellement donné la mort.

– Je ne vais pas essayer de vous convaincre du contraire, Mitch. Je dis juste que vous êtes un type intelligent. Vous fréquentez ce milieu depuis suffisamment longtemps pour savoir exactement où nous nous trouvons sur la chaîne alimentaire. Mon conseil ? Les hyènes ne chassent pas sur le même territoire que les lions. »

Mitch ne sut quoi ajouter. « Merci pour votre aide, John.

– Faites attention à vous, mon ami », répondit Riley, et il raccrocha.

Mitch ne savait que ressentir, il se rendait simplement compte qu'ironiquement la mort de Jean avait déclenché en lui des émotions qu'il se rappelait à peine avoir connues. Il était en colère, étrangement effrayé, se sentait mis au défi, incertain, mais surtout il était déterminé. Quoi qu'il soit arrivé, de quelque manière que ça se soit produit, ça ne collait pas. L'événement en lui-même, et désormais les conséquences.

Il n'y avait plus qu'une personne à qui il voulait parler, et il était certain que celle-ci refuserait de le faire.

Il trouva le numéro dans son carnet, le composa.

Avant même que Nelson Shaw ait pu prononcer un mot, Mitch déclara : « Ils ont vidé sa maison, inspecteur Shaw. Des hommes qui prétendaient être des représentants du *Washington Tribune* sont allés chez elle et chez sa mère et ont emporté tous ses papiers. Ils étaient accompagnés d'un agent de police. Je ne sais pas qui ils sont ni ce qu'ils cherchent, mais je crois que vous savez quelque chose et que vous vous taisez, alors vous feriez mieux de vider votre sac parce que sinon je vais au *Post*, je donne des noms, et je ferai tellement de raffut que vous serez obligé de parler.

– Je vous ai demandé de ne pas me rappeler, monsieur Newman.

– Je m'en moque, Shaw. Vous n'avez pas entendu ce que je viens de dire ?

– Si, chaque mot.

– Alors, qu'est-ce que vous en pensez ?

– Monsieur Newman, je n'ai rien à vous dire. Je suis à Dallas. Vous êtes à Washington. Vous enquêtez sur le suicide d'une personne que vous avez connue. Le fait qu'elle et moi nous soyons rencontrés dans un cadre professionnel, et seulement très brièvement, n'a absolument rien à voir avec sa mort. J'ai du travail et je vais raccrocher, et vous allez faire ce que je vous ai demandé la dernière fois que nous nous sommes parlé : ne me rappelez pas. »

Mitch se rappela la carte de visite qu'il avait trouvée parmi les papiers de Jean. Il se rappela les notes qu'elle avait griffonnées lors de son voyage à Dallas.

« Qui est J. R., inspecteur ? Qui sont Joseph Civello et Carlos Marcello ? Ces noms vous disent-ils quelque chose ? C'est quoi, Carousel ? Connaissez-vous une personne prénommée Holly ? Et les initiales H. W. ? Pourquoi Jean a-t-elle inscrit ces choses au dos de votre carte de visite ?

– Au revoir, monsieur Newman.

– Inspecteur Shaw, vous devez... »

La ligne fut coupée.

19

Mitch fourra quelques affaires dans un petit sac de voyage. Il appela Tom au bar, expliqua qu'il serait absent quelques jours. Est-ce qu'il pouvait nourrir le chat ?

« Bien sûr.

– C'est vraiment sympa de ta part. Je te suis redevable.

– Hé, un détail... est-ce qu'il a un nom ?

– Oui. Elle l'a appelé Mitch.

– Tu te fous de moi ?

– Non.

– OK. Je ne peux pas l'appeler comme ça. Pour moi, ce sera juste le chat. »

Mitch roula jusqu'à la banque et vida son compte courant. Il mangea un sandwich dans un petit restaurant puis prit la direction de West Haven. À 16 heures, il y était.

« Je suis venu chercher les lettres », annonça-t-il à Alice.

Elle semblait brisée. Mitch supposa qu'elle dormait à peine.

Elle le fit entrer, insista pour qu'il reste au moins le temps de boire un café.

« Je prends des somnifères, expliqua-t-elle lorsqu'il lui demanda si elle parvenait à se reposer, mais, vous savez, avec tout ça... »

Mitch ferma les yeux un instant et inspira profondément. « Ces types, dit-il. Ceux qui ont emporté les papiers de Jean. À quoi ressemblaient-ils ?

– Très polis. Très méticuleux. Et il y avait aussi un policier. »

Mitch tira un carnet de sa poche de veste. « Des noms ?

– Je ne m'en souviens que d'un. M. Andrews. Il était du journal. Ils étaient trois, mais il a été le seul à parler.

– Et le nom du flic ? »

Alice secoua la tête. « Il ne l'a pas dit et je ne lui ai pas demandé. Je n'y ai pas pensé. J'étais agitée. Enfin quoi, la police était là et les gens du journal disaient qu'ils devaient emporter ses notes et tout. J'aurais dû vous appeler. J'aurais dû...

– C'est bon, Alice », dit Mitch.

Elle se leva et quitta la cuisine. Elle revint quelques instants plus tard et lui tendit la liasse soignée de lettres. Elles représentaient ses plus vaillants efforts pour reconquérir Jean, mais semblaient désormais totalement dérisoires.

« Et autre chose. »

C'était une photo de Jean. Elle était récente et ses cheveux étaient plus courts que dans le souvenir de Mitch. À part ça, elle n'avait pas changé. Elle était magnifique, le plus grand et plus profond regret de sa vie.

« Et... et aussi ceci, dit Alice en tirant de la poche de sa robe d'intérieur un écrin de bague.

– Non, fit Mitch.

– S'il vous plaît... s'il vous plaît, prenez-la. »

Elle tendit la boîte. Finalement, inévitablement, il recevait l'ultime commentaire de Jean sur leur liaison.

C'était comme si le passé l'avait attendu ici. Dans cette maison se trouvaient les souvenirs de la personne qu'il avait cru être, de la personne qu'il avait voulu devenir. Ces souvenirs étaient nombreux, effrontés, et peut-être se délectaient-ils de pouvoir enfin lui rappeler ses échecs. Une personne pouvait changer, mais le passé demeurait à jamais le même.

Mitch regarda les lettres, la photo, puis il ouvrit l'écrin et observa la bague. Il réprima ses larmes. « J'attendais sans cesse de ne plus l'aimer, dit-il d'une voix brisée. Mais ça n'est jamais arrivé. »

Il roula jusqu'à Richmond et prit une chambre dans un petit motel. Il laissa son sac, alla se promener et s'arrêta près de la clôture qui entourait l'aéroport Richard E. Byrd pour regarder les avions militaires décoller. Il avait pris l'un d'eux, l'un de ces mêmes avions, quand il avait quitté Arlington pour Séoul en juillet 1950.

L'essentiel de lui-même était revenu. Pas la totalité, mais l'essentiel.

Il reprit le chemin du motel, avala un steak avec une bière dans un bar, acheta une bouteille de bourbon dans un Wawa. De retour dans sa chambre, il se versa une bonne rasade dans un verre à dents trouvé dans la salle de bains et s'assit sur le lit. Il ne put s'empêcher d'ouvrir la première lettre qu'il avait écrite à Jean le 5 décembre 1950. Moins d'une semaine après son retour, son principal objectif avait été de la retrouver, de la contacter, de tout lui expliquer.

L'homme qui avait écrit cette missive était très différent de celui qui buvait désormais du bourbon dans un motel à proximité d'un aéroport.

Chère Jean,

Comment pourrai-je jamais t'expliquer à quel point je suis désolé ? Tu avais raison. J'avais tort. Tout ce que je veux, c'est que tu m'écoutes. Je sais que nous avons parlé encore et encore avant mon départ, mais j'ignorais alors tout ce que j'ai désormais compris. Des choses se sont passées là-bas. Des choses qui me hanteront pour le restant de mes jours. Je suis par conséquent complètement changé et je voudrais que tu me donnes une chance de m'expliquer. Ce que nous avons partagé doit bien valoir ça ?

Je t'ai toujours aimée et t'aimerai toujours.

Mitch.

Puis, comme pour se punir un peu plus, il lut la deuxième, écrite moins d'une semaine plus tard.

11 décembre 1950

Chère Jean,

Il y a eu trop de jours où je me suis réveillé en pensant que ce serait mon dernier. Puis la journée s'achevait et je comprenais que j'avais survécu. Je n'éprouvais pas seulement du soulagement, mais aussi une étrange déception. Et quand je me couchais une fois de plus avec le bruit des tirs qui continuait de me cogner dans les oreilles, je savais que si j'étais encore en vie, c'était uniquement pour rentrer et te retrouver. Mais depuis que je suis revenu, la vie que je tente de vivre n'en est pas vraiment une. Je ne sais même pas trop quel objectif j'essaie d'atteindre. Le fait est que les choses qui avaient un sens avant que je parte n'en ont plus aucun. J'essaie d'être la personne que j'étais autrefois, mais ce n'est pas possible sans toi.

Il marqua une pause, but une nouvelle gorgée. Des bruits de pas résonnèrent devant sa porte.

Ce que j'ai fait était impardonnable. Ça l'est toujours, mais ça ne m'empêche pas de te demander de me pardonner. S'il te plaît, accepte de me voir, ne serait-ce que pour me laisser te dire à quel point je regrette tout ce qui s'est passé.

Mitch.

Il replia soigneusement les lettres et les replaça dans leurs enveloppes respectives. Il ne pouvait pas en lire une autre. Pas encore. Il était incapable de regarder la photo. Il alluma la télé, cala deux oreillers contre le mur et s'étendit sur le lit avec son bourbon et ses souvenirs.

Alors qu'il se tenait dans la file avant l'embarquement de son vol pour Dallas le samedi matin, Mitch s'imagina Jean prenant le même avion en novembre de l'année précédente. C'était une femme complexe. Elle ne savait pas ce qu'elle cherchait à atteindre car elle ne se connaissait pas. Elle était imprévisible, et pourtant forte. Mais on pouvait être émotionnellement solide et se donner la mort, car tout le monde avait ses limites. Les événements avaient-ils poussé Jean au-delà de son seuil de tolérance ? Mitch se lançait-il dans une quête futile fondée sur rien de plus que des hypothèses paranoïaques ?

Mais étaient-ce réellement des hypothèses paranoïaques ? Il n'avait pas appelé le *Tribune* et demandé à parler à M. Andrews car il était quasiment certain que ce nom ne figurait nulle part dans le registre des employés. Des documents avaient été pris dans l'appartement de Jean et la maison de West Haven sans mandat. Tom avait affirmé que quelqu'un avait voulu voir Mitch au bar. Bien sûr, ça pouvait n'être rien. Tout ça pouvait n'être rien. Mais si ça ne l'était pas ?

« Monsieur ? »

Il leva les yeux. La file devant lui avait disparu et il se tenait à quelques pas du comptoir d'embarquement. Il avança.

« Un aller simple pour Love Field », dit-il.

20
11 juillet 1964

Mitch attendait l'inspecteur Nelson Shaw à l'accueil du siège de la police de Dallas. S'il avait vraiment bien réfléchi, il ne serait pas venu un samedi, mais il n'avait pas planifié les choses avec les idées claires. Il était poussé par l'émotion, pas par le pragmatisme.

Le sergent au guichet l'informa que Shaw allait et venait à sa guise.

« Les inspecteurs font les choses à leur façon, expliqua-t-il. Ils n'ont pas un emploi du temps fixe comme les agents de patrouille car les personnes sur lesquelles ils enquêtent ne les tiennent pas informés de l'endroit où elles se trouvent ou de leurs itinéraires.

– Quel manque de considération », répondit Mitch.

Le sergent esquissa un sourire las. « Notre vie serait tellement plus simple si les crapules, les assassins et les pyromanes nous disaient à l'avance ce qu'ils font, hein ? »

Ils discutèrent un moment de la couverture des crimes dans la presse. Mitch avait suffisamment travaillé dans ce domaine pour sembler s'y connaître, et il disposait d'un catalogue infini d'histoires de scènes de crime, certaines provenant de sa propre expérience, mais la plupart glanées auprès des photographes qu'il avait remplacés à Washington.

Quand arriva 17 heures, il était convaincu que Shaw ne viendrait pas. Il avait le choix. Se faire discret à Dallas jusqu'au lundi ou essayer de trouver Shaw chez lui. Il risquait de se faire envoyer promener, voire arrêter, mais il devait tenter sa chance. L'inspecteur savait quelque chose sur les raisons de la présence de Jean à Dallas, et Mitch devait découvrir quoi.

Il remercia le sergent, ajouta qu'il reviendrait.

L'annuaire de Dallas comportait deux numéros pour N. Shaw. Le premier sonna dans le vide et personne ne répondit. Lorsqu'il essaya le second, la personne qui décrocha annonça : « Allô, Nancy à l'appareil.

– Nancy Shaw ? demanda Mitch.

– Oui, c'est Nancy. À qui ai-je l'honneur ?

– Est-ce que Nelson est là, s'il vous plaît ?

– Nelson ? Il n'y a pas de Nelson ici. Êtes-vous sûr... »

Mitch raccrocha. Soit Shaw avait choisi d'être sur liste rouge, soit le premier numéro qu'il avait appelé était le bon. Il n'y avait qu'une façon d'en avoir le cœur net. Il nota l'adresse. Celle-ci se trouvait à Belmont, dans l'est de la ville, à seulement quelques kilomètres du siège de la police.

La maison était une imposante structure cubique dotée de chiens-assis de chaque côté et d'un porche qui s'étirait sur les deux tiers de la façade. Le jardin était bien entretenu. Ça ne ressemblait pas à la propriété d'un inspecteur de police. C'était une maison de famille, ou peut-être que ça l'avait été. Il était possible que Shaw vive avec ses parents, ou qu'ils soient décédés et qu'il ait hérité.

Mitch paya le chauffeur de taxi et sortit. Il attendit que le véhicule ait disparu puis s'approcha.

Des lumières étaient allumées au rez-de-chaussée ainsi qu'aux étages supérieurs.

Avant même d'avoir atteint le haut des marches, il sut qu'il allait trop loin. Ça relevait du harcèlement. Et il ne s'agissait pas juste d'un citoyen lambda. Il s'agissait d'un inspecteur de police qui lui avait demandé – à deux reprises – de ne plus l'appeler, et maintenant il débarquait chez lui.

Mais il était venu jusqu'ici, jusqu'à Dallas, et il ne pouvait pas faire machine arrière. Il avait reculé et tourné le dos pendant l'essentiel de sa vie. À un moment, ça devait cesser.

Il leva la main et toqua à la porte-écran, puis attendit pendant une petite éternité. Il était sûr d'entendre quelqu'un rire à l'intérieur. Une petite fille ?

Il frappa à nouveau.

La porte s'ouvrit soudain vers l'intérieur.

Il n'y avait personne.

Mitch fut déconcerté. De nouveau le rire d'une fillette, plus fort, puis une petite voix qui prononça : « Bonjour ! »

Une femme à l'intérieur de la maison s'écria : « Kathleen ! Kathleen ! »

Mitch baissa les yeux. Une enfant le regardait, souriant comme si c'était Noël.

« Bonjour, répondit Mitchell. Tu dois être Kathleen. »

Une femme apparut derrière elle, approchant depuis l'arrière de la maison tout en s'essuyant les mains sur un torchon. « Kathleen, ma chérie. Retourne dans la cuisine. Dépêche-toi. »

La fillette agita la main en direction de Mitch et pivota sur ses talons avant de passer en courant à côté de la femme et de s'enfoncer dans le couloir.

« Je peux vous aider ? demanda cette dernière.

– Madame Shaw ?

– Oui.

– Je suis venu voir Nelson. Vous êtes son épouse, n'est-ce pas ?

– En effet. Mais Nelson n'est pas là pour le moment. Et vous êtes ?

– Mitchell Newman. Je suis journaliste. J'arrive de Virginie.

– Vous avez rendez-vous avec lui ? »

Mitch hésita.

« Je suis désolé, monsieur Newman. Je ne crois pas que mon mari ait l'habitude de recevoir des reporters qu'il n'a pas invités. C'est chez nous, vous comprenez.

– Je ne suis pas venu en tant que reporter, madame Shaw. Une amie à moi s'est suicidée et votre mari la connaissait. Elle est venue ici en novembre dernier et je dois lui parler à son sujet. »

Il y eut une fraction de seconde de flottement. Était-ce une lueur de colère dans les yeux de la femme ?

« Eh bien, vous avez de la chance, monsieur Newman », déclara-t-elle. Elle regardait par-dessus l'épaule de Mitch en direction de la rue. « Vous allez pouvoir régler ça directement avec lui. »

Le cœur de Mitch manqua un battement. Il avait des fourmillements dans le ventre.

La voiture de Shaw quitta la rue et remonta l'allée. Le moteur se tut, la portière s'ouvrit et il sortit. Il se tint là un moment, observant l'inconnu sur le porche avant de fermer la portière et de s'approcher. Il avait une expression incertaine, puis il comprit. « Newman, dit-il d'un ton tout sauf surpris.

– Je suis si prévisible que ça ?

– Vous l'êtes tous. Vous autres, vous êtes comme la mauvaise herbe. Il n'y a qu'un reporter pour débarquer chez quelqu'un après qu'on lui a dit de ne plus appeler. »

Mitch ne répondit rien. Il descendit les marches et se tint au pied de l'escalier. Étrangement, ça le fit se sentir moins comme un intrus.

« Vous savez quoi ? demanda Shaw. La dernière personne au monde que vous voulez vous mettre à dos, c'est un flic.

– Nelson ? Tout va bien ?

– Retourne à l'intérieur, chérie, dit-il à sa femme. Je peux gérer ça. »

Mme Shaw rentra et referma soigneusement la porte derrière elle.

« Alors, qu'est-ce que vous voulez, Newman ? demanda Shaw d'un ton désormais agressif.

– La vérité, répondit Mitch. Une personne à qui je tenais s'est suicidée, sauf que je commence à croire que c'est un mensonge. Non seulement parce qu'elle ne m'a jamais semblé être le genre de personne à faire ça, mais aussi à cause de ce qui s'est produit depuis. »

Shaw resta silencieux. Mitch prit ça comme une invitation à lui rappeler leur précédente conversation. « J. R. Une personne nommée Rubenstein. Une autre nommée Holly W. Les initiales H. W. et ce qui semble être des dates à la fin de l'année dernière. Joseph Civello. Carlos Marcello. Carousel.

– Inutile de me rappeler tout ça, dit Shaw.

– Qui sont ces gens, inspecteur ?

– Je réponds aux questions auxquelles je veux bien répondre, et rien de plus. Ensuite, vous nous fichez la paix à moi et à ma famille, OK ? »

Mitch ne répondit rien. Il ne voulait pas prendre un tel engagement.

« OK ? répéta Shaw.

– Elle avait trente-trois ans, inspecteur. Elle avait ses problèmes, mais qui n'en a pas ? Elle a fait quelques vagues au *Tribune* et ils se sont séparés d'elle. La belle affaire. La Jean que je connaissais aurait repris du poil de la bête en un rien de temps. Je sais que quelque chose cloche et je pense que vous le savez aussi. Je suis photographe, pas journaliste. Peut-être l'ai-je été autrefois, mais plus maintenant. Je veux simplement découvrir ce qui est arrivé à une amie très chère et, pour le moment, vous semblez être la seule personne à qui je peux m'adresser. »

Shaw resta silencieux pendant trente bonnes secondes.

Trente très longues secondes.

« Quelles garanties pouvez-vous me donner que je ne vais pas être entraîné dans ce que vous êtes en train de déterrer ? demanda-t-il finalement.

– Aucune, répondit Mitch. Je ne sais pas dans quoi je m'embarque, et si vous craignez de vous retrouver impliqué, ça m'indique que vous en savez déjà bien plus sur la question que moi.

– Je sais que certaines personnes ont fait des choses qui nécessitaient un mandat qu'elles n'avaient pas.

– Les papiers dans son appartement. Les documents qu'ils ont pris chez sa mère. »

Shaw acquiesça puis jeta un coup d'œil par-dessus son épaule comme s'il avait soudain conscience qu'il était dehors, visible de tous.

« Vous êtes arrivé aujourd'hui ?

– Oui.

– Il paraît que vous avez attendu quelques heures au siège.

– C'est exact. »

Shaw enfonça les mains dans ses poches et secoua lentement la tête.

« Je l'aimais bien, dit-il. Je l'appréciais beaucoup, vous savez ? » Il détourna les yeux et regarda en direction de la rue, se remémorant un souvenir. Puis il sourit. « Elle était fougueuse, une vraie emmerdeuse, mais on ne pouvait pas ne pas l'aimer. Je crois honnêtement qu'elle se souciait des gens, qu'elle voulait raconter la vérité pour qu'ils apprennent des choses qu'ils devaient savoir.

– Alors aidez-moi, répondit Mitch. Ne serait-ce que pour cette raison. »

Shaw acquiesça lentement. Son attitude avait changé, comme si la situation était inévitable, comme s'il acceptait enfin qu'il était relié à quelque chose qu'il ne pouvait plus esquiver. La nature humaine, peut-être rien de plus, mais lorsqu'il parla à nouveau, Mitch eut l'impression qu'il avait cessé de lutter contre ce qu'il avait sur la conscience. Peut-être savait-il qu'ils étaient unis dans cet océan de confusion et que, s'ils ne s'entraidaient pas, ils se noieraient tous les deux.

« J'admire votre ténacité.

– Je n'ai pas le choix, inspecteur. »

Shaw acquiesça une fois de plus comme s'il ne comprenait que trop bien. Il regarda en direction de la maison, puis de nouveau vers la rue. On aurait dit un homme qui faisait le bilan d'une chose avant qu'elle en devienne une autre.

« Tout ce que je vous dirai sera entre nous, vous comprenez ?

– Je comprends. »

Il hésita un moment de plus puis demanda : « Vous avez faim ?

– Faim ?

– Oui, faim. Vous savez, quand vous avez une sensation dans le ventre qui vous dit que vous feriez peut-être bien de manger quelque chose. »

Mitch s'esclaffa. « Heu, oui, je suppose.
– Et accepteriez-vous une invitation à dîner d'un flic ?
– Bien sûr.
– Alors considérez que vous êtes invité, Newman. »

21

« Parti ? Vous dites que Newman est parti ?

– Oui, monsieur.

– Et vous savez où ?

– Non, monsieur.

– Qu'est-ce qui s'est passé ?

– Pour le moment, je n'en sais rien, monsieur. Au moment de la relève, peut-être. En tout cas, il nous a filé entre les doigts.

– Eh bien, vous feriez sacrément bien de le retrouver, d'accord ?

– Oui, monsieur, c'est naturellement ce que nous allons faire.

– Ça veut dire maintenant, vous comprenez ?

– Oui, monsieur.

– Alors, s'il vous plaît, expliquez-moi pourquoi vous êtes toujours au bout du fil.

– Désolé, monsieur. Oui. Nous nous y mettons.

– Des heures. Voilà ce dont vous disposez. Pas des jours. Des heures. Et vous feriez mieux d'avoir de bonnes nouvelles. »

La ligne fut coupée.

22

Kathleen avait huit ans, et Cynthia six ans, trois mois et deux jours. Elles étaient assises côte à côte à la table à manger des Shaw, et pour Mitch ça ressemblait à la famille dont rêvait chaque Américain.

Ellen Shaw, tout d'abord surprise de voir un invité inattendu, s'était rapidement organisée, et Shaw lui-même était allé chercher des bières dans le réfrigérateur et en avait tendu une à Mitch.

Avant de s'asseoir pour manger, Shaw l'entraîna au salon. Aux murs il y avait son diplôme de l'école de police, des photos de famille, les certificats de naissance de ses deux filles dans un cadre, un cliché de ses parents. Le décor disait tout et rien sur Shaw. Il était banal, utilitaire, presque dénué de touche féminine, et Mitch eut soudain le sentiment que Shaw était en fait peut-être un homme très seul.

« Je viens ici, expliqua-t-il, quand j'ai besoin de me cacher.

– Vous avez une maison magnifique et une famille formidable. »

Shaw désigna une chaise. Mitch s'assit.

Sur le bureau à côté de lui se trouvaient des enveloppes en kraft, un cendrier, une demi-bouteille de scotch et un verre.

« Parfois vous voyez des choses, reprit Shaw, dont vous ne pouvez pas parler à votre femme. Bon sang, les seules autres personnes à qui vous pouvez en parler sont des flics, et ils ne veulent pas les entendre. Des gens assassinés, vous savez ? Des vies gâchées. Des victimes de viols. Tous ces trucs. »

Quelque chose attira le regard de Mitch. C'était une médaille militaire dans un petit cadre.

« Elle est à vous ? » demanda-t-il.

Shaw acquiesça. « Corée.

– J'y étais.

– Vous avez servi ?

– Photographe. Quatre mois. J'ai failli y laisser ma peau. J'étais fiancé à Jean. Je vous l'ai dit ? » Il marqua une pause, but une gorgée de bière. « Nous étions fiancés et je brûlais d'aller là-bas, de prendre les meilleures photos de guerre qu'on ait jamais vues. De devenir célèbre. D'être une légende. » Il esquissa un sourire sardonique. « Elle m'a supplié de ne pas partir. Elle pensait que je me ferais tuer. Et c'est un peu ce qui s'est passé. Je suis un peu mort. Une partie de moi n'est plus là depuis. »

Shaw le regardait et le moment avait quelque chose de dérangeant, comme si le flic tentait de percevoir ce qui était caché en lui, comme s'il essayait de le lire, de comprendre ce qui n'était pas visible.

Puis il détacha son regard, se pencha en avant et retroussa la jambe droite de son pantalon. Il y avait une cicatrice hideuse sur son tibia.

« Elle remonte jusqu'à la cuisse, dit-il. Et elle est de pire en pire. Lance-flammes. Je suis resté là-bas moins longtemps que vous. D'août à octobre 1950. Je n'ai même pas su que j'étais blessé jusqu'à ce que je me réveille dans un hôpital militaire. » Il soupira. « Je ne me souviens de rien, mais j'ai ça pour me le rappeler chaque jour.

– Nous étions là-bas en même temps », observa Mitch.

Shaw ne releva pas la coïncidence.

« Ça semble sans fin, non ? Ce que les êtres humains sont capables de se faire. »

Ni l'un ni l'autre ne parlèrent pendant un petit moment, chacun perdu dans des pensées provoquées par la réflexion de Shaw.

« Donc, vous dites que vous avez laissé Jean ?

– Oui, répondit Mitch. La chose la plus stupide que j'aie jamais faite. Je l'ai laissée, je suis allé là-bas, j'ai failli me faire exploser la cervelle et je suis revenu dans un sale état. Je lui ai écrit au journal, chez elle. Elle n'a jamais répondu.

– Peut-être qu'elle n'a pas reçu vos lettres.

– Si. Sa mère me les a rendues hier. Elle les avait toutes lues.

– Merde, fit Shaw.

– Exactement.

– Alors, qu'est-ce qui vous pousse à faire ceci ? La culpabilité ? La honte ? »

Mitch secoua la tête. « Je le fais pour essayer de me souvenir de la personne que j'étais avant d'aller en Corée. » Il s'interrompit, pensif. « Principalement pour Jean. Parce qu'elle ne mérite pas de laisser le souvenir d'un suicide solitaire. »

Le dîner fut bon. Mitch ne se rappelait pas la dernière fois qu'il s'était assis à une table et avait mangé un repas préparé à la maison. Ellen Shaw servit de la poitrine de bœuf et de la purée, du coleslaw, des haricots verts et un bol de niébé, du maïs et de l'avocat que Shaw appela le caviar du Texas. Les filles burent du thé glacé et Shaw alla chercher d'autres bières dans le réfrigérateur pour lui et Mitch.

« Alors, comment vous êtes-vous connus, tous les deux ? demanda Ellen.

– J'ai téléphoné à votre mari à propos d'une affaire et il m'a dit par deux fois de ne pas le rappeler, alors je suis venu de Washington pour le voir. »

Elle se mit à rire, dut porter une serviette à sa bouche. Shaw s'esclaffa également. Les filles semblaient déconcertées.

« Vous êtes reporter, d'après ce que j'ai compris, reprit-elle.

– Un reporter has been qui se dit désormais photographe.

– C'est mieux que certains qualificatifs dont on m'a affublé, observa Shaw.

– Et vous êtes de Washington ?

– De Virginie, à l'origine, répondit Mitch. Mais ces temps-ci, je vis et travaille à Washington.

– Alors comment se fait-il que vous enquêtiez sur une affaire à Dallas ?

– Ellen », intervint Shaw d'un ton appuyé qui la réduisit au silence.

Elle sembla brièvement embarrassée, puis s'occupa de la plus jeune des fillettes, lui demandant de ne pas mettre de la nourriture partout.

La conversation s'orienta alors vers le quotidien. Non, Mitch n'était pas supporter d'une équipe de football. Non, il n'avait ni femme ni petite amie. Ses parents ? Hélas, ils étaient tous les deux décédés, son père pendant la guerre en Europe, sa mère en 1961.

« Eh bien, vos Noëls doivent être très bon marché, contrairement aux nôtres ! » déclara Ellen.

Mais ce que Mitch entendit fut : *Est-ce que c'est une vie ? Vous devez être terriblement seul.*

Lorsqu'ils eurent fini de manger, il porta les assiettes et les couverts à la cuisine puis offrit d'aider à faire la vaisselle. Ellen le remercia, mais expliqua que c'était une des tâches des fillettes.

« Nous allons discuter un moment », lui dit Nelson.

Ça ressemblait à un *Ne nous dérange pas.*

« Ma femme est une merveille », déclara Shaw lorsqu'il fut de nouveau assis dans le salon. Il sortit un second verre d'un meuble et leur servit du scotch. Mitch n'était pas très amateur, mais refuser lui sembla déplacé. « Elle a fait un boulot incroyable avec les filles. Dire que je ne voulais pas d'enfants. Libre et sans entraves, c'était ma devise. Maintenant elles sont toute ma vie. On peut passer la pire journée, mais il suffit d'un baiser ou d'une étreinte de ces gamines pour que plus rien n'ait d'importance. C'est une soupape. Si elles n'étaient pas là, je deviendrais dingue. »

Mitch sourit mais demeura silencieux. Shaw s'ouvrait et il n'osait rien dire ni faire qui pourrait le dissuader de continuer. Même les flics avaient besoin d'un confesseur, et ce confesseur pouvait arborer n'importe quelle apparence.

« On gère la dureté de la vie comme on peut, pas vrai ? Certains types boivent, d'autres jouent, d'autres encore ne font rien que travailler... comme s'ils avaient peur de s'arrêter de crainte de voir tout ce qu'ils ratent. » Shaw but une gorgée de whisky. « Désolé, dit-il. Vous n'êtes pas venu de Washington pour m'entendre me plaindre.

– Je suis venu pour que vous m'aidiez, répondit Mitch, mais maintenant que j'ai vu votre maison et votre famille, je n'ai vraiment aucune envie de vous impliquer dans quelque chose qui vous mette mal à l'aise. Je n'ai rien à perdre. Mais vous ? Ce que vous avez est positif. C'est important. C'est une vraie vie, inspecteur, et je ne voudrais pas mettre en péril votre bien-être ou celui de votre famille.

– Nelson, dit Shaw. Vous venez de dîner chez moi. Vous pouvez au moins m'appeler Nelson.

– Nelson, répéta Mitch.

– Je ne vais rien dire ni faire qui mettra quoi que ce soit en péril, croyez-moi. » Il marqua une pause, se pencha un peu en avant. « Alors, que voulez-vous savoir ?

– Je veux savoir ce que Jean faisait ici.

– Pour autant que je sache, elle suivait Kennedy. C'est du moins ce qu'elle m'a dit. Elle s'intéressait à tout un tas de choses, mais c'était la principale raison de sa présence à Dallas.

– Jack ou Robert ?

– Le président.

– Pourquoi ? Qu'est-ce qu'elle cherchait ?

– Pour être honnête, elle ne m'a pas révélé grand-chose. Il était évident qu'elle ne le portait pas dans son cœur. Elle avait son opinion sur l'élection. Elle disait que l'argent de Joe Kennedy avait permis à son fils d'aller à la Maison-Blanche et que cet argent était sale, qu'il provenait de la contrebande, de pots-de-vin, de rackets à Hollywood et de toutes sortes de choses. Elle n'avait aucune opinion sur Nixon, mais elle avait son idée de ce qui était bien ou mal. Elle était implacable, vous savez ? Elle fonçait bille en tête et je ne pouvais rien dire ni faire pour la retenir.

– Alors pourquoi est-elle venue vous voir ?

– Kennedy était ici en novembre. En 1960, il avait remporté le vote texan d'un cil. Par ailleurs, le gouverneur Connally et le sénateur Yarborough se tiraient la bourre. Ils avaient depuis longtemps des désaccords sur de nombreux points. Le service des relations publiques de la Maison-Blanche affirmait que c'était un voyage de courtoisie, mais je crois que Kennedy est venu ici pour calmer le jeu. Cette situation aurait pu faire basculer le Texas du côté des républicains, et si Kennedy n'était pas à la Maison-Blanche, ils risquaient eux aussi de finir sans emploi. Enfin bref, Jean était ici deux jours avant que le cirque Kennedy débarque, et elle demandait des accréditations. Elle voulait accéder aux équipes du président, aux attachés de presse, et ainsi de suite. Comme vous le savez, ce genre de chose doit être autorisée par la police.

– Pourquoi vous ?

– Pourquoi pas ? Elle est arrivée au siège, a demandé à voir un inspecteur, et il s'avérait que j'étais de service et dans le bâtiment. » Shaw sourit sans le moindre embarras. « Je lui ai accordé du temps parce qu'elle était mignonne et insolente. Elle m'a demandé de l'aider, j'ai refusé et elle m'a traité de grand crétin en costume pourri. »

Mitch éclata de rire. Il la voyait bien dire quelque chose comme ça.

« On pourrait donc dire que ça a brisé la glace, et je lui ai obtenu ses accréditations. Elle est restée dans les parages jusqu'à ce qu'ils débarquent tous. Kennedy et son entourage, Jackie incluse, sont arrivés à Fort Worth le 21. Jean est allée à l'hôtel Texas ce soir-là. C'était là que logeaient les Kennedy et c'est de là qu'ils sont repartis le lendemain matin. Jean est revenue avant eux, elle était à Love Field quand l'avion a atterri le matin du 22. Après le cortège et les diverses rencontres, il y a eu un gala de bienfaisance à l'auditorium municipal d'Austin, puis ils ont passé le reste du week-end dans le ranch de Johnson. Je ne l'ai pas revue avant le 23. Elle est repartie le 24 et, pour autant que je sache, elle est rentrée directement à Washington. Je crois qu'elle avait été ignorée par toutes les personnes à qui elle avait parlé. Personne ne voulait avoir affaire à elle.

– Ça ne me surprend pas, étant donné qu'elle pensait que l'élection avait été truquée.

– Bon Dieu, cette histoire a fait les choux gras des journaux pendant des mois. Les républicains les plus durs voulaient que Nixon se batte, mais je crois que lui attendait juste le bon moment. S'il se présente en novembre, je ne serais pas étonné qu'il finisse à la Maison-Blanche. Étant donné toutes les rumeurs sur la santé de Kennedy, ses liaisons et Dieu sait quoi d'autre, il me semble que ça aurait été beaucoup plus simple si Nixon avait gagné la première fois.

– Votre carte de visite était parmi ses papiers. C'est comme ça que je vous ai trouvé.

– Je sais.

– Elle avait inscrit "Rubenstein" au dos, ainsi que le nom "Holly". Une idée de qui ils pourraient être ? »

Shaw secoua la tête. « Elle a mentionné Holly. Je ne sais pas qui c'était. Jean a expliqué qu'elle la cherchait, qu'elle avait disparu. C'est tout. Elle m'a demandé si je pouvais l'aider à la retrouver et j'ai répondu qu'elle ou quelqu'un d'autre devait d'abord remplir un signalement de disparition. Elle a dit qu'elle ne voulait pas le faire.

– Et son nom de famille ? Elle a écrit "Holly W." Une idée ?

– Elle a dû me le dire, mais honnêtement, je ne m'en souviens pas.

– Et ces autres personnes. Joseph Civello et Carlos Marcello. Vous savez qui ils sont ?

– Civello est un boss de la mafia ici depuis quarante ans, bien qu'il soit originaire de Bâton-Rouge. Le crime organisé à Dallas était dirigé par un type nommé Jack Piranio. Il est mort en 1956 et Civello a pris les rênes. C'est un voyou, une sale ordure. Lié à Frank DeSimone à L.A. et aux frères Coletti qui contrôlent le Colorado, et très pote avec une foule de gros bonnets à New York, San Francisco, Tampa, et aussi à Chicago, je parie. Carlos Marcello est à La Nouvelle-Orléans et ils sont très liés car Civello est louisianais. Certains prétendent que Marcello contrôle Dallas à travers lui, mais je n'y crois pas. Civello est un grand garçon, vous savez ? Il gère son propre business ici en ville.

– Mais pourquoi Jean se serait-elle intéressée au crime organisé si son reportage traitait de l'élection ? »

Shaw sourit. « Faut vous mettre à la page, mon ami. Le reportage ne traitait pas de l'élection. Il traitait du fait qu'elle avait été truquée. Et si vous voulez truquer une élection, vous allez parler aux personnes qui influencent la majorité laborieuse dans les principales villes du pays. Chauffeurs routiers, taxis, éboueurs, vous voyez ? Vous devez négocier avec les Teamsters. Grâce à un type nommé Jimmy Hoffa, c'est désormais le syndicat des compagnies aériennes, de l'industrie de la blanchisserie, des boulangers, des ouvriers du bâtiment, des transporteurs, des employés du cinéma, des cheminots, des magasiniers, et ainsi de suite. Si vous avez Hoffa, vous avez les syndicats, et si vous avez les syndicats, ça représente un sacré paquet de voix.

« Enfin bref, maintenant que Kennedy est à la Maison-Blanche, Bobby s'est servi du ministère de la Justice pour traquer Hoffa. Pourquoi il s'en prend à lui, personne ne le sait. Il semblerait qu'il le tienne pour une histoire de corruption de témoin. Ils vont faire la danse des appels pendant un moment, mais je crois que Hoffa finira en taule. » Shaw esquissa un sourire sardonique. « Écoutez ça. Les preuves contre Hoffa proviennent d'un certain Edward Partin, l'agent d'affaires des Teamsters à Bâton-Rouge, la ville d'origine de Joe Civello.

– Et ?

– Et tout et rien. Ouï-dire, rumeurs, vous passez tout ça au crible du mieux que vous pouvez, vous trouvez qui est disposé à parler et vous finissez avec un article digne d'être publié. Je ne saurais vous dire si l'administration Kennedy a acheté l'élection.

Je ne saurais vous dire pourquoi Bobby Kennedy semble vouloir envoyer le président de la Fraternité internationale des Teamsters en prison, surtout si ses syndicats ont aidé à placer JFK à la Maison-Blanche, mais Jean est venue ici avec une conviction. Vous la connaissiez beaucoup mieux que moi. Si une femme s'est jamais senti investie d'une mission, c'était bien elle.

– Implacable.

– Et impatiente, indiscrète, et parfois trop sûre d'elle pour son bien. »

Il y eut un moment de silence, puis Mitch demanda : « Quand je vous ai dit qu'elle était morte, quelle a été votre première réaction ?

– Conneries, répondit Shaw. Je croyais que c'était une plaisanterie. Puis quand j'ai compris qu'elle l'était vraiment, je me suis dit qu'il était impossible qu'elle se soit suicidée. Mais le lendemain, je n'en étais plus aussi certain. Je ne la connaissais pas assez bien pour savoir. J'ai eu affaire à beaucoup de suicides, et tous étaient des suicides. Je n'en vois pas un seul qui se soit avéré être un crime.

– Donc je poursuis un fantôme ? Il n'y a rien à découvrir ? Est-ce que je devrais faire mes valises et rentrer chez moi, laisser Jean et toute cette histoire reposer en paix ?

– Je ne peux pas répondre à votre place », déclara Shaw.

Son expression avait changé.

« Quoi ?

– Je suis flic, dit-il. J'ai ça dans le sang. Je ne peux rien lâcher tant que je ne suis pas sûr.

– Alors, que vous a dit votre intuition ?

– Que c'était ce que c'était. Ni plus ni moins. Je pensais qu'elle était sur une piste. Elle avait une façon de poser des questions qui me laissait croire qu'elle ne cherchait pas tant à découvrir quelque chose qu'à avoir la confirmation d'une chose qu'elle savait déjà.

– Comme ?

– Quelque chose de gros. Quelque chose qui aurait pu lui attirer un sacré paquet d'ennuis, et à tout un tas d'autres personnes aussi.

– Quelque chose lié à Kennedy ?

– Elle était ici à cause de Kennedy. C'est pour lui qu'elle est venue à Dallas.

– Alors croyez-vous qu'elle était sur une affaire qui aurait pu la placer dans la ligne de mire ? »

Shaw eut un sourire ironique. « Tout ce que je peux dire, c'est que Jean Boyd semblait être le genre de personne à ne pas lâcher une piste, même si ça signifiait prendre ce genre de risque. »

Un silence s'installa entre eux pendant quelques instants.

Shaw releva les yeux. « Alors ?

– Alors quoi ? demanda Mitch.

– Vous voulez savoir ce qui lui est arrivé ? »

Mitch hésita. Il savait que le fait de le dire à voix haute le forcerait à adopter une ligne de conduite irréversible. C'était sa faiblesse, son talon d'Achille.

Finalement, il répondit : « Je voudrais laisser tomber, mais je crois que je ne peux pas.

– Donc vous avez votre réponse, déclara Shaw. Ce n'est pas moi, ni Jean, ni qui que ce soit d'autre que vous devez satisfaire. C'est vous-même.

– Alors par où je commence ?

– Je ne sais pas. Pendant qu'elle était ici, je l'ai vue à deux reprises, pas plus d'une heure chaque fois. Elle est restée à Dallas du 20 au 24. Que faisait-elle ? C'est ce que je voudrais savoir.

– Et comment je découvre où elle logeait ?

– Je vais me renseigner et je vous le dirai. Où êtes-vous descendu ? »

Mitch donna à Shaw le nom du motel.

« On fait des folies, hein ?

– J'ai payé mon propre billet. Pas de notes de frais.

– Je dois aller au boulot de bonne heure demain. Pas habituel pour un dimanche, mais j'ai besoin de voir quelqu'un. Quand nous avons fourni ses accréditations à Jean, elle a dû nous donner son adresse à Dallas, même si c'était juste un hôtel. Ça figurera dans le dossier. »

Shaw se leva. Il raccompagna Mitch vers la sortie et ce dernier mit un point d'honneur à dire au revoir aux fillettes et à remercier Ellen pour son accueil.

À la porte, ils se serrèrent la main.

« Suivez la rue, prenez à gauche, continuez sur deux blocs puis tournez à droite, vous trouverez une station de taxis, dit Shaw. Je vous dirais bien à la prochaine, mais j'espère plus ou moins que vous n'aurez plus de questions à me poser.

– Je vous remercie vraiment pour tout, déclara Mitch.

– Je vous appellerai dans la matinée », répondit Shaw, puis il referma la porte.

Mitch resta planté là un moment. Il entendit les fillettes rire. Il entendit la voix d'Ellen, puis des dessins animés à la télé ou de la musique qui provenait de quelque part.

Il se demandait si Jean et lui auraient pu se retrouver dans cette situation s'il avait pris la bonne décision. Il se posait beaucoup de questions, mais aucune n'offrait autre chose que de l'indécision et du doute.

23

19 décembre 1950

Chère Jean,

Je ne sais pas si mes lettres précédentes te sont parvenues. Je suppose que oui.

Je suis rentré depuis un peu plus de trois semaines et il y a dans mon cœur et ma vie un vide qui ne sera jamais comblé sans toi. J'ai désormais le sentiment d'avoir passé nos dernières semaines ensemble à dire des choses qui semblaient avoir un sens mais n'en avaient en fait aucun. J'ai l'impression d'avoir passé toute ma vie à dire et expliquer des choses, à faire tout mon possible pour convaincre les autres que j'étais plus que ce que je suis réellement. Je ne veux pas être cette personne. Je veux rester humble pour que les autres ne croient pas que je mente.

En vérité, tout ça n'a plus la moindre importance. À partir de maintenant, ma vie sera une version moindre de celle que j'aurais eue avec toi.

Combien de fois un homme doit-il dire qu'il est désolé avant qu'une femme le croie ? Combien de lettres doit-il écrire avant qu'elle réponde ? Je suis prêt à le découvrir.

J'ai besoin de te raconter ce qui s'est passé en Corée. J'ai besoin de le dire à quelqu'un, mais cette personne ne peut être que toi. Des choses se sont produites là-bas, et l'idée de devoir les garder en moi pour le restant de ma vie est un fardeau que je ne me sens pas prêt à porter. Tu avais raison à tant d'égards, et bien que je sois en train d'écrire ceci, je sens que j'ai besoin de te le dire en personne. Je comprends que ça puisse paraître égoïste, mais le simple fait que je perçoive cet égoïsme est la preuve que j'ai changé. Je ne suis plus celui que j'étais avant de partir. Je ne pense pas que je reconnaîtrais cette personne si je la voyais, et je ne pense pas que tu me reconnaîtrais maintenant.

Je crois de tout cœur que je suis enfin l'homme que tu voulais que je sois. Je te demande une nouvelle chance de le prouver.

Je t'aime, pour toujours et à jamais.

Mitch.

24

Après sa rencontre avec Nelson Shaw, Mitch n'eut plus qu'une chose en tête : suivre la piste de Jean à Dallas, découvrir ce qu'elle pensait, ce qu'elle soupçonnait. Il voulait savoir ce qu'elle cherchait ; il voulait connaître la signification des noms qu'elle avait notés, quel était leur lien, où se trouvaient désormais ces personnes. Il sentait aussi que, malgré tout ce que Shaw lui avait dit, il y avait autre chose, et cette possibilité le perturbait.

Il demanda au chauffeur de taxi de s'arrêter près d'une boutique d'alcool en chemin vers le motel et acheta une bouteille de Jim Beam. La dernière chose à faire était de se soûler, mais il était à cran et épuisé. Il alla chercher de la glace à la réception, se versa une grosse rasade. Assis par terre, adossé au lit, il fuma cigarette sur cigarette. La télé était allumée à bas volume, peut-être pour qu'il n'ait pas à affronter le silence complet, peut-être pour noyer certaines des pensées qui déferlaient comme un torrent.

La question était simple : allait-il vraiment continuer ? Allait-il tenter de déterrer ce qu'elle pensait devoir déterrer ? Maintenant que ses papiers avaient disparu, la seule manière de procéder était de marcher dans ses pas. Il avait parcouru la moitié du chemin, était venu jusqu'à Dallas, et il devait prendre sa décision. Rester et continuer de creuser, ou rentrer et essayer d'oublier ?

Comme l'avait dit Shaw, la question ne concernait pas Jean. Elle concernait Mitch lui-même.

Il avait laissé tomber sa liaison avec Jean pour aller en Corée, puis avait laissé tomber la Corée quand c'était devenu trop dangereux. Après son retour, il s'était consacré sans grand enthousiasme à sa carrière de photojournaliste, et il était là – trente-cinq ans, sans femme ni enfants, avec un appartement de location, un compte courant vide, aucune sécurité à proprement parler – seul dans un motel à Dallas avec une bouteille de bourbon et un cas de conscience.

Il avait déjà trahi Jean une fois.

Allait-il recommencer ?

Il avait lu la lettre suivante – celle du 19 décembre. Il se rappelait ce moment comme s'il s'était produit une semaine plus tôt. Il se souvenait qu'il avait eu le sentiment d'être perdu, sans ancrage ni aucun point de référence, comme si le scénario de sa vie avait été réécrit par quelqu'un qu'il ne connaissait pas.

La perte de Jean avait tout fissuré. Un impact supplémentaire et tout volerait en éclats.

Il se servit un autre verre, ferma les yeux et appuya sa tête contre le bord du matelas.

Il se demanda ce que Jean aurait fait si les rôles avaient été inversés, et il n'eut pas le moindre doute. Même alors, après toutes ces années, en dépit de tout ce qui s'était passé, s'il était mort et qu'elle ait été dans sa situation, il savait qu'elle serait allée jusqu'au bout du monde pour découvrir la vérité. Cette prise de conscience alluma un projecteur éclairant directement tous les recoins de son âme. De quoi avait-il peur ? Que craignait-il de perdre ? Le problème se résumait à ça. Il n'avait *rien* à perdre. Alors pourquoi hésiter ? S'inquiétait-il pour sa propre sécurité, appréhendait-il de perdre la face ? Peut-être qu'après avoir pris tant de mauvaises décisions il craignait toutes les décisions, mêmes celles qui étaient évidentes et inévitables.

Quand était-il devenu si timoré ? Ou bien avait-il toujours été comme ça ? La guerre avait-elle simplement été un moyen de se tester, de voir s'il aurait le courage de faire un choix audacieux et d'aller jusqu'au bout ? Ou avait-elle été une excuse pour échapper à l'inéluctabilité de sa liaison avec Jean ? Était-il allé en Corée pour fuir l'engagement ou pour prouver sa capacité à s'engager ?

Il n'en savait rien. Il se rappelait ce qu'il avait éprouvé à l'époque, mais il ne se souvenait pas de ce qu'il pensait. Les décisions et les conclusions s'étaient estompées au fil du temps, mais les émotions semblaient plus fortes que jamais. Peut-être qu'en réalité il n'avait rien fait d'autre que prouver qu'il avait raison. Si Jean l'avait persuadé de rester, ça serait revenu à admettre que son choix était sans fondement et idiot. Et il n'aurait jamais pu faire ça. Absolument jamais.

Il se tourna vers la télé. Les informations passaient. Derrière le présentateur était affiché le visage du président. Il tendit la main et monta le volume.

« ... établissant un mobile pour lancer une enquête sur la nature du processus électoral. Un représentant du service de presse de la Maison-Blanche a refusé de commenter, affirmant que le ministère de la Justice travaillerait avec le sous-comité de la Chambre pour vérifier la véracité de ces allégations. Une faction républicaine a maintenu sans relâche qu'il y avait eu des irrégularités dans la procédure du comptage des voix, mais M. Nixon a résolument refusé de remettre en question le résultat de 1960. Personne ne sait si ces allégations de pratiques malhonnêtes influenceront la campagne en cours pour la réélection, mais avec la convention nationale démocrate à venir dans le New Jersey et les doutes quant à l'impartialité du procureur général, il semble clair que certains États charnières qui ont donné la présidence aux démocrates devront être bien plus assurés qu'ils ne l'étaient il y a quatre ans. Et maintenant, les derniers résultats sportifs... »

Il baissa de nouveau le volume et entreprit de charger une pellicule dans son appareil photo – un Nikon F qu'il avait payé deux cent quatre-vingt-cinq dollars six mois plus tôt. C'était une somme faramineuse, mais il l'avait justifiée en se persuadant que c'était une façon d'affirmer définitivement son intention de réussir en tant que photographe, que vrai journaliste. Pourtant, sitôt l'appareil acheté, il avait regretté son achat. Posséder un tel objet n'était pas une garantie de succès. Il l'avait néanmoins emporté et était bien déterminé à s'en servir.

Lorsqu'il en eut fini avec l'appareil, il décida de se servir un nouveau verre.

Et tandis qu'il tendait le bras vers la bouteille, il savait ce qu'il risquait en cherchant la vérité sur la mort de Jean, mais il avait pris sa décision.

25

« C'est Finch, déclara O'Donnell. Je le sais. C'est lui qui est aux manettes, et il prend son pied.

– OK, donc c'est Finch », dit Bobby. Il attrapa son verre et le posa sur son genou. « Nous devons gérer Castro, Hoover, Khrouchtchev, de Gaulle. Je crois qu'on peut affirmer sans se tromper qu'au cours des trois dernières années cette administration a dû surmonter plus de préjugés, de manque de confiance, d'agitation politique, de crises mondiales et de querelles internes que n'importe quelle autre depuis Lincoln. Je suis sacrément fier de tout ce que nous avons fait, et je ne vais pas laisser un petit Nixon de troisième ordre comme Don Finch nous faire dérailler juste au moment où nous avons notre destination en vue. Vous savez aussi bien que moi que ce qui peut être accompli en huit ans est bien plus que le double de ce qui peut l'être en quatre.

– Je suis tout à fait d'accord, mais nous devons regarder les choses en face. Earl Warren a été nommé pour enquêter, et c'est un putain d'obstiné qui ne s'arrêtera que quand il aura tout passé au crible. »

Bobby ferma les yeux un moment et soupira.

Il était tard, 22 heures passées. Les enfants dormaient. Ethel était une faiseuse de miracles. Le fait qu'elle parvienne à coucher huit enfants avec seulement deux nounous pour l'aider ne cessait de l'éblouir. Et maintenant, elle était enceinte de leur neuvième. Ils n'arrêtaient pas de se dire qu'à un moment ils devraient arrêter. *Qu'est-ce qu'on fait ?* lui avait-il demandé. *On élève une famille ou on fonde une dynastie ?*

« La vérité est que plus ils creuseront profondément, plus ils seront susceptibles de nous enterrer, poursuivit O'Donnell. Qu'ils trouvent ou non des preuves de truquage d'élection, de manipulation des votes ou du fait que le président achète ses cigares cubains directement à Castro, le simple fait que ce soit relayé par les médias entraîne des dégâts dont nous pourrions aisément nous passer. La dernière élection était serrée, la plus serrée depuis cent ans, et les remises en cause de Kennedy ou de l'administration pourraient nous pousser vers la sortie. Aucun président depuis Herbert Hoover n'a effectué qu'un seul mandat, et c'était avant la guerre. Et c'était un républicain ! Le dernier démocrate à n'avoir fait qu'un seul mandat a été Cleveland en 1897 ! »

Bobby leva la main. « Du calme, Ken. Vraiment, vous réagissez de façon excessive. Il est absolument impossible que quiconque prouve quoi que ce soit avant novembre. Qui ils ont là-bas, hein ? Si vous pouvez nommer un homme dans cette équipe capable de monter un tel dossier en seize semaines, alors je me présenterai contre Jack à la convention nationale et on verra ce qui se passe. »

Ken sourit. Bobby avait bien plus d'assurance et de perspectives qu'on ne s'accordait à le dire. Si Jack était le capitaine du navire, Bobby était non seulement le maître d'armes, mais également le navigateur et le timonier.

« Écoutez, dit Bobby, demandez à vos équipes de créer des interférences. Nous pouvons nous aussi mettre des bâtons dans les roues des républicains, vous savez ? La pire chose à faire est de paniquer, alors ne paniquons pas. Laissez-moi gérer ce comité qu'ils convoquent, et laissez-moi également m'occuper de Jack.

– Qui pose un tout autre problème », observa Ken.

Bobby marqua une pause. « Et à quel problème faisons-nous allusion, Ken ? »

Son ton était légèrement défensif. Ils s'aventuraient en terrain glissant.

« Les questions médicales sont pour son médecin, déclara Ken, mais Pierre est...

– Pierre Salinger, coupa Bobby. Je sais que Jack n'envisagerait personne d'autre pour ce poste, mais parfois notre bon ami Pierre entend des choses qui n'ont jamais été dites, et il voit des choses qui ne se sont jamais produites.

– Et parfois c'est le contraire, Bobby. Vous savez ce qui se passe. Vous mieux que personne. Les hôtels. Le fait qu'il utilise les services secrets pour organiser ses rencontres amoureuses. Enfin quoi, pour l'amour de Dieu, Walter porte non seulement une arme réglementaire, mais également cinq mille dollars en liquide. Pourquoi le chef de la sécurité du président a-t-il besoin de trimballer ce genre de somme ? »

Bobby sourit. « Faux frais.

– Sérieusement, Bobby, vous devez lui parler. Si la rumeur se propage à propos de ces filles, ce navire coulera plus vite que le *Titanic.*

– Vous croyez vraiment ? Il me semble que les ouvriers virils des bons vieux États-Unis seraient encore plus fidèles à leur président s'ils savaient que c'est un chaud lapin. »

Ken sourit. De nombreuses paroles vraies étaient prononcées sur le ton de la plaisanterie.

« Cette administration est une croisade, Ken. Vous savez ce que signifie ce mot ? Il signifie une campagne vigoureuse en vue d'un changement politique, social ou religieux. Il vient de l'espagnol *cruzado.* Littéralement, il signifie que vous avez été marqué avec une croix. »

Ken soupira intérieurement. *C'est parti,* songea-t-il. *Un monologue Kennedy.*

« La présidence est plus grande que l'homme. La présidence est une mission. Oui, c'est absolument une croisade. Regardez tout ce que nous avons accompli, tout ce qu'il nous reste à accomplir…

– Je sais, Bobby, je sais tout ça. Nous l'avons déjà dit, et nous continuerons de le dire. J'admire et respecte votre frère autant que n'importe qui, mais mon admiration et mon respect ne le maintiendront pas dans le Bureau ovale s'il ne…

– Je vais m'occuper du juge Warren, coupa Bobby. Et je vais m'occuper de Jack.

– OK », répondit Ken d'un ton résigné.

C'était une bataille qui avait déjà été livrée et perdue.

« Dites-moi simplement si je peux faire quoi que ce soit pour vous aider.

– Il faut juste que chacun accomplisse son travail du mieux possible, sinon nous risquons tous d'être sans emploi à Noël. La seule chose sur laquelle vous devez vous concentrer, c'est le mois d'août. Faites monter Jack sur le podium pendant la convention, laissez-le dire ce que je sais qu'il est plus que capable de dire, et nous aurons réussi.

– Vous le croyez vraiment ?

– Oui, Ken, je le crois vraiment. »

Une fois Ken parti, Bobby se leva et marcha jusqu'à la fenêtre. Il savait ce qu'il faisait. Il l'avait déjà fait et il continuerait de le faire. Il vendait ses salades à lui-même et à tous les autres.

Jack s'était attaché à la barre et il s'entêtait à diriger le navire vers les rochers. Ça déchirait Bobby, mais il n'y avait pas de retour en arrière.

26
12 juillet 1964

Le téléphone réveilla Mitch du sommeil le plus profond qu'il eût connu depuis des semaines. Le bourbon l'avait bien assommé, mais il était reconnaissant. Depuis la mort de Jean, son esprit avait été comme une radio coincée entre deux stations – rien que des interférences désagréables et du bruit.

« Mitch Newman, dit-il.

– Le Town Plaza, dans Elm Street, annonça Shaw. Cette artère s'étire depuis le quartier d'Old East Dallas jusqu'à l'autoroute. L'hôtel est entre North Olive et North Hartwood.

– Merci, Nelson, répondit Mitch. Je vous tiendrai au courant de…

– Il vaudrait peut-être mieux que vous ne le fassiez pas », coupa Shaw, et il raccrocha.

Mitch resta un moment assis au bord du lit avec le combiné à la main. Il ne s'attendait pas à ça. Il s'était imaginé que Shaw voudrait être informé de ses progrès.

Il prit une douche, enfila sa chemise la moins froissée. C'était dimanche, mais les hôtels étant ce qu'ils étaient, il trouverait quelqu'un là-bas et pourrait commencer son enquête. Il prit un carnet, son appareil photo et deux pellicules.

Les réserves qu'il avait pu avoir la veille s'étaient évaporées. Il faisait ça pour Jean, évidemment, mais il le faisait tout autant pour lui.

Il prit un petit déjeuner dans un établissement appelé le '59 Diner où l'on servait à partir de 9 heures. Il déclina poliment le gruau de maïs aux crevettes et au cheddar, les pancakes à la semoule de maïs, le poulet frit et les biscuits au babeurre, et opta simplement pour des œufs au plat retournés et des boulettes de viande. Il but trois tasses de café corsé et sentit sa tête revenir de l'endroit où il l'avait laissée la nuit précédente.

Le Town Plaza était à quinze minutes en voiture. Il songea à prendre un bus, ou peut-être à louer une voiture, mais il était légèrement parano à l'idée de laisser des traces et d'informer les autres de l'endroit où il se trouvait et des personnes à qui il parlait. De quoi avait-il peur ? Que Jean ait bel et bien été assassinée ? Une telle idée semblait absurde, totalement ridicule. Alors pourquoi ces hésitations ? Pourquoi ce besoin de se cacher ? Et son intuition sur Shaw avait-elle été exacte ? Savait-il quelque chose qu'il ne lui avait pas dit ? Était-ce la raison pour laquelle il avait si brusquement changé de sujet de conversation pendant le dîner ? La raison pour laquelle il avait été si laconique au téléphone ?

Il vaudrait peut-être mieux que vous ne le fassiez pas.

Shaw avait-il peur ou bien son inquiétude était-elle purement personnelle ? La question de sa femme – si clairement inopportune – était-elle liée à quelque chose à propos de Jean que Shaw ne voulait pas qu'il sache ?

Mitch ignora ce bourdonnement. Il devait garder les idées claires et rester concentré. Il ne pouvait pas se permettre de se disperser sur une douzaine de chemins différents. Il était là pour découvrir ce que Jean faisait, point final. Il devait savoir si ses quatre jours à Dallas avaient le moindre lien avec sa mort.

Le Town Plaza était tel qu'il se l'était imaginé. Il prit deux photos de la façade depuis le trottoir d'en face puis s'approcha. À l'intérieur, il y avait des lambris de bois, des tapis bon marché, du mobilier en vinyle. L'homme à la réception avait au moins soixante-cinq ans. Il portait une chemise blanche qui avait vu des jours meilleurs, une veste aux manches effilochées et un gilet qui n'était pas assorti à son costume. Mitch éprouva une certaine compassion pour lui. Choisissait-on d'avoir un tel emploi à cet âge ?

« Je peux vous aider, monsieur ? demanda l'homme.

– Bonjour, répondit Mitch. J'espère, mais c'est peut-être tiré par les cheveux.

– Eh bien, allez-y et on verra bien, hein ?

– Comment vous appelez-vous ?

– Fred Harman, répondit l'homme.

– Bon, monsieur Harman, je vous explique. L'année dernière, en novembre, vous vous souvenez quand le président est venu en ville ?

– Je m'en souviens très bien, monsieur. L'hôtel était bondé. Nous avons dû embaucher du personnel temporaire.

– Eh bien, durant ces quelques jours, une femme a logé ici. C'était une journaliste de Washington. »

Mitch enfonça la main dans sa poche de veste pour en tirer la photo qu'Alice lui avait donnée.

« Vous voulez dire Mlle Boyd ? »

La surprise de Mitch fut évidente. Harman sourit comme s'il venait de gagner un beau pactole au poker.

« Exact, dit Mitch. Vous vous souvenez d'elle ?

– Bien sûr que je me souviens d'elle. Comment pourrais-je l'oublier ?

– OK… bon, c'est très utile.

– Vous êtes un de ses amis ?

– Monsieur Harman… J'ai le regret de vous annoncer qu'elle est décédée. »

L'homme fronça les sourcils. « Pardon ?

– Elle est morte, monsieur Harman. Jean… Mlle Boyd est morte il y a un peu plus d'une semaine à Washington.

– Oh, Seigneur, fit Harman. C'est la chose la plus tragique que j'ai jamais entendue. Une femme si rayonnante, si charmante. Elle était merveilleusement drôle, monsieur…

– Newman, répondit Mitch.

– Si merveilleusement charmante et drôle, monsieur Newman. Oh, mon Dieu, c'est affreux.

– Oui. C'est vraiment affreux, et je suis désolé de devoir vous annoncer une telle nouvelle.

– Puis-je vous demander comment elle est morte ?

– Eh bien, ils ne sont pas encore certains », répondit Mitch. Il ne pouvait tout simplement pas se résoudre à dire au vieil homme que Jean s'était suicidée. « Ils doivent faire une autopsie et tout. Ils ne savent vraiment pas ce qui s'est passé.

– Oh, Seigneur », répéta Harman.

Il était visiblement ébranlé. De toute évidence, Jean lui avait fait forte impression.

« Je me demandais donc si vous saviez sur quoi elle travaillait quand elle était ici, reprit Mitch. J'essaie de retracer ses derniers pas, de comprendre la dernière année de sa vie… vous savez, pour sa famille. Pour sa mère. »

Ça semblait invraisemblable, mais Harman n'écoutait pas vraiment. Il était perdu dans les souvenirs que lui avait laissés Jean Boyd en novembre de l'année précédente.

Finalement, il releva les yeux.

« Elle passait beaucoup de temps dans les bars, déclara-t-il.

– Les bars ?

– Les bars, les clubs, vous savez ? Pas pour boire. Rien de tel. Elle travaillait à une sorte de reportage. C'est du moins ce qu'elle m'a dit, et je n'avais aucune raison de ne pas la croire.

– Des bars en particulier ?

– Pas que je me souvienne. Il y en a beaucoup dans le centre-ville, vous savez ? Elle cherchait quelqu'un, je crois.

– Est-ce qu'elle a mentionné des noms ? »

Harman secoua la tête. « Je ne crois pas.

– Civello ? Marcello ? Rubenstein ? A-t-elle mentionné une fille nommée Holly ? »

Harman le regarda. « Elle est allée au Carousel. Ça, je m'en souviens. »

Ce nom figurait parmi les notes de Jean.

« Le Carousel ? Vous êtes sûr ?

– Oui. Je me rappelle lui avoir dit que ça ne me semblait pas être un endroit pour elle, même si elle écrivait un article.

– Pourquoi ?

– Parce que c'est un club particulier, monsieur Newman. Des filles, vous savez ? Je crois qu'on appelle ça un cabaret burlesque.

– Oh. D'accord. Oui.

– Enfin bref, il se trouve dans le centre-ville. Dans Commerce Street, dans les numéros 1300. Je crois qu'il est situé face au théâtre Adolphus, mais je n'en suis pas certain.

– Et elle y est allée pour rencontrer quelqu'un ?

– Je ne sais pas ce qu'elle faisait là-bas, monsieur Newman. Je ne lui posais pas vraiment de questions. Elle était toujours souriante, prenait toujours le temps de me demander comment j'allais. C'était une jeune femme très prévenante. C'est du moins l'impression que j'ai eue.

– Elle était prévenante, oui, dit Mitch. Toujours très prévenante.

– Une nouvelle tellement épouvantable. Quel terrible, terrible gâchis. »

Mitch ne pouvait pas le consoler ; il ne pouvait même pas se consoler lui-même.

« Et c'est le seul nom qu'elle ait mentionné, le seul endroit qu'elle ait évoqué pour autant que vous vous souveniez ? »

Harman sourit faiblement. « Ma mémoire n'est plus ce qu'elle était, monsieur Newman. Elle a pu dire autre chose, mais rien qui me soit resté. »

Mitch prit un stylo et nota le numéro de téléphone de son hôtel. « Je serai en ville pendant un jour ou deux, dit-il. Si quelque chose vous revient, s'il vous plaît, appelez-moi, vous voulez bien ?

– Oui. Oui, bien entendu, répondit Harman. Je suis désolé de ne pas pouvoir vous aider plus.

– Vous m'avez été très utile, et je vous en suis reconnaissant.

– Eh bien, prenez soin de vous, fiston, et toutes mes condoléances.

– Merci », dit Mitch, et il était sincère.

27

Le Carousel était aussi vulgaire et bas de gamme que pouvait l'être ce genre d'établissements. Annonçant non seulement « FILLES – REVUE DE STARS – DANSE – BIÈRE », il possédait également un « authentique barbecue ». Il se trouvait à l'endroit indiqué par Fred Harman, et même si la pancarte disait « FERMÉ », Mitch vit qu'il y avait du monde à l'intérieur.

Il était midi passé. Il traversa la rue et photographia le club aussi discrètement que possible. Cinquante mètres plus loin se trouvait un restaurant. Il commanda un sandwich au corned-beef et une tasse de café. Il voulait un peu de temps pour remettre de l'ordre dans ses pensées.

Assis dans un box au fond, il prit des notes relatives au Town Plaza, à Fred Harman, au Carousel. Il devait savoir pourquoi un club de strip-tease de troisième ordre avait intéressé Jean. Y avait-elle rencontré quelqu'un ? Était-il dirigé par la mafia, et donc lié à Joseph Civello, le fameux parrain de Dallas ? Cherchait-elle à le localiser parce qu'elle pensait qu'il pourrait lui donner des informations sur Kennedy ?

Il était impossible de le savoir sans poser de questions, et cet endroit était la seule piste solide qu'il possédait.

Il termina son déjeuner et fuma une cigarette. Il remonta la rue jusqu'au Carousel et chercha une allée ou une porte latérale. Au même moment, un taxi s'arrêta au bord du trottoir et une fille en descendit. Blonde, un bon mètre soixante-dix, elle portait un manteau de fourrure qui lui descendait jusqu'aux mollets, des lunettes de soleil, des chaussures bleu foncé à talons hauts.

Après avoir payé le chauffeur, elle se dirigea vers la porte.

« Excusez-moi, mademoiselle », lança Mitch.

La fille s'immobilisa, se retourna, ôta ses lunettes. Au début, elle lui sembla remarquablement jolie, mais ses traits étaient quelque peu flétris. Cigarettes et alcool, de nombreuses longues soirées, de nombreuses fêtes. Le genre de mode de vie qui vous faisait vieillir de cinq ans tous les deux ans.

« Mademoiselle ! s'exclama-t-elle. Ben ça alors ! » Elle avait l'accent de New York, immédiatement reconnaissable. « Ça fait longtemps qu'on ne m'a pas appelée comme ça, vous savez ? »

Mitch sourit. Elle lui plut immédiatement.

« Vous travaillez ici ? » demanda-t-il.

Elle sembla agacée. « Ça se voit tant que ça ? »

Mitch se sentit emprunté. « Je suis désolé, je ne voulais pas... »

La fille éclata de rire. « Bon Dieu, oui, évidemment que je travaille ici. Je vous taquine juste. Qui d'autre va débarquer dans un tel endroit un dimanche avec un manteau de fourrure et des lunettes de soleil ? » Elle laissa tomber sa cigarette sur le trottoir et l'écrasa sous sa chaussure, puis elle en tira une autre du paquet dans son sac à main et l'alluma. « Alors, vous cherchez qui ? Comment vous expliquez que vous traîniez devant ce bouge ?

– Je cherchais quelqu'un qui pourrait m'aider. »

La fille lui fit un clin d'œil salace. « Ça pourrait bien être moi, chéri... ça dépend du genre d'aide que vous voulez.

– Vous travaillez ici depuis longtemps ? demanda Mitch.

– Deux ans, peut-être. Pourquoi ?

– Vous étiez ici en novembre dernier ?

– Tout à fait.

– J'ai une amie, une journaliste de Washington. Elle était ici en novembre dernier, elle logeait au Town Plaza. Elle enquêtait pour un article et je voulais savoir si quelqu'un se souvenait d'elle. »

La fille sembla déconcertée. « Aucune idée, mon chou. Entrez et demandez aux autres filles. Peut-être qu'elles pourront vous aider.

– Merci, dit Mitch. C'est vraiment gentil de votre part. »

Elle sourit.

« Un gentleman, dit-elle. La route pour gagner le cœur d'une fille est pavée de bonnes manières. C'est ce que disait ma mère. »

Le nom de scène de la fille était Terri Truelove. Son vrai nom était Sandra Baxter. Elle venait de l'État de New York mais avait passé l'essentiel de ses années d'adulte à Manhattan. Elle fit entrer Mitch dans le club par la porte de devant, ils longèrent la scène jusqu'à atteindre un couloir sur le côté, qui menait aux loges à l'arrière. Il y avait déjà quatre autres filles présentes, toutes arborant la même expression éreintée. Elles s'appelaient Marion, Patricia, Shirley et Carole. Elles avaient été belles dans le passé, et peut-être que si elles avaient laissé cette vie derrière elles, elles l'auraient de nouveau été, mais ce n'était pas sûr. Dans quel autre endroit auraient-elles pu gagner autant d'argent pour si peu d'heures ? C'était un piège, et elles le savaient. Il s'agissait juste d'accepter la nature du piège et d'apprendre à survivre du mieux possible.

« Bon, commença Sandra, je vous présente Mitch. Racontez votre histoire, Mitch. »

Il s'exécuta. Avec Harman, il n'avait pas pu dire la vérité. Mais ces filles connaissaient la brutalité de la vie. Il n'avait pas besoin de prendre des gants. Il leur expliqua que Jean s'était suicidée, qu'ils avaient autrefois été fiancés et qu'il s'était désormais donné comme mission de découvrir ce qui lui était arrivé.

« Eh bien, si ça c'est pas le truc le plus dingue que j'aie jamais entendu », observa Patricia.

C'était une brunette dont les cheveux formaient une haute choucroute. Elle avait un air triste, même quand elle souriait. Elle tendit la main et la referma sur celle de Mitch, la serrant fermement tout en le regardant avec une expression réconfortante.

Il sortit la photo et elles se la passèrent.

« Je me souviens d'elle », déclara Marion. C'était une blonde avec une frange, et elle portait les plus grosses boucles d'oreilles en or que Mitch eût vues de sa vie. « En novembre. Quand le président était ici. » Elle éclata soudain de rire. « Pas ici-ici ! Il ne fréquentait pas le Carousel ! »

Les autres filles s'esclaffèrent à leur tour.

« Je m'en souviens parce que c'était à peu près au moment où Holly est partie, et votre amie essayait de la retrouver.

– Holly ? » demanda Mitch.

C'était le nom qui était inscrit au dos de la carte de Shaw.

« Elle travaillait ici. Un vrai ange. Trop jeune pour tout ça. Enfin bref, elle est brusquement partie après environ un mois.

– Est-ce que vous vous souviendriez de son nom de famille ?

– Walsh, répondit Marion. Holly Walsh. »

C'était ça. *H. W. au C.* Holly Walsh au Carousel. Octobre et novembre 1963.

« Vous savez d'où elle venait ?

– À l'origine ? demanda Marion. De quelque part dans l'est, je crois. On aurait dit qu'elle débarquait tout droit de sa ferme.

– Et elle est restée ici un mois ?

– Un mois, peut-être six semaines, dit Marion. Elle est arrivée fin septembre et elle est restée jusqu'à la troisième semaine de novembre, pour autant que je me souvienne. On sait presque immédiatement si on est capable de faire ce boulot, mais il a fallu un peu plus longtemps pour que Holly voie qu'elle n'était pas à sa place ici, et je crois qu'elle a compris qu'elle n'y serait jamais. Elle était ici un jour, le lendemain personne, et on ne l'a plus jamais revue.

– Est-ce que quelqu'un s'est renseigné ? »

Marion secoua la tête. « À propos de quoi ? Les gens vont et viennent. C'est la nature de cette vie.

– Alors est-ce que Jean vous a dit pourquoi elle s'intéressait à cette fille ?

– Elle était venue voir M. Ruby, répondit Sandra. Jack Ruby, ajouta-t-elle. C'est le proprio. C'est à lui qu'elle voulait parler. »

Jack Ruby – le J. R. sur la carte.

« Elle voulait le questionner à propos de Holly ?

– Aucune idée, mon chou. Vous allez devoir lui poser vous-même la question, je suppose.

– Et où puis-je le trouver ? »

Marion haussa les épaules. « Il était ici vendredi soir. Il aurait dû y être hier soir, mais il n'est pas venu. Vraiment inhabituel de ne pas le voir un samedi.

– Vous savez où il habite ?

– Eh bien, il avait un logement dans..., commença Carole, mais Sandra l'interrompit.

– OK, dit-elle, prenons juste un moment. » Elle lança à Mitch un regard implacable. « Vous avez l'air d'un type vraiment sympa et tout, mais nous ne savons rien de vous. Vous prétendez être un ami de cette Joan...

– Jean. Jean Boyd.

– D'accord, Jean. Vous prétendez être un ami de cette fille, cette journaliste de Washington, mais nous n'en savons rien, et nous ne savons pas ce qu'elle faisait ici. Avant de commencer à vous donner l'adresse de notre patron, nous aimerions avoir un peu plus de certitudes. Vous voyez ce que je veux dire ? »

Mitch produisit sa carte de presse.

Sandra la parcourut du regard. « Désolée, dit-elle. Ça ne va pas suffire. J'ai déjà tout vu, mon chou. Plaques de police, insignes du FBI, et ainsi de suite. »

Mitch sourit. « Vous savez, je comprends. Vraiment. Ce n'est pas grave. Je peux le trouver autrement. J'ai quelques contacts à Washington, et il y a un inspecteur de police qui m'aide à découvrir ce qui est arrivé à Jean. Je ne suis pas ici pour causer des ennuis à M. Ruby, et encore moins à vous, mesdemoiselles. » Il se leva. « Vous m'avez été bien utiles, et je vous en suis très reconnaissant. »

Il repartit rapidement. Il prit à gauche sur près d'un bloc puis traversa la rue. Il y avait quelque chose d'étrange dans cet endroit, dans la manière dont Sandra avait fait taire l'autre fille.

Toute cette histoire l'avait troublé. Jack Ruby. Cette Holly Walsh. Le Carousel. La mafia de Dallas et Joseph Civello, peut-être des connexions à La Nouvelle-Orléans, Los Angeles, San Francisco et New York.

Dans quoi s'embarquait-il, et combien de personnes connaissaient déjà son nom et la raison de sa présence à Dallas ?

Il scruta la rue derrière lui. Elle était déserte et calme.

Il devait s'éloigner d'ici, et il avait vraiment besoin de boire un verre.

28
13 juillet 1964

Lundi matin. Alors que Mitch téléphonait au *Tribune* pour demander à parler à une personne nommée Andrews et découvrait – de façon déconcertante mais somme toute assez prévisible – qu'aucun employé ne s'appelait ainsi, Nelson Shaw recevait un appel chez lui.

C'était son chef, Victor Webb.

« Nelson, j'ai une sale affaire pour vous.

– Est-ce qu'il y en a parfois des plaisantes ?

– Comparées à celle-ci, je pense que la réponse est oui.

– Alors, c'est quoi ?

– Il y a peut-être trois semaines. Un type dans un appartement. Il a fallu tout ce temps pour que les voisins comprennent que ce n'était pas sa cuisine pourrie qui empestait les lieux.

– Pile ce dont j'ai besoin le lundi matin.

– Une balle dans la tête. Et aussi deux dans le torse. On dirait une exécution de la mafia. J'enverrais bien quelqu'un d'autre, mais je sais que ça fait des semaines que vous avez envie d'un bon meurtre. »

Shaw eut un sourire sardonique. « Donnez-moi l'adresse. »

L'immeuble se trouvait dans Browder, à proximité de Commerce Street. Shaw savait le genre d'endroit que ce serait – loyer bon marché, équipements médiocres, le type de lieu qui risquait de prendre feu à tout moment. Le conseil municipal et l'office du tourisme vendaient Dallas comme une métropole moderne, mais le projet d'urbanisme censé aboutir à la démolition de ces bâtiments avait un paquet de retard. Dallas, quel que soit l'angle sous lequel on considérait la ville, était toujours au Texas. Les Texans adoraient être détestés, et ils n'auraient changé ça pour rien au monde. Ils savaient ce qu'ils avaient, et ils étaient plus qu'heureux de le garder pour eux.

Tandis que Shaw quittait la maison, sa femme l'appela. Il lui avait déjà dit au revoir, ainsi qu'aux filles.

Il s'arrêta dans le couloir, chapeau à la main, et l'attendit.

« Je voulais juste m'assurer que tu allais bien, dit Ellen.

– Bien ? Comment ça bien ?

– Tu sais, avec ce type du journal qui est venu, et tout ce qui s'est passé avec la fille qui était ici l'année dernière.

– C'était juste un journaliste. Et elle aussi. J'ai constamment affaire à ce genre de personnes.

– Bien sûr. Je le sais. Mais elle s'est suicidée, et lui t'a suivi jusqu'à la maison. »

Shaw acquiesça. Ça n'avait pas été agréable, et il était inutile de faire semblant.

« Ne te méprends pas, reprit Ellen. Je sais qu'être mariée à un inspecteur de la criminelle ne va pas toujours être merveilleux, mais quand ça arrive au seuil de votre maison…

– Je sais », répondit Shaw.

Il tendit la main, l'attira à lui et enfouit son visage dans ses cheveux. Ils sentaient la coriandre. Quelle chance il avait. Il ne l'avait oublié qu'une seule fois et l'avait regretté chaque jour depuis.

« Je vais m'en occuper, déclara-t-il.

– Je sais, répondit Ellen. Pas pour moi, mais pour les filles, OK ?

– Pour vous toutes. »

Elle se tint à la porte et le salua de la main lorsqu'il démarra et s'éloigna dans la rue.

Il l'aperçut dans le rétroviseur et se demanda s'il survivrait jusqu'à la retraite. Il ne pensait pas souvent à ce genre de choses, mais de temps à autre cette idée le hantait. Il était inspecteur.

Les temps changeaient. C'était une ville dure et la mafia avait l'intention de contrôler de plus en plus de territoires. Il voyait les drogues proliférer, les hold-up et les braquages de banques augmenter. C'était le Texas, après tout, et les hommes étaient rarement sans armes. S'ils n'en trimballaient pas une dans la rue, ils avaient toujours un flingue dans leur voiture, un autre chez eux. C'était comme ça. Peut-être qu'un jour une de ces armes serait braquée sur lui, et il ne pourrait rien y faire. Juste après la perspective d'avoir à enterrer un de ses enfants, l'idée de ne jamais les voir grandir était la pire de toutes.

Shaw alluma une cigarette et mit la radio. De telles réflexions ne devraient jamais sortir de l'endroit sombre d'où elles avaient fait surface.

Il y avait trois agents en uniforme et le fourgon du légiste sur la scène. C'était, comme il s'y attendait, un immeuble délabré. Trois niveaux, un appartement par étage. Le mort était au dernier. S'il s'était trouvé au premier, son voisin du dessus se serait peut-être plaint plus tôt, mais une des fenêtres était ouverte et la puanteur de la décomposition avait été atténuée. Cependant, après trois semaines, elle était perceptible depuis la rue.

L'odeur d'un cadavre n'était semblable à aucune autre. Fermentée, d'une douceur écœurante, comme de la merde et de la viande pourrie aspergées de parfum bon marché. Apparemment les bactéries s'accrochaient aux poils des narines et on pouvait retrouver leur relent pendant des semaines. La mort pénétrait tout – vêtements, peau, la bouche et la gorge. Et qu'importait que vous l'ayez sentie un nombre incalculable de fois, il était impossible de se prémunir contre le besoin instinctif de vomir et de partir en courant.

Shaw se tint à la porte avec un mouchoir sur le visage. Le légiste et deux de ses hommes étaient à l'intérieur. Ils ne déplaceraient rien tant que la police ne serait pas arrivée, et ça faisait une bonne heure qu'ils attendaient.

Shaw connaissait le légiste. Son nom était Harold Russell et c'était un amateur de jazz. Il portait souvent un nœud papillon, et quelqu'un au bureau prétendait qu'il sortait avec une fille de couleur. En tout cas, Shaw appréciait son sens de l'humour, et il était parfaitement professionnel.

« On a été avertis il y a une semaine, mais on s'est dit qu'on allait le laisser s'affiner pour vous », déclara Russell en guise d'ouverture. Il tendit la main. Shaw la serra.

« Content de vous voir, Nelson.

– Moi aussi, Harold. »

Le mort était assis dans un fauteuil. Il ne semblait pas y avoir de scène de crime primaire, pas de désordre ni de flaques de sang à proximité. Ce seul fait suggérait que soit la victime connaissait son tueur, soit elle avait complètement été prise par surprise.

« Une blessure d'entrée au visage, deux à la poitrine, déclara Russell.

– Exécution ?

– Peut-être. Vous allez devoir découvrir pourquoi quelqu'un voudrait exécuter un type comme ça.

– Vous avez trouvé une pièce d'identité ?

– Là-bas. » Russell désigna le lit d'un geste de la tête.

Shaw prit un moment pour observer les traits distendus d'un gris bleuté du mort. Il devait mesurer autour d'un mètre soixante-dix et peser soixante-dix kilos, et même en tenant compte du fait que sa chair s'était racornie et donnait l'impression que les poils sur son visage étaient plus longs, il était tout de même mal rasé et négligé. Ses vêtements étaient bon marché, son appartement en désordre et insalubre, et vu l'abondance de bouteilles vides, il semblait également que c'était un gros buveur. C'était manifestement une vie d'ignominie qui s'était achevée dans l'indignité.

Sur le lit étaient étalés un permis de conduire, une carte de sécurité sociale et un portefeuille. Le mort était un certain Leland Webster, né à Plano, quarante et un ans depuis le 9 février.

Le portefeuille contenait trois dollars, un talon de boutique de prêteur sur gages, une carte de membre d'un syndicat expirée, et la photo d'une brune avec des lunettes à montures épaisses et un sourire forcé.

Shaw reposa le tout et examina la pièce. Elle était dégoûtante. Il ne voyait pas à quoi pourrait servir de relever les empreintes, mais il devait suivre la procédure. Pile à cet instant, un technicien de scène de crime arriva tandis qu'il observait les lieux.

« Comment vous vous appelez ? demanda Shaw.

– Lansdale.

– Prenez les photos de routine. Examinez les verres dans l'évier, les rebords de fenêtre, les poignées de porte, tous les trucs habituels. »

Lansdale le regarda avec une expression incrédule.

Shaw sourit d'un air compatissant. « Je sais, je sais, je sais, dit-il. Suivez la procédure. Qu'est-ce que vous voulez qu'on fasse ? Qu'on dise qu'on en avait pas envie cette fois ? »

Se résignant à sa tâche ingrate et quelque peu futile, Lansdale se mit au travail.

Shaw supervisa les photos, demanda des gros plans de chaque blessure par balle, ainsi qu'un cliché de l'arrière de la tête où le projectile avait laissé un trou de la taille d'une balle de base-ball.

« À bout portant, dit-il à Russell.

– Vu les traces de brûlures, je dirais pas plus de quinze ou vingt centimètres. Cette balle-ci s'est fichée dans le mur. Aussi plate qu'une pièce de dix cents. Mais pas d'orifice de sortie pour le torse. J'extrairai les balles et les enverrai à la balistique dès que je pourrai.

– Oh, j'ai hâte », déclara Shaw.

Russell sourit. « Alors je vais prendre tout mon temps rien que pour vous faire bisquer. »

Shaw les regarda placer le corps sur un brancard en faisant tout leur possible pour ne pas l'endommager plus. La puanteur s'intensifia considérablement et la vue des fluides qui s'étaient échappés du cadavre et avaient imprégné le fauteuil faillit lui retourner l'estomac. Ce n'était vraiment pas la meilleure façon de débuter un lundi. Pas la meilleure façon de débuter une semaine.

Une fois le corps emporté, Shaw raccompagna Lansdale jusqu'à la sortie. Il demanda un autre agent et attendit qu'il arrive, puis ensemble ils apposèrent les scellés sur la porte et placèrent une pancarte qui disait « POLICE – INTERDICTION D'ENTRER SANS AUTORISATION ».

« J'espère que vous n'allez pas passer le reste de la journée ici, dit Shaw. Ne serait-ce qu'à cause de l'odeur. »

L'agent haussa les épaules. « Pas d'odorat. J'ai fait pas mal de boxe dans ma jeunesse et ça m'a bousillé le nez.

– C'est le bon côté des choses », observa Shaw, et il s'éloigna pour mener son enquête de voisinage.

29

Les investigations de Mitch Newman pour tenter de localiser Holly Walsh et Jack Ruby étaient teintées d'un sentiment d'anxiété. Le moment qu'il avait passé au Carousel l'avait mis mal à l'aise. Il n'aurait su dire pourquoi. Pour la première fois, les questions qu'il posait – qu'était-il réellement arrivé à Jean Boyd, et sur quoi enquêtait-elle avant sa mort – semblaient représenter bien plus qu'un simple besoin de satisfaire sa curiosité. Nelson Shaw avait pris ses distances en demandant simplement à ne pas être informé des nouveaux développements, et les filles au club avaient été sur la défensive. Il n'y avait pas d'autre façon de décrire ça. Elles avaient été sur la défensive quand il s'était agi de leur patron, ce Jack Ruby, et il était clair qu'on lui cachait des choses.

Les renseignements n'avaient pas de numéro pour Holly Walsh. Ce qui ne surprit pas Mitch. Elle était arrivée d'une autre région et n'était restée que quelques semaines. La possibilité de retrouver quelqu'un que personne ne connaissait vraiment dans une ville comme Dallas semblait mince. Il supposa qu'il ferait mieux d'utiliser son énergie à localiser Ruby afin que ce dernier l'aide à mettre la main sur Holly.

Il fut en revanche surpris de découvrir qu'il n'y avait pas non plus de numéro pour Ruby. La bibliothèque publique de Dallas abritait bien des archives de journaux, mais elles n'étaient accessibles que le mercredi et le vendredi car des coupes budgétaires avaient entraîné une réduction du personnel. Son prochain arrêt serait donc le tribunal de la ville. Il y arriva peu après 11 heures, montra son accréditation de journaliste et expliqua qu'il recherchait des informations sur la mafia de Dallas. La fille sur qui il tomba se montra très intéressée et très utile. Elle s'appelait Caroline Lassiter et portait des barrettes rouges assorties à ses chaussures. Elle guida Mitch jusqu'à la section des registres.

« Rapports d'arrestation, déclara-t-elle lorsque Mitch lui demanda s'il y avait un moyen de consulter le casier judiciaire d'une personne sans avoir son dossier de police. Ils sont tous classés ici. Naturellement, le rapport ne vous dira pas si la personne a été inculpée et traduite en justice. Il vous donnera juste la date de l'arrestation, le nom de l'officier qui a effectué l'interpellation et le délit qu'on lui reproche.

– Ça suffira, répondit-il.

– Et c'est par ordre alphabétique. De A à E ici, de F à J là-bas, et ça continue jusqu'au mur du fond.

– Et je peux les consulter comme ça ?

– Faites-vous plaisir », répondit Caroline en lui adressant un sourire enjôleur.

Mitch trouva Ruby sans la moindre difficulté. Il n'avait pas chômé, mais ce n'étaient que des petits délits. Sa première arrestation consignée avait eu lieu pour un trouble à l'ordre public en février 1949. Il vivait alors au 1717 South Evray. C'était la même adresse lors de son arrestation en juillet 1953 pour port d'arme illicite, mais il avait donné le 1719 ½ South Evray lorsqu'il avait été arrêté pour le même mobile en mai 1954. Sa quatrième arrestation avait eu lieu en décembre de la même année, cette fois pour enfreinte aux lois sur l'alcool, et il habitait encore au 1719 ½. En juin 1959, il avait donné comme adresse le 4727 Homer Street et avait été arrêté pour ouverture après l'heure légale. Une caution de vingt-cinq dollars avait été demandée en août 1960 lorsqu'il avait enfreint l'ordonnance 1156 sur les boîtes de nuit.

Lors de ses septième et huitième arrestations – pour agression puis pour ne pas s'être présenté au tribunal suite à un stationnement illicite –, Ruby vivait au 3929 Rawlins Street. Sa date de naissance variait entre le 19 mars 1911, le 25 mars 1912 et le 25 mars 1921. Il était propriétaire d'un club de strip-tease. Il portait une arme. Il ne fermait pas son établissement à l'heure et se garait trop près des passages cloutés. Mais d'après ses arrestations, rien ne semblait justifier le degré de méfiance dont Sandra avait fait preuve au Carousel. Avait-il mal interprété sa réaction ? Était-elle simplement discrète quand il s'agissait de son patron, discrétion qui aurait alimenté la paranoïa de Mitch ?

Il nota toutes les arrestations. Le 3929 Rawlins Street était la dernière adresse connue. Ce serait sa prochaine escale. Il remercia Caroline et reprit le chemin de la bibliothèque. En route, il s'acheta un plan de la ville. Rawlins Street se trouvait dans Oak Lawn, non loin de Love Field. Cette fois, il prit le bus, et lorsqu'il arriva, il alla déjeuner au Whataburger.

Pourquoi était-il ici ? Tout simplement pour découvrir les raisons pour lesquelles ces personnes avaient tellement intéressé Jean lors de son voyage en novembre de l'année précédente. Et si ça ne donnait rien, que ferait-il ?

Inutile de tenter de résoudre un problème tant que celui-ci ne s'était pas présenté. Il aviserait en temps voulu.

La femme âgée qui ouvrit la porte du 3929 Rawlins Street se montra plus qu'utile. Mitch eut l'impression qu'elle avait rarement des visiteurs.

« Ruby ? demanda-t-elle. Non, personne du nom de Ruby. Mais il y avait un homme qui s'appelait Rubenstein.

– Rubenstein ? fit Mitch, commençant à comprendre.

– Oui. L'homme qui louait la maison avant moi s'appelait Jacob Rubenstein. Son courrier arrive toujours ici. J'ai une adresse de réexpédition, mais je n'ai pas eu le temps de m'en occuper.

– Je dois le rencontrer, dit-il, et je serais très heureux de le lui apporter à votre place. »

La femme sembla hésiter. « Eh bien, je ne sais pas. Toucher au courrier des autres est un délit fédéral. »

Mitch battit en retraite. Il ne voulait pas donner l'impression que c'était vraiment important. « Bon, quand je le verrai, je lui dirai que vous avez du courrier pour lui, et peut-être qu'il viendra le chercher.

– Oui, oui, fit-elle. Je crois que ce serait mieux.

– Alors pourriez-vous me donner son adresse, s'il vous plaît ?

– Ça, je peux le faire », répondit-elle, et elle referma la porte-écran.

Elle revint après quelques instants. Mitch avait son carnet prêt.

« 223 South Ewing, dit la femme. C'est dans le quartier de Cedar Crest, à environ dix kilomètres d'ici.

– Je pourrais peut-être prendre un bus près de l'autoroute ?

– Oh, oui », répondit-elle, et elle lui indiqua où attendre.

Mitch la remercia et repartit. Il consulta son plan avant d'atteindre le bout de la rue, trouva South Ewing sans difficulté. La distance était bien inférieure à dix kilomètres, et il décida de marcher. Il supposait qu'il en aurait pour environ quarante-cinq minutes, et ça semblait une bonne idée de prendre l'air et le soleil car il avait passé les deux derniers jours enfermé dans des avions, des taxis et dans sa chambre au motel.

Il tenta de ne pas réfléchir à sa propre situation. Il tenta de ne pas penser aux choses qu'il regrettait, aux mots qu'il n'avait pas prononcés. Combien de fois aurait-il encore pu lui dire qu'il l'aimait ? Combien d'autres lettres aurait-il pu écrire ? Le jour où il l'avait vue sur le campus en Virginie, il aurait si facilement pu attendre que son ami parte avant d'aller lui parler. Une lettre ne pouvait jamais remplacer une réelle confrontation. Il aurait pu la convaincre de l'écouter, d'entendre tout ce qu'il avait à dire, et alors – même si elle avait ignoré ses efforts – il aurait pu repartir en sachant qu'il avait fait tout son possible. C'était le point crucial. Il avait du mal à voir une seule situation dans sa vie à laquelle il avait donné tout ce qu'il était capable de donner. Est-ce que ce serait son épitaphe ? *A donné la moitié de ce qu'il pouvait ; a vécu la moitié d'une vie.*

Il s'efforça de ne pas s'apitoyer sur son sort. La tentation était forte, elle l'attirait sans relâche. Il avait été l'architecte de sa situation, et pourtant il s'était persuadé qu'il n'était pas totalement responsable. C'était de la stupidité pure.

Jean avait l'habitude de demander : *Si tu ne peux pas te faire confiance, alors à qui peux-tu faire confiance ?*

Finalement, après tant d'années, il comprenait ce qu'elle voulait dire.

Il tenta de se concentrer sur Jean et sur ce qu'elle avait fait exactement à Dallas. Pourquoi s'intéressait-elle à Jack Ruby et au Carousel ? Pourquoi avait-elle noté le nom de Holly Walsh, et où se trouvait désormais celle-ci ? Pourquoi cette fille plus que les autres qui travaillaient dans le club ? Était-elle simplement rentrée chez elle, ou bien avait-elle disparu ? Savait-elle quelque chose qui pourrait expliquer la curiosité de Jean, ou bien Ruby lui-même serait-il en mesure d'éclairer Mitch ?

Tandis qu'il approchait de sa destination, il s'aperçut que le besoin de savoir ce que Jean faisait vraiment allait de pair avec le besoin d'en savoir plus sur elle. Comme si découvrir la vérité sur son enquête expliquerait quelque chose sur elle qu'il n'avait pas encore compris. Il pourchassait des fantômes, et les fantômes ne disaient rien.

Le 223 South Ewing était aussi ordinaire et quelconque que la maison dans Rawlins Street. À quoi s'était-il attendu ? Depuis l'autre côté de la rue, tandis qu'il se sentait une fois encore obligé de prendre une photo, le bâtiment transpirait le vide et le silence.

Avant même de frapper à la porte, il sut que personne ne répondrait. Il éprouva soudain la crainte inexplicable de ne jamais trouver Ruby, comme si sa quête des raisons de la présence de Jean à Dallas allait s'achever ici, sur le porche d'une maison déserte. Cette idée lui inspira la même consternation et le même chagrin que ses souvenirs de Jean. Il cherchait des fantômes, et les fantômes se cachaient.

Il reprit la direction du motel. Il était fatigué, affamé, quelque peu déçu. Cependant, ce jeu obéissait à des règles, et la première était : n'abandonne jamais.

Lorsqu'il traversa le hall, le réceptionniste l'appela. Il portait un badge qui disait « PETER ».

« Vous êtes Mitchell Newman, n'est-ce pas ? Chambre n° 7 ?

– Oui. Oui, c'est moi.

– Deux appels pour vous. Le premier d'un type à... » Peter attrapa une liasse de notes sous le guichet et les feuilleta. « Un type nommé Byron au *Washington Tribute* ? C'est exact ?

– *Tribune.*

– D'accord, oui. Journaliste, c'est ça ?

– Oui, un journaliste », répondit Mitch.

Pourquoi diable le rédacteur en chef de Jean avait-il tenté de le joindre, et comment avait-il su où appeler ? Mitch n'avait dit à personne où il logeait.

« Il y avait un autre appel ? demanda-t-il.

– Oui, une personne nommée Ellen Shaw. Elle n'a pas laissé de message. Ni de numéro. Elle a juste dit qu'elle rappellerait.

– Ellen Shaw », répéta-t-il d'un ton neutre, sans montrer de surprise.

En vérité, il était troublé.

« C'est ce qu'elle a dit, ajouta Peter.

– Et Lester Byron n'a pas non plus laissé de numéro ? »

Peter secoua la tête et tendit à Mitch les deux messages.

De retour dans sa chambre, il se versa une bonne dose de bourbon et le but d'un trait.

Il éprouvait une sensation désagréable, comme si quelque chose rampait sous sa peau.

Ça ne lui plaisait pas. Pas du tout. Il se servit un autre verre et alluma la télé, mais la sensation ne disparut pas.

30

27 décembre 1950

Jean,

Noël est passé. Tu te rappelles l'année dernière, quand nous avons traversé le lac gelé, et lorsque nous sommes revenus, tu ne sentais plus tes orteils ? Je pense à ce genre d'instants et n'éprouve pas grand-chose à part de la colère. Mais je ne suis pas en colère après toi. Je déteste ce que je t'ai fait ressentir et déteste ce que je ressens en conséquence. Néanmoins, ce qui arrive maintenant, c'est moi qui l'ai provoqué. J'en ai bien conscience.

Je ne sais pas quoi faire de ma peau. Je travaille autant que je peux, mais mon énergie et ma motivation ont disparu. Ironiquement, la passion qui m'a poussé à partir en Corée semble désormais complètement absente, comme si elle n'avait été rien de plus que le fruit de mon imagination. Je comble les heures et les jours en travaillant, mais c'est un travail qui n'a pas vraiment de sens.

J'aimerais pouvoir te dire ce qui s'est passé, et pourquoi je suis rentré. Je sais qu'avant de partir je me suis comporté comme si tu n'avais aucun droit de remettre en cause ma décision. Te demander désormais de remettre en cause la tienne est non seulement profondément ironique, mais aussi égoïste. Je suis parti quatre mois, et pourtant je pense réellement pouvoir réparer la souffrance que je t'ai causée durant cette période. Alors que la souffrance que nous risquons de connaître l'un comme l'autre si nous ne discutons pas face à face est une chose que nous porterons en nous pour le restant de nos jours. Rappelle-toi que tu avais l'habitude de dire que « Et si ? » était la question avec laquelle on commençait sa vie, pas celle avec laquelle on la terminait. J'ai vraiment le sentiment que c'est un de ces moments.

Il est difficile pour moi d'admettre ma fierté, mon égoïsme, ma stupidité, mais c'est ce que je fais. Ce sont ces choses qui ont provoqué la faille entre nous, et je donnerais tout au monde pour revenir en arrière et me racheter. Je dis « tout », conscient qu'il y a une chose que je ne sacrifierais pas, et c'est toi. L'ironie, une fois encore, est évidente. Puis-je accepter le fait que la situation ne changera jamais ? Le temps le dira.

Je pense à toi constamment et tu me manques terriblement. Je savais que ce ne serait pas facile. Mais je n'avais jamais soupçonné que ce serait si dur.

Mitch.

31

Pierre Salinger jeta un coup d'œil à Ken O'Donnell. Ce dernier regarda Bobby. Ils étaient assis à la table du second bureau de Salinger. Situé à proximité du logement personnel de Kennedy, la pièce avait autrefois été une buanderie et un local technique, mais Salinger avait si souvent besoin de traiter des affaires à toute heure du jour et de la nuit qu'elle avait été réaménagée.

Walter Lambert se tenait dos à la porte, aussi implacable qu'une statue d'Indien. « La vie du président est ma responsabilité, déclara-t-il. Je suis le chef de son service de sécurité et il me revient donc de déterminer si les arrangements prévus pour lui et sa famille sont appropriés. Personne ne passe outre à ça, monsieur Salinger. »

Lambert avait trente-sept ans et connaissait la Maison-Blanche bien mieux que toutes les personnes qui y avaient vécu. Il avait été au service d'Eisenhower pendant deux ans et – à la demande personnelle de Kennedy – il dirigeait l'équipe de sécurité du président depuis son investiture.

« Walter, personne ne dit que vous devez changer quoi que ce soit, mais nous avons la convention à Atlantic City dans moins de six semaines, et le président et la Première dame devront être disponibles vingt-quatre heures sur vingt-quatre, du moins pendant les deux derniers jours. C'est comme pour l'élection...

– J'entends bien, monsieur, mais pendant l'élection le président n'était pas le président. »

Bobby surprit Kenny O'Donnell esquissant son sourire si familier. Lambert était une vraie tête de bois casse-couilles ;

c'était un employé modèle, un autocrate qui suivait scrupuleusement les règles, mais il n'y avait certainement pas un seul homme aussi compétent pour accomplir la tâche qui l'attendait.

« Walter, dit Bobby d'un ton conciliant. Dès que nous aurons l'itinéraire de la tournée, vous serez la première personne informée. Comme toujours, vous aurez complète autorité sur vos hommes. Le protocole standard ne change pas. La seule chose que vous ne pourrez pas faire, c'est nous dire que le président ne peut pas aller là où nous aurons besoin qu'il aille.

– Je comprends parfaitement, monsieur, mais je dois faire observer que... »

De l'agitation attira l'attention de tout le monde – des voix dans le couloir, un bruit semblable à des pleurs d'enfant.

Lambert s'écarta de la porte tandis que quelqu'un frappait. Ethel entra, poussant devant elle une Caroline en larmes.

« Je suis désolée, Bobby », dit-elle.

Elle remarqua Lambert, Salinger et O'Donnell.

« Ce sera tout pour le moment, Walter, déclara Bobby en se levant de sa chaise.

– Elle refuse de parler à qui que ce soit hormis son oncle Bobby », expliqua Ethel.

Caroline traversa la pièce en courant jusqu'à lui. Il la souleva dans ses bras et la serra.

« Hé, hé, hé, ma chérie, dit-il d'une voix douce et réconfortante. Qu'est-ce qui se passe ? »

Salinger se leva à son tour. Bobby agita la main pour qu'il reste à sa place, puis il regarda Ethel en haussant les sourcils.

Ils se disputent encore, prononça-t-elle silencieusement, et Bobby secoua la tête d'un air résigné.

Il se rassit, tenant Caroline sur ses genoux, et après environ une minute elle commença à se calmer.

Ethel se tenait en silence près de la porte. Elle n'était nullement mal à l'aise. Toujours posée, toujours élégante, elle était un îlot imprenable dans l'océan déchaîné qu'était parfois l'aventure politique de la famille Kennedy.

« P... papa m'a crié dessus, déclara Caroline d'une voix saccadée. Il a crié sur maman et après il m'a crié dessus.

– Allons, allons, dit Bobby. Ça va, mon ange. Vraiment, tout va bien. Ton papa est juste fatigué, d'accord ? Il t'aime beaucoup. Il t'aime plus que tout au monde. Il est juste parfois grincheux, c'est tout. Il ne pense pas ce qu'il a dit. »

La veste de Bobby était suspendue au dossier de sa chaise. Il passa la main derrière lui, tira un mouchoir de sa poche et essuya les yeux de Caroline.

Ethel s'approcha, tendit la main. « Viens, Caroline, il est tard. On va aller te coucher, d'accord ?

– Mais je veux rester avec oncle Bobby. »

Ce dernier l'étreignit. « Oncle Bobby a encore du travail, ma chérie. Je n'en ai pas pour longtemps, OK ? Va avec tante Ethel et je viendrai te voir dans un moment. Si tu es toujours réveillée, je promets que je te lirai une histoire, ça te va ? »

Caroline leva ses yeux de biche vers lui avant de se laisser glisser de ses genoux. Bobby l'embrassa sur le front, puis elle saisit la main d'Ethel et elles quittèrent la pièce.

Il y eut un petit moment de silence.

« Nous avons Walt Lambert pour protéger le président. Mais qui avons-nous pour protéger les autres de lui ? » demanda Salinger.

Bobby le fit taire en lui lançant un regard froid. « Assez. Nous terminerons ça une autre fois. »

Ni Salinger ni O'Donnell ne bougèrent.

« Ça signifie qu'on en a fini, messieurs », insista Bobby avec une irritation évidente dans la voix.

Les deux hommes se levèrent et se dirigèrent vers la porte. En quittant la pièce, Salinger lança : « Bobby, je ne voulais pas... »

Mais ce dernier leva la main et il se tut.

Une fois seul, Bobby resta un bon moment assis. Salinger avait raison. Jack perdait la tête. Il ne savait pas pourquoi, mais les choses partaient à vau-l'eau sur de nombreux fronts.

Décidant qu'il n'y avait pas de meilleur moment que l'instant présent, il regagna la résidence principale et trouva son frère dans son salon.

« Caroline est venue en larmes dans la salle de briefing, annonça-t-il. Elle m'a dit que tu avais hurlé sur ta femme puis que tu lui avais hurlé dessus. »

Jack leva les yeux du livre qu'il parcourait. Il avait une expression à la fois méfiante et agressive, tel un animal acculé.

« Tu es soûl ? demanda Bobby.

– Ne commence pas, répliqua Jack.

– Jack, sérieusement, nous devons comprendre ce qui t'arrive. Six semaines avant la convention, et nos propres hommes te regardent de travers.

– Quels hommes ? Qu'est-ce que ça signifie ?

– Ce que ça signifie, cher frère, c'est que de plus en plus de personnes doutent que nous soyons encore ici à Noël.

– Tu crois que nous allons perdre l'élection ?

– À vrai dire, je me demande si tu vas même remporter la nomination du parti. »

Jack éclata soudain d'un rire à la fois hautain et mauvais. Cette suggestion était ridicule.

« Ouvre un moment les yeux, Jack. Tu crois que les gens ne voient pas à travers ton numéro, parfois ? OK, donc tu as ton copain Joe Alsop et son appartement à Dumbarton. Tu crois que je ne sais pas combien de fois tu es retourné à Washington un jour plus tôt que prévu ? Eh oui, je sais exactement ce qui se passe là-bas.

– Tu ne peux pas me parler comme ça.

– Jack, je suis la *seule* personne à pouvoir te parler comme ça. J'ai le secrétaire à la Trésorerie qui alloue de l'argent en espèces pour payer des messagers, des médecins, des journalistes, et même ces foutues femmes. Tu t'es déjà demandé pendant combien de temps ça pouvait continuer ? Ton épouse est au courant, ton personnel est au courant, et c'est juste une question de temps avant que ça fasse les gros titres partout à travers le monde. John F. Kennedy, président des États-Unis, couche avec tout ce qu'il trouve joli. »

Jack sourit. Il était bel et bien ivre. « Bobby, Bobby, Bobby...

– Non, Jack. Écoute une minute ce que j'ai à te dire, tu veux bien ? »

Jack s'enfonça dans son fauteuil. Il soupira puis agita la main comme s'il accordait la permission à son petit frère.

Bobby le regarda. Les photos ne montraient pas la vérité. Jack avait vieilli de plusieurs années en quelques mois. Derrière la façade de Camelot, il y avait une reine amère et seule et son mari arrogant et insensible. Malgré l'idée que le monde se faisait d'eux, le charme et la grâce de la Première dame, le charisme de chef d'État à la fois puissant et déterminé de Jack étaient un simulacre. La peau de JFK était fatiguée et jaunâtre, ses cheveux prématurément grisonnants. Ce regard vif et implacable qui avait inspiré respect et admiration à des sénateurs, des députés, des ministres étrangers et des ambassadeurs, et même à des rois et des reines d'autres nations, était désormais aussi terne que celui d'un animal en cage. Jadis, Jack avait été un exemple pour Bobby, le modèle auquel il aspirait. Désormais, son frère aîné était la dernière personne au monde qu'il souhaitait être.

« Depuis l'attaque de papa, tu es devenu incontrôlable, dit-il. Tu sais ce qu'il dirait s'il savait ce qui se passe, n'est-ce pas ? Que nous sommes l'un et l'autre une foutue déception. Il voulait que Joe Junior, le pilote de chasse héroïque, l'Américain idéal, soit président. Tu le sais, je le sais, et depuis que Joe est mort, nous essayons de profiter de son statut. Tu crois que je ne le sens pas ? C'est ici (il plaça une main sur son cœur), mais je ne cherche pas de compensation avec des garces et des putains.

– Assez, Bobby, vraiment...

– Non, Jack. Nous allons avoir cette conversation, ici et maintenant. »

Jack secoua la tête et ferma les yeux. Il pencha la tête en arrière et exhala lentement.

« Les gens de Nixon continuent de remettre en cause le résultat de l'élection. Nous savons exactement ce qu'ils cherchent et où c'est enterré. Cette administration a un paquet de choses à cacher. S'ils ne peuvent pas t'atteindre avec l'élection, ils t'atteindront avec les finances, et s'ils n'y parviennent pas avec ça, ils trouveront le moyen de te destituer pour des questions de morale. La convention nationale a lieu à Atlantic City dans six semaines, et il va falloir bien plus que quelques paroles réconfortantes pour redynamiser le parti. Tu n'as jamais autant eu besoin de soutiens en interne que maintenant, et ce jusqu'en novembre. Mais avec ton comportement, la façon dont tu traites Jackie et les enfants...

– Ma famille est mon problème...

– Non, bon sang ! Non, c'est faux ! Comment peux-tu être si aveugle ? Ta famille est la famille de l'Amérique, pour l'amour de Dieu. Ce n'est pas un privilège tombé du ciel, Jack. Ça se mérite, et tu dois continuer de te battre pour chaque foutue journée. Et plus tu seras en poste longtemps, plus tu devras te battre dur, car tu accumuleras inévitablement les échecs, les lois rejetées, les problèmes de relations publiques, et s'il y a une chose sur laquelle la presse aime mettre la main, c'est un serviteur de l'État qui néglige son devoir.

– Tu crois que je le néglige ? Et tout ce que nous avons accompli ?

– Bien sûr, comme le commandant conquérant qui retourne à Rome couvert de gloire. Il porte les lauriers, Jack, mais mieux vaut ne pas se reposer dessus. Tu sais, ils organisaient des défilés à travers les rues, mais juste derrière le commandant, il y avait un esclave. Il était là pour lui rappeler que malgré l'adulation et l'adoration, il demeurait mortel.

– *Memento mori*... Je connais mon histoire romaine, Bobby.

– Eh bien, tu n'es plus le héros conquérant, Jack, et ce depuis un bout de temps. »

Jack se redressa dans son fauteuil et agrippa les accoudoirs pour conserver l'équilibre. « Tu veux que je m'excuse d'avoir crié sur Caroline ? Tu veux que je traite ma femme plus respectueusement ? Très bien. Je peux le faire.

– Jack, tu te comportes comme un abruti. Fais ce qui te semble approprié avec ta famille, je suis ici pour parler de ta présidence, de l'élection et, surtout, de la convention nationale dans six semaines.

– J'ai les choses en main.

– Qu'est-ce que ça veut dire ?

– Tu crois que je ne sais pas ce que veulent les gens ? Je vais promettre au peuple d'Amérique qu'à la fin de mon second terme non seulement nous nous serons complètement retirés du Vietnam, mais que la guerre aura été gagnée haut la main, sans conteste, par la grande nation que sont les États-Unis d'Amérique. »

Bobby regarda son frère comme s'il avait complètement perdu la tête. « Tu es fou. Tu ne peux pas faire une telle promesse. N'as-tu pas la moindre idée de ce qui se passe là-bas ?

– Ce qui se passe là-bas et ce que les gens croient qui se passe là-bas sont deux choses différentes, Bobby. Si tu dis aux électeurs ce qu'ils veulent entendre, tu as leurs voix. Ce n'est pas compliqué.

– Tu ne pourras jamais résister efficacement aux réfutations à ce sujet. Tu dois continuer de participer aux débats publics. Tu dois continuer de te battre pour l'élection. Si tu fais cette promesse, tu ferais aussi bien de rédiger un communiqué de démission pour que CBS le diffuse. »

Jack s'esclaffa. « Oh, comme tu as peu de foi.

– La foi n'a absolument rien à voir avec ça ! C'est un suicide politique. Tu nous lâches. Tu lâches tout le foutu pays ! As-tu oublié Vienne ? Le mur de Berlin ? Tu jongles avec des bâtons de dynamite en te disant que ce sont des sucres d'orge. Si tu fais une promesse comme ça sans la tenir, d'après toi, il se passera quoi en Europe ? Tu crois que les Russes ne convoitent pas bien plus que l'Allemagne de l'Est ? Tu penses à quoi ?

– Je pense à quoi ? Je pense à ce pays, aux millions de vies dont nous sommes responsables ! Ce n'est pas toi qui es dans le Bureau ovale et qui prends les décisions. Ce n'est pas toi qui te farcis la baie des Cochons, Khrouchtchev, de Gaulle et Dieu sait qui d'autre. Ce n'est pas toi qui dois expliquer Berlin et l'infiltration communiste en Asie du Sud-Est. Tu n'as rien de tout ça à faire. Moi, si ! C'est ma présidence, et j'apprécierais énormément que tu le comprennes ne serait-ce qu'une fichue minute et que tu me laisses m'en occuper ! »

Bobby n'en revenait pas d'entendre ça. Jack avait perdu tout bon sens. Il disait des choses absurdes. Quatre ans pour quitter le Vietnam, et en ayant gagné la guerre ? C'était de la folie pure.

« Tu es soûl, dit-il.

– Fous-moi la paix. Pourquoi tu ne vas pas faire d'autres bébés ? Si tu continues à ce rythme, tu pourras remplir le Sénat avec ta progéniture.

– Tu es un salopard...

– Et toi, tu es mon petit frère, alors va te faire foutre. »

Bobby marcha jusqu'à la porte. Il se tint là un moment, regardant en arrière.

« Si tu as quelque chose à dire, dis-le, lança Jack. Sinon, sors. »

Bobby serra les dents. Il savait que rien de ce qu'il pourrait dire ne serait entendu.

Il referma la porte derrière lui, longea le couloir. Il était abasourdi et avait l'impression que le monde se refermait autour de lui. Il savait que des mesures drastiques devaient être prises avant que l'univers s'effondre et les ensevelisse tous.

32
14 juillet 1964

Avant de quitter le motel, Mitch appela Lester Byron au *Tribune*.

« Lester, c'est Mitch. Vous avez essayé de me joindre, hier.

– Oui, en effet. »

Il y eut un moment de silence, puis ils parlèrent tous les deux en même temps.

« Je voulais...

– Comment avez-vous su où...

– Allez-y, Mitch... je vous en prie.

– Je voulais juste savoir comment vous m'aviez trouvé.

– C'est la police qui me l'a dit.

– La police ?

– Oui. Des agents sont venus me voir, m'ont questionné sur Jean, ont demandé si je vous avais parlé, quelles questions vous aviez posées. Je suppose que ça fait partie de l'enquête de routine après... eh bien, un suicide, vous savez ?

– Et ils vous ont dit que j'étais ici ?

– Ils m'ont donné le nom de votre motel, oui.

– Pourquoi auraient-ils fait ça ? Et surtout, comment le connaissaient-ils ?

– Je ne sais pas comment ils le connaissaient. Mais la raison pour laquelle ils m'ont dit où vous étiez est très simple. Ils ont essayé de vous joindre et n'ont pas réussi. Ils se sont dit que vous n'étiez peut-être pas disposé à leur parler. Ils ont simplement suggéré que je vous appelle, que peut-être vous me parleriez.

– Mais ils n'ont pas essayé de me contacter, répliqua Mitch. Personne de la police ne m'a appelé ici. »

Il entendit la perplexité dans la voix de Lester lorsque celui-ci déclara : « Eh bien, je ne sais pas. J'imagine que la police ne mentirait pas à ce sujet. Enfin bref, ils voulaient surtout que vous sachiez que l'enquête sur la mort de Jean arrive à sa conclusion et qu'un rapport sera rédigé par le légiste. Après ça, les préparatifs pour l'enterrement pourront être organisés.

– Et la police vous a contacté pour vous demander de me dire ça ?

– Heu... oui.

– Et ils veulent que je les appelle ?

– Ce n'est pas ce qu'ils ont dit, non.

– Qui est venu vous voir ? Quels étaient leurs noms ?

– Je ne suis pas sûr de m'en souvenir, Mitch. Ils étaient deux. Franks, je crois... je crois que l'un d'eux était un certain inspecteur Franks.

– Et ils ont dit d'où ils venaient ? Quel commissariat ? Quelle division ?

– Je ne comprends vraiment pas pourquoi tout ça vous étonne tellement. Tout ce qui s'est passé, c'est que la police m'a demandé de transmettre un message car ils pensaient que vous seriez plus sensible à un appel de ma part, et le fait que vous m'ayez rappelé justifie leur hypothèse.

– OK, Lester. Merci d'avoir transmis le message.

– Je vous en prie, Mitch. Est-ce que tout va bien ?

– Aussi bien que possible, étant donné les circonstances.

– Bien sûr, bien sûr. Bon, prenez soin de vous, OK ?

– Naturellement », répondit Mitch, et il raccrocha.

Il resta assis au bord du lit. Comment l'avaient-ils trouvé ? Il n'y avait qu'une seule possibilité. Nelson Shaw avait appelé Washington et dit à ses collègues là-bas qu'il était à Dallas en train de poser des questions.

Il rassembla ses carnets et son appareil photo. Il avait eu l'intention d'appeler Ellen Shaw, mais il voulait parler à son mari avant toute autre chose. Jack Ruby pouvait attendre encore un peu. Il avait désormais de quoi justifier sa paranoïa, et il avait besoin de réponses.

En sortant, il parla à Peter. « À part les deux messages hier, est-ce que quelqu'un d'autre a essayé de me contacter ici ?

– Pas que je sache, répondit Peter. Évidemment, je ne suis pas là tout le temps, mais tous les messages sont consignés et laissés ici. » Il souleva une liasse de notes manuscrites.

« Est-il possible que quelqu'un ait laissé un message et qu'il n'ait pas été noté ? »

Peter secoua la tête. « Ça m'étonnerait. Le directeur est très à cheval sur ce point. Chaque message est enregistré.

– OK. Merci, Peter.

– Monsieur Newman ? »

Mitch se retourna.

« Est-ce que tout va bien ? »

Il marqua une pause, fronça les sourcils. « Pourquoi vous me demandez ça ?

– C'est juste que vous avez l'air très agité.

– Il est arrivé quelque chose à une de mes amies, répondit-il.

– Je suis désolé de l'apprendre. Vous avez des ennuis ?

– Je ne sais pas, Peter. Je ne sais vraiment pas si j'ai des ennuis ou non. »

Il éclata de rire de façon soudaine, spontanée. La situation était ridicule. Des choses se produisaient qu'il ne pouvait pas expliquer, et il était seul dans une ville inconnue à traquer des gens qu'il n'arrivait pas à trouver tout en étant suivi par des personnes qui n'avaient aucune raison de le suivre.

Il voulait savoir pourquoi Ellen Shaw l'avait appelé. Et il voulait vraiment savoir pourquoi Nelson Shaw avait dit aux flics à Washington où il était.

Il prit un taxi jusqu'au siège de la police de Dallas. Ça commençait à lui coûter une petite fortune. S'il devait rester plus longtemps, il ferait aussi bien de louer une voiture.

Shaw était de service et dans le bâtiment, mais Mitch fut informé qu'il n'était disponible pour personne.

« Je vais attendre, dit-il au sergent à l'accueil.

– Je crois que vous risquez de poireauter longtemps », répliqua l'agent.

Il y avait une cabine téléphonique dans la rue. Mitch s'y rendit et chercha le numéro du domicile de Shaw. Ellen répondit presque immédiatement.

« Madame Shaw, c'est Mitch Newman. Vous m'avez appelé au motel. »

Elle resta un moment silencieuse. La tension était palpable. « Monsieur Newman, déclara-t-elle finalement. Je voulais juste vous dire... vous dire que je ne veux plus que vous veniez chez nous. Ma famille est mon affaire. Ma vie personnelle ne devrait pas être perturbée à cause du travail de mon mari.

– D'accord, répondit Mitch. Je suis vraiment désolé de...

– Je ne vous en veux pas, monsieur Newman. Je comprends que vous essayiez de découvrir ce qui est arrivé à votre amie, mais je ne veux plus que vous veniez ici.

– Madame Shaw, je...

– C'est tout ce que j'avais à dire, monsieur Newman. Au revoir. »

Elle raccrocha.

Elle semblait apeurée. Qu'était-il arrivé après son départ ? Et pourquoi Shaw avait-il coupé sa femme de façon si abrupte quand elle avait mentionné la présence de Jean à Dallas au mois de novembre précédent ?

Un malaise grandissant envahit Mitch. S'était-il passé à l'époque quelque chose que Nelson Shaw ne voulait pas qu'on sache ?

Il retourna au poste de police.

« J'ai besoin de parler à l'inspecteur Shaw, dit-il au sergent.

– J'ai bien compris, monsieur Newman, mais comme je vous l'ai dit, l'inspecteur Shaw est occupé.

– C'est urgent. Il s'agit de sa femme. »

L'homme fronça les sourcils. Mitch jeta un coup d'œil au nom sur son badge et dit : « Sergent Ryan, s'il vous plaît, appelez l'inspecteur Shaw et dites-lui que je viens d'avoir sa femme, Ellen, au téléphone. »

Ryan désigna une rangée de sièges contre le mur. « Allez vous asseoir là-bas. »

Mitch regarda Ryan passer un coup de fil. Il fut bref. Moins d'une minute plus tard, Shaw apparut dans l'escalier situé à l'extrémité gauche du hall. Il fit signe à Mitch de le suivre. Ce n'est que lorsqu'ils furent dans une salle d'interrogatoire au premier étage qu'il parla.

« Vous commencez à m'ennuyer, dit-il. À vrai dire, c'est un euphémisme. Vous me mettez très en colère. »

Mitch ne répondit rien.

« Avez-vous appelé ma femme ? »

Mitch acquiesça. « Oui. »

Shaw ferma les yeux, pencha la tête sur le côté et prit une profonde inspiration. Mitch vit les jointures de ses doigts blanchir tandis qu'il serrait les poings.

« Et puis-je vous demander pourquoi vous avez téléphoné à ma femme, monsieur Newman ?

– Parce qu'elle m'a appelé. »

Shaw rouvrit les yeux. « Elle vous a appelé ? demanda-t-il d'un air incrédule.

– Hier. À mon motel. Elle a téléphoné, mais je n'étais pas là. J'ai juste retourné son appel.

– Et vous lui avez parlé ?

– Oui. »

Shaw s'assit, fit signe à Mitch de l'imiter. « Qu'est-ce qu'elle voulait ?

– Elle m'a enjoint de ne plus aller chez vous. Elle m'a dit que nos affaires ne devraient pas affecter sa vie personnelle.

– Elle a raison. »

Mitch tenta sa chance. « Elle a peut-être raison, mais ce n'est pas ce qu'elle voulait dire. »

Il y eut un moment de silence.

« Alors ? demanda-t-il.

– Alors quoi ?

– Qu'est-ce qui s'est passé après mon départ ? Pourquoi, tout à coup, après sa généreuse hospitalité, m'appelle-t-elle pour me demander de ne pas revenir chez vous ?

– Je ne peux pas être tenu pour responsable de ce que ma femme pense et fait, monsieur Newman. Vous êtes venu à la maison. Qu'allait-elle faire ? Vous mettre à la porte ? Elle a été accueillante car c'est sa nature. Maintenant elle vous demande de ne pas revenir, et je vous recommanderai très fortement de respecter sa requête. »

Shaw était sur la défensive. Mitch était plus convaincu que jamais qu'il cachait quelque chose. « Que s'est-il vraiment passé en novembre de l'année dernière, inspecteur Shaw ? demanda-t-il. Que s'est-il passé avec Jean que votre femme sait ou soupçonne ?

– Qu'est-ce que...

– Je sais qu'il s'est produit quelque chose. Vous l'avez interrompue quand elle a mentionné Jean. Maintenant elle me demande de ne plus retourner chez vous. Elle avait peur, inspecteur. Elle semblait anxieuse, comme si elle était très inquiète... ou peut-être que c'est vous qui lui avez dit quelque chose ? »

La brève hésitation de Shaw le trahit aussi clairement que s'il avait étalé ses cartes sur la table.

« Vous et Jean..., commença Mitch.

– Non, rétorqua Shaw avec emphase. Ce n'est pas ce que vous pensez. »

Il regardait Mitch sans ciller. C'était déconcertant. Il le fixait intensément, comme s'il essayait de voir à travers lui.

« Avez-vous eu une liaison avec Jean, inspecteur Shaw ? Est-ce ce qui s'est passé ? Est-ce ce que vous ne voulez pas que votre femme sache ?

– Je n'ai rien à vous dire. Je n'ai pas à répondre à vos questions ni à expliquer ou justifier quoi que ce soit.

– Bien sûr que non, mais si je vais voir votre chef de service ou le capitaine de ce commissariat pour leur dire que vous avez eu une liaison inappropriée avec une journaliste de Washington qui s'est par la suite donné la mort... »

Shaw leva la main. « Assez, coupa-t-il. Ne dites pas un mot de plus, Newman. Vraiment, je ne plaisante pas.

– Moi non plus, inspecteur », répondit Mitch.

Il était en colère. Il avait le sentiment qu'on lui avait menti. Il était convaincu que Shaw en savait beaucoup plus sur Jean que ce qu'il avait révélé. Quant au fait que Jean ait pu avoir une aventure avec un flic, c'était une chose à laquelle il devrait réfléchir en temps voulu.

Il y eut un nouveau silence tendu et pesant. Mitch savait que, comme dans la plupart des impasses, c'était le premier qui parlait qui perdait.

« Êtes-vous un homme de parole, monsieur Newman ? »

C'était une question importante. Si on lui avait demandé la même chose deux semaines plus tôt, il aurait tout à fait pu donner une réponse différente.

« Absolument, dit-il sans la moindre hésitation.

– Et moi aussi », déclara Shaw. Il marqua une pause. « Du moins, je le suis désormais... »

Une fois encore, Mitch ne dit rien.

« Vous ne devez parler à personne, reprit Shaw. Personne ne doit savoir ce que vous avez laissé entendre. Vous ne devez pas contacter ma femme, ni personne d'autre dans ce bâtiment ou ailleurs qui pourrait être lié à ma carrière.

– Qu'avez-vous fait, inspecteur Shaw ? »

De nouveau ce regard déterminé qui cloua Mitch à sa chaise. Shaw avait une présence imposante.

« Donnez-moi votre parole que ce que vous apprendrez à propos de Jean n'arrivera pas aux oreilles de ma femme. »

C'était comme être frappé en pleine face de façon inattendue. Shaw venait de lui confesser ce qu'il ne faisait que soupçonner. À cet instant, il était incapable de répondre, incapable de réfléchir, et il ne savait que ressentir. Que pouvait-il dire ? Il avait laissé partir Jean il y avait tant d'années de ça, il était la dernière personne en mesure d'émettre des jugements sur sa vie personnelle.

Pour le moment, tant qu'il n'aurait pas eu le temps d'assimiler cette révélation, mieux valait se concentrer sur les véritables raisons qui le poussaient à s'allier à Shaw.

« Et qu'est-ce que j'ai en échange de mon silence ? demanda-t-il.

– Mon aide, répondit Shaw.

– Pour découvrir ce qui lui est arrivé ? »

L'inspecteur acquiesça.

« OK. » Mitch prit une profonde inspiration. « Avez-vous eu une liaison tous les deux ?

– Je ne réponds à aucune question concernant mes relations avec Jean Boyd, monsieur Newman. Sa mort, oui, mais rien d'autre.

– Mais… »

Shaw secoua la tête. « Mais rien. Un marché est un marché. Vous avez dit que vous étiez un homme de parole. Je m'attends à ce que vous vous y teniez.

– D'accord. Et en échange, vous allez me dire ce que vous savez.

– Vous êtes journaliste. Je vais vous dire ce que je suis disposé à vous dire.

– Je ne suis pas venu ici en tant que journaliste. Je suis venu en tant que son ami. »

Aucun des deux ne parla pendant un moment, comme si chacun se demandait comment aborder ce nouveau rapport de force.

« J'ai besoin de parler à des gens, mais je n'arrive pas à les trouver, déclara finalement Mitch.

– Et qui sont ces personnes ?

– Une fille nommée Holly Walsh et un homme d'affaires local nommé Jack Ruby. Son vrai nom, pour autant que je sache, est Jacob Rubenstein. »

La surprise de Shaw fut évidente.

« Quoi ? demanda Mitch.

– Demandez-moi qui j'étais en train d'interroger quand vous m'avez fait appeler dans le hall. »

Mitch comprit. « C'est impossible.

– Tout est possible, monsieur Newman.

– Ruby est ici, au commissariat ? »

Shaw acquiesça. « Une arme enregistrée à son nom a servi à un meurtre.

– Il a été inculpé ?

– Pas encore.

– Je suis allé à son club, déclara Mitch.

– Le Carousel ? »

Shaw prononça ce nom avec une telle familiarité que Mitch sauta sur l'occasion. « Vous saviez depuis le début qui il était. Vous le saviez quand je vous ai questionné à son sujet chez vous. Qu'est-ce qui se passe, Shaw ? Jean le cherchait, et vous ne m'avez rien dit.

– Je suis inspecteur ici, à Dallas, monsieur Newman, répondit Shaw avec un calme mesuré. C'est mon métier. Je suis au courant de nombreuses choses concernant cette ville et ses habitants que je ne partagerais pas avec vous. M. Ruby est désormais impliqué dans une enquête en cours pour meurtre avec préméditation...

– Je veux lui parler.

– Ça ne va pas être possible.

– Vous avez accepté de m'aider à découvrir ce qui est arrivé à Jean. Elle cherchait Ruby quand elle était ici. Elle essayait aussi de trouver cette fille, Holly, qui travaillait dans le club de Ruby à peu près à l'époque où Jean était à Dallas. Si Jean en avait après Ruby, alors peut-être qu'il sait quelque chose qui pourrait m'aider à découvrir ce qui est arrivé à la fille, et aussi à comprendre pourquoi Jean s'est suicidée. Que ça vous plaise ou non, ça fait partie du marché.

– Pas maintenant.

– Alors quand ?

– Peut-être quand nous en aurons fini avec lui.

– Il me faut plus qu'un simple peut-être, Shaw.

– OK, OK. »

Shaw détourna les yeux. Il était de toute évidence dans une situation de stress considérable. « Comment je vais expliquer ça, je ne le sais vraiment pas. Bon sang, vous ne devriez même pas être ici. Et vous ne devriez certainement pas savoir que nous détenons Ruby.

– Mais je le sais, déclara Mitch d'un air détaché. Et nous n'allons pas faire machine arrière.

– Si j'estime que ça n'influera pas matériellement sur notre enquête et que ça ne mettra pas en péril la résolution de cette affaire de meurtre, alors oui, je vous laisserai lui parler. Cependant, tout ce qu'il vous dira sera officieux. Vous essayez de découvrir ce qui est arrivé à Jean, pas d'écrire un article, d'accord ?

– D'accord, répondit Mitch.

– Alors retournez à votre motel. Arrêtez de creuser, arrêtez de poser des questions.

– J'en ai une dernière pour vous, déclara Mitch. J'ai reçu un coup de fil du rédacteur en chef de Jean au *Tribune*. Il a affirmé que des policiers étaient venus le voir à son sujet et qu'ils lui avaient dit où je me trouvais. Ça n'a pu venir que de vous.

– En effet, oui.

– Pourquoi avez-vous dit où j'étais à des policiers de Washington ?

– Parce qu'ils me l'ont demandé.

– Des flics vous ont appelé pour vous demander si j'étais ici ?

– Oui, monsieur Newman.

– Et vous n'avez pas trouvé ça étrange ? »

Shaw ne répondit rien. Il détourna brièvement le regard, comme s'il n'avait pas entendu la question. « Vous êtes sur la corde raide, déclara-t-il. Ne songez même pas à regarder en bas. Vous avez pris votre décision et vous allez devoir assumer les conséquences, comme Jean a dû le faire.

– Vous me dites que...

– Je ne vous dis rien hormis de retourner à votre motel et d'attendre que je vous appelle. Je ne sais pas quand je le ferai. Avec un peu de chance, bientôt. Soyez patient. Je sais que c'est dur pour vous. Vous êtes comme une grenade sur le point d'exploser. Vous devez ralentir. Votre heure va arriver. Je vous appellerai. En attendant, ne faites rien. »

Sur ce, Shaw ouvrit la porte et quitta la pièce.

Mitch Newman resta assis là avec le sentiment qu'un vaste abîme s'était ouvert devant lui et qu'il oscillait au bord du vide.

33

4 janvier 1951

Jean,

Il n'est nul pays aussi ombrageux que le cœur d'un homme. *J'ai lu ça aujourd'hui dans un recueil de poésie. Un autre vers m'est venu à l'esprit :* Ce sont les simples actes de bonté qui maintiennent les ténèbres à distance. *Je vois maintenant – seulement maintenant – combien j'ai été cruel avec toi. Plus que ça, j'ai été cruel envers ce que nous avions créé ensemble. Notre relation était importante – bien plus importante que je ne l'ai jamais compris. Pourquoi si souvent se rend-on compte de ce qu'on avait une fois qu'on l'a perdu ?*

Durant mon enfance, mon père me disait que lorsqu'ils atteignaient la fin de leur vie, les gens ne regrettaient jamais ce qu'ils avaient fait. Ils regrettaient uniquement ce qu'ils n'avaient pas fait. Je ne t'ai pas suffisamment aimée. Je ne t'ai pas suffisamment fait confiance. Je n'ai pas tenu les promesses que j'avais faites à propos de notre avenir ensemble. Et maintenant que mes mots ne semblent pas t'atteindre, je regrette de ne pas avoir dit ce qu'il aurait fallu dire pour que tu m'entendes.

Réponds, je t'en supplie. Dis-moi ce que tu penses et ressens, et si ce sont les derniers mots que j'entendrai de ta part, alors soit.

Même si je t'ai abandonnée, je te demande de ne pas m'abandonner.

Mitch.

34

16 juillet 1964

Mitch n'eut pas de nouvelles de Shaw pendant deux jours.

Il n'osa pas trahir leur arrangement en harcelant le flic au téléphone. Il savait qu'il avait simplement gratté la surface de ce que savait Shaw, et ce dernier était la seule personne à Dallas susceptible de l'aider.

La question qui le taraudait le plus était : *Pourquoi ?* Shaw lui avait caché des informations à propos de Jean, et Mitch n'avait aucun doute qu'il y aurait d'autres révélations. Son intuition originale était désormais plus qu'un soupçon. Shaw et Jean avaient eu une liaison, ne serait-ce que brièvement. Ellen était-elle au courant ? Shaw ne pensait pas, mais ça ne signifiait pas nécessairement qu'elle ne l'était pas. Mitch en doutait, cependant. Si elle avait su, sa question à propos de Jean à la table du dîner aurait été teintée de colère et d'amertume. Cela dit, Mitch ne savait rien de ces gens. Tout n'était qu'hypothèses et suppositions. Après une journée seul dans une chambre de motel – l'ennui uniquement ponctué de visites au restaurant et de voyages à la boutique d'alcool –, il avait amplement eu le temps d'alimenter ses incertitudes et sa paranoïa.

Ce que cette découverte lui avait appris, c'était que ses sentiments envers Jean étaient différents. Après l'avoir constamment considérée comme une personne qu'il connaissait, il comprenait désormais qu'elle avait changé autant que lui, voire plus. Elle avait continué de vivre sa vie, géré ses propres émotions, fait de nouvelles rencontres, eu de nouvelles relations. Il voyait désormais que l'idée qu'elle s'était accrochée à son passé avec autant d'ardeur et de regrets que lui était une pure fiction. Certes, Alice avait affirmé qu'elle ne s'était jamais réellement remise de leur liaison, mais c'était sa perception à elle, peut-être même était-ce ce que Jean voulait que sa mère croie.

Non. La vie avait continué, et Jean avait avancé avec elle. Il en était certain. L'idée qu'elle ait pu prendre ses distances, même lentement, l'aurait auparavant bouleversé, mais désormais c'était différent. Étrangement, cette idée atténuait en partie son sentiment de perte, car il voyait que Jean avait retrouvé plus d'elle-même qu'il ne l'avait imaginé. Même si sa vie avait été abrégée de façon soudaine, elle avait vécu plus pleinement que lui.

Sa présence l'avait toujours poussé vers de plus grands accomplissements. Même maintenant, alors qu'elle ne faisait plus partie de sa vie, plus partie d'aucune vie, elle parvenait toujours à générer le même élan et la même motivation.

Quant à Shaw, la question était : *Pourquoi avait-il changé d'avis ?* Pourquoi était-il désormais disposé à coopérer avec Mitch, si tel était vraiment le cas ? Après vingt-quatre heures et pas un mot de la part de l'inspecteur, Mitch commençait à soupçonner que Shaw lui avait balancé une promesse creuse et qu'il ne le contacterait jamais. Pendant ce temps, il résoudrait le problème de la relation qu'il avait eue avec Jean Boyd – avec ses supérieurs, avec sa femme – pour que Mitch n'ait plus aucun moyen de pression sur lui.

Mais il y avait une autre possibilité, qui perturbait encore plus Mitch. Comme Shaw en savait beaucoup plus que Mitch ne l'imaginait, il comprenait que la mort de Jean n'avait pas pu être un suicide. Souhaitant connaître la vérité sans pour autant se retrouver dans la ligne de mire, il voyait Mitch comme un moyen d'enquêter sans se compromettre, que ce soit professionnellement ou personnellement. Mitch Newman n'était rien qu'un bouc émissaire. Il pouvait être manipulé et manœuvré à distance, utilisé pour découvrir des informations, et Shaw lui-même pourrait nier toute implication. Il n'y avait rien par écrit. Les appels téléphoniques n'avaient pas été enregistrés. Si Ellen se ralliait à son mari, ce dont il ne doutait pas, Mitch ne pourrait même pas prouver qu'il était allé chez eux.

Quand arriva le jeudi matin, Mitch en avait assez du silence et des pensées étouffantes. Quelle que soit la manière dont il considérait les choses, il ne voyait pas comment retrouver Holly Walsh sans signaler officiellement sa disparition. Mais sur quelle base pourrait-il le faire ? Il ne la connaissait pas. Elle n'était qu'un nom sur une carte de visite. Les filles au Carousel n'avaient pas pu lui dire d'où elle venait, et aucune d'entre elles n'avait eu la moindre nouvelle depuis son départ. Peut-être que Jack Ruby savait ce qui lui était arrivé – pour autant qu'il lui soit arrivé quelque chose –, mais il était en garde à vue et Mitch ne pouvait l'atteindre qu'en passant par Shaw. Il ignorait où avait vécu Holly, ou dans quel hôtel elle avait pu loger, et il ne voyait personne d'autre qui puisse l'aider.

Malgré le fait que Shaw risquait de l'appeler, il avait besoin de sortir. Si la politique du motel était telle que Peter l'avait décrite, tout message serait noté et transmis.

Il sortit juste avant 10 heures et se rendit à la bibliothèque municipale. Il voulait mieux comprendre l'intérêt de Jean pour Kennedy. Malgré tout ce sur quoi elle avait pu enquêter, il avait été la principale raison de son voyage à Dallas. Mitch avait besoin de mieux apprécier pourquoi il était devenu une telle obsession. Certes, on parlait de lui aux informations. Les questions que Jean avait posées à propos de la légitimité du comptage des voix en 1960 étaient désormais posées à la télévision. Nixon brillait par son absence, en dépit des vociférations des républicains à ce sujet.

Dans les archives des journaux, il n'y avait sur l'élection, sur l'investiture et sur le début de la présidence de Kennedy pas grand-chose hormis les commentaires habituels. Mitch trouva en revanche une ribambelle d'articles sur la gestion par le président de la crise au Vietnam, de la baie des Cochons et du Mouvement des droits civiques. Pour une administration qui n'était à la Maison-Blanche que depuis trois ans, elle n'avait certainement pas été épargnée par les drames et les défis.

La question des « conseillers militaires » au Vietnam du Sud semblait retenir l'attention, ne serait-ce que du point de vue du coût pour le contribuable. D'après ce que Mitch pouvait voir, l'administration Kennedy était inextricablement empêtrée dans une guerre qui ne pouvait pas être gagnée, mais – surtout – elle était confrontée à une réaction politique et culturelle qui semblait de plus en plus tendue et difficile à gérer.

Après deux ou trois heures à lire et à prendre des notes, sa perspective s'était élargie. Bien sûr, il comprenait que l'opinion des démocrates aussi bien que celle des républicains étaient représentées dans les articles de presse, et il y en avait certains qui voulaient faire voler en éclats l'illusion idéaliste de la « Maison de Camelot » que les Kennedy avaient créée. John Kennedy en capitaine d'un navire insubmersible, l'élégance et l'assurance de la Première dame, la perfection apparente de la famille du président – tout était examiné à la loupe. Il y avait des rumeurs de problèmes de santé et de liaisons extraconjugales, dont aucune n'avait été prouvée, mais – comme c'était si souvent le cas – une rumeur pouvait causer beaucoup de dégâts. Une allégation franche pouvait être remise en cause, défendue, attaquée, réfutée. Les on-dit en revanche se répandaient comme une traînée de poudre, et il n'y avait pas grand-chose à faire pour les arrêter. Kennedy était un homme observé au microscope, et il faudrait qu'il travaille très dur pour convaincre les Américains qu'il était capable de gagner une nouvelle élection.

D'après ce que Mitch comprenait, Jean s'était intéressée aux allégations qui affirmaient que Joe Kennedy avait acheté l'élection. Il ne faisait aucun doute que le patriarche, avec l'argent gagné dans l'industrie du cinéma et tout ce qu'il avait engrangé après l'abrogation de la prohibition, n'aurait eu aucune difficulté à financer quoi que ce soit, mais payer pour que son fils devienne président ? Était-ce même possible ?

Et maintenant que ce fils s'avérait incompétent, on doutait sérieusement dans le camp démocrate que JFK survive à une autre élection. Jetterait-il l'éponge pendant la convention nationale démocrate ? Et dans ce cas, qui prendrait sa place en tant que candidat du parti à la présidentielle ? Lyndon Johnson ? Hubert Humphrey ?

Mitch quitta la bibliothèque en fin d'après-midi et fit une longue promenade dans le centre-ville de Dallas. Il était ici depuis six jours. Il était fatigué – mentalement plus que physiquement – et à court d'argent. Avec ce qui lui restait, il pourrait peut-être tenir une semaine de plus, et ensuite il devrait retourner à... à quoi ?

Il s'arrêta net sur le trottoir. Pendant un moment, il peina à trouver une bonne raison de retourner à Washington hormis le chat de Jean. Avec son métier, il pouvait travailler n'importe où. Il n'était pas propriétaire de son appartement, sa voiture ne valait quasiment rien. La chose la plus précieuse qu'il possédait était son appareil photo, et ça, il l'avait emporté.

C'était comme une révélation inattendue.

Il ne représentait rien, ne se battait pour rien, n'était mis au défi par rien.

Il y avait un vieil adage : l'homme qui vit éternellement est celui qui a planifié son lendemain.

Si c'était vrai, son espérance de vie devait être d'une semaine.

Qu'il le croie ou non, la mort de Jean lui avait donné un but et de la détermination, le but et la détermination qui l'avaient poussé à partir en Corée. Elle avait une fois de plus réussi à l'arracher à sa suffisance.

Avec sa mort, il en avait découvert plus sur ce qu'elle signifiait pour lui qu'il ne l'avait jamais compris lorsqu'elle était en vie.

Mitch voulait boire un verre. Il avait *besoin* de boire un verre.

Il fit la première moitié du trajet en bus, puis regagna son motel à pied.

Un message l'attendait. Shaw avait appelé pour l'informer qu'il pourrait rencontrer Jack Ruby vendredi matin. Comment il avait arrangé ça, Mitch ne voulait presque pas le savoir. Jean avait voulu parler à Jack Ruby, peut-être l'avait-elle rencontré, avait-elle appris ce qu'elle voulait savoir, et maintenant il avait l'opportunité de faire pareil.

Quelles que soient les conséquences, rien ne l'empêcherait d'aller à ce rendez-vous.

35
17 juillet 1964

« Cette rencontre n'a jamais eu lieu. »

C'est ainsi que Shaw accueillit Mitch le vendredi matin. Ils étaient assis dans la même salle d'interrogatoire que lors de leur première rencontre au siège de la police.

« Alors pourquoi vous l'autorisez ?

– Parce que je dois savoir, répondit Shaw, et je ne peux pas poser de questions.

– Parce qu'on vous a recommandé de ne pas en poser ?

– Sans commentaire. Tout ce que je dis, c'est que j'ai utilisé toutes les faveurs et toute l'influence que j'ai ici.

– Alors, qu'est-ce qui se passe avec Ruby ? Est-ce qu'il a été inculpé ?

– Oui. On l'a inculpé hier soir, mais seulement pour pouvoir le garder. Il n'a rien dit. Il ne nie pas que l'arme lui appartenait. Et il ne nie pas non plus le fait qu'il connaissait la victime, même s'il affirme ne l'avoir fréquentée que socialement.

– Et la victime était…

– Leland Webster. Quarante et un ans. Le légiste dit qu'il est mort vers le début de la troisième semaine de juin. Célibataire. Col bleu. Pas de casier judiciaire. Bossait ici et là. Son dernier lieu de travail a été le dépôt de livres scolaires. C'est un entrepôt dans Elm Street.

– Et Ruby avait-il une raison de tuer ce type ?

– Pas que nous sachions, non.

– Des liens antérieurs ?

– Ténus. Selon des rapports non confirmés, Webster appartenait à une faction communiste dissidente. Tous ces trucs pro-Castro, antigouvernement. Rien de bien méchant. On a trouvé des cartons de documents chez lui. Manifestement, il n'était pas très actif. En tout cas, ces types se sont réunis une fois, peut-être même plusieurs, dans une salle à l'étage du Carousel il y a quelque temps. Nous n'avons pas de preuves, et Ruby refuse de confirmer ou d'infirmer. Comme je l'ai dit, il se tait. Et si on ne trouve pas quelque chose de plus solide que le fait que son pistolet a été l'arme du crime, le procureur rejettera le dossier. Il nous faut quelque chose, et nous n'obtenons rien.

– Jean s'est rendue au Carousel. J'y suis allé, j'ai parlé à quelques-unes des filles. Elles se souvenaient d'elle. Elle voulait parler à Ruby, et elle essayait aussi de se renseigner sur cette Holly. »

Shaw resta silencieux.

« Que dit l'avocat de Ruby ?

– Il n'en a pas. »

Mitch fronça les sourcils. « Comment peut-il ne pas avoir d'avocat ?

– Il a refusé, même un commis d'office. Il l'a noté par écrit. Il ne veut pas d'avocat.

– Ça n'a aucun sens. »

Shaw haussa les épaules. « Ne me demandez pas pourquoi. Je n'ai pas de réponse.

– Est-ce aussi pour ça que vous m'autorisez à le voir ? Parce qu'il pourrait me parler sous prétexte que je ne suis pas flic ?

– Peut-être, répondit Shaw. Ruby a de la bouteille. Il a été arrêté à quelques reprises. Mais rien de sérieux. Nous n'avons aucune idée de ce qu'il sait de la procédure. Nous ne lui disons rien hormis qu'il est incarcéré pour meurtre avec préméditation. Il a peur, mais il se défend. Il est acculé. Je crois qu'il en sait beaucoup plus que ce qu'il dit, mais je ne sais pas ce qu'il attend.

– Vous serez présent ?

– Non, mais je vous entendrai. Nous avons une salle d'interrogatoire équipée d'un système d'écoute. »

Mitch se leva de sa chaise. « Alors allons voir s'il connaissait Jean. »

Du haut de son mètre quatre-vingts, Mitch mesurait cinq bons centimètres de plus que Ruby. Ce dernier portait un pantalon anthracite et une chemise blanche plissée. Il n'avait pas de ceinture, pas de cravate, et ne s'était pas rasé depuis deux jours. Il semblait fatigué et agité, mais étrangement résigné à son sort.

Mitch était dans la pièce depuis dix bonnes secondes lorsque Ruby demanda : « Vous êtes qui ?

– Mitchell Newman.

– Ça, c'est votre nom, ça me dit pas qui vous êtes.

– Je suis photographe. Je couvre des scènes de crime et je fais des reportages.

– C'est vous qui avez pris les photos... ce type qu'ils disent que j'ai tué ?

– Non. »

Ruby s'avança et s'assit à la table. « Alors c'est quoi l'idée ? Ils vont me tuer ici, dire que c'était un suicide, et c'est vous qu'allez prendre les clichés ? Vous êtes comme ce Fellig, hein ? Celui qu'a pris des photos de tous ces cadavres et personne a jamais compris comment il faisait pour arriver sur les lieux au bon moment. »

Mitch sourit. « Non, je ne suis pas comme lui, monsieur Ruby. »

Il s'assit face à lui, sortit un paquet de cigarettes et le lui tendit.

Ruby hésita. Il était à cran.

Mitch tira une cigarette, l'alluma et laissa le paquet et son briquet sur la table. « Je suis ici pour vous poser quelques questions, mais elles ne sont pas liées à votre situation présente. »

Ruby fronça les sourcils. Le soupçon était gravé dans chaque ligne de son visage.

« J'ai le sentiment que vous et moi avons quelque chose en commun.

– Ah oui ? Et qu'est-ce que ça peut bien être ?

– Avant de vous le dire, j'aimerais savoir pourquoi vous n'avez pas d'avocat.

– Pourquoi j'en aurais besoin ?

– Vous êtes accusé de meurtre avec préméditation. »

Ruby demeura imperturbable.

« Vous le comprenez, n'est-ce pas ? »

Ruby acquiesça.

« Alors, pourquoi pas d'avocat ?

– Vous croyez que j'ai dézingué ce Leland Webster ?

– Je ne crois rien. Leland Webster ne m'intéresse pas.

– Un homme prend un avocat quand il a besoin de quelqu'un pour le protéger. Ce qui revient à dire qu'il a violé la loi.

– Vous affirmez que vous n'avez pas tué Webster.

– Vous le savez bien.

– Ils ont votre arme.

– Je ne nie pas qu'elle soit à moi.

– La balistique dit que c'était l'arme du crime.

– La balistique peut dire ce qu'elle veut sur l'arme. Elle peut pas dire qui a appuyé sur la détente.

– Vous ne craignez pas qu'ils vous condamnent à tort ? »

Ruby prit une des cigarettes de Mitch. Il l'alluma, se pencha en arrière et soupira. « Je dis rien.

– Protégez-vous quelqu'un d'autre ? »

Ruby sourit. « Vous êtes un putain de flic. C'est quoi ce bordel ?

– Non, répliqua Mitch. Est-ce que j'ai l'air d'un flic ? Je suis qui j'ai dit être. Je me suis rendu à votre club pour vous parler. Je suis allé à votre ancienne maison dans Rawlins Street. Une femme m'a dit que vous aviez déménagé à Cedar Crest, alors j'y suis également allé. Je vous cherche depuis lundi. »

Ruby ne répondit rien. Il se contenta de regarder Mitch comme s'il essayait de lire entre les lignes.

« Je suis ici pour une affaire personnelle, et le fait qu'on me laisse vous parler n'a rien à voir avec le fait que vous ayez tué Leland Webster ou non.

– Tout a à voir avec le fait que je l'aie tué ou non.

– Ce qui signifie ?

– Tout et rien. Vous ne me connaissez pas, et je ne vous connais pas. Vous ne savez pas pourquoi je suis ici, et vous ne savez pas pourquoi Webster est mort.

– Alors dites-le-moi. »

Ruby éclata d'un rire dédaigneux. « J'ai rien à cacher.

– Tout le monde a quelque chose à cacher, monsieur Ruby. »

Une fois encore, Ruby demeura imperturbable.

« Je veux vous questionner sur quelque chose qui s'est produit au mois de novembre dernier », déclara Mitch.

S'il n'avait pas observé Ruby attentivement, il n'aurait pas remarqué la petite lueur dans ses yeux. Il avait eu une réaction, ça ne faisait aucun doute, et pendant un infime moment il y avait eu de l'anxiété dans son regard. Mitch resta silencieux et attendit.

« Qu'est-ce qui s'est passé en novembre dernier ? demanda Ruby avec une nonchalance feinte dans la voix.

– Quelqu'un vous a cherché.

– Qu'est-ce que je peux dire ? Je suis un gars populaire.

– C'était une personne très spécifique, poursuivit Mitch. Quelqu'un que je connaissais. Elle s'appelait Jean Boyd. »

Ruby écrasa sa cigarette dans le cendrier. Mitch était certain que c'était un moyen d'éviter de croiser son regard.

« Vous vous souvenez d'elle, monsieur Ruby ?

– Peut-être.

– Votre nom apparaît dans ses notes. Elle voulait vous parler de quelque chose en relation avec les Kennedy. »

La même lueur d'inquiétude dans les yeux de Ruby, cette fois évidente. Mitch l'avait vue, et Ruby le savait.

« Parlez-moi de Jean Boyd, monsieur Ruby.

– J'ai rien à dire.

– Vous l'avez rencontrée, n'est-ce pas ? »

Ruby resta silencieux.

« Vous l'avez rencontrée et elle vous a posé des questions sur l'élection. Mais pourquoi vous interroger là-dessus ? Pourquoi quelqu'un comme vous, un propriétaire de boîte de strip-tease, intéresserait-il une journaliste de Washington ?

– Vous tirez beaucoup de conclusions hâtives.

– Vraiment ? »

Ruby se pencha en avant, posa les mains à plat sur la table comme pour souligner son inflexibilité. « Rien dans cette vie n'est gratuit, mon pote.

– Je ne demande rien gratuitement.

– OK. »

Ruby se renfonça dans sa chaise, croisa les bras. « Alors, si je réponds à quelques-unes de ces questions, qu'est-ce que vous allez mettre sur la table pour moi ?

– Je n'ai rien à offrir, mais pour le moment, vous êtes accusé de meurtre avec préméditation et vous n'avez pas d'avocat. Il me semble qu'un rapport de police chargé, une défense inadéquate et un juge trop zélé pourraient vous envoyer dans le couloir de la mort. »

Ruby s'esclaffa. « Vous êtes bon, dit-il. Vous êtes pas flic, mais vous causez bel et bien comme un journaliste. Vous autres, vous inventez ces saloperies au pied levé, pas vrai ?

– Je suis juste intéressé par Jean Boyd, monsieur Ruby. Il y a certaines autres personnes qui aimeraient également en savoir plus sur elle.

– Hé, si vous voulez tellement savoir si cette Jean Boyd est venue ou non me parler en novembre dernier, pourquoi vous lui demandez pas ?

– Parce qu'elle est morte, monsieur Ruby. »

L'expression sur le visage de Ruby changea. Ce n'était pas exactement de l'incrédulité ; plutôt de la stupéfaction. Il ne parvint pas à dissimuler sa réaction, et il s'en rendit compte.

Mitch marqua ostensiblement une pause, puis tenta le tout pour le tout.

« J'ai la nette impression que sa mort a pu être liée à ce qu'elle pensait que vous saviez. »

Ruby détourna les yeux, puis les posa sur ses mains. Il se leva et alla s'adosser au mur. Il était clair pour Mitch qu'il savait exactement qui était Jean Boyd, et qu'il avait plus que probablement une très bonne idée de ce qu'elle cherchait à Dallas.

« Trouvez-moi un avocat, déclara Ruby.

– Vous en avez un en tête ?

– Quelqu'un qui me connaît pas. Un commis d'office. N'importe qui. Je m'en fous. Je veux juste un putain d'avocat. »

36

Quand un avocat commis d'office arriva, il était près de 14 heures.

Ruby n'avait pas prononcé un mot de plus. Shaw l'avait ramené à sa cellule, lui avait fait porter un déjeuner auquel il n'avait pas touché. C'était une vraie pile électrique, allant et venant, fumant à la chaîne, se figeant comme pour considérer ses options, jurant dans sa barbe.

Shaw aussi était tendu. Il avait ouvert la boîte de Pandore. Mitch Newman était un électron libre. Il n'était pas censé être dans le commissariat, encore moins dans une salle d'interrogatoire avec un homme comme Jack Ruby. Mais Shaw était pris entre le marteau et l'enclume. La seule personne à avoir obtenu quelque chose de Ruby était Newman. Et Shaw ignorait pendant combien de temps il pourrait cacher ce qui s'était passé.

En tout cas, il était hors de question que Mitch Newman se retrouve dans la même pièce que Ruby et un avocat commis d'office. Il serait forcé de s'asseoir de l'autre côté du miroir sans tain, dans la salle d'interrogatoire adjacente. Il pourrait observer, il pourrait écouter, mais il ne pourrait plus être présent.

Le commis d'office était un cran au-dessus de la moyenne. Son nom était Art Hallam et Shaw l'avait déjà vu à l'œuvre. C'était un chien de meute autoproclamé, apparemment bien plus intéressé par la vérité et la justice que par l'argent qu'il aurait pu gagner dans le secteur privé. Combien de temps il faudrait pour que ce vernis éclatant se ternisse, personne ne le savait, mais pour le moment il semblait motivé et déterminé dans son désir d'aider ses semblables. Il était jeune, mais également sérieux et méthodique, ce qui le faisait paraître plus expérimenté qu'il ne l'était réellement. Shaw lui exposa l'affaire, juste le nécessaire, puis Ruby fut amené de sa cellule.

Hallam et Ruby s'entretinrent pendant trente bonnes minutes. À la fin, l'avocat semblait mal à l'aise. « Qui sont Jean Boyd et Mitchell Newman, inspecteur Shaw ?

– Il a parlé de Jean Boyd ?

– Oui. Il a aussi dit qu'il avait parlé à ce Mitchell Newman. Vous ne m'avez mentionné aucun de ces noms.

– Ça ne m'a pas semblé nécessaire.

– Eh bien, je crois que ça l'est désormais. »

Shaw expliqua du mieux qu'il put. Il répondit aux questions de Hallam aussi succinctement que possible.

Ce dernier demeura un moment pensif, puis déclara : « M. Ruby affirme qu'il ne dira rien à moins que Newman soit présent. »

Shaw était incrédule. « Vous plaisantez ?

– Mon client insiste.

– Est-ce qu'il a donné une raison ?

– Il veut que quelqu'un d'autre soit là. Il dit qu'il ne divulguera ce qu'il a l'intention de divulguer que si quelqu'un qui ne représente ni la police ni la justice se trouve dans la pièce. Il affirme que c'est une condition non négociable.

– Bon sang. »

Shaw se retourna et fit quelques pas dans le couloir.

« Je ne vois pas d'autre solution, reprit Hallam. Si vous voulez des informations, M. Newman devra être inclus.

– Je comprends, je comprends, dit Shaw. OK, mais Newman ne prononce pas un mot.

– Je suis d'accord. Je vais lui parler. »

Shaw alla chercher Mitch dans l'autre salle d'interrogatoire et lui présenta Art Hallam.

« C'est une situation très inhabituelle, monsieur Newman, déclara ce dernier. L'inspecteur Shaw m'a expliqué le problème, et je dois dire que je n'ai jamais rien vu de tel. Je vais poser des questions à M. Ruby, et aussi bien vous que l'inspecteur Shaw serez présents. Quelles que soient ses réponses, je vous supplie de garder votre calme et de ne pas laisser vos émotions affecter vos réactions. Je comprends que tout ça est lié à une affaire très sensible, à savoir le décès de Mlle Boyd, mais quoi qu'il en soit... »

II n'acheva pas sa phrase. Le message fut reçu cinq sur cinq.

Une pièce différente fut choisie, suffisamment grande pour les accueillir confortablement tous les quatre.

Ruby était nerveux, incapable de rester tranquillement assis, et lorsque Hallam passa en revue les formalités et indiqua que la rencontre serait enregistrée, il protesta avec véhémence.

« Pour votre propre bien et votre protection légale..., commença l'avocat.

– Je me fous de tout ça. Pas d'enregistrement. Je suis sérieux. Je veux votre parole que tout ici sera officieux, sinon je dis rien. »

Hallam regarda Shaw, qui acquiesça.

« L'inspecteur Shaw indique qu'il n'y aura pas d'enregistrement. Je suis présent. Si quoi que ce soit est enregistré, ce sera parfaitement inutile, aussi bien pour lui que pour n'importe quelle autorité.

– Vous croyez ça ? demanda Ruby.

– Je le *sais*, monsieur Ruby, répliqua Hallam.

– Alors vous savez absolument pas à qui vous avez affaire », déclara Ruby. Il regarda Mitch. « Et ce type est vraiment pas flic, hein ?

– Non, M. Newman n'est pas officier de police », répondit Hallam.

Ruby demanda une cigarette. Shaw fit glisser un paquet de Pall Mall à travers la table.

« Donc, M. Ruby m'a indiqué qu'il était disposé à répondre à quelques questions concernant Jean Boyd et les facteurs – dont aucun n'a été confirmé – qui ont pu ou non contribuer à son décès. Il n'accepte pas de répondre à toutes les questions, seulement celles qui lui conviennent. Nous nous comprenons ? »

Shaw acquiesça. Mitch aussi.

« En échange de ces informations, il souhaite faire une déclaration sous serment affirmant qu'il n'est nullement responsable, directement ou indirectement, de la mort de Leland Webster. Sommes-nous bien d'accord ?

– M. Ruby peut faire toutes les déclarations qu'il veut, monsieur Hallam. Il n'a pas besoin de nous en informer. De fait, nous lui avons demandé à plusieurs reprises s'il souhaitait…

– Je veux pas que ça, intervint Ruby. Je veux l'immunité pour tout ce que vous découvrirez à la suite de ce que je vais vous dire.

– Comment puis-je offrir l'immunité si je ne sais pas ce que vous allez me dire et si j'ignore ce que vous avez fait ? » demanda Shaw.

Ruby regarda Hallam.

Ce dernier acquiesça.

« Alors, et si je vous disais que Jean Boyd ne s'est peut-être pas suicidée et que son décès est lié à une autre fille morte ?

– OK, OK… attendez une minute. Vous dites que Jean Boyd a été assassinée ?

– Je m'avance, certes, mais elle fouinait, et je crois qu'il y en avait qui voulaient qu'elle cesse.

– Elle cherchait quoi ?

– Quoi que ça ait été, ça l'a amenée à Dallas et à mon club, d'accord ?

– Les réunions communistes ? demanda Shaw. Les réunions auxquelles Leland Webster a assisté ?

– Je dis rien de plus tant que j'aurai pas une promesse d'immunité.

– Donnez-nous au moins un nom. Qui était cette autre fille ? »

Ruby secoua la tête.

Mitch tira un stylo et un morceau de papier de sa poche et écrivit dessus. Puis il le passa à Shaw.

« Holly Walsh ? » suggéra ce dernier.

On aurait dit que le sol s'était dérobé sous les pieds de Ruby. Il lança à Mitch un regard féroce.

« Vous êtes qui ? demanda-t-il. Comment vous savez pour Holly ?

– M. Newman ne peut rien dire, monsieur Ruby, intervint Hallam.

– Non, je suis sérieux… comment vous êtes au courant pour Holly ? »

Shaw secoua la tête.

« Qu'est-ce que ça a à voir avec Jean ? » demanda-t-il.

Ruby était agité. Il prit une autre cigarette et l'alluma à la première qui se consumait toujours dans le cendrier. Il regarda Hallam, puis de nouveau Shaw et déclara : « Elle posait des questions, OK ? Elle posait beaucoup de satanées questions à beaucoup de gens, et elle s'est attiré beaucoup d'attention, voilà ce que ça a à voir.

– Êtes-vous en train de dire qu'elle a contrarié quelqu'un et que sa mort n'est pas un suicide ?

– Je vous l'ai dit, j'ajoute rien tant que j'ai pas une garantie du flic, là.

– OK, lança Shaw. On s'emballe. Revenons un peu en arrière. Donnez-moi quelque chose qui m'aide à comprendre pourquoi quelqu'un aurait voulu la mort de Jean Boyd.

– Elle cherchait Holly Walsh, et je suppose que quelqu'un voulait pas qu'on la trouve, OK ?

– Qui ne voulait pas qu'on la trouve ? Que lui est-il arrivé ? »

Ruby lâcha un gros éclat de rire. « Hé, peut-être que je raconte n'importe quoi. Je suis juste un voyou de seconde zone qui tient un club de strip. Qu'est-ce que j'en saurais ? J'écoute qui ? Les crapules et les gangsters qui traînent dans ce genre de boîtes ? Je peux juste vous répéter ce que j'entends.

– Alors dites-nous ce que vous avez entendu, monsieur Ruby. Donnez-nous des informations qui aient du sens, parce que pour le moment vous n'avez pas dit grand-chose d'intéressant. Vous demandez l'immunité pour un crime inconnu et vous n'offrez rien en échange.

– Je vous ai donné un nom.

– Holly Walsh ?

– Exact.

– Nous l'avions déjà, observa Shaw.

– Eh bien, peut-être que vous aviez le nom, mais vous saviez rien sur elle.

– Et maintenant, elle est morte ?

– Disons juste que vous pourriez la chercher jusqu'à la fin des temps, je crois pas que vous la retrouveriez.

– Et Jean Boyd ne s'est pas suicidée ? Vous affirmez qu'elle a été assassinée ?

– Je fais ce que je peux pour arrêter de jouer, inspecteur Shaw. Je parierais pas mon argent dessus, mais y en a certains qui estimeraient que les probabilités sont assez bonnes.

– OK, disons que ce… ce… bon sang, je ne sais même pas comment appeler ça… disons que cette *théorie* soit vraie, quel est le lien avec Leland Webster ?

– Je vous ai donné un paquet de trucs, déclara Ruby. Offrez-moi un marché ou on en a fini.

– Si vous voulez un marché, il va falloir nous donner quelque chose de solide sur le meurtre de Leland Webster, répliqua Shaw. Et je veux savoir ce que vous savez sur Jean Boyd et cette autre fille morte. Voilà ce que je veux. »

Ruby haussa les épaules. « Je dis pas un mot de plus tant que j'ai pas de marché. Immunité totale ou rien. Et après, je veux me tirer d'ici, loin de Dallas, loin de tout ça. À prendre ou à laisser. »

Shaw regarda Hallam, puis Mitch. Il se leva de sa chaise. « Vous allez être enregistré et incarcéré à la prison du comté dans Dealey Plaza Park, dit-il. Je ne peux pas vous garder ici indéfiniment, et ça risque de prendre un jour ou deux.

– Ironique, observa Ruby, étant donné tout ce qui s'est passé en novembre dernier.

– Ce qui signifie ? demanda Shaw.

– Ce qui ne signifie rien du tout, inspecteur.

– Novembre... quand Kennedy était ici ? » insista Shaw.

Ruby esquissa un sourire entendu. « Vous voulez m'envoyer à la prison du comté, alors soit. Faites ce que vous avez à faire. Pour le moment, une cellule de deux mètres sur trois est l'endroit le plus sûr pour moi. »

Hallam tendit la main vers sa serviette et la referma. Il se leva. « Je veux votre garantie que M. Ruby sera placé à l'isolement, inspecteur Shaw. Je ne veux pas qu'il soit avec les autres prisonniers.

– Ça peut être arrangé, monsieur Hallam.

– Et vous l'emmenez là-bas maintenant ?

– Bientôt. J'ai quelques coups de fil à passer.

– Alors je vais attendre avec lui, et je l'accompagnerai à la prison. Il y a eu des émeutes là-bas en avril, et elle est encore plus surpeuplée qu'elle ne l'était à l'époque.

– Très bien », répondit Shaw.

Il ouvrit la porte, fit signe à Mitch de le suivre.

Sur le seuil de la pièce, ce dernier se retourna. Il regarda Hallam, puis Ruby. « Monsieur Ruby... j'ai besoin de savoir si Jean Boyd a été assassinée...

– Monsieur Newman, s'il vous plaît. Vous feriez vraiment mieux de ne rien dire.

– Laissez-le poser sa question, intervint Ruby.

– J'ai autrefois été fiancé à Jean, continua Mitch. Je dois voir sa mère quand je rentrerai à Washington. C'est une femme âgée et Jean était sa fille unique. Personnellement, je ne peux pas croire qu'elle se soit donné la mort. »

Ruby retourna son regard à Mitch sans le moindre changement dans son expression.

« S'est-elle suicidée, monsieur Ruby, ou bien, comme vous semblez le laisser entendre, a-t-elle été assassinée à cause de ce qu'elle cherchait à découvrir ?

– Je sais même pas pourquoi vous êtes ici, Newman », déclara Ruby.

Sa voix était plus calme et la tension et l'agitation qu'il avait montrées auparavant semblaient être un peu retombées. « Moi aussi, j'ai perdu quelqu'un. Je sais ce que vous ressentez. Mais je suis pas ici pour compatir avec vous ou la mère de la fille. Je suis ici pour moi, un point c'est tout. »

Mitch ouvrit la bouche pour poser une autre question, mais Ruby l'interrompit.

« Voici ce que je vais vous dire, OK ? Si j'avais fait certaines des choses qui ont été faites, je ferais tout le nécessaire pour le cacher, peu importent les personnes qui se mettraient en travers de mon chemin. Il y a beaucoup plus en jeu que la vie de votre amie et celle d'une fille dont le seul crime était d'être trop belle et trop naïve pour son bien. » Il marqua une pause. « Vous comprenez ce que je dis ?

– Oui, répondit Mitch. Je crois. »

Il ressentit un accès de nausée et la tête lui tourna. Au prix d'un énorme effort, il parvint à contenir son chagrin et sa colère. Il devait quitter cette pièce, tout de suite.

Shaw l'accompagna, le menant jusqu'à l'avant du bâtiment puis dehors. Assis sur les marches du siège de la police de Dallas, Mitch se prit la tête à deux mains et pleura.

37

« Je pense que nous pouvons supposer que qui que soit cette Holly Walsh... qui qu'elle ait été, elle est morte.

– Il a semblé très clair sur ce point, répondit Mitch.

– Et c'était juste une fille qui a débarqué à Dallas et travaillé quelque temps au Carousel. C'est tout ce que vous savez ?

– C'est tout ce que je sais.

– Et son nom était au dos de ma carte de visite, celle que j'ai donnée à Jean.

– Exact.

– On dirait donc que Jean enquêtait sur un meurtre en plus de l'élection. »

Mitch fut un moment pensif, puis il déclara : « Je veux croire ce qu'il a dit à son sujet.

– Qu'elle ne s'est pas suicidée ? C'est ça que vous voulez ?

– J'en suis persuadé. Peu importe que je le veuille ou non. Et quant à tout ce que Ruby sait, je pense que nous avons simplement gratté la surface. »

Shaw se montra réticent. « Ruby est un voyou, une petite frappe, un minable qui tient un club de strip-tease et ne paie pas ses impôts. Il n'est pas le puits de sagesse que vous croyez.

– Je pensais que Jean était venue ici pour enquêter sur Kennedy. Maintenant nous envisageons la possibilité qu'elle ait été assassinée parce qu'elle s'intéressait à la mort de Holly Walsh. J'ai beaucoup de mal à comprendre comment ces deux choses pourraient être liées.

– Elles ne le sont peut-être pas.

– Et Leland Webster ?

– Je ne sais pas quoi penser, répondit Shaw. Tout ce que je sais, c'est que j'ai un homme en détention qui l'a peut-être assassiné. Ça colle d'un point de vue balistique, et je ne peux même pas expliquer pourquoi il nous dit ces trucs. Il aurait pu la boucler, et le procureur aurait rejeté le dossier pour manque de preuves.

– À moins qu'il veuille vraiment une protection. Il est devenu l'homme à abattre. Peut-être qu'une partie de ce qu'il dit est vrai. Merde, peut-être que tout est vrai, et il sait que maintenant que la police lui parle, il court un danger considérable… comme Jean.

– Ou peut-être qu'il a réellement tué Webster et que cette histoire avec la jeune Walsh est une opportunité inattendue pour lui. Jean s'intéressait à sa mort. Peut-être qu'elle a découvert qui l'a tuée et l'a dit à Ruby, et maintenant il s'en sert pour négocier l'immunité pour le meurtre de Webster. »

Mitch ne répondit rien. Il se contenta de regarder de l'autre côté de la rue.

« J'ai besoin de passer quelques coups de fil, déclara Shaw. Et vous ?

– Je vais aller faire un tour, tenter de ne pas me demander où tout ça pourrait nous mener. »

Pour Mitch, chercher à localiser Holly Walsh était désormais futile. S'il avait eu le moyen de le faire, jusqu'où serait-il allé ? Comme il avait besoin de se concentrer sur quelque chose, il décida de porter son attention sur la raison qui avait initialement poussé Jean à venir à Dallas. Byron avait affirmé qu'elle enquêtait sur Kennedy, et Mitch avait le sentiment que le mieux à faire était de suivre ses pas, du moins du point de vue de ses recherches.

L'un des derniers commentaires de Ruby avait concerné tout ce qui s'était passé au mois de novembre précédent. C'était le moment où Kennedy était à Dallas. Jean y était également, de même que Holly. Shaw avait fourni à Jean les accréditations nécessaires, et ce qu'elle avait découvert l'avait menée au Carousel, à Jack Ruby, et aussi à Holly. Maintenant, Ruby leur disait que cette dernière était morte. Non seulement ça, mais également que son décès était important pour Jean. Il avait aussi affirmé qu'il y avait beaucoup plus en jeu que les simples vies de Jean Boyd et de Holly Walsh. Ça sentait la dissimulation, la chose cachée dont quelqu'un voulait qu'elle le reste.

Trouver l'itinéraire de Kennedy en novembre 1963 fut assez simple. Les journaux de Dallas l'avaient imprimé plusieurs jours à l'avance, et tous étaient archivés à la bibliothèque. Le cortège de Kennedy était parti de l'extrémité sud de Love Field, empruntant un trajet parallèle à Cedar Springs puis longeant North Harwood, Main Street, Houston Street et Elm Street. Il devait y avoir des milliers de personnes le long de cette route, mais Ruby avait réagi quand il avait été informé qu'il serait incarcéré à Dealey Plaza. Il avait affirmé que c'était ironique. Mitch voulait jeter un coup d'œil sur place pour découvrir s'il y avait là-bas quelque chose qui lui offrirait une nouvelle piste.

La place était un triangle bordé par Elm au nord, Houston à l'est et Main au sud. Le cortège présidentiel avait traversé Record Street et rejoint Main entre le bâtiment de la cour criminelle du comté et l'ancien tribunal. Prenant à droite avec Dealey Plaza sur la gauche, les voitures étaient passées devant le miroir d'eau de la place puis avaient tourné pour atteindre Elm avant d'émerger sous un triple pont pour rejoindre la North Stemmons Freeway en direction du Dallas Trade Mart.

Mitch suivit à pied l'itinéraire, consultant les notes qu'il avait prises à partir des articles de journaux, observant que le bâtiment de la cour criminelle abritait également les archives du comté et qu'Elm passait entre cet immeuble et le Dal-Tex Building. À l'angle de Houston et d'Elm, il vit la façade imposante du dépôt de livres scolaires. Avec ses sept étages de hauteur et son absence de mérite architectural, c'était une installation fonctionnelle qui appartenait au gouvernement. Il prit tout de même quelques photos.

Il se souvint alors de Shaw affirmant que Leland Webster – l'homme qui avait apparemment été assassiné avec l'arme de Ruby – avait travaillé dans ce même bâtiment. Mitch traversa Elm à l'angle où la parade de Kennedy avait tourné puis se dirigea vers les marches à l'avant et pénétra à l'intérieur.

La réceptionniste, une jolie jeune femme d'environ vingt-cinq ans, lui demanda s'il avait besoin d'aide.

« Je cherche juste un homme nommé Leland Webster, répondit-il. D'après ce que j'ai compris, il travaille ici. »

La jeune femme sourit et répondit : « Voyons voir ça. » Elle vérifia une sorte de registre des employés. Déconcertée, elle sembla le parcourir une seconde fois avant de demander : « Vous êtes sûr que c'est ce bâtiment ? Nous en avons un autre au 1917 Houston Street.

– Non, je suis sûr que c'est celui-ci, répondit Mitch.

– Eh bien, il n'y a aucune trace d'un Leland Webster en ce moment. Bien sûr, il a pu être temporaire ou saisonnier. Nous avons souvent des personnes supplémentaires qui travaillent ici. Peut-être aimeriez-vous parler à quelqu'un du service du personnel ?

– C'est bon, répondit Mitch. Merci pour votre aide. »

La fille sourit et répondit : « De rien. »

Mitch quitta le bâtiment.

Il avait besoin de consulter les archives du comté, et elles étaient juste là, à l'angle d'en face.

« Oui, bien sûr, nous avons ce que vous désirez. » La femme d'âge mûr derrière le guichet avait le teint trop pâle, des lunettes en ailes de papillon et des cheveux si fermement tirés en arrière que ça ne pouvait pas être confortable. « Si une entreprise privée travaille en sous-traitance pour l'inspection académique afin de fournir un service, elle est légalement obligée de nous communiquer une liste précise de ses employés régulièrement mise à jour. » Elle prononça cette phrase comme si tout le monde le savait. « Mais vous devrez remplir un formulaire de réquisition, et je devrai l'approuver.

– Bien entendu, répondit Mitchell.

– Vos références ? »

Mitch produisit sa carte de presse.

La femme la lui prit des mains et l'inspecta comme si c'était une chose qu'elle avait extraite de la canalisation d'un évier bouché.

Elle la lui rendit en déclarant : « Je suis Mlle Danforth, responsable de toutes ces questions. S'il vous plaît, suivez-moi. »

Mitch expliqua qu'il demandait la liste des employés du dépôt de livres scolaires car il suivait des « pistes de recherche pour un article de fond sur les besoins fluctuants de notre système éducatif moderne », ce qui sembla satisfaire Mlle Danforth.

Il attendit un bon quart d'heure sur une chaise dure dans un couloir étroit. Il avait sauté le déjeuner et son ventre grondait.

Finalement, Mlle Danforth revint avec une douzaine de feuilles de papier à la main. « Vous pouvez prendre des notes, dit-elle, mais ces listes ne doivent pas sortir du bâtiment. S'il vous plaît, retournez-les à la réceptionniste quand vous partirez.

– Oui, naturellement », répondit Mitch, et il attendit que la femme le laisse seul avant de photographier chaque page.

En retournant vers le siège de la police, il tomba sur les bureaux d'un journal local, le *Dallas Monitor*. Une fois à l'intérieur, il s'entretint avec l'un des reporters et demanda s'ils possédaient leur propre labo photo.

« Nous développons nos clichés dans une boutique à deux rues d'ici, répondit l'homme. Allez-y et demandez Louie. Il s'occupera de vous pour deux ou trois dollars. Dites-lui que c'est Ron Cartwright qui vous envoie. »

Louie était un type minuscule avec un cigarillo pas allumé qui ne semblait jamais quitter sa bouche et qui bougeait quand il parlait.

« Je vais le faire tout de suite, dit-il. Il vous faut quoi… un grand format de chacune ?

– Il ne doit y en avoir qu'une demi-douzaine. Ce serait formidable.

– Revenez dans une heure. »

Un sandwich et un café plus tard, Mitch récupéra les photos et retourna voir Shaw.

Il dut attendre un moment car l'inspecteur était soit sorti, soit occupé. Alors Mitch alla boire un autre café plus loin dans la rue.

À peine fut-il assis au comptoir qu'un autre homme entra. Costume sombre, chapeau, allure quelconque, mais il y avait quelque chose en lui qui attira son attention. L'homme prit place dans un box près du fond du restaurant. Il commanda un café, fuma une cigarette, lut un journal. À une ou deux reprises, Mitch leva les yeux vers le miroir derrière le bar et eut la certitude que l'homme l'observait. Il n'aurait su expliquer pourquoi. Il tenta de penser à autre chose, mais ça le tracassait, au point qu'il cessa de parcourir les photos.

De retour au siège de la police, il s'assit dans le hall et examina les clichés : l'hôtel Town Plaza où Jean avait logé au mois de novembre précédent, les maisons de Ruby dans Rawlins et South Ewing, le Carousel, le dépôt de livres scolaires et, finalement, la liste des employés. Le nom de Leland Webster y figurait. Il était enregistré comme « préposé au stockage et aux expéditions ». Peut-être sa mort était-elle trop récente pour que l'information ait été communiquée.

Lorsque Shaw apparut, c'était le milieu de l'après-midi.

« Où êtes-vous allé ? demanda-t-il à Mitch.

– À Dealey Plaza.

– Et ?

– Pas grand-chose. C'est là que se trouve le dépôt de livres scolaires, l'endroit où travaillait Leland Webster.

– Oui, évidemment.

– Alors, vous en dites quoi ?

– Je ne sais que penser, répondit Shaw. Tout ce que nous savons avec certitude, c'est que Jean est venue ici en novembre dernier.

A-t-elle parlé à Ruby ? Je pense que oui. Je crois qu'elle a fait exactement la même chose que vous et l'a traqué, et qu'elle a obtenu l'entretien qu'elle voulait. Ruby a de vagues liens avec Marcello et Civello. Peut-être qu'elle le considérait comme le moyen d'accéder à la pègre de Dallas. Peut-être qu'elle se disait que les mafieux avaient utilisé leur influence au sein des syndicats pour renforcer le vote en faveur de Kennedy. Ou peut-être que Ruby invente tout au fur et à mesure. Vous apparaissez de nulle part, il risque la chaise électrique pour Leland Webster, vous exprimez un intérêt pour une jeune femme qui travaillait dans son club et qui est peut-être morte, et aussi pour une personne à qui il a parlé en novembre dernier. Cette dernière est bel et bien morte, si bien qu'elle ne pourra pas nier tout ce qu'il racontera, alors il se met à déblatérer. Il s'accroche à tout ce qui pourra le tirer de là. »

Mitch ne remit pas en cause les réserves de Shaw, mais il ne les partageait pas. « Alors, qu'est-ce qui se passe maintenant ?

– Rien.

– Comment ça, rien ? Vous avez dit à Ruby que vous alliez voir s'il y avait un marché à conclure.

– Un marché pour quoi ? demanda Shaw. Qu'est-ce qu'il sait ? Rien. Vraiment, je vous garantis qu'il ne sait rien qui présente le moindre intérêt pour vous ou qui que ce soit d'autre. J'ai juste dit ça pour voir s'il balancerait autre chose, et il ne l'a pas fait.

– Donc vous le laissez tranquille.

– Tout à fait. On le laisse paniquer pendant quelques jours. Moins il entendra parler de moi, plus il sera désespéré, et plus il sera susceptible de proposer quelque chose que nous pourrons négocier... ou alors, ainsi que je le soupçonne, il abat ses vraies cartes et il n'a rien.

– Allez-vous ouvrir une enquête sur le possible meurtre de Holly Walsh ?

– Basée sur quoi ? Les rumeurs colportées par Ruby ? Je n'ai pas de corps, Mitch. Comment je mène une enquête quand il n'y a absolument aucune preuve qu'un meurtre a été commis ?

– Alors traitez ça comme une affaire de disparition.

– Personne n'a signalé sa disparition. Je suis employé par la ville. J'ai de vrais meurtres et de vrais signalements de disparition, et ce n'est pas moi qui choisis ce sur quoi j'enquête. Tant qu'il n'y aura pas quelque chose de spécifique et de concret qui me dise que Holly Walsh est morte, je ne peux vraiment pas faire grand-chose. »

Mitch resta un moment silencieux, puis il regarda Shaw. « Vous avez dit que vous ne pensiez pas que Jean se soit suicidée. Le croyez-vous toujours ? »

Shaw détourna les yeux puis les reposa sur Mitch. Il ouvrit la bouche comme pour parler, mais ne dit rien.

« Vous devez prendre position, déclara Mitch. D'une manière ou d'une autre, vous devez me dire ce que vous pensez.

– Pourquoi ? demanda Shaw. Pourquoi devrais-je vous dire quoi que ce soit ?

– Parce que vous et elle avez eu une liaison. Je le sais, et je sais que votre femme sait ou soupçonne qu'il s'est passé quelque chose.

– Ce que ma femme…

– Nelson, arrêtez de vous faire des illusions. Je ne suis pas stupide. Il est arrivé quelque chose en novembre dernier. Je ne sais pas quoi, et je ne vous demande pas de me le dire. Bon sang, même si je vous le demandais, vous ne me le diriez pas. Que savons-nous ? Nous savons que Jean est morte. Nous savons aussi qu'elle est venue ici et a traqué Ruby pour obtenir des informations qu'elle pensait être en sa possession. Peut-être qu'il s'agissait de l'élection, peut-être qu'il s'agissait de cette autre fille, Holly. Tout ce que je sais, c'est qu'il a peur. Oui, il est tout à fait possible qu'il ait tué Leland Webster et fasse tout ce qu'il peut pour éviter le couloir de la mort. Ou peut-être que c'est autre chose. Webster travaillait au dépôt de livres scolaires. Ce bâtiment domine l'itinéraire emprunté par le cortège de Kennedy. Ses amis communistes et lui planifiaient-ils une manifestation à cause de Cuba ? Ses copains de la pègre ont-ils dit à Ruby de tuer

Webster, et dans ce cas, pourquoi si longtemps après la venue de Kennedy ?

– Une aiguille dans une botte de foin, répliqua Shaw. Tout ça, ce ne sont que des on-dit, des rumeurs et des suppositions colportés par un homme qui tient un club de strip-tease et qui ne paie pas ses amendes de stationnement.

– Et si c'était en partie vrai ? Faut-il que quelqu'un d'autre meure pour que vous envisagiez la possibilité qu'une élection truquée, le prétendu suicide de Jean et le meurtre de cette Holly Walsh soient liés ?

– Alors, qu'est-ce que vous attendez de moi, exactement ? demanda Shaw.

– Je veux que vous répondiez à ma question, inspecteur. Croyez-vous honnêtement que Jean, seule dans son appartement, a avalé suffisamment de cachets pour se tuer ? »

Shaw resta un moment immobile, puis se tourna vers Mitch.

« Non, répondit-il, d'une voix lente et assurée. Non, je ne le crois pas. »

38
18 juillet 1964

Après la chaleur étouffante de Dallas, Washington fut un soulagement rafraîchissant.

Mitch atterrit à Richard E. Byrd et récupéra sa voiture à Richmond. Il songea à rouler jusqu'à West Haven pour voir la mère de Jean – c'était sur le chemin de Washington et constituait à peine un détour –, mais il ne se sentait pas capable de lui faire face. Il l'appellerait, voilà ce qu'il ferait. Lundi, peut-être mardi. Il lui dirait qu'il continuait d'enquêter, qu'il continuait d'essayer de comprendre et que, dès qu'il aurait de véritables informations, il le lui ferait savoir.

C'était le point essentiel. Le besoin de *véritables* informations. Il était journaliste et il n'avait même pas de quoi remplir un simple paragraphe dans un reportage. Rumeurs, on-dit, suppositions, conjectures, la possibilité d'une mince coïncidence. Rien de concret, rien de prouvable, rien de solide.

Le chat l'accueillit avec enthousiasme, et avant même qu'il ait posé son sac et ôté sa veste, l'animal se frottait à ses jambes et ronronnait.

Il le souleva.

« Mitch, dit-il. Tu comprends que le fait que nous ayons le même prénom rend la conversation un peu délicate. »

Le chat le regarda avec une expression qui ne pouvait être traduite que comme de la perplexité.

« Nous avons tous les deux besoin de manger », ajouta-t-il, et il reposa le chat.

L'appartement sentait le renfermé. Il ouvrit les fenêtres et vida la poubelle. Il avait faim, mais il n'y avait rien dans le réfrigérateur.

Alors qu'il sortait pour se rendre à l'épicerie, il s'aperçut que quelque chose avait changé. Une semaine plus tôt, il se serait dit : *Rien à foutre* et aurait ouvert une bouteille de bourbon. Deux ou trois petits verres et une poignée de crackers salés auraient fait l'affaire. Mais plus maintenant. Il voulait de la vraie nourriture – un steak, des œufs, du café fraîchement moulu –, et il allait se la préparer lui-même.

Tandis qu'il revenait du magasin avec un sac rempli de provisions, il tomba sur Tom.

« L'enfant prodigue est de retour, dit le barman. Et, mon vieux, tu es sacrément populaire ces jours-ci. On dirait que la moitié du monde te cherche. »

Mitch s'arrêta de marcher.

« J'ai l'impression de devenir ton secrétaire. J'ai eu deux flics qui voulaient te voir. Quelqu'un d'un journal. Deux autres types en costume se sont pointés avant-hier et je n'ai vraiment pas compris qui ils étaient. » Tom eut un sourire entendu. « Je suppose que tu t'es mis dans le pétrin.

– Je me suis embarqué dans quelque chose que je ne comprends même pas. »

L'expression de Tom passa de la nonchalance à la préoccupation. « Ça va ? Tu as des ennuis ?

– Non, pas d'ennuis, répondit Mitch.

– Sûr ? Je peux faire quelque chose pour t'aider, à part nourrir le chat ?

– Non, c'est bon, mais merci de proposer, et merci de t'être occupé de lui. Est-ce que ces personnes ont laissé des noms ou des numéros ? »

Tom secoua la tête. « Non, pas un seul, ce qui m'a semblé étrange. Ils m'ont tous dit de ne pas m'en faire, qu'ils te retrouveraient ailleurs.

– Eh bien, ça change, pas vrai ? Tout à coup, je suis le principal centre d'intérêt.

– C'est en effet l'impression que ça donne. Reviens plus tard. Tu me raconteras ce qui se passe, OK ?

– Ça marche, Tom. »

Mitch poursuivit son chemin. Il espérait que l'anxiété qu'il avait soudain éprouvée n'avait pas sauté aux yeux de Tom. La police, un employé d'un journal, des hommes non identifiés en costume, tous rôdant dans le bar qu'il fréquentait et s'enquérant de lui sans jamais laisser ni message ni nom. C'était pour le moins troublant.

Il prépara son repas et mangea avec un appétit quelque peu diminué. Contrairement au chat qui, lorsqu'il en eut fini avec sa propre nourriture, bondit sur la table pour voir ce qui était encore disponible.

Mitch coupa un petit morceau de hamburger et le lui tendit. Le chat sembla indifférent. Il le posa sur la table et l'animal joua avec un moment.

« Quand on mendie, faut pas être difficile, déclara Mitch. Enfin bref, on a probablement des choses à se raconter, toi et moi, non ? »

Le chat leva les yeux, le regarda fixement, et Mitch eut la nette impression qu'il comprenait ce qu'il venait de dire.

Il sourit, lui caressa la tête.

« Donc, j'ai quelques ennuis, mais si tu me demandais de quel genre, je ne pourrais pas te le dire. Je ne m'attendrais pas à ce que tu comprennes… »

Le chat inclina la tête, le regarda de travers. Mitch éclata de rire.

« OK, désolé… peut-être que tu comprendrais parfaitement. Je t'explique. Jean s'est rendue dans le Texas et a retourné quelques pierres, et maintenant je me dis que ça risque de nous mener jusqu'à la Maison-Blanche. » Il marqua une pause. « Qu'est-ce que t'en dis, mon ami ? Tu crois que c'est le genre de problème dont on a besoin ici ? »

Le chat cligna des yeux.

Mitch se pencha en avant, souriant.

« Pour que notre relation fonctionne, surtout si tu dois être mon confident et conseiller, je vais avoir besoin que tu sois un peu moins vague dans tes réponses, OK ? »

Le chat s'étendit sur la table et attendit qu'il le caresse. C'était une invitation qui ne pouvait être refusée.

Lorsqu'il eut débarrassé les assiettes, il appela Lester Byron et lui demanda s'il serait possible de passer pour lui parler.

« Je sais bien qu'on est samedi, mais c'est important, expliqua-t-il.

– Je travaille tous les jours qui comportent un *di*, répondit Lester. Les nouvelles ne s'interrompent pas pendant le week-end, comme vous le savez bien. »

Ils se rencontrèrent à midi dans le bureau de Byron au *Tribune*. Mitch aurait préféré ailleurs, un endroit neutre sans lien avec le journal, mais pour le moment il n'était pas d'humeur à accorder trop d'importance à de récents événements inexpliqués.

Il se rappela leur précédente conversation à propos des circonstances qui avaient mené à la démission de Jean – l'article sur l'alcoolisme de Ken O'Donnell dans lequel elle se demandait si la mairie de Chicago avait bien retenu le résultat de l'élection jusqu'à ce que les autres zones aient annoncé les leurs. Cette discussion avait simplement eu lieu dix jours plus tôt, et pourtant c'était comme si des mois, voire des années, s'étaient écoulés.

« Alors..., commença Lester.

– Alors je suis allé à Dallas.

– J'en ai bien conscience, Mitch. Vous m'avez appelé mardi dernier. »

Mitch sentit de la réticence dans l'attitude de Lester. Le simple fait que les flics lui aient parlé de Jean et aient laissé entendre que Mitch n'était pas disposé à entrer en contact avec eux l'avait peut-être rendu nerveux.

« Je voulais juste vous dire comment ça se passait, c'est tout, poursuivit Mitch. Et je voulais apaiser votre conscience à propos de... eh bien, à propos du fait que vous ayez dû vous séparer de Jean.

– Vous avez découvert des choses ? demanda Lester, se penchant en avant.

– Quelques-unes, oui.

– Comme ?

– Eh bien, tant que je n'aurai pas d'éléments plus concrets, je ne veux pas vraiment en parler. Je n'écoute pas les rumeurs, et je n'aime pas les relayer. Cependant, juste entre vous et moi, je suis sûr que le fait que Jean ait perdu son emploi n'a pas contribué à son suicide. J'en suis réellement certain. »

Le soulagement de Lester fut immédiatement visible dans son attitude. C'était comme si une corde s'était détendue quelque part en lui. Il se renfonça sur sa chaise, inspira, exhala lentement. Il ferma les yeux un moment puis s'éclaircit la voix. « Merci de me dire ça, Mitch. Ça me troublait vraiment.

– Nous sommes dans le même bateau, Lester. Je l'ai bien plus trahie que vous. Certes, c'était il y a près de quinze ans, mais le fait qu'elle se soit suicidée… eh bien, je crois qu'il faut bien plus qu'un seul déclencheur pour provoquer un tel acte. »

Mitch ne voulait pas dire ce qu'il croyait réellement. Pour le moment, il préférait garder ses soupçons pour lui. « Enfin bref, pour ce qui est de Dallas, je crois qu'elle a un peu fouiné. Mais ce qu'elle a découvert, je ne peux pas vraiment vous le dire.

– Et le fait qu'elle n'ait pas écrit l'article signifie qu'elle n'a pas trouvé ce qu'elle cherchait ?

– En effet, je ne pense pas qu'elle l'ait trouvé.

– Et maintenant ?

– Je continue, mais pour moi. Bien que je n'aie pas la hargne de Jean, il reste des questions sans réponses, et pour ma tranquillité d'esprit, j'aimerais les élucider.

– Oui, oui, évidemment.

– Ce que je voulais savoir, c'était si vous aviez quelqu'un à Dallas en novembre dernier.

– Bien sûr. Nous envoyons toujours quelqu'un pour couvrir les voyages présidentiels. C'est la base quand on est un journal à Washington. Tout tourne toujours autour du président.

– Et c'était qui ?

– Vous connaissez Bill Sandford ?

– Bien sûr, oui. Il travaille toujours ? »

Lester sourit. « Bill Sandford cassera sa pipe à son bureau à quatre-vingt-cinq ans en essayant de terminer un article. Il connaît plus de monde et a vu plus de présidents en poste que n'importe quel reporter à Washington.

– Vous pensez qu'il accepterait de me parler de son voyage à Dallas ?

– Sans le moindre doute, répondit Lester. Je crois que Bill n'aime rien tant qu'écouter le son de sa propre voix.

– Eh bien, s'il pouvait m'accorder un peu de temps, je lui en serais très reconnaissant. »

Lester se leva. Mitch l'imita. Comme ils atteignaient la porte, il déclara : « Oh, une dernière chose avant que j'oublie. Vous ne vous souviendriez pas par hasard du nom du second policier qui est venu vous voir ? Il y avait l'inspecteur Franks et… »

Lester eut une expression pensive, puis il secoua la tête. « Désolé. Pour être honnête, il ne s'est peut-être même pas présenté. Je ne faisais pas trop attention. J'avais cent choses sur le feu.

– OK, merci. Je vais devoir contacter Franks, alors. Pour lui faire savoir que je suis rentré et voir s'il a des questions à me poser. Ils ont dit de quel commissariat ils venaient ? »

Lester eut l'air confus. « Je suis désolé. Les flics débarquent, ils vous montrent leur plaque, vous répondez à ce qu'ils vous demandent et ils disparaissent. Comme j'ai dit, j'étais débordé, et c'était vous qu'ils cherchaient, pas moi.

– Je suis sûr que je le trouverai sans difficulté », dit Mitch, mais il aurait mis sa main à couper que l'inspecteur Franks n'existait pas.

39

« Je l'appréciais beaucoup, déclara Bill Sandford. Mais dans le boulot, c'était un bâton de dynamite. Aussi susceptible de lui arracher la main que d'atteindre sa cible. » Il se renfonça sur sa chaise. Ses yeux étaient vieux, sages, fatigués. « Une triste histoire. Vraiment, une bien triste histoire. »

Le bureau dans lequel ils se trouvaient attestait une vie extraordinaire. Sandford était une légende à Washington. Sa carrière remontait aux derniers mois de la présidence de Woodrow Wilson au début de 1921. À l'époque, il était jeune reporter au *Times*. En 1939, Cissy Patterson – dont la famille possédait le *Chicago Tribune* et le *New York Daily News* – avait racheté le *Times* et le *Herald* à William Randolph Hearst. Le *Times-Herald* était né, et à part un bref passage au *Post* à la fin des années 1940, Sandford était resté au journal jusqu'à ce qu'il mette la clé sous la porte en 1954. Depuis, il était rédacteur politique au *Tribune*, et même s'il était censé être éditorialiste, il manquait rarement une conférence de presse à la Maison-Blanche. Sa signature accompagnait la vaste majorité des reportages sur le Capitole. Il avait vu Warren Harding, Calvin Coolidge, Hoover, Roosevelt, Truman et Eisenhower prendre et quitter leurs fonctions. La rumeur affirmait que nombre d'employés et de porte-paroles de l'aile ouest de la Maison-Blanche consultaient les colonnes de Sandford pour découvrir ce qui se passait réellement dans leur propre camp.

« Vous vous êtes rendu à Dallas pour couvrir le voyage présidentiel, dit Mitch.

– J'y suis allé pour parler à Yarborough et à Connally, répondit Sandford. Quand vous avez le gouverneur et le sénateur d'un État qui passent leur temps à se crêper le chignon, surtout quand il s'agit d'un État qui a été remporté avec une marge de deux pour cent... eh bien, leurs conseillers vont leur dire d'aller serrer des paluches et de raconter des choses gentilles sur les péquenauds. »

Mitch sourit. Sandford lui plaisait. C'était un journaliste pragmatique qui en avait suffisamment vu et entendu pour ne plus avoir peur de rien et se foutre de sa propre réputation.

« Pourquoi se disputaient-ils ?

– Pour de nombreuses raisons. Opinions politiques différentes, personnalités incompatibles, qui sait ? En tout cas, le torchon brûlait. Le clan Kennedy estimait de toute évidence que la seule manière de régler ça était d'aller là-bas en personne et de les remettre dans le droit chemin. La chose que vous devez comprendre, c'est que l'est et l'ouest du Texas sont presque deux États différents. Le Texas a une population anticatholique. Il a une population anti-droits civiques et anti-intégration. Nixon a eu de bons résultats dans la *panhandle*, dans la région des collines, dans le comté de Harris et les zones de Dallas et Fort Worth, mais le fermier texan moyen ne fera jamais confiance à quelqu'un qui ne porte pas des bottes et une chemise à carreaux, surtout s'il n'est pas texan. Malgré le fait que Kennedy ait eu Johnson avec lui, et que Johnson soit né dans une ferme à Stonewall, de nombreux Texans continuent d'estimer que les politiciens sont tous des baratineurs. L'attitude principale, surtout dans l'Ouest, c'est que les hommes politiques disent qu'ils sont là pour servir le peuple, alors qu'en fait ils sont là pour se servir eux-mêmes. Mais au Texas, il y a aussi des Mexicains, et ils se sont ralliés à la minorité catholique. Ça n'avait pas été le cas pour Hoover en 1928, mais ça a suffi pour Kennedy.

– Qu'est-ce que vous pensez de lui ? »

Sandford esquissa un sourire triste. « Ce que je *pense* de Kennedy ? J'essaie de penser à lui aussi peu que possible. » Il marqua une pause. « Je crois que c'est un politicien. »

Mitch sourit d'un air compatissant.

« La politique, c'est de la vente. Vous voyez la propagande. Bon sang, on la propage même dans le journal. Vous avez les histoires de droits civiques et le discours de l'American University à propos de la paix et tout, mais on ne nous parle pas des ratages. Kennedy a menti en 1960. Là, à la télé, pendant le débat entre les candidats à la présidentielle. Lui et Nixon parlaient de la course à l'espace et des Soviétiques. Kennedy a dit qu'on avait besoin d'une production de fusées à la hauteur de la leur. Bon sang, on en avait déjà cent fois plus. Si Ike s'était manifesté et avait dit au peuple que Kennedy racontait n'importe quoi, ça aurait pu être une élection très différente – et Joe Kennedy n'aurait pas pu l'acheter. Puis il y a eu l'invasion de Cuba. Kennedy a ordonné à la CIA de monter ce coup, et quel fiasco ça a été ! Il s'est ridiculisé devant le monde entier. Ensuite il va voir Khrouchtchev à Vienne. Il aggrave la situation et le mur est construit à Berlin. Vous savez que c'est ironique, mais la seule chose qui a sauvé Kennedy, c'est le fait que ce mur ait été érigé, car il signifiait que les Soviétiques ne franchiraient pas leur propre frontière. S'ils l'avaient fait, la guerre froide serait très vite devenue très chaude. »

Sandford se renfonça sur sa chaise. Elle grinça sous lui. « JFK défie le *statu quo*. Il défie les grosses huiles de l'armée. Il est le seul à dire que nous ne devons pas ravager Cuba à coups de bombes. Ça ne s'arrête jamais. Il est imprévisible. Pour le moment, sa popularité est basse, et il y a certaines personnes très importantes qui craignent que les démocrates se fassent éjecter de la Maison-Blanche à la fin de l'année. »

Mitch éprouva un certain malaise. Bill Sandford, l'un des journalistes politiques les mieux informés et les plus respectés de Washington, exprimait certaines pensées que lui-même avait à propos du président des États-Unis.

« Vous pensez que l'élection était truquée ?

– Je crois que le jeu dans sa totalité est truqué.

– C'est-à-dire ?

– C'est-à-dire que, pour arriver ne serait-ce qu'au seuil du Bureau ovale, un homme doit déjà avoir vendu son âme une douzaine de fois au plus offrant. La présidence est une pièce de théâtre ; le président est un personnage qui a été choisi. Il y a de nombreux metteurs en scène, de nombreux producteurs, et il est rare qu'ils soient d'accord sur l'intrigue. Le monde est le public, et au lieu de s'en tenir au scénario, chacun improvise en fonction de la réaction des spectateurs. Ce qui, si j'en crois mon expérience, donne un divertissement très déroutant et peu satisfaisant. »

Mitch s'esclaffa.

« Vous pouvez rire tant que vous voulez, jeune homme, mais je dis la vérité. Ça fait un bon bout de temps que je suis ici, et il n'y a rien que ces gens puissent dire que je n'aie déjà entendu.

– Donc vous pensez qu'elle était truquée ?

– Est-ce ce sur quoi Mlle Boyd enquêtait ?

– Oui.

– Et maintenant vous marchez dans ses pas incertains mais tenaces ?

– Incertains ?

– Je ne crois pas qu'elle savait ce qu'elle cherchait. Je me rappelle lui avoir parlé. Elle voulait rencontrer O'Donnell, peut-être Salinger. Elle ne savait même pas à qui s'adresser, et si elle avait eu l'opportunité de leur parler, je ne sais pas si elle aurait eu les bonnes questions. Elle était à l'hôtel, au bureau de presse, elle a disparu une journée, puis elle a réapparu au bar avec l'air de ne pas avoir dormi depuis qu'elle était arrivée. Elle était sur les nerfs, ça se voyait.

– Je crois qu'elle voulait obtenir les commentaires des membres du cercle rapproché à propos de la controverse liée à l'élection.

– Eh bien, je peux vous dire qu'elle n'avait pas la moindre chance d'approcher à moins d'un kilomètre de ces gens, si telle était son intention. Ils n'aiment pas les surprises, et ils n'aiment certainement pas les personnes qui viennent braquer les projecteurs dans leurs placards. Ils prennent bien soin de gentiment garder le silence. Bien sûr, je peux le comprendre. Ils ont la responsabilité de maintenir le navire à flot et ils ne veulent pas que le premier journaliste venu ou n'importe quelle autre crapule perce des trous dans la coque, n'est-ce pas ?

– Vous pensez qu'il va rester en poste ? »

Sandford se pencha en avant. « Donnant-donnant, jeune homme. Dites-moi ce que vous avez.

– Les auditions du comité d'éthique à propos de l'élection, des rumeurs concernant sa santé, des allégations de nombreuses liaisons, une impression de faiblesse dans ses tractations avec Khrouchtchev, le fiasco de la baie des Cochons...

– Vous pensez qu'il est le seul dans ce cas ? Bon sang, tous les foutus présidents que j'ai vus ont connu des situations semblables.

– Mais nous avons la télé et une bien plus grande couverture médiatique qu'avant. Les gens sont au courant de ce qui se passe. Ils en parlent. Ne serait-ce qu'il y a dix ans, il était bien plus simple de garder les choses secrètes.

– Vous êtes un type intelligent, déclara Sandford, mais vous êtes aussi très naïf... et le plus intéressant est que vous l'êtes de la même manière que Jean Boyd.

– Naïf ? Comment ça ? »

Sandford resta un moment silencieux, puis il déclara : « Il y a un piège. Il est rare qu'on le voie avant d'être coincé. Vous avez une idée, vous la suivez. Vous pensez être sur une piste. Vous devenez trop obsédé par cette unique idée et vous commencez à voir des connexions entre les choses. Vous voyez des liens qui n'existent pas, presque comme si vous vouliez tellement que votre théorie originale soit vraie que vous manipulez tout pour que ça concorde plutôt que le contraire.

– Vous croyez que c'est ce qui est arrivé à Jean ?

– Je ne sais pas ce qui lui est arrivé, monsieur Newman, mais je connais la situation que je viens de décrire. » Sandford soupira doucement. « Elle et moi, nous nous sommes parlé à Dallas.

– Quand ?

– Le jour où Kennedy est arrivé à Love Field. Elle était là, j'étais là. Bon sang, un millier de personnes étaient là. Je savais qui elle était, et je savais ce qu'elle cherchait. J'ai été franc. Je lui ai dit qu'elle avait intérêt à être sûre de ce qu'elle faisait parce que c'était un animal féroce avec de grands crocs et que vous ne pouviez pas le titiller éternellement. Un jour il se réveillerait et rendrait coup pour coup.

– Vous croyez qu'elle s'est mis des gens à dos ?

– Je le sais. Ken O'Donnell m'a montré une liste de personnes, d'organisations, et de Dieu sait quoi d'autre, qui étaient bannies par les démocrates. Notre Mlle Boyd y figurait au milieu des sympathisants communistes, du KKK et de tous les autres cinglés qui avaient pris en grippe Kennedy et son cirque de gauchistes progressistes partisans de l'égalité des droits et bien décidés à trahir les braves gens pieux de cette grande nation.

– J'ai du mal à croire qu'une journaliste... » Mitch s'interrompit en milieu de phrase. Il savait qu'il montrait exactement le genre de naïveté dont Sandford avait parlé.

« Des journalistes ont renversé des gouvernements, déclara ce dernier, et je suis sûr qu'ils recommenceront. »

Les pensées se télescopaient dans la tête de Mitch, si souvent contradictoires, si souvent sans réponses. Finalement, il releva les yeux. « Donc, si vous étiez moi, que feriez-vous ?

– Je me poserais une question bien précise.

– Laquelle ?

– Que suis-je vraiment en train d'essayer d'accomplir ? Répondre aux questions qui entourent la nature et les circonstances du décès de Jean, ou tirer sur le fil qu'elle pensait tenir, persuadée qu'elle ferait tomber une administration en poste ?

– C'est ce qu'elle essayait de faire ?

– Il me semble que tout le monde cherche à faire la même chose.

– Et qu'est-ce que c'est... à part trouver un peu de bonheur ?

– Trouver un peu de bonheur ? »

Sandford lâcha un rire sec. « Ce n'est pas ce que les gens essaient de faire, monsieur Newman. Ils veulent être entendus. Ils veulent que les autres sachent qu'ils sont là et qu'ils ont quelque chose à dire. C'est tout. Ils veulent juste savoir qu'ils comptent. »

40

De retour dans son appartement, Mitch appela plusieurs commissariats de police dans l'espoir de trouver l'inspecteur Franks. Il commença par ceux qui étaient les plus proches des locaux du *Tribune*, puis s'éloigna de plus en plus. Après une heure, il avait fait chou blanc. C'était ce à quoi il s'était attendu. Évidemment, Lester avait pu mal entendre, mais Mitch ne le pensait pas. Il savait que l'inspecteur Franks n'existait pas plus que l'Andrews du *Tribune* qui avait pris les papiers de Jean dans la maison de West Haven.

Ça ne faisait plus aucun doute, des gens le cherchaient. Qui qu'ils soient, s'ils voulaient lui parler, c'était forcément lié à ce qu'il faisait. Il ne pensait pas que le problème cessait avec la mort de Jean, ni même avec celles de Leland Webster et Holly Walsh. Ça allait plus loin que ça, et c'était ce qui avait obsédé Jean.

Il repensa à l'homme dans le restaurant à Dallas, aux personnes qui s'étaient enquises de lui dans le bar de Tom. La paranoïa était une chose dangereuse. Peut-être était-ce ce que Sandford avait en fait essayé de lui dire. Oui, elle s'était emparée de Jean, mais elle s'était également emparée de Mitch.

Si ceux qui le cherchaient n'étaient pas de la police, alors qui étaient-ils, et que cherchaient-ils à empêcher ? La question de Sandford avait été la seule pertinente. Tentait-il de découvrir ce qui était arrivé à Jean ou voulait-il achever ce qu'elle avait commencé ? S'était-il rendu à Dallas avec le simple espoir d'en apprendre plus sur l'élection avant de développer une obsession pour Holly Walsh ? Et la disparition de celle-ci était-elle liée à Kennedy ou à quelqu'un de son camp ? Si elle avait été assassinée, était-ce à cause de ce qu'elle savait ? Avait-elle vu ou entendu quelque chose, peut-être lors d'une des réunions politiques auxquelles Webster avait participé ? En avait-elle fait part à Ruby, et ce dernier aurait tué non seulement Webster, mais également Holly ? Webster était manifestement un solitaire. Un célibataire avec un boulot mal payé, mais le hasard avait voulu que son lieu de travail domine l'itinéraire que le cortège de Kennedy avait suivi en novembre 1963.

Mitch s'attarda sur ce point. Ruby. Civello. Marcello. Le crime organisé à Dallas. Des réunions de communistes au Carousel. Holly s'était trouvée là, puis elle s'était évaporée et on la croyait morte. Webster avait été tué par une arme enregistrée au nom de Ruby. En soi, ça ne prouvait rien, mais le simple fait que l'arrestation de ce dernier ait ouvert cette boîte de Pandore suggérait des liens qui n'avaient pas encore été identifiés. Ruby avait fait volte-face dès qu'il avait appris la mort de Jean. Soit ce retournement avait été purement opportuniste de sa part, soit c'était très important.

Cette affaire allait-elle bien au-delà d'une simple enquête sur une élection truquée ? Touchait-elle à quelque chose d'assez sérieux pour justifier le meurtre de trois personnes ?

Qu'avait découvert Jean ? En avait-elle même eu conscience ?

Mitch se sentait troublé et anxieux. Il n'aimait pas du tout la direction que prenaient ses réflexions, mais la destination semblait étrangement inévitable. Il mit un moment à tout résumer sur papier, à lister les questions qui selon lui avaient besoin de réponses. Il n'avait pas la moindre idée de l'état d'esprit dans lequel s'était trouvée Jean au cours des jours et des semaines qui avaient précédé sa mort. Ce qu'il avait vécu entre l'époque de leur liaison et le présent l'avait irrévocablement changé, à tel point que Jean n'aurait peut-être pas reconnu l'homme qu'il avait été autrefois. Peut-être la même chose s'était-elle produite avec elle. S'il l'avait rencontrée deux ou trois mois plus tôt, qu'aurait-il trouvé ? Lester l'avait renvoyée – que son départ ait été qualifié de démission ou non –, et un tel événement avait dû être dévastateur pour elle. C'était une femme fière et indépendante. S'était-elle lancée dans une croisade pour récupérer son emploi ? Avait-elle tenté de dénicher un scoop, une exclusivité qui lui aurait valu tellement d'attention qu'il aurait été impossible pour le *Tribune* – ou un autre journal – de l'ignorer ? Est-ce que ça avait été la dernière manœuvre d'une femme désespérée qui craignait – comme l'avait dit Sandford – que sa voix ne soit plus entendue, qui avait peur de ne plus compter ?

Et dans sa tentative de trouver quelque chose, *n'importe quoi*, avait-elle relié des fils qui ne pouvaient pas être reliés, avait-elle donné foi à des rumeurs, extrapolé une réalité à partir de ragots qui n'étaient ni factuels ni exacts ? En vérité, que savait Mitch d'elle, de sa façon de travailler, de ses intentions, de ses objectifs ? Rien. Voilà ce qu'il savait.

C'était un moment difficile pour lui, et il ne pouvait pas le contourner. Sa vie depuis la Corée n'avait été qu'une succession d'évitements, mais ça devait cesser. La question devait être posée et elle exigeait une réponse. Il ne pouvait pas faire comme si tout ça n'était pas très réel, et potentiellement très dangereux.

Jean Boyd s'était-elle donné la mort parce que sa confiance en elle-même avait été détruite, parce que sa carrière était terminée, parce que l'avenir était tellement sombre qu'elle ne pouvait pas l'affronter ? Ou bien était-elle morte parce qu'elle regardait de trop près une chose qui devait à tout prix rester cachée ?

Avait-elle sauté ou l'avait-on poussée ?

Et si on l'avait poussée, qui l'avait fait, et pourquoi ? Holly avait-elle également été poussée, de même que Webster ? Ruby était-il derrière tout ça, ou bien connaissait-il le responsable ? Prévoyait-il à cet instant même d'utiliser cette information pour assurer sa propre survie ?

Que s'était-il réellement produit à Dallas en 1963 ?

Mitch savait que la réponse à cette question déterminerait ses actions à venir, et les obstacles auxquels il serait confronté.

41

Judith Wagner se leva tard le samedi matin. Depuis une semaine, elle souffrait d'un rhume de cerveau et était épuisée. Cette fatigue intense ne semblait pas uniquement physique, elle éprouvait une sensation persistante de lassitude mentale et émotionnelle qui l'accompagnait chaque jour. Elle avait cru que ça passerait, à tort. À vingt-huit ans, elle avait l'impression d'en avoir soixante. La perspective de fêtes et de dîners, l'idée de devoir être constamment enjouée la répugnait. Après tout, elle était une enfant de la campagne. La fille d'un éleveur de bétail du Midwest, élevée parmi les black angus, les holsteins et les shorthorns. Washington était le centre d'un monde bruyant et agité, mais sa nature l'avait toujours poussée à se retrancher dans des coins plus tranquilles. Les circonstances qui l'avaient menée là constituaient en elles-mêmes toute une histoire, mais elle était en ville depuis suffisamment longtemps pour comprendre que ce qu'elle avait cherché était superficiel et, au bout du compte, dénué de sens.

L'appartement qu'elle occupait ne lui appartenait pas. Il n'était pas loué à son nom, et hormis ses vêtements, qui lui avaient tous été offerts, il y avait très peu de choses pour indiquer qu'elle y vivait. Au début, elle y avait passé très peu de nuits, mais quand la nouveauté qu'elle représentait avait commencé à s'émousser, elle s'était mise à y rester plus fréquemment, prenant soin de ne jamais être trop loin du téléphone, de laisser la porte de la salle de bains ouverte quand elle se douchait, constamment prête pour l'inévitable convocation. Naturellement, ces convocations étaient devenues de plus en plus rares, et elle savait qu'il serait bientôt temps de rassembler ses quelques possessions et de retourner dans le Kansas. Comme Dorothy.

Elle parlait à sa mère au moins une fois par semaine. Son père, fermier jusqu'au bout des ongles – dur, laconique, sérieux, pragmatique –, trouvait répréhensible qu'elle vive seule à Washington, sans mari ni source de revenus claire, et qu'elle débarque pourtant à la maison à l'improviste dans des tenues inappropriées, des cadeaux hors de prix offerts par des citadins, qu'elle portait à Thanksgiving, à Noël, et même les jours qui n'avaient pas la moindre importance. Il estimait qu'elle tentait de se racheter d'une faute que personne n'avait jamais évoquée à voix haute, et il n'était pas disposé à pardonner. La dernière fois, il lui avait parlé froidement, et ça remontait à plus de six mois.

« Je ne sais pas ce que tu fais et je ne veux pas le savoir, avait-il déclaré. Je vois ce que je vois. Tu ressembles à une Jézabel, et je n'ai pas élevé mon enfant comme ça. Tu crois que tu peux revenir quand ça te plaît ? Tu nous as quittés, ma fille. Tu nous as quittés, moi, ta mère et tes frères et sœurs, et tu es partie trouver ce que tu pensais chercher, mais je vois bien que tu n'es pas heureuse. Tu crois que je suis aveugle, mais tu te trompes. Quand tu reviendras pour de bon, car je sais que tu le feras, tu pourras pleurer sur mon épaule et me dire ce que tu voudras me dire. Mais en attendant, je préfère que tu me laisses en dehors de tout ça. »

Sa mère l'avait consolée, sans toutefois contredire son mari.

Elle ressemblait en effet à une Jézabel, et c'était la vie qu'elle menait depuis qu'elle avait quitté le comté de Nemaha avec la certitude vaine qu'elle ne trouverait jamais un sens à sa vie à Topeka ou à Great Bend. La conclusion à laquelle elle était parvenue était que la vie n'avait aucun sens, point final. Elle savait également, comme l'avait depuis longtemps supposé son père, qu'elle finirait par rentrer à la maison. Elle trouverait un mari, aurait des enfants, et elle mourrait quelque part dans un rayon de quinze kilomètres de l'endroit où elle avait grandi.

Une telle idée était à la fois étrange et curieusement réconfortante. La promesse d'un retour chez elle était une force puissante qui l'attirait comme les proverbiales tornades du Kansas.

Elle se traîna hors de son lit peu avant midi. Elle se prépara du café et se tint un moment devant le comptoir de la cuisine. De là, elle voyait la rue. Des enfants jouaient. Des gens discutaient avec leurs voisins. Une femme marchait sur le trottoir en portant une tarte recouverte d'un carré de lin au motif de couleur vive. Elle souriait et semblait parfaitement heureuse.

Judith alluma une cigarette et laissa son esprit vagabonder. Peut-être qu'elle sortirait plus tard. Pas pour aller à un dîner ni à une fête, juste histoire de marcher un peu. Elle porterait une tenue quelconque qui passerait inaperçue, nouerait une écharpe par-dessus ses cheveux, elle oublierait le maquillage et les bijoux et irait quelque part pour le simple plaisir de se promener. Peut-être qu'elle se rendrait dans un grand magasin, boirait un café et mangerait un sandwich dans un restaurant, ferait le genre de choses que les gens ordinaires avec des vies ordinaires faisaient sans même y réfléchir. Être normal. Qu'est-ce que ça voulait dire ? Elle sourit intérieurement.

Elle termina sa cigarette et alla se faire couler un bain. À l'instant où elle tendit la main vers le robinet, le téléphone sonna.

Elle hésita. Et si elle l'ignorait ? Elle se demanda ce qui se passerait. Ils enverraient quelqu'un la chercher, pour voir pourquoi elle se comportait de la sorte, pour lui passer un bon savon.

Ça n'en valait pas la peine. Vraiment pas.

Elle décrocha.

« Une heure, déclara une voix.

– OK », répondit-elle.

La personne raccrocha.

Judith prit son bain. Elle se coiffa, se maquilla, s'habilla. Elle enfila les vêtements qu'elle était censée porter, se brossa deux fois les dents pour ne pas sentir la cigarette.

À deux blocs de son appartement, elle attendit à l'entrée de la gare routière, lisant un magazine. La voiture s'arrêta de l'autre côté de la rue. Elle replia le magazine et le jeta dans une poubelle en partant.

« Où est… »

L'agent des services secrets secoua la tête.

« Montez. »

Judith grimpa dans le véhicule. Elle ne savait pas où elle allait. Il y avait plusieurs endroits possibles. Quand il avait envie d'elle, il l'envoyait chercher. Pas de discussion.

Le chauffeur prit un trajet qu'elle ne connaissait pas, ce qui en soi ne la surprit pas. Elle vivait à Washington depuis deux ans, mais connaissait très peu la ville. La sécurité et une discrétion totale étaient essentielles. Un jour, on l'avait fait tourner en rond pendant près d'une heure avant qu'elle se retrouve à un endroit à un jet de pierre de chez elle.

Elle s'enfonça dans la banquette et ne chercha pas à faire la conversation car ça ne servait à rien.

Le trajet prit vingt minutes, peut-être moins. C'était une nouvelle destination. Elle n'y avait guère prêté attention, mais pour autant qu'elle sache, ils étaient près du port de Southwest Waterfront. Il n'y avait pas d'hôtel, pas d'habitation, juste un simple immeuble de bureaux. La voiture tourna à droite et longea une allée étroite jusqu'à l'arrière du bâtiment. Plus loin se trouvait un garage souterrain. Ils s'arrêtèrent. L'agent sortit, lui ouvrit la portière.

« Il faut que vous montiez », dit-il en désignant sa gauche.

Il appela l'ascenseur, attendit avec elle, et lorsque la cabine arriva, il la fit entrer dedans. Il tendit le doigt vers le panneau et appuya sur le bouton du quatrième étage. Lorsque la porte se referma, il retourna vers la voiture.

Au quatrième, elle fut accueillie par un homme qu'elle n'avait jamais vu. Un type trop vieux pour être des services secrets, massif, avec des lunettes à monture d'acier. Il portait un stéthoscope autour du cou.

Il lui fit un sourire à la fois chaleureux et autoritaire.

« Mademoiselle Wagner, dit-il. Je suis le Dr Portman. Je sais que tout ça a un petit côté film d'espionnage, mais deux membres du personnel ont eu la grippe et nous devons nous assurer que vous êtes en bonne santé avant… eh bien, avant de… »

Judith fut surprise. Savaient-ils qu'elle avait eu un rhume ? L'homme avait un côté très paternel et rassurant, et elle sentit sa gêne.

« Je pense que nous nous comprenons très bien, dit-elle.

– Oui, répondit Portman avec un soulagement évident. Si vous voulez bien venir. »

Judith le suivit. La pièce dans laquelle il l'emmena était clairement un cabinet médical, mais de toute évidence plus adapté aux soins dentaires qu'à la médecine générale.

« Nous utilisons ce qui est disponible, expliqua Portman d'un air un peu confus. J'espère que vous n'êtes pas phobique.

– Avec les dentistes ? Non, aucune phobie des dentistes. » Elle se détendit. « J'ai de bonnes dents solides de fille de la campagne.

– Pourriez-vous ôter votre manteau et retrousser la manche de votre chemisier ? J'ai besoin de prendre votre pression artérielle. »

Judith s'exécuta.

« S'il vous plaît, dit Portman en désignant le fauteuil d'examen, asseyez-vous. Mettez-vous à l'aise. »

Il l'examina, prit sa pression artérielle, sa température, lui posa les questions habituelles sur son bien-être général, son régime, lui demanda si elle faisait de l'exercice.

« Vous semblez en excellente santé, conclut-il. Nous allons juste vous faire une injection contre la grippe et nous en aurons fini.

– Si je ne suis pas malade…

– Je suis désolé, dit Portman. Je ne suis moi-même pas très amateur de piqûres, et je dois en faire tout le temps. Cependant, mieux vaut prévenir que guérir.

– OK », répondit Judith.

De la résignation. C'était son principal sentiment dans tout ce qu'elle faisait. Elle se résignait et acceptait. Il fallait qu'il en soit ainsi. Du moins pour le moment.

Elle s'enfonça dans le fauteuil et se détendit. Le Dr Portman prépara le vaccin. Il fredonnait une chansonnette comme s'il avait oublié qu'elle était là. Il passa un coton-tige imbibé d'alcool sur une petite zone à l'intérieur de son avant-bras, puis tapa légèrement sur l'aiguille et dit : « Détournez le regard si vous ne voulez pas voir. »

Elle ne le fit pas. L'aiguille perça sa peau. Elle regarda le médecin enfoncer le piston et le tube en verre se vider.

« Mieux vaut vous détendre un moment, déclara-t-il. Vous risquez de vous sentir un peu vaseuse dans quelques instants. »

Il sourit avec une telle gentillesse qu'il lui rappela un ami de son père, l'agent d'assurances du comté. Il débarquait tous les trimestres, effectuait son inspection, prenait des notes, et il lui posait toujours des questions sur l'école, sur ses séances d'équitation, lui demandait combien de cœurs de garçons elle avait brisés depuis la dernière fois qu'il l'avait vue.

Elle se sentait un peu étourdie, mais elle savait que ça passerait.

Le Dr Portman lui saisit la main d'un geste très réconfortant.

Pendant un moment, et sans raison explicable, elle crut entendre sa mère lui demander de rentrer pour dîner.

Sa sœur lui proposa de faire la course jusqu'au porche. Elle cria : « Traînarde ! » et s'éloigna à toute allure sans prévenir.

« Tricheuse, tricheuse, tricheuse ! lança Judith, mais sa voix était faible.

– C'est tout à fait normal de se sentir un peu fatigué », déclara le Dr Portman.

Judith sourit. Il avait vraiment l'air tellement gentil.

« Je vais rester avec vous si vous voulez vous reposer un peu », ajouta-t-il.

Elle inspira profondément et ferma les yeux. Elle était tellement lasse, et c'était si confortable ici.

« Merci, dit-elle. Merci, docteur. »

42
20 juillet 1964

On ne parlait aux informations que des émeutes à Harlem. Un lieutenant de police nommé Thomas Gilligan avait tué un collégien de quinze ans du nom de James Powell devant au moins une douzaine de témoins. Une foule estimée à quatre mille personnes avait envahi les rues de Harlem et Bedford-Stuyvesant. Le Congrès pour l'égalité raciale et le Conseil des citoyens noirs étaient aux avant-postes, et Malcolm X avait affirmé qu'il y avait « probablement plus de Noirs armés à Harlem que dans n'importe quel autre endroit sur terre ».

Le premier instinct de Mitch fut de prendre un avion pour New York. Il n'avait rien connu de tel depuis sa décision d'aller en Corée. Le besoin d'être présent ; le besoin de savoir ce qui se passait ; le besoin de voir par lui-même et d'exprimer une opinion.

Il se rappelait avoir déjà ressenti cette même émotion. Il se replongea dans les lettres qu'il avait écrites à Jean, celles du 10 et du 16 janvier 1951.

Parfois on est attiré par quelque chose. J'étais attiré par toi. C'était une force d'une puissance incroyable. Aller en Corée était similaire, mais mes raisons et ma motivation étaient différentes. Mon désir d'être avec toi était physique, émotionnel, peut-être spirituel. Ce qui m'a poussé à me jeter dans une guerre avec un appareil photo et un carnet était totalement différent. C'était lié à qui j'étais, à pourquoi j'étais là, à ma volonté de laisser une trace dans le monde.

Maintenant, je me sens seul, non seulement sans toi, mais presque sans moi-même. J'essaie chaque jour de trouver quelque chose de nouveau, quelque chose qui me réorientera vers la personne que je croyais être au lieu de la personne que je pense être devenu. Je parle à des gens, je vais sur des scènes de crime, je prends des photos, et pourtant tout semble déconnecté. Je participe à une conversation, et c'est comme si je me regardais de loin. Rien qu'hier je suis allé à l'épicerie et me suis retrouvé là à fixer un alignement de conserves sur une étagère. J'avais non seulement oublié ce que je voulais acheter, mais c'était presque comme si j'avais oublié comment l'acheter. Peut-être que ça n'a aucun sens, mais c'est difficile de donner du sens à quelque chose qu'on ne comprend pas soi-même.

Et la lettre suivante :

Comme tu me l'as un jour demandé, si je ne suis pas honnête envers moi-même, comment puis-je l'être avec les autres ? Mais si on ne sait pas qui on est, par où commence-t-on ?

Les lettres dataient de treize ans plus tôt, et pourtant il se rappelait le jour, l'heure, le moment où il avait écrit chacune d'entre elles. Il savait déjà alors que la probabilité que Jean revienne était quasi nulle. Mais il devait essayer. Ça, il en était certain.

Il rangea les lettres. Il en avait relu sept. Il en restait cinq. Il ne savait pas pourquoi il les relisait, si ce n'était pour renforcer sa motivation à découvrir la vérité afin de pouvoir dire à la mère de Jean qu'elle n'avait plus besoin de se torturer avec l'idée selon laquelle sa fille avait été tellement déprimée que la seule échappatoire avait été le suicide.

Et pour lui-même, naturellement. Car il avait trouvé là une réserve de volonté et de détermination qu'il croyait avoir perdue. Mais il ne l'avait pas perdue ; elle dormait simplement quelque part. La Corée et son échec à récupérer Jean lui avaient servi d'excuse pour renoncer à la responsabilité de sa vie. Il avait été d'une tristesse noble, espérant déclencher la compassion chez les autres, et pourquoi ? Depuis, il n'avait fait chaque jour que repousser l'inévitable.

L'appel arriva tandis que Mitch s'apprêtait à quitter son appartement. Il avait l'intention de passer en revue les archives de journaux pour voir s'il y avait un lien entre Ruby et Webster, puis il retournerait à Dallas, irait voir les filles au Carousel et verrait si elles pouvaient lui donner plus d'informations sur Holly Walsh, aussi insignifiantes puissent-elles paraître. Peut-être qu'il pourrait convaincre Shaw de l'aider de façon non officielle. S'ils parvenaient au moins à découvrir d'où elle venait, ils pourraient établir avec certitude qu'elle n'était pas simplement rentrée chez elle. Et dans ce cas, peut-être qu'en retrouvant sa famille ils pourraient obtenir un signalement de disparition et déclencher une véritable enquête. Il était également possible que ça ne donne rien, mais avec Ruby qui refusait de parler et Webster qui était mort, il n'avait pas d'autre piste. De quelque manière qu'il considère les choses, ça représentait un paquet de boulot, mais il devait le faire s'il voulait avancer.

Il était dans le couloir en train de refermer la porte derrière lui lorsqu'il entendit le téléphone. Il retourna dans l'appartement, s'attendant – naturellement – à ce que ce soit Alice Boyd.

« Newman, dit Shaw.

– Inspecteur Shaw, qu'est-ce...

– Je ne suis plus sur l'affaire. Ils ont eu Ruby. Il risque de ne pas s'en sortir. Il a été passé à tabac. Il est dans le coma à l'hôpital Parkland.

– Que...

– Faites ce que vous avez à faire. Je laisse tomber.

– Mais...

– J'ai une famille. Ils l'ont menacée. Ne me rappelez pas, et ne revenez pas à la maison, OK ? »

Mitch était incapable de parler.

« Vous me comprenez ? Ne revenez pas à la maison, ne me contactez d'aucune manière. »

Il raccrocha.

43

Lester s'excusa, mais il refusa de lui avancer de l'argent. « Je ne peux pas prendre cette décision seul, Mitch, dit-il, et je n'ai rien pour les convaincre. Je voudrais vous aider, mais j'ai les mains liées. »

Mitch contacta deux autres rédacteurs en chef qui avaient acheté son travail par le passé. La promesse d'un « gros scoop sur l'administration Kennedy » échoua à déclencher la moindre excitation. Mitch avait la réputation de ne pas être fiable. Il avait trop souvent manqué à ses engagements. C'était ennuyeux, mais cette fois il ne pouvait s'en prendre qu'à lui-même.

Et donc, finalement, il se rendit à une boutique de prêteur sur gages à un bloc et demi de son appartement et marchanda le prix de sa bague de fiançailles.

Cent dix dollars. Ça lui permettrait d'aller à Dallas, de payer un motel, une voiture de location, de la nourriture et tout ce dont il pourrait avoir besoin pendant environ une semaine.

Il prit l'argent.

Ça lui brisait le cœur, mais il n'avait pas d'autre option. Il le prit car il pensait que Jean aurait fait la même chose.

Après quoi il se rendit aux archives de presse nationales. La nouvelle du passage à tabac de Ruby avait renforcé son besoin de savoir quel rôle lui et son club avaient joué dans l'enquête de Jean. L'homme savait quelque chose, et il avait voulu s'en servir pour négocier sa protection. L'avait-il dit à Jean, était-ce ce qui avait mené à sa mort ? Holly Walsh était-elle également au courant, ce qui lui avait valu d'être assassinée ? Ruby était devenu l'élément central. S'il découvrait pourquoi il avait été si important de le réduire au silence, il découvrirait pourquoi il avait fallu que Holly et Jean meurent.

En commençant en janvier 1964, il remonta les éditions du *Dallas Morning News* à la recherche de la moindre référence à Webster ou à Ruby qui pourrait ouvrir la porte sur une nouvelle piste. Même si rien ne suggérait de lien entre eux, Mitch persistait, car s'il ne le faisait pas, ses efforts à Dallas seraient vains et il ne ferait que regretter son manque de patience. Il avait déjà assez de regrets comme ça, et la vie avait le don de les lui rappeler constamment.

Il repéra finalement quelque chose en juillet 1961. C'était l'édition du vendredi, le 21 du mois, et l'article avait été rédigé par un journaliste nommé Don Carlton. Son titre était : « UN GROUPE DE COMMUNISTES FAIT FACE À DES CHARGES ». Il décrivait les événements qui s'étaient déroulés plus tôt dans la semaine lorsqu'un groupe de partisans communistes avait été dissous par la police à la suite d'une dénonciation. La réunion s'était tenue dans une salle à l'étage du Carousel. L'article présentait le propriétaire comme un entrepreneur local du nom de Jacob Rubenstein. Celui-ci, à en croire le compte rendu, avait été averti que sa licence serait révoquée si d'autres réunions de ce genre avaient lieu, car de telles activités étaient contraires à la loi sur le contrôle des communistes de 1951. Ce qui confirmait la réunion au Carousel que Shaw avait évoquée pendant l'interrogatoire de Ruby.

Les membres du groupe – la Ligue communiste du Texas – étaient Joseph Hunter, Leonard Fox, Myriam Turnbull, Isaac Greaves, Marshall Jeavons et Leland Webster.

La Ligue communiste du Texas. Ruby était-il lui-même communiste, ou acceptait-il seulement de l'argent de n'importe qui pour l'utilisation de son établissement, quelle que soit sa couleur politique ?

Mitch recopia les noms. C'était, au moins, une nouvelle piste, et ça prouvait qu'il avait pu y avoir une connexion antérieure entre Webster et Ruby. Mais, une fois encore, ce n'était qu'une supposition. Webster avait pu ne jamais rencontrer Ruby, il avait pu ignorer totalement à qui appartenait le club. Ruby lui-même avait pu ne pas être présent lors de la réunion. La pièce avait pu être louée sous un prétexte fallacieux. Le simple fait que Ruby était le propriétaire avait néanmoins suffi à ce qu'on le menace de lui retirer sa licence.

Faute de mieux, Mitch suivrait cette piste. Il fallait qu'il retourne à Dallas.

Ruby avait eu peur de quelque chose. Il voulait une protection. Il pensait que sa vie était en danger. Il avait refusé d'ajouter quoi que ce soit tant que Shaw ne lui aurait pas garanti l'immunité et la sécurité. Il semblait impossible que ce ne soit pas lié d'une manière ou d'une autre à Jean, à Holly Walsh et au meurtre de Leland Webster. Pour Mitch, le fait que Ruby ait prétendu avoir connu Jean n'était pas simplement un moyen de se tirer d'affaire.

Quoi qu'il ait su, c'était suffisamment important pour que quelqu'un s'en prenne à lui, même au sein d'un établissement carcéral. Les détails de l'attaque n'avaient pas été divulgués. Une fois encore, cette information serait à Dallas, car il semblait peu probable qu'un incident aussi insignifiant finisse dans la presse nationale. Ruby n'était personne, juste un minable propriétaire de club. S'ils avaient réussi à l'atteindre en prison, ils avaient certainement le pouvoir et l'autorité nécessaires pour faire en sorte que son nom n'apparaisse pas dans les journaux. Mais qui avait ce pouvoir ? La police ? Les autorités fédérales ? Le gouvernement, évidemment. Les gens ne se faisaient pas tuer ou tabasser parce qu'ils entendaient des rumeurs. De telles choses arrivaient aux personnes qu'il fallait réduire au silence.

De retour dans son appartement, Mitch nettoya son appareil photo puis plaça quelques vêtements, des pellicules et des carnets dans un petit sac de voyage. Il se demanda s'il ferait bien de contacter les services secrets et décida de ne pas le faire. On avait posé des questions à son sujet. Des gens avaient été interrogés sur ses activités et l'endroit où il se trouvait. On savait qu'il enquêtait. Néanmoins, il possédait toujours une certaine liberté de mouvement qu'il comptait bien conserver le plus longtemps possible. Contacter les services secrets nécessiterait de faire une demande officielle, peut-être de la paperasse, signifierait du temps perdu à attendre un rendez-vous, et tout ça pour dire quoi ? Qu'il croyait ceci, supposait cela, avait un certain nombre de soupçons. Avait-il des preuves ? Non, aucune. Y avait-il quelqu'un qui pourrait être prêt à faire une déposition afin d'étayer ces soupçons ? Eh bien, oui, il y avait bien un homme, mais il était dans le coma à Parkland. Et même s'il s'en sortait, Mitch supposait que les membres des services secrets seraient les dernières personnes au monde avec qui il voudrait partager des informations. S'il leur donnait ce qu'il savait, il n'aurait plus de monnaie d'échange pour négocier son départ de Dallas.

Mitch était seul. Il le comprenait complètement.

Le lendemain, il retournerait dans le Texas. En attendant, il essaierait de ne pas réfléchir. Si Jean avait donné sa vie pour ce en quoi elle croyait, il devait être prêt à faire la même chose.

44

Jackie se tenait en silence dans la salle est de la Maison-Blanche, les mains sur le couvercle du piano ouvert. Roosevelt en avait dirigé la rénovation, et Jackie avait fait découvrir la pièce à la nation lors d'une émission de télévision en février 1962, parlant aux spectateurs de la scène portable montée pour jouer Shakespeare, de la fois où Pablo Casals avait fasciné le gouverneur de Porto Rico, Luis Muñoz Marin, et des nombreux invités présents pour le dîner donné en son honneur. C'était un peu plus de deux ans plus tôt, et pourtant ça semblait une éternité. Elle avait œuvré si dur, si assidûment, faisant tout son possible pour restaurer le bâtiment et en faire la maison du peuple. Elle était fière de ce qu'elle avait accompli, et pourtant elle voyait désormais son travail comme à travers une fine brume, un rideau d'organdi. Ça semblait si vain et dénué de sens. Chaque pièce était un rappel de choses non dites, d'émotions non exprimées, de secrets, de mensonges et d'innombrables promesses trahies.

Tandis qu'elle réfléchissait à ça, une sensation de lassitude envahit chaque centimètre de son corps, de son esprit, de son âme.

Jack était encore absent. Elle savait où il était, mais elle ne connaissait pas l'adresse et ignorait avec qui il partageait ses blagues grossières, ses commentaires capricieux, ses soudaines sautes d'humeur. Ou peut-être qu'il réservait tout ça à sa femme pendant que les autres voyaient le côté de lui dont elle était tombée amoureuse – l'humour sophistiqué, le charme, l'élégance masculine, les qualités mêmes avec lesquelles il avait séduit une nation.

Elle avait su sans le moindre doute qu'elle épousait un homme déterminé. C'était en grande partie ce qui l'avait attirée. Mais les hommes de passion étaient ce qu'ils étaient, et cette passion entraînait rarement des choix judicieux. Jack voulait tout ou rien, et les gens étaient entraînés dans ce tourbillon de charisme. Il était difficile de ne pas désirer son attention, et celle-ci était addictive, encore plus maintenant qu'elle savait que d'autres femmes sans nom ni visage souffraient de cette même addiction.

Elle l'aimait, mais il la faisait souffrir. Elle le désirait, mais il la repoussait. Elle voulait entendre des paroles douces et attentionnées, mais ne recevait trop souvent que des reproches cruels ou une totale indifférence.

Dieu sait qu'elle aurait dû épouser Bobby.

Sa propre naïveté puérile la fit rire. Les Kennedy étaient les Kennedy, et une fois que vous adoptiez leur nom, vous obéissiez à leurs règles. Elle se rappelait quand Jack et elle s'étaient rencontrés, en mai 1952, lors d'un dîner. Charles Bennet avait fait les présentations. Elle était tombée sous le charme. Jack était alors candidat pour se faire élire au Sénat, et elle était certaine qu'il y parviendrait. C'était un homme qui réussirait, quelle que soit la direction qu'il prendrait dans la vie. Et elle pensait que ça aurait été vrai même sans l'argent et l'influence de son père. Si Jack avait été plombier, il aurait été le plombier le plus prospère de la côte Est. Il aurait resserré des robinets et réparé des fuites jusqu'à être millionnaire.

Il l'avait demandée en mariage en novembre de la même année. Elle n'avait pas dit non. Elle n'avait pas dit oui. Elle travaillait pour le *Washington Times-Herald* et avait déjà accepté d'aller en Angleterre l'année suivante pour couvrir le couronnement de la nouvelle reine. Pendant le mois où elle avait été éloignée, elle avait hésité, non parce qu'elle n'aimait pas Jack, mais parce qu'elle savait qu'elle devrait tout sacrifier. Son emploi, sa maison, ses liens avec sa propre famille en pâtiraient. Ce serait un renoncement. Bobby avait affirmé que Jack deviendrait président et qu'elle serait Première dame. Quelle idée excitante ! Mais épouser Jack signifiait épouser sa famille, et avec celle-ci venaient de sombres secrets.

Elle repensa à Rosemary. Quand elle avait rencontré Jack, celle-ci avait déjà trente-trois ans. Personne ne parlait d'elle. Personne sauf Bobby.

« Ma sœur était magnifique », lui avait-il confié un soir. Il avait bu trop de champagne et s'épanchait suite à une dispute qu'il avait eue avec Ethel. « Elle était intelligente et drôle, et elle se fichait de ses notes ou d'être appréciée par les autres. Tu sais, elle voulait devenir institutrice. Elle avait étudié tous ces trucs de Montessori. » Il semblait au bord des larmes. « Je l'adorais, Jackie. Nous l'adorions tous. Et alors mon père a demandé à ces salopards de lui planter un scalpel dans le cerveau, et maintenant il faut la porter jusqu'aux toilettes. » Bobby considérait son père comme un homme sans cœur et égoïste. « Tout ce qui l'intéressait, c'était ce que les autres pensaient de lui. Il avait peur qu'elle devienne un embarras pour nous. Il craignait qu'elle fasse quelque chose de stupide et couvre de honte le nom des Kennedy. Et tu sais où elle est maintenant ? Je vais te le dire. À Jefferson, dans le Wisconsin. À l'institut St Coletta pour jeunes attardés. » Il avait craché ces mots comme si chacun était plus amer que le précédent.

Il était resté un moment silencieux. Ça avait semblé long, mais ça n'avait pas pu durer plus d'une minute. Jackie s'était sentie embarrassée, craignant qu'il estime en avoir trop dit. Mais ce n'était pas le cas, car lorsqu'il avait repris la parole, c'était d'un ton clair et précis, et ses paroles avaient semblé à la fois catégoriques et prophétiques.

« Sois prudente, avait-il dit. Cette famille est maudite. Mon père… mon père a fait des choses que personne ne sait. L'argent provient de sales combines. Rosie en est sortie. Je sais qu'elle vit isolée et n'a même pas idée de qui nous sommes, mais elle ne fait plus partie de cette famille. C'est peut-être le seul bon côté des choses… »

Il avait alors changé de sujet et fait une plaisanterie. Il n'avait jamais reparlé de Rosemary ni du genre de famille à laquelle Jackie s'unissait. Ça avait été le seul moment où elle avait pu apercevoir en toute honnêteté ce qui se cachait derrière le théâtre superficiel de l'empire Kennedy.

Elle avait accepté la demande de Jack, et sept ans après leur mariage elle était bien devenue Première dame des États-Unis d'Amérique, comme l'avait prédit Bobby.

Et pourtant elle était là, seule dans la salle est avec le piano de Roosevelt et ses foutus pieds sculptés en forme d'aigles, le portrait de Washington par Gilbert Stuart, les candélabres de Monroe, les trois lustres de cinq cents kilos rapportés de Bohême – tant de magnificence et d'opulence, mais un tel sentiment de vide.

« Madame Kennedy ? »

Jackie leva les yeux. « Walter.

– Je suis désolé de vous déranger, mais Caroline vous demande. Elle dit que vous lui avez promis de lui lire une histoire.

– Elle se sent un peu mieux ?

– Je peux être honnête ? »

Jackie éclata de rire et agita la main pour qu'il dise ce qu'il pensait.

« Je crois que Mlle Caroline continuerait de faire semblant d'être malade rien que pour qu'on continue de s'occuper d'elle. »

Jackie marcha vers la porte et toucha la manche de Walter en passant.

« Oh, vous connaissez trop bien les petits secrets de cette famille, murmura-t-elle avec son doux accent d'East Hampton. Vous devriez être prudent, Walter, ou nous pourrions être obligés de nous séparer de vous. »

45

Mitch logea dans un motel différent, sous un nom différent. Il loua une voiture, et même s'il paya en espèces, il avait conscience que cette transaction laisserait une trace.

Mais la vérité était que, si ses soupçons étaient exacts, n'importe quelle personne concernée n'aurait aucun problème à le localiser, où qu'il aille, qu'il tente ou non de brouiller les pistes.

La voiture était une Nash Metropolitan de 1959, la moins chère qu'il eût trouvée. Elle était petite et discrète, et c'était tout ce qui comptait. Il passa l'essentiel du mardi à Parkland, avec l'espoir un peu absurde que l'état de Ruby s'améliorerait. À en croire un journaliste qui apparut brièvement puis se volatilisa, il y avait de grandes chances pour qu'il ne reprenne jamais conscience.

Étant donné la nature de l'agression, au cœur même de la prison de Dallas, Ruby avait été placé sous protection policière. Mitch retourna à l'hôpital le mercredi matin, trouva le même flic en sentinelle. Il lui apporta une tasse de café et tenta de le faire parler.

« Je connais Nelson Shaw, au siège, dit-il. Vous voyez qui ?

– Ça me dit rien, non.

– Le type à l'intérieur, Ruby… bon sang, j'ai discuté avec lui vendredi dernier. C'est le propriétaire du Carousel dans le centre-ville, vous savez ? »

Le flic secoua la tête. « Connais pas. Pas mon secteur.

– Alors, qu'est-ce qui s'est passé ?

– Rien à vous dire si ce n'est qu'il s'est pris une sacrée raclée de la part d'un autre détenu. Ça arrive. Pas la première fois, et ce sera pas la dernière.

– Je suppose que le détenu en question voulait le tuer, sinon vous ne seriez pas là.

– D'un point de vue technique, il est toujours en garde à vue, même s'il est pas près d'aller où que ce soit, alors je reste là et je lui tiens compagnie jusqu'à ce qu'il se remette ou… eh bien, jusqu'à ce que…

– Jusqu'à ce qu'il meure, dit Mitch. Le journaliste qui était ici hier m'a dit que c'était très grave, qu'il risquait de ne pas s'en sortir.

– Je ne saurais vous dire.

– Une terrible affaire.

– Eh bien, il a salement dû contrarier quelqu'un.

– Je suppose, répondit Mitch.

– En tout cas, je suis pas vraiment censé vous parler. Merci pour le café, mais vous comprenez, n'est-ce pas ?

– Oui, et je ne suis pas ici pour causer des problèmes. Je vais y aller. J'imagine qu'on pourra me dire à l'accueil s'il va un peu mieux.

– Je suis sûr que oui. »

Mitch revint le jeudi, et encore le vendredi. L'état de Ruby ne changeait pas, et le simple fait qu'il n'y ait aucune amélioration confirmait la gravité de ses blessures. Mitch avait lu les journaux chaque jour et n'avait trouvé aucune référence à l'incident, si bien qu'il n'en savait pas plus sur ce qui s'était passé.

Pendant ce temps, malgré ses nombreuses visites aux archives du comté, aux archives de la presse et à la bibliothèque municipale, il n'avait pas non plus réussi à apprendre ce qu'était vraiment la Ligue communiste du Texas ni l'identité de ses éventuels autres membres.

Il consulta les journaux locaux du mois de novembre de l'année précédente, cherchant des mentions de Holly Walsh.

C'était une tâche abrutissante, et même s'il y avait eu un petit article de trois lignes à son sujet, il lui aurait sans doute échappé. Néanmoins, il ne pouvait pas laisser tomber. Ne voyant rien dans les journaux, il prit la direction du Carousel, mais il trouva porte close et un panneau qui annonçait : « FERMÉ JUSQU'À NOUVEL ORDRE ».

Il eut envie d'appeler Shaw, envisagea même de retourner chez lui, mais l'inspecteur lui avait clairement signifié qu'il ne serait pas le bienvenu. On lui avait retiré l'affaire. Quelqu'un d'autre enquêtait sur le meurtre de Leland Webster, et le seul suspect, pour autant que Mitch sache, allait désormais plus que probablement mourir à son tour.

Il était une fois de plus dans une impasse et éprouvait un profond sentiment de frustration et d'impuissance. Il passa son temps à parcourir les diverses notes qu'il avait prises lors de son précédent voyage, cherchant d'autres possibilités, et alla même jusqu'à demander dans les bars et les restaurants proches du Carousel si quelqu'un se souvenait d'une fille nommée Holly qui avait pu travailler dans le club. Il n'avait pas de photo d'elle, ni même de description précise. Ses collègues l'avaient connue pendant un peu plus d'un mois. Elles ne savaient pas d'où elle venait ni où elle était allée. Et si Jack Ruby n'avait pas dit que c'était elle que Jean cherchait, s'il n'avait pas clairement affirmé qu'il pensait que Holly était morte, elle n'aurait pas autant attisé la curiosité de Mitch.

Ce dernier avait bien conscience de l'ironie de la situation : maintenant qu'elle était décédée, il consacrait à Jean bien plus de temps et d'attention que de son vivant. Ce qui, en soi, était peut-être le détail le plus triste. S'il lui avait accordé autant de considération quand ils étaient ensemble, il ne serait jamais parti à la guerre, et elle serait peut-être toujours en vie.

Lorsque arriva le milieu du samedi, Mitch tournait en rond comme un lion en cage. Il se prépara à appeler Alice depuis une cabine dans la rue. Sa paranoïa et sa méfiance étaient telles qu'il envisageait la possibilité qu'*ils* sachent déjà où il se trouvait et aient placé son téléphone au motel sur écoute.

« C'est Mitch, dit-il. Désolé d'avoir tant tardé.

– Mitch. Oh, ça fait tellement plaisir d'entendre votre voix. Je me faisais un sang d'encre.

– Oui, je comprends, Alice, et je suis sincèrement désolé. J'étais occupé à essayer de trouver quelque chose qui pourrait nous aider.

– Vous cherchez toujours à découvrir ce qui s'est passé ? »

Mitch fut surpris. « Oui. Oui, évidemment.

– Mais le rapport du légiste est arrivé et il a conclu qu'elle s'était vraiment donné la mort. »

La voix d'Alice se brisa et Mitch l'entendit qui tentait de retenir ses larmes.

Il se sentit alors déchiré – devait-il ne rien dire et laisser Alice accepter le fait que sa fille unique se soit suicidée, ou devait-il lui révéler qu'il n'y croyait pas, qu'il était certain, absolument certain, que Jean n'aurait jamais fait une telle chose et qu'il y avait des gens qui essayaient de dissimuler la vérité ?

Il se rappela une affaire de disparition d'enfant. Les parents étaient désemparés, terrifiés, inconsolables. Il les avait revus après que le corps de la fillette avait été retrouvé, et ils étaient calmes – accablés par le chagrin, oui, mais néanmoins calmes. Il avait compris que c'était le fait de ne pas savoir qui avait été le pire. Quand ils avaient su qu'elle était morte, ils avaient pu commencer à faire leur deuil, alors que tant qu'elle n'avait pas été retrouvée, c'était juste une torture.

C'était, de fait, la même chose ici. Alice avait une vérité à laquelle se raccrocher. Certes, il pensait qu'elle était fausse et qu'il y avait de nombreux mensonges derrière, mais en l'absence d'autre chose, c'était mieux que rien. Lui donner un espoir, lui dire que ce n'était peut-être pas un suicide l'aurait non seulement déstabilisée, mais ça aurait également soulevé de nombreuses questions auxquelles il n'aurait pas su répondre. Qui aurait pu faire une telle chose ? Pourquoi dissimulait-on la vérité ? Pourquoi le légiste aurait-il rédigé un rapport mensonger concernant les causes du décès ?

Il attendit qu'Alice se ressaisisse puis déclara : « J'essaie toujours de découvrir comment ça a pu arriver.

– Oui, oui, bien sûr, répondit-elle. Merci de le faire et de m'avoir appelée. »

Mitch sentit qu'elle voulait raccrocher. Malgré son apparente gratitude, elle aurait peut-être préféré qu'il ne la contacte pas. Il ne pouvait rien lui donner pour apaiser sa détresse. Sa voix et ses paroles avaient uniquement servi à renforcer son angoisse.

« Dès que j'aurai du neuf, je vous rappellerai, dit-il.

– Mais vous viendrez à son enterrement, naturellement, n'est-ce pas ? »

Cette question lui fit l'effet d'un coup de batte de base-ball sur la tête. Son enterrement. Son *enterrement*. Comment avait-il pu ne pas se douter que, dès que le rapport du légiste serait rédigé, son corps serait restitué afin d'être enterré ?

« Oui, dit-il. Oui, son enterrement.

– Vendredi, déclara Alice. Il aura lieu ici, vendredi, à la première église congrégationaliste. Vous vous souvenez où elle se trouve, Mitchell ? Dans Sumner Street ?

– Oui, bien entendu », répondit-il, troublé à l'idée de devoir retourner une fois de plus à West Haven.

Entre la photo de Jean, ses articles dans les journaux, sa bague de fiançailles, les lettres qu'elle avait lues mais auxquelles elle n'avait pas répondu, c'était comme si l'univers s'acharnait à lui rappeler encore et encore qu'elle faisait toujours partie de sa vie, maintenant comme avant.

Il ressentait des émotions qui appartenaient à une autre époque et à un autre endroit, des émotions qu'il aurait dû être capable d'exprimer avec des mots. Ces mots étaient ceux qu'il aurait dû partager avec Jean, et peut-être que s'il avait écouté, s'il avait été patient, consciencieux – autant de qualités qui étaient désormais les siennes –, ce chapitre de leur vie aurait appartenu au monde de l'imaginaire, pas à la réalité.

Mitch se haïssait. C'était la simple vérité. Il haïssait le jeune homme qu'il avait été, la personne qu'il était devenu à cause de son égocentrisme et de son manque de considération. Et maintenant ? Maintenant il commençait tout juste à comprendre qui il était vraiment et, ce faisant, à comprendre ce que Jean avait pu aimer en lui.

Mais il était trop tard. Bien trop tard. Il ne pouvait pas laisser ses larmes couler, mais il pleurait intérieurement.

« Prenez soin de vous, Mitchell, dit Alice. Je vous verrai dans une semaine. À 15 heures. Première église congrégationaliste. Vous pourrez dire quelque chose si vous voulez. Comme je ne pense pas qu'il y aura grand monde, ce serait bien que vous prononciez quelques mots pour elle.

– Oui, marmonna-t-il. Oui. »

Il raccrocha et resta planté là dans la rue, regardant en direction de l'horizon. C'était comme si tout ce qu'il pensait être lui était apparu dans un unique moment de clarté, et il n'aimait pas ce qu'il avait vu.

46
27 juillet 1964

Le Carousel étant toujours fermé, il ne pouvait pas poser d'autres questions à Marion ou aux autres filles. L'état de Ruby ne s'était pas amélioré. Et bien qu'il ait tenté à plusieurs reprises de contacter Shaw, il n'avait pas réussi. Rien n'avançait dans la bonne direction.

Il recommença à chercher le lien entre Ruby et Leland Webster, et c'est alors que la chance lui sourit. Les archives du département des véhicules motorisés révélèrent des contraventions routières aux noms de Marshall Jeavons et de Leonard Fox – deux des personnes qui avaient été citées comme membres de la Ligue communiste du Texas en même temps que Webster.

L'amende de Jeavons était récente – juste six semaines plus tôt –, et Mitch nota son adresse.

L'homme auquel il s'attendait était très différent de celui qu'il trouva. Mais que s'était-il imaginé ? Un révolutionnaire au visage dur et plein de colère déclamant Marx avec une faucille et un marteau cousus sur sa casquette et un répertoire de rhétorique anticapitaliste ? Non seulement Jeavons avait bien au-delà de soixante ans, mais c'était un homme chétif à la voix douce et aux yeux chassieux. Sa maison était une vieille baraque en bois avec de la peinture écaillée et des jardinières cassées. Il semblait même très heureux que Mitch l'ait retrouvé.

« Oui, je connais Leland », dit-il. Ils étaient assis dans le salon. Jeavons lui avait offert un verre, mais Mitch avait décliné. « Mais je ne l'ai pas vu depuis un bout de temps, naturellement.

– Naturellement ?

– Eh bien, vous savez comment c'est. Au début, les groupes de ce genre sont pleins d'enthousiasme, puis cet enthousiasme retombe et vous vous rendez compte que vous n'accomplissez en fait pas grand-chose.

– Nous parlons de la Ligue communiste du Texas ?

– Oui, oui, le groupe communiste.

– Vous ne voulez pas savoir comment je vous ai retrouvé ?

– À cause de mes sympathies communistes ? Parce que je me soucie de ce que pensent les autres ? » Jeavons lâcha un éclat de rire ironique. « Quand vous atteignez mon âge, ce que les gens pensent est le cadet de vos soucis. De plus, si vous connaissez Leland, je ne pense pas que vous apparteniez aux autorités, monsieur Newman.

– Je suis venu pour vous interroger à son sujet. Je vous ai retrouvé grâce à un vieil article de journal et à une contravention.

– Même à mon âge, je suis plus que capable d'être subversif. » Il sourit de nouveau. « Alors, comment se porte Leland, ces temps-ci ? »

Mitch marqua une pause. Il regarda franchement Jeavons. « J'ai bien peur que M. Webster soit mort. »

L'homme fut visiblement stupéfait. « Mort ? Pardon ? Comment est-ce possible ?

– Il a été assassiné. »

On aurait dit que Jeavons avait reçu une claque. « Assassiné ?

– Apparemment. Abattu par un certain Jack Ruby.

– Ruby ? Le propriétaire du club ? Ce Ruby-là ?

– Oui, l'homme qui tient le Carousel, l'endroit où se réunissait la Ligue.

– C'est ridicule ! Pourquoi diable Jack Ruby aurait-il voulu tuer Leland ?

– Je ne sais pas, monsieur Jeavons, mais ça fait partie de tout un tas de choses que j'essaie de démêler. »

Jeavons resta un moment silencieux. Il était clairement ébranlé et agité. Il agrippa à deux reprises les accoudoirs de son fauteuil et les jointures de ses doigts blanchirent. « Pauvre Leland, dit-il finalement. Pauvre, pauvre Leland.

– Vous étiez proches ? »

Jeavons secoua la tête. « Pas plus qu'avec les autres. Myriam, Leonard, et ainsi de suite. Nous ne nous intéressions qu'à la politique. Nous n'étions pas sérieux. Nous parlions de Marx et d'Engels, ce genre de chose, vous savez ? C'était juste agréable d'avoir un groupe d'amis avec des intérêts similaires, et je suppose qu'il en serait resté ainsi si l'ami de Ruby n'avait pas débarqué.

– Qui était-ce ? demanda Mitch en sortant son carnet.

– Lee Oswald. C'était son nom. Un homme jeune, il ne devait pas avoir plus de vingt-deux ou vingt-trois ans. Marié à une Russe. Elle, je ne me souviens pas de son nom. Il avait été dans les marines. Croyez-le ou non, son père était un cousin de Robert E. Lee. Tellement imbu de sa personne. En colère, arrogant, un individu des plus déplaisants. Je ne l'aimais pas du tout.

– Et c'était un ami de Jack Ruby ?

– Ami, connaissance, je ne sais pas. Nous louions la pièce au-dessus du Carousel pour nos réunions. Nous nous y sommes retrouvés peut-être une douzaine ou une quinzaine de fois. Après un moment, Oswald semblait toujours arriver le premier. Il ne m'intéressait pas, pour être honnête, même s'il avait peut-être plus de raisons que nous d'être là.

– Comment ça ?

– Eh bien, il avait fui chez les Soviétiques. Après avoir quitté les marines, il est allé en Russie. Ils lui ont accordé un visa d'une semaine, mais il a simulé une tentative de suicide et ils l'ont placé en observation dans un hôpital psychiatrique. Ensuite, il a vécu quelque temps à Minsk, et je suppose que c'est là qu'il a rencontré son épouse. Finalement, ils en ont eu assez de lui, ou c'est lui qui en a eu assez d'eux, et il est rentré à Dallas avec sa femme russe, mais pas avant d'avoir essayé de renoncer à sa citoyenneté américaine à l'ambassade des États-Unis à Moscou. Une histoire incroyable, vraiment, mais absolument vraie.

– Alors le groupe a cessé de se réunir après l'arrivée d'Oswald ?

– Nous avons continué jusqu'en août ou septembre de l'année dernière, puis ça s'est cassé la figure et nous avons cessé de nous voir. Si vous voulez mon opinion, c'était vraiment à cause d'Oswald. Il avait des idées tellement arrêtées, il était tellement passionné... Je dis passionné, mais c'était de l'obsession, de la détermination, et derrière tout ça il y avait une vraie colère et un véritable ressentiment. J'avais juste l'impression que c'était une personne très désagréable, et il faisait tout son possible pour dominer les débats. Il avait une opinion sur tout, et parfois on avait l'impression qu'il l'exprimait simplement pour nous contredire. L'atmosphère était tendue et hostile. Ce n'était pas ce pour quoi le groupe avait été fondé, et quand les réunions ont commencé à s'achever sur des frictions et des disputes, il a semblé inutile de continuer. »

Mitch tira la photo de Jean de sa poche de veste et la tendit à Jeavons. « C'est une amie, expliqua-t-il. Une journaliste. Elle était ici en novembre dernier et je sais qu'elle essayait de parler avec Jack Ruby. Elle vous dit quelque chose ? »

Jeavons attrapa ses lunettes et les chaussa. Il examina attentivement la photo puis la rendit. « Non, répondit-il. Jamais vue.

– Connaissiez-vous une fille nommée Holly au Carousel ? Holly Walsh ?

– Holly ? fit Jeavons. Oui, je crois. Était-ce Holly, ou bien Sally ? Il y avait beaucoup de filles là-bas, monsieur Newman, et j'ai un âge où de telles tentations appartiennent au passé. » Il rit de lui-même. « Et même si j'étais encore tenté, j'oublierais probablement dans l'heure.

– Pouvez-vous me dire autre chose sur Jack Ruby ?

– Eh bien, Jack était un escroc. C'était évident. Enfin quoi, il tenait un club de strip-tease. Je n'avais pas particulièrement envie que les réunions aient lieu là-bas, mais ça ne nous coûtait presque rien et nous n'étions jamais sur place pendant les heures d'ouverture officielles. Nous voyions de temps en temps certaines des filles qui travaillaient là-bas, mais soit elles arrivaient, soit elles partaient. » Il sourit. « Elles étaient habillées. Voilà ce que je veux dire.

– Avez-vous déjà entendu parler de Joseph Civello ou de Carlos Marcello ? »

Jeavons secoua la tête. « Non, ces noms ne me disent rien.

– Et pouvez-vous me dire autre chose sur ce Lee Oswald ?

– Il y a bien la tentative d'assassinat. »

La surprise de Mitch fut manifeste.

Jeavons s'esclaffa. « Seigneur, on dirait que vous avez été frappé par la foudre !

– Vous dites qu'il a essayé de tuer quelqu'un ?

– Eh bien, c'est ce qu'il affirmait. Est-ce que c'était vrai ou non, ça, c'est une tout autre question, mais il disait bien être allé en Russie, et c'était la vérité, alors qui sait ? »

Mitch pensa immédiatement à Dallas. À la visite du président au mois de novembre précédent. Il songea à Leland Webster et au dépôt de livres scolaires, pile sur l'itinéraire du cortège.

« Qui a-t-il essayé d'assassiner ?

– Un général de l'armée américaine nommé Edwin Walker.

– Pas le président ? »

Jeavons sembla perplexe. « Non, pas le président. Pourquoi, est-ce que quelqu'un a dit qu'il avait tenté d'assassiner le président ?

– Non. Désolé. Je m'emballe.

– La seule chose dont je sois au courant est liée à ce général Walker. Je ne connais pas tous les faits, naturellement…

– Dites-moi simplement ce que vous pouvez, monsieur Jeavons. Tout est utile.

– Eh bien, d'après ce que j'ai compris, Walker était un anticommuniste très véhément. En 1961, on lui a retiré le commandement de son unité en Allemagne quand il s'est mis à déblatérer sa propagande auprès de ses hommes. On l'a renvoyé ici et il a commencé à faire tout un foin à propos de l'intégration, et ainsi de suite. Il a fini par être arrêté, et le procureur l'a fait interner dans un hôpital psychiatrique. Il n'a cependant pas été inculpé, et il a démissionné de l'armée. Le seul général de l'armée des États-Unis à avoir jamais fait ça, pour autant que je sache. Enfin bref, il s'est présenté pour être gouverneur du Texas, mais c'est Connally qui a eu le poste.

« Je ne sais pas si Oswald a vraiment tiré sur Walker comme il le prétendait, mais il disait que Walker était un fasciste et que c'était notre devoir de bons communistes de nous dresser contre les fascistes, tout comme Staline s'était dressé contre les nazis. C'était un garçon fougueux, plein d'idées absurdes. Pas dénué d'éducation, et il savait de quoi il parlait, mais il avait tendance à rabâcher les mêmes choses sans jamais aller vraiment jusqu'au bout de sa pensée.

– Savez-vous où il est maintenant ?

– Aucune idée.

– Oswald et Leland Webster avaient peut-être des différends ? »

Jeavons haussa les sourcils d'un air surpris. « Vous pensez qu'Oswald a tué Leland ?

– Je dois envisager toutes les possibilités, monsieur Jeavons. Le rapport de balistique affirme que l'arme de Jack Ruby a été utilisée pour le tuer, mais ça ne signifie pas que Ruby soit celui qui ait tiré. »

Jeavons resta un moment silencieux, pensif et concentré. « Vous savez, je ne crois pas avoir vu Leland et Oswald autrement qu'en bons termes. Leland n'était pas une lumière, et j'avais l'impression qu'il admirait Oswald, ne serait-ce que parce qu'il ne se contentait pas de parler, il agissait. Le fait qu'il ait été dans l'armée, qu'il ait voyagé en Russie, qu'il ait ramené une femme russe. Il ne se contentait pas de lire des tracts et de se plaindre du gouvernement, vous voyez ?

– Y avait-il quelqu'un d'autre qui connaissait Leland ? Quelqu'un qui pourrait être en mesure d'expliquer pourquoi il a été assassiné ?

– Il y avait une fille. Ruth quelque chose. Il l'a amenée à quelques réunions. Je me souviens qu'elle venait de divorcer. Elle était amie avec la femme d'Oswald, je crois. » Jeavons sourit et secoua la tête. « Je m'emmêle les pinceaux. Les dates m'échappent. Peut-être que Leland avait rencontré cette femme grâce à Lee et à sa femme – Marina, c'était son nom. Marina Oswald. Oui, je crois que c'est ce qui s'est passé.

– Vous vous souvenez du nom de famille de Ruth ? »

Jeavons ferma les yeux. « Je la revois, maintenant. Cheveux sombres, long visage… jolie. » Il releva soudain les yeux et sourit. « Paine, déclara-t-il. Ruth Paine.

– Donc Ruth était amie avec Marina Oswald, et Leland l'a rencontrée grâce à Lee ?

– Oui, je suis sûr que c'est ce qui s'est passé. Je crois que Ruth a aidé les Oswald quand ils sont rentrés à Dallas. Il faudrait lui demander, évidemment, mais je crois que c'est ça.

– Savez-vous où je pourrais la trouver ?

– Désolé, non. J'ai tendance à rester dans mon coin ces temps-ci, et elle et moi n'étions rien de plus que des connaissances.

– Tout cela m'a été très utile, dit Mitch, et je vous remercie vraiment de m'avoir accordé du temps. » Il referma son carnet. « Et je suis désolé d'avoir dû vous annoncer la nouvelle concernant Leland.

– En effet, dit Jeavons. Est-ce qu'ils ont arrêté Jack Ruby ? Est-ce qu'il est en garde à vue ?

– Oui », répondit Mitch.

Il ne put se résoudre à révéler ce qui lui était arrivé depuis. Il avait annoncé suffisamment de mauvaises nouvelles comme ça.

« Une affaire si tragique. Difficile à concevoir. Enfin quoi, des gens se font assassiner, évidemment, mais on ne pense jamais que ce sera quelqu'un qu'on connaît.

– Non, c'est vrai », convint Mitch, songeant qu'une telle observation s'appliquait également aux prétendus suicides et aux agressions physiques presque fatales.

Jeavons se leva. Il raccompagna Mitch à la porte.

« Revenez quand vous voulez, si je peux vous aider pour quoi que ce soit d'autre.

– Merci », répondit Mitch, et il longea l'allée en direction de sa voiture.

47

Mitch localisa Ruth Paine sans difficulté. Elle était listée en tant que Ruth R. Hyde Paine dans l'annuaire, avec une adresse à Irving. Quand Mitch appela le numéro, c'est elle qui répondit.

« Madame Paine ?

– Oui.

– Bonjour. Mon nom est Mitchell Newman. C'est un homme nommé Marshall Jeavons qui m'a donné votre nom. »

Il y eut une hésitation au bout du fil.

« Marshall Jeavons ?

– Il appartenait à la Ligue communiste du Texas.

– Oh, oui, je me souviens de lui. Je ne faisais pas partie de tout ça, pour être honnête. Du moins, pas directement.

– C'est ce que j'ai compris, oui. Il semblerait néanmoins que vous ayez été amie avec Marina Oswald. »

Une nouvelle hésitation, puis : « Est-ce que je pourrais vous demander de quoi il s'agit ?

– Oui, désolé. J'enquête sur quelque chose. Une de mes amies, une journaliste de Washington, est venue à Dallas en novembre dernier et travaillait à un article qui était lié à un homme nommé Jack Ruby.

– Oh, oui, fit Ruth, d'un ton qui suggérait de la répugnance. Il possédait cet horrible club.

– Tout à fait, le Carousel. Bref, mon amie essayait de parler avec M. Ruby, mais ça ne s'est pas exactement bien terminé, alors maintenant j'essaie de comprendre deux ou trois choses.

– Et qu'est-ce que ça a à voir avec moi, monsieur Newman ?

– D'après ce que j'ai compris, le mari de Marina, Lee, fréquentait M. Ruby, et je me demandais si vous pourriez m'expliquer comment vous avez fait la connaissance de Marina, et si vous pensez que je serais en mesure de retrouver Lee.

– Eh bien, ce n'est pas bien mystérieux, monsieur Newman. Mon ex-mari, Michael, et moi avons emménagé ici à Irving il y a quelques années quand il a trouvé un emploi chez Bell Helicopters. J'ai toujours eu un grand intérêt pour tout ce qui est russe. Je suis également quaker et j'ai participé à un programme de correspondants, j'ai aussi accueilli des Russes qui venaient visiter les États-Unis. Ça m'occupait pendant que mon mari était au travail. »

Mitch coinça le combiné entre son épaule et son oreille tout en sortant un carnet et un stylo. Pour une raison ou pour une autre, la femme lui parlait, et il ne voulait rien rater d'important.

« Enfin bref, j'ai rencontré Marina lors d'une fête. Nous sommes devenues proches. Je ne fréquentais pas vraiment son mari. Pour être complètement honnête, il ne me plaisait pas trop, même si Marina l'aimait beaucoup. Michael et moi avons essayé de nous montrer chaleureux, mais Lee n'était tout simplement pas une personne chaleureuse. Quand il a décidé de déménager à La Nouvelle-Orléans en avril ou mai 1963, j'ai conduit Marina là-bas pour qu'elle le rejoigne. Il avait tous ces problèmes pour avoir distribué des tracts pro-Castro. Il s'est même fait arrêter en août pour trouble à l'ordre public. Je suppose qu'on pourrait dire que les choses ne se passaient pas comme prévu pour lui. »

Ruth lâcha un éclat de rire. Elle avait un côté commère, et même si Mitch n'appréciait guère ce trait, c'était exactement ce dont il avait besoin.

« J'ai ramené Marina à Irving en septembre, poursuivit-elle. Elle a logé chez moi, et Lee est allé au Mexique. D'après ce que j'ai compris, il essayait de gagner Cuba, mais les Cubains n'ont pas voulu de lui et il est rentré la queue entre les jambes en octobre. C'est alors que j'ai entendu parler du poste au truc de livres.

– Le truc de livres ? demanda Mitch, parvenant à peine à croire en cette coïncidence.

– Oui, ce grand entrepôt dans Elm Street.

– Le dépôt de livres scolaires du Texas.

– C'est ça. Le frère de mon voisin y travaillait, et mon voisin m'a dit qu'il y avait un poste à pourvoir. Lee y est allé et ils l'ont embauché avec un contrat saisonnier à plein temps. Il logeait dans une pension à Oak Cliff et il venait voir Marina et leur fille June le week-end. Marina était enceinte d'Audrey, qui est née vers la fin octobre, juste après que Lee a décroché son emploi dans le centre-ville.

– Et ils sont toujours séparés ? demanda Mitch.

– Je crois, oui. La dernière fois que j'ai rencontré Marina, elle ne l'avait pas vu depuis un bon moment. Il ne semblait pas non plus s'intéresser à ses filles, mais je dois dire qu'elles ont toutes les trois l'air de s'en sortir beaucoup mieux quand il n'est pas là. Marina et moi ne sommes plus vraiment en contact. Nous nous sommes perdues de vue, je suppose.

– Savez-vous où elle habite ? Ou, encore mieux, savez-vous où je pourrais trouver Lee ?

– Eh bien, peut-être qu'il travaille toujours au dépôt. Vous pourriez tenter votre chance là-bas. Sinon, je n'en ai aucune idée. Comme j'ai dit, Marina et moi ne sommes plus en contact et je ne sais pas où elle a déménagé.

– OK. C'est vraiment gentil de votre part de m'avoir accordé du temps.

– Eh bien, j'espère ne rien avoir dit de déplacé, monsieur Newman. Vous m'avez fait parler, et j'ai foncé comme une vraie commère. »

Ruth Paine éclata une fois de plus de rire et Mitch eut l'impression qu'elle était un peu nerveuse. Elle avait donné beaucoup d'informations personnelles sans qu'il l'ait vraiment poussée à le faire.

Il la remercia une fois de plus, ajouta que tout ce qu'elle avait dit resterait confidentiel, et il raccrocha.

Il parcourut ses notes et ses photos et trouva la liste des employés du dépôt de livres qu'il avait photographiée aux archives du comté. Il le repéra aussitôt. « OSWALD, LEE H ». Le nom était là depuis le début, mais il n'avait jusqu'alors pas été plus important qu'un autre.

Il jeta un coup d'œil à sa montre. Il était près de 16 heures. S'il s'y rendait directement, il pourrait y être avant la fermeture.

Mitch arriva alors même que le veilleur de nuit pointait et trouva la même fille à la réception. Cette fois, elle semblait distraite, presque déterminée à ne pas l'aider. Peut-être simplement parce qu'il l'empêchait de partir comme elle l'avait prévu.

« Je suis vraiment désolé, dit-il. Je ne veux pas vous ennuyer, mais j'essaie de trouver un homme nommé Lee Oswald. »

La fille consulta le registre des employés. Elle parcourut les noms tout en secouant la tête. Elle marqua une pause, hésita. Mitch se pencha en avant par anticipation, mais elle prononça : « Osborne », et continua de passer les noms en revue.

Finalement, elle releva les yeux. « Non, dit-elle. Pas là. Comme je vous l'ai déjà dit, nous avons un autre entrepôt au 1917 Houston.

– Vous êtes sûre ? demanda Mitch, conscient que la question ne ferait que l'irriter encore plus.

– Je suis sûre, répondit la jeune femme, et je suis également sûre que nous fermons et que vous devez partir.

– Merci pour votre temps, dit Mitch, et je comprends que vous ayez besoin de fermer, mais y a-t-il un moyen de savoir quand Oswald a cessé de travailler ici ?

– Il faudrait voir avec le service du personnel. »

Il regarda la fille avec son expression la plus triste et désespérée.

Elle sourit. « Vous êtes un sacré casse-pieds », déclara-t-elle.

Elle souleva le combiné, composa un numéro. « Monsieur Thomasson ? Bonjour, c'est Janice, à l'accueil. J'ai quelqu'un qui essaie de trouver un certain Lee Oswald. Apparemment, il a travaillé ici. Est-ce que vous avez un dossier à ce nom ? »

Elle devint silencieuse. « Oui, dit-elle. C'est ça. O-S-W-A-L-D. »

Nouveau silence.

Le cœur de Mitch battait à toute allure.

« Oui, exactement. OK. Le 21. » Elle marqua une pause, puis dit : « Merci, monsieur Thomasson. Vous nous avez beaucoup aidés. »

Elle replaça le combiné.

« Bon, il travaillait ici, dit-elle. Cinquième étage. Préposé au stockage et aux expéditions. Jusqu'au 21 novembre de l'année dernière. Il n'est pas venu le 22, et il n'y a eu aucun contact avec lui depuis. » Elle haussa les épaules. « Peut-être qu'on lui a fait une meilleure proposition ailleurs.

– Le 21 novembre 1963 », dit Mitch, et il nota la date.

Il sourit. Il était sincèrement reconnaissant. « Janice, vous êtes absolument fantastique. »

Il quitta le dépôt et regagna sa voiture. Il resta un moment assis à l'intérieur et fuma une cigarette. Puis il en fuma une seconde. Il parcourut sa liasse de notes de plus en plus importante. Il y avait tant de faits, et pourtant si peu de détails concrets. Des choses s'étaient produites, et il était certain qu'elles étaient liées, mais comment ?

Leland Webster et Lee Oswald avaient tous deux travaillé dans ce bâtiment. Oswald n'était pas venu la veille du passage de Kennedy dans cette rue, et on n'avait plus entendu parler de lui depuis.

Mitch sortit de voiture, leva les yeux vers les fenêtres du dépôt, compta jusqu'au cinquième étage, puis il se retourna et observa Elm Street.

Ruby avait des connexions avec Civello et Marcello. Jean était à Dallas et posait des questions. Elle était parvenue à contacter Ruby. Elle s'intéressait à une certaine Holly Walsh, qui s'était volatilisée du jour au lendemain. Leland Webster et Lee Oswald travaillaient au dépôt de livres. C'étaient des communistes notoires. Oswald avait même fui en Union soviétique et en était revenu avec une épouse russe. Il avait une formation militaire. Il y avait de bonnes chances pour qu'il ait été responsable d'une tentative de meurtre contre un général de l'armée. Il ne s'était pas présenté à son travail la veille de l'arrivée de Kennedy.

Mitch leva de nouveau les yeux vers les fenêtres du cinquième étage puis scruta une fois de plus la rue.

Leland Webster était mort.

Jean Boyd était morte.

Holly Walsh était plus que probablement morte.

Et maintenant Jack Ruby s'accrochait à la vie après s'être fait passer à tabac dans la prison du comté de Dallas.

Toutes les personnes liées à ce qui s'était passé au mois de novembre précédent étaient soit réticentes à parler, soit dans l'impossibilité de le faire. Novembre 1963. La visite présidentielle. Le cortège. Elm Street.

Un détail revint à Mitch. Pendant l'interrogatoire de Ruby, Shaw avait informé ce dernier qu'il serait détenu à Dealey Plaza. Ruby avait répondu que c'était ironique « étant donné tout ce qui s'est passé en novembre dernier ». Étaient-ce les mots qu'il avait utilisés ?

Il pensa alors à certaines des choses que Bill Sandford avait dites. Les doutes dans le camp démocrate quant au fait que Kennedy décroche la nomination, et s'il y parvenait, quant au fait qu'il obtienne un second mandat. Les maladies. Les prétendues liaisons. Les quasi-catastrophes politiques qui avaient affaibli sa présidence. Les rumeurs d'élection truquée, la possibilité que Nixon se présente à nouveau et expose les anomalies dans le comptage de 1960.

Qu'envisageait précisément Mitch ? Qu'il ait pu y avoir un complot pour assassiner Kennedy ? Qu'Oswald ait pu y prendre part ? Que Webster ait été au courant, que Holly ait entendu quelque chose, que Jean ait fouiné et découvert des éléments qui avaient fait d'elle une menace ?

Et quel possible rapport pouvait-il y avoir entre Lee Oswald et ce qui commençait à prendre forme dans son esprit ? La tentative de meurtre contre Walker. Le fait qu'Oswald ait été un fervent communiste, qu'il ait été pro-Castro, suffisamment opposé au gouvernement américain pour avoir tenté de renoncer à sa citoyenneté, qu'il ait suivi un entraînement militaire.

Chaque personne liée à cette affaire avait fini morte, passée à tabac, ou bien avait disparu.

Mitch avait le sentiment de pourchasser des fantômes dans les rues de Dallas.

48

29 juillet 1964

« Je sais qu'il est tard, déclara Bobby. Et je sais que la journée a été longue, mais plus vite on finira, plus vite on partira d'ici. Ma secrétaire Catherine va prendre des notes et rédiger un compte rendu. Aussi, pour conserver un caractère formel, je veux que vous donniez chacun votre nom et votre poste.

– Pierre Salinger, porte-parole de la Maison-Blanche.

– Stuart Udall, Intérieur.

– Ken O'Donnell, chef de cabinet.

– Ted Sorensen, conseiller spécial.

– Mac Bundy, conseiller à la Sécurité nationale.

– Mike Feldman, conseiller spécial adjoint.

– Walter Lambert, chef du détachement des services secrets.

– Frank Mankiewicz, porte-parole du procureur général.

– OK, donc la convention nationale a lieu dans vingt-six jours. Elle se tiendra du 24 au 27 août au Boardwalk Hall à Atlantic City.

– Quelqu'un veut aller à la plage », lança malicieusement Bundy.

Il y eut un murmure de rires autour de la table.

« Walter... pourquoi ne nous diriez-vous pas ce que vous savez ?

– Niveau sécurité, ce n'est vraiment ni mieux ni pire qu'ailleurs. La salle principale mesure à peu près cent quarante mètres sur quatre-vingt-quinze. Elle peut accueillir environ douze ou treize mille personnes. Le toit est soutenu par des arches d'acier qui s'étirent sur cent cinq mètres. C'est là qu'a lieu l'élection de Miss America...

– Oh, alors ce n'est pas pour le surf que nous y allons », lança Salinger.

Bobby jeta un coup d'œil à Catherine, qui sourit d'un air entendu. Elle avait l'habitude de ce genre de plaisanteries.

« Et, continua Lambert, la semaine qui suivra la convention, les Beatles y joueront.

– Les qui ? demanda Sorensen.

– Les Beatles, répondit Udall. C'est un groupe de pop anglais. »

Sorensen haussa les épaules, pas plus avancé.

« OK, donc pour ce qui est de la sécurité, on table sur quoi ? demanda Bobby.

– J'aurai huit équipes de douze hommes, la police locale pour le contrôle du périmètre. Les fédés veulent filtrer tous les membres du personnel et tous les invités, mais pour ce qui est du public, nous nous limitons à une fouille à l'entrée et à une surveillance générale, la routine.

– Risques connus ?

– Le Mississippi Freedom Democratic Party. Il y a beaucoup de plaintes à propos du fait que les délégués noirs du MFDP ont été omis. Pour le moment, tous les délégués sont blancs. Leur avocat, Joseph Rauh, veut une réunion. Il suggère que Hubert Humphrey et Walter Reuther, le responsable syndical, rencontrent des meneurs du Mouvement des droits civiques, plus que probablement Roy Wilkins et Bayard Rustin. Si ça se produit, ce qui semble très probable, je suis sûr qu'un compromis sera trouvé. Et si la question est résolue, je ne pense pas que nous nous retrouverons avec une manifestation sur les bras. »

Bobby se tourna vers le conseiller spécial, Ted Sorensen. « Le président doit être informé de ce problème. Tout le travail que nous avons accompli sur les droits civiques, la loi qui vient d'être votée… »

Sorensen prit une note sur son sous-main. « Je travaille sur le discours en ce moment, dit-il. Nous mettons le paquet sur le maintien de l'ordre, l'égalité des droits, tous les trucs positifs. De toute évidence, nous devons aborder Castro, Cuba, la baie des Cochons, le Vietnam, mais nous le ferons sous l'angle de la résistance au communisme en tant que menace pour le mode de vie américain. Nous n'allons pas ignorer les erreurs, nous allons juste les placer dans un contexte plus vaste et les minimiser autant que possible. »

Mac Bundy se pencha en avant. « J'ai eu de longues conversations complexes sur la question du Vietnam avec le secrétaire à la Défense McNamara, déclara-t-il. Pour être direct, c'est le merdier. » Il lança un regard oblique à Catherine.

« Ne vous en faites pas pour moi, dit-elle. Je suis mariée à un homme de la Navy.

– Nous marchons sur des œufs. Ce n'est pas l'Europe, c'est la jungle. C'est comme la Corée, mais en cent fois pire. Ces gens sont impitoyables et inarrêtables, ils sont sans cesse plus nombreux. Ike avait moins de mille personnes là-bas avant notre prise de fonction. En novembre de l'année dernière, nous en avions seize mille, et ce sont juste ceux que nous avons admis avoir envoyés. Maintenant... bon sang, je ne sais pas, je dirais que nous en avons plus de vingt-deux ou vingt-trois mille, et si vous voulez mon opinion, je vois ce chiffre exploser très rapidement bien au-delà des premières estimations. Bob McNamara pense que nous allons devoir en envoyer cent mille de plus rien que l'année prochaine.

– J'ai parlé au président », déclara Bobby.

La pièce devint silencieuse.

« J'ai parlé au président, et il a exprimé... » Il marqua une pause. Il semblait embarrassé. « Le président compte faire du Vietnam le cœur de son discours...

– Oui, et je crois qu'il a raison, intervint Bundy. Le peuple américain doit comprendre que nous ferons tout ce qui est nécessaire pour tenir nos positions. »

Bobby leva la main. « Le président compte faire en sorte que la guerre du Vietnam s'achève en notre faveur et que tout le personnel américain soit rapatrié d'ici à la fin de son second mandat. »

Il y eut l'explosion attendue de jurons indignés et incrédules de la part de l'assistance.

« Enfin, Bobby, reprit Bundy. Nous n'avons pas la moindre chance d'y parvenir.

– Je le sais, Mac, répondit Bobby. Vous ne croyez pas que je le sais ?

– C'est de la folie, intervint Sorensen. J'ai écrit le discours d'investiture, bon sang. Nous avons dit ce que nous avons dit. N'importe quel prix, n'importe quel fardeau... nous opposer à tout ennemi afin de garantir la survie et le succès de la liberté... tous ces merveilleux trucs patriotiques. »

Il y eut un silence gêné autour de la table.

« Je suis désolé, Bobby, dit Mankiewicz, mais le président a-t-il perdu la tête ?

– Il est impossible de mettre un terme à ce conflit en quatre ans, ajouta Bundy. Je doute même que nous y parvenions en dix.

– Cette réunion a pour objet la convention nationale démocrate », déclara Bobby. Il regarda Sorensen. « Vous allez devoir parler au président, Ted. Tout ce qu'il dira à la convention sera remis en question, disséqué et de nouveau remis en question dans chaque journal, pendant chaque débat, chaque interview. S'il fait une promesse comme celle-là, nous n'avons aucune chance de traverser l'élection sans nous faire mettre en pièces par les médias et les républicains.

– Je vais lui parler, intervint Bundy. J'irai avec McNamara. Nous verrons le président ensemble et tenterons de lui faire comprendre que c'est impossible.

– OK, bien, dit Bobby. Donc, passons aux autres questions.

– Eh bien, fit O'Donnell, si nous sommes ici pour parler de tout le reste, alors faisons-le. Nous avons Castro, la baie des Cochons, la crise des missiles. Nous avons Khrouchtchev, les pourparlers de Vienne, la division de Berlin.

– Earl Warren et sa commission sur l'éthique pendant l'élection, dit Salinger. J'ai entendu dire qu'il commençait déjà à prendre les dépositions des grands électeurs. La rumeur affirme qu'il va assigner à comparaître le maire Daley de Chicago et lui demander à brûle-pourpoint s'ils ont trafiqué l'urne dans le comté de Cook.

– Et nous pouvons dire exactement la même chose de Nixon dans le sud de l'Illinois, déclara Mike Feldman.

– Ne nous égarons pas, messieurs, intervint Bobby. Nous pourrons disséquer tout ça plus tard, une question à la fois.

– OK... alors, côté positif, dit Salinger, nous avons les droits civiques, les progrès en vue de la fin de la ségrégation, le traité d'interdiction des essais nucléaires, le fait que le coup d'État au Vietnam du Sud qui a éliminé Diêm ait été un succès.

– La course à l'espace, l'orbite de Glenn autour de la terre, la promesse d'envoyer un homme sur la Lune avant la fin de la décennie, ajouta Sorensen. C'est la vieille maxime. Premièrement, mettre l'accent sur ce qui selon nous fait la grandeur de ce pays aux yeux des électeurs. Deuxièmement, si nous ne pouvons pas mesurer ce qui est important, prendre quelque chose que nous pouvons mesurer et convaincre le peuple que c'est important.

– Nous vous laisserons la rhétorique, Ted, dit Bobby. OK, à part cette histoire de MFDP, y a-t-il d'autres sujets d'inquiétude pour ce qui est de la sécurité, Walter ? »

Lambert secoua la tête. « Ce n'est pas comme Dallas en novembre dernier, par exemple, ou comme les grandes rencontres avec des électeurs. Le président arrivera à Atlantic City l'après-midi du 23, et nous le ramènerons à la maison le dernier jour. Ça fait presque cinq jours. Ce qui représente beaucoup d'hommes en alerte maximum pendant une longue période. Je serai sur place pour rencontrer les autorités et le personnel du palais des congrès, et nous filtrerons les traiteurs et le personnel de l'hôtel en liaison avec les fédés. Je sais ce qui doit être fait, et mes équipes ont déjà effectué pas mal de travail préparatoire.

– OK, dit Bobby. Donc j'ai besoin que Ken, Pierre, Ted, Mike et Frank restent. Les autres, vous pouvez partir. »

Bobby jeta un coup d'œil par-dessus son épaule en direction de sa secrétaire. « Vous aussi, Catherine. Vous êtes libérée. »

En quelques minutes, ceux dont la présence n'était pas exigée s'en allèrent.

Bobby se servit une tasse à la cafetière qui était posée sur un chariot près de la porte, puis il se rassit. « OK, maintenant que les types en costume sont partis, nous devons parler sérieusement, dit-il. Notre adversaire est Barry Goldwater, comme nous le savons.

– Il nous faut un dossier semblable à ceux que vous avez montés sur Nixon, déclara O'Donnell. Un catalogue de ses petits secrets. Comment vous avez appelé ça, déjà ?

– La Nixopédie.

– C'est ça. Pile ce dont nous avons besoin.

– Goldwater n'est pas Nixon, répliqua Bobby. C'est un conservateur, un fervent libertarien, un enfant de la guerre d'indépendance, un franc-maçon, un pilote de la Seconde Guerre mondiale qui a volé sur plus de cent cinquante types d'avions et a fini avec le rang de général. Il collectionne les poupées kachinas, croit fermement aux extraterrestres et aux OVNI, et il a même postulé pour avoir accès à la base aérienne Wright-Patterson afin de voir ce qu'ils entreposaient dans leurs hangars. Sa demande a été rejetée, évidemment. Il est marié depuis 1934, n'a jamais fumé une cigarette, ne boit pas de café, mais apprécie un petit Old Crow après 17 heures. »

Il marqua une pause. « Mais surtout il estime que le président actuel est trop jeune et inexpérimenté pour la fonction, un risque pour la politique étrangère et une grenade diplomatique. À en croire une source non confirmée… (il feuilleta quelques pages et trouva le mémo qu'il cherchait) Goldwater pense que "Jack Kennedy est un séducteur abîmé par la drogue qui se soucie bien plus des conquêtes féminines que de la conquête spatiale, et s'il continue de diriger ce pays comme il le fait depuis 1960, nous nous retrouverons quelque part dans le fin fond de la turpitude morale et serons la risée du monde". Pour moi, ça ressemble à un homme qui cherche la bagarre.

– Ça ressemble à un homme qui pourrait me donner des tuyaux sur l'écriture de discours », observa Sorensen.

Les rires autour de la table ne parvinrent pas vraiment à dissiper la tension générée par les paroles de Bobby. Les hommes réunis ici savaient à quoi ils avaient affaire, et ils étaient pleinement conscients du problème que le président avait créé avec son comportement.

« Supprimez la question du Vietnam, reprit Bobby. Laissez-la de côté pour le moment. En vérité, notre plus grand combat sera de restaurer la crédibilité écornée d'un président en fonction, pas seulement politiquement, mais personnellement. » Il ferma les yeux un instant, comme s'il hésitait à dire autre chose. « Dans la situation actuelle, je ne voterais pas pour mon frère. Si nous parvenons ensemble à me faire changer d'avis, je pense que nous pourrons faire changer d'avis cette nation. »

49

30 juillet 1964

C'est le jeudi en milieu d'après-midi que Mitch apprit quelques détails sommaires sur l'agression de Jack Ruby. Il s'était lui-même rendu à la prison, pour simplement se voir informé que personne n'était disponible. Il avait montré sa carte de presse, expliqué qu'une critique cinglante de l'établissement serait publiée si le personnel ne coopérait pas. Ses interlocuteurs avaient finalement compris qu'il ne partirait pas tant que quelqu'un n'aurait pas répondu à quelques questions.

Dans une petite pièce située à la droite de l'aile des admissions, il eut droit à une entrevue avec l'aumonier de la prison.

« Vous êtes quelqu'un de persévérant », déclara l'homme.

Son nom était Grant et il semblait à la fois distant et implacable. Peut-être était-ce nécessaire pour une telle assemblée de fidèles.

« Je veux savoir ce qui est arrivé à Jack Ruby, expliqua Mitch.

– D'après ce que je comprends, vous savez pertinemment ce qui lui est arrivé, sinon vous ne seriez pas ici. »

Mitch attendit et compta jusqu'à trois. Il était en colère, fatigué, il en avait sa claque. Ils l'avaient fait poireauter pendant près de trois heures avec leurs conneries, et maintenant non seulement on lui envoyait l'aumonier de la prison, mais en plus le type jouait sur les mots.

« Je vais reformuler ma question, dit-il. Je sais que Jack Ruby a été très grièvement blessé, et je veux savoir comment c'est arrivé.

– Nous sommes dans une prison, répondit Grant. Beaucoup d'hommes avec trop peu d'espace, pas assez de nourriture. Tous sont innocents, claustrophobes, et de temps en temps la tension devient insupportable pour une minorité, et ça affecte la majorité.

– Ce qui signifie ?

– Ce qui signifie qu'il y a eu une bagarre dans la cour. Pas la première, certainement pas la dernière. D'ordinaire, c'est quelqu'un qui mène une vendetta personnelle, mais un simple acte de violence revient à allumer la mèche d'une chaîne de pétards. Tous se déclenchent. Tous explosent tour à tour.

– L'agression ne visait pas spécifiquement Ruby ?

– D'après ce que j'ai compris, non.

– Il se trouvait juste au mauvais endroit ?

– C'est ce qu'on dirait.

– N'était-il pas censé être à l'isolement ?

– Je ne saurais vous dire, monsieur Newman.

– Quelqu'un d'autre a-t-il été blessé ?

– Oui.

– Quelqu'un d'autre d'hospitalisé ?

– Je ne crois pas, non.

– Donc Ruby, qui n'était même pas la cible de je ne sais quelle vendetta personnelle, s'avère être la seule personne grièvement blessée, et maintenant il est dans le coma à Parkland et il y a de grandes chances qu'il ne s'en sorte pas.

– Oui.

– Sait-on qui est le responsable ?

– Pas exactement.

– Ce qui signifie ?

– Ce qui signifie qu'une bonne douzaine d'individus ont été placés à l'isolement, mais on ne sait pas clairement qui a été directement responsable de l'agression de M. Ruby.

– Ça semble à la fois ironique et bien pratique.

– Pratique ?

– Eh bien, ne vous semble-t-il pas bizarre qu'un seul homme ait été si grièvement blessé ?

– M. Ruby n'est pas un homme de grande stature, monsieur Newman. C'est un environnement dur rempli de personnes très violentes.

– Croyez-vous que M. Ruby ait pu être la cible et que cette prétendue bagarre de prison ait simplement été une excuse pour l'agresser ? »

Grant esquissa un sourire sardonique. « Je crois que vous allez chercher trop loin. Comme je l'ai dit, ces choses arrivent, et elles ne sont pas rares. Nous avons aussi eu des exemples de tentatives d'évasion, d'émeutes, de grèves de la faim, d'agressions du personnel de la prison, d'aumoniers, même. Nous avons à peu près tout ce à quoi vous pourriez vous attendre dans un tel endroit.

– Et qu'allez-vous faire à propos de ce qui s'est passé ?

– Je vais prier pour M. Ruby.

– Ce n'est pas ce que je voulais dire, et vous le savez. »

Grant marqua une pause avant de parler. Il se pencha en avant. Il était calme, mais il y avait indéniablement une hostilité sous-jacente dans le ton de sa voix. « Je sens une certaine colère, monsieur Newman. Puis-je vous demander ce qui en est la cause ?

– Que quelque chose comme ça puisse arriver.

– En général, ou spécifiquement à M. Ruby ?

– À M. Ruby.

– Parce que ?

– Parce que c'était un individu important pour moi dans le cadre d'une enquête que je mène.

– Je vois. » Grant se pencha en arrière. L'expression sur son visage n'était que dédain. Peut-être voulait-il que ça se voie clairement ; sinon, c'était manifestement un homme incapable de masquer ses émotions.

« Je ne crois pas qu'on me dise la vérité, déclara Mitch, et je ne crois pas qu'on vous l'ait dite non plus.

– Vous avez entièrement le droit d'avoir votre opinion, monsieur Newman.

– Oui, répondit Mitch. En effet. »

Il se leva et baissa les yeux. Grant était peut-être un homme de Dieu, mais Mitch aurait voulu le frapper en pleine face, et fort.

Grant se leva à son tour. « Donc, si je ne peux plus rien faire pour vous… »

Il laissa sa phrase inachevée.

« Vous n'avez rien fait pour moi, déclara Mitch. C'est une opération de dissimulation. Je le sais, vous le savez, et vous n'avez pas fini d'en entendre parler.

– Je suis désolé que vous pensiez cela, dit Grant.

– Oh, j'en doute.

– Laissez-moi vous raccompagner jusqu'à la sortie.

– Oui, c'est ce qu'il y a de mieux à faire, sinon nous pourrions nous retrouver avec une nouvelle bagarre de prison à réprimer. »

Grant ne mordit pas à l'hameçon. Il était loyal à son institution, homme de Dieu ou non, et il était prêt à faire tout ce qui serait nécessaire pour défendre la réputation de celle-ci. Mitch avait rencontré ce genre de personnes au sein de l'armée, dans les journaux, et elles étaient légion à travers toutes les strates de l'administration à Washington.

Il quitta la prison avec la certitude que Ruby avait été la cible spécifique de la bagarre qui avait eu lieu. La coïncidence était trop grande, trop improbable pour qu'on puisse expliquer les choses autrement. Ruby avait parlé à Shaw, et pendant qu'il était en détention, il avait failli mourir sous les coups. On ne l'avait même pas mis à l'isolement comme Art Hallam l'avait demandé. Shaw n'était plus sur l'affaire, le personnel de la prison se couvrait, et Ruby avait été réduit au silence, peut-être pour toujours.

Mitch se demanda combien de temps s'écoulerait avant qu'ils s'en prennent à lui. Et qui étaient-*ils* ? Impossible de le découvrir sans continuer de creuser, de poser des questions, d'être le caillou dans la chaussure de quelqu'un. Est-ce que ça voulait dire qu'il finirait comme Ruby, comme Jean, voire comme l'inconnue Holly Walsh ?

Seul le temps le dirait.

50
31 juillet 1964

Mitch ne possédait pas de costume noir, ni même de chemise blanche propre. Il avait une cravate et des chaussures qui feraient l'affaire, mais c'était tout. Le fait qu'il doive louer un costume pour l'enterrement de Jean montrait à quel point il était mal préparé pour les événements importants.

Il était revenu à Washington de bonne heure puis avait roulé jusqu'à West Haven, mais la circulation du vendredi avait failli lui faire rater la cérémonie.

La prédiction d'Alice avait été exacte. La première église congrégationaliste de Sumner Street n'était pas une cathédrale, mais même dans un environnement aussi modeste, le nombre de personnes présentes semblait ridiculement bas. Jean méritait tellement mieux que ça, et ça fit profondément mal à Mitch de voir la mère de celle-ci, désormais tellement plus vieille et chétive que tout juste deux semaines plus tôt, regarder derrière elle en direction de la porte tandis que la cérémonie commençait dans l'espoir que d'autres personnes arriveraient.

Mitch ne reconnut que très peu de ses collègues du *Tribune*. Lester Byron était là, plus deux ou trois autres dont le visage lui était familier, mais l'impression général d'embarras qu'ils donnaient n'indiquait que trop clairement que leur présence était une question de devoir, pas un choix personnel.

Alice était censée prendre la parole, mais elle en était incapable. Mitch, qui se tenait à côté d'elle, savait ce qui allait se passer, et il se sentait intérieurement vide.

Après une cérémonie brève et sans âme, le pasteur invita les personnes qui le souhaitaient à prononcer quelques mots. Alice tira sur la manche de Mitch, l'implora doucement d'une voix accablée par le chagrin. « S'il vous plaît, Mitchell... s'il vous plaît... ne la laissez pas partir sans dire quelque chose. »

La gorge nouée, Mitch marcha lentement vers l'avant de l'église. Ce n'est que lorsqu'il atteignit le petit podium et se retourna qu'il s'aperçut que pas mal de personnes étaient arrivées après lui. Trois ou quatre rangées de bancs étaient pleines et, à l'arrière, environ une demi-douzaine d'hommes et de femmes étaient assis ou debout. Ce n'était pas l'idée de parler en public qui le rendait nerveux, mais le fait qu'il était finalement confronté à la réalité de la mort de Jean. Son corps était là, à pas plus de deux mètres de l'endroit où il se tenait, et cette simple proximité lui déchirait le cœur.

« Je... je suis ici pour dire au revoir à Jean, commença-t-il, et pas pour la première fois. »

Il regarda Alice. Ses yeux étaient rougis, son maquillage était déjà un désastre. Elle semblait vaincue et désespérée. Elle sourit faiblement, une expression fragile pour le remercier de sa présence.

« Je dois être honnête et dire que je n'ai pas parlé à Jean depuis plus de dix ans. Plus près de quinze, à vrai dire. Je l'ai revue une fois en décembre 1950. Avant ça, je l'avais vue en juillet de la même année. Nous étions fiancés et devions nous marier, et j'ai rompu ces fiançailles par vanité et égoïsme. »

Il marqua une pause pour reprendre son souffle. Il était en train de prononcer une confession. « Jean était... Jean était... »

Il sentit le chagrin monter dans chaque veine, chaque artère, traverser chaque nerf, chaque tendon, faire se crisper chaque muscle de son corps. Ses genoux se dérobèrent brièvement et il agrippa le bord du podium. Il avait l'impression que s'il le lâchait, il tomberait tête la première dans un effroyable abîme émotionnel. Il ferma les yeux, inspira profondément, et lorsqu'il les rouvrit, l'église semblait abriter deux fois plus de personnes qu'avant, et toutes le regardaient, ouvrant de grands yeux dans l'attente de ce qu'il allait confesser.

« Jean était une femme passionnée, et cette passion était contagieuse. Elle vous envahissait, s'emparait de vous, et qui que vous soyez, quelle que soit votre relation à elle, vous ne pouviez pas vous empêcher d'être emporté par ce tourbillon qu'elle avait en elle. » Il sourit tandis qu'un souvenir lui revenait. « Elle me demandait de lui lire des poèmes. Maintenant, j'ai l'impression que c'était il y a mille ans, mais je m'en souviens clairement. Il y avait un vers qu'elle me demandait de réciter de temps à autre. Il est de Mordaunt. "Une heure pleine de vie glorieuse vaut une éternité sans nom." Elle y croyait, elle y croyait complètement. J'ai utilisé cet argument pour justifier mon départ, mais maintenant, avec le recul, je comprends que la vie que j'ai menée depuis n'a été qu'une fraction de la vie que j'aurais eue si j'étais resté. »

Alice se mit à sangloter bruyamment. Lester s'approcha et lui passa un bras autour des épaules.

« Et donc je suis désolé. Désolé de l'avoir laissée partir. Désolé d'avoir manqué ces quinze dernières années avec elle. Désolé d'avoir fait le choix que j'ai fait en me persuadant que c'était le bon. Ça ne l'était pas, et je le sais désormais. Plus que tout, je suis désolé qu'elle soit partie, simplement parce que sa mort m'a forcé à me regarder en face, et si elle peut faire ça pour moi maintenant, je ne puis qu'imaginer ce qu'elle aurait fait de sa vie si elle avait vécu... »

Des larmes emplirent ses yeux. Les jointures de ses doigts blanchirent.

« Je l'ai aimée dès le début. Je l'aime encore. Je prierai toujours pour elle. J'ai pris une mauvaise décision, et c'est moi qui la paye, et je continuerai de payer pendant le restant de mes jours. »

Il baissa les yeux un moment. Son cœur battait à toute allure. Il sentait le sang qui coulait dans sa poitrine, l'entendait dans ses oreilles.

Il regarda en direction du cercueil.

« Au revoir, Jean », dit-il d'une voix brisée.

Il s'écarta du podium et regagna son banc, conscient que l'église était devenue parfaitement silencieuse.

Ils vinrent à lui plus tard. Ils étaient deux. Un homme et une femme. L'homme mesurait cinq centimètres de plus que Mitch, ses traits étaient puissants et déterminés. Quand il parlait, il ne détournait jamais le regard, et Mitch comprit que c'était une stratégie censée le déstabiliser et le perturber. Ça fonctionna.

La femme avait un visage plus doux. Elle avait un côté maternel, même si elle devait avoir au mieux cinq ou six ans de plus que Mitch. Elle expliqua qu'ils étaient de l'une des agences auxquelles Jean envoyait son travail, mais ils n'étaient pas plus journalistes que Mitch n'était le gouverneur du Maryland.

Il ne les défia pas. Il les écouta, et il savait exactement ce qu'ils voulaient.

« Bonjour, monsieur Newman. Mon nom est Forrest Young. Et voici ma collègue, Sarah Trent. Nous travaillons chez Barton & Garrison. Vous connaissez cette agence de presse ? »

Mitch n'en avait jamais entendu parler, mais il fit mine de la connaître.

« Toutes nos condoléances, dit Trent. Les paroles que vous avez prononcées ont été très émouvantes, très poignantes.

– Vous connaissiez Jean ? demanda Mitch.

– Oui, bien entendu, répondit Young. Pas bien. Juste professionnellement, vous savez ? Elle envoyait parfois son travail, certains articles d'investigation qui ne paraissaient pas dans le *Tribune*.

– Vraiment ? »

Trent sourit. Young aussi.

« Eh bien, merci d'être venus, dit Mitch. Quel dommage qu'il n'y ait pas eu plus de ses amis, mais vous savez comment c'est. Tellement de personnes rendent hommage en privé. Les enterrements peuvent être bouleversants, surtout quand… »

Il laissa sa phrase en suspens. Il ne voulait pas dire *suicide*. Il n'y croyait pas, et prononcer ce mot y aurait apporté du crédit.

« Je comprends absolument », dit Trent.

Elle esquissa le même sourire doucereux.

« Un événement tellement tragique pour une personne si... si pleine de vie, déclara Young. On ne se doute jamais de ce qui se passe vraiment, pas vrai ? Qui aurait pu savoir que des choses la mettaient dans un tel état de stress et de souffrance que se donner la mort soit devenue la seule solution à ses yeux ?

– Pas moi », répondit Mitch.

Il aurait voulu ajouter *et je crois que Jean l'ignorait également*. Il savait déjà avec certitude qui étaient ces personnes. Étaient-ce celles qui l'avaient suivi à Washington ? Avaient-elles écouté ses conversations téléphoniques, enquêté sur chaque question qu'il avait posée ? C'était un avertissement poli, une façon de lui dire de rester à l'écart, de garder ses distances. Il ne voulait pas les provoquer plus.

« Nous devons tous être tellement prudents, dit Trent. Tant qu'une telle chose ne s'est pas produite, on ne se rend jamais pleinement compte de la fragilité de la vie, n'est-ce pas ?

– Non, répondit Mitch. En effet. Eh bien, encore merci d'être venus. Je dois aller passer un peu de temps avec la mère de Jean, maintenant. »

Young tendit le bras. Mitch fit de même et ils échangèrent une poignée de main. Tout en continuant de tenir celle de Mitch, Young le fixa de son regard implacable et dit : « Prenez soin de vous, monsieur Newman. Les tragédies de ce genre ont le don de nous affecter de manière des plus inattendues, et je suis tout à fait certain que la mère d'Alice compte beaucoup sur votre aide. »

Mitch lâcha Young. Ce dernier continua de le fixer.

« Oui, je suis sûre qu'elle vous est très reconnaissante de votre soutien pendant cette terrible épreuve », ajouta Trent en guise de conclusion, et ils se retournèrent tous les deux avant de s'éloigner.

Mitch les observa tandis qu'ils partaient. Ils ne regardèrent pas en arrière et ne semblèrent pas échanger un mot. Ils quittèrent simplement l'église et longèrent Sumner Street avant de monter dans une berline.

Était-ce ainsi que ça se passait ?

Était-ce ainsi qu'ils avaient abordé Jean ? Ils étaient polis et patients, mais tellement menaçants. Lui avaient-ils dit la même chose, et elle avait refusé de laisser tomber ?

Mitch regarda en direction du cercueil qu'on était à cet instant en train de soulever des tréteaux, puis en direction d'Alice.

Le monde ralentit. Tout était silencieux. Il entendait les battements de son propre cœur. Il s'entendait respirer.

Qu'ils aillent tous se faire foutre, pensa-t-il.

51

Il aurait été facile de se soûler et de rester soûl, mais Mitch s'efforça de garder toute sa tête.

Après l'enterrement, il y eut un petit rassemblement organisé par Alice dans un bar du coin. L'arrière-salle avait été nettoyée. De la nourriture avait été disposée. Il régnait une certaine gêne. Des personnes qui avaient à peine connu Jean se tenaient là avec un verre de vin à la main, ne sachant où regarder, ne sachant quoi se dire. Mitch circulait parmi elles. Il parla à Alice, incita Byron à dire quelques mots sur Jean, et ce dernier partagea quelques anecdotes qui illustraient son entêtement au travail, son implacable détermination, la ténacité dont elle faisait constamment preuve, son infatigable sens de l'humour.

Ses dernières paroles furent dans un sens plus judicieuses que tout ce qui avait été prononcé jusqu'alors.

« Il me semble que Jean était unique. Je croyais qu'elle continuerait éternellement. Je pensais que rien ne pourrait l'empêcher de faire ce qu'elle voulait. C'est bien la preuve qu'aucun de nous n'est invincible. Il y a toujours quelque chose de plus grand et de plus fort que nous, et la plupart du temps cette chose arrive soudainement et sans prévenir. Ça a été un choc pour moi et ça l'est encore. Je suppose que ça me rappelle, que ça nous rappelle peut-être à tous, qu'il y a tant de choses que nous tenons pour acquises, et nous ne nous rendons compte de leur importance que lorsqu'elles ne sont plus là. »

Sur ce, il leva son verre et ils portèrent un toast à la vie trop courte de Jean Boyd.

Mitch proposa à Alice de rester, mais elle déclina.

« Je crois que je veux être seule, dit-elle. Juste pour le moment, pour ce soir. J'ai besoin d'un peu de tranquillité, Mitchell. Mais merci de proposer.

– Si vous avez besoin de moi, appelez, OK ?

– D'accord. »

Mitch rentra à Washington. Il était tard, et lorsqu'il eut garé la voiture, il marcha jusqu'au bar. Tom était là, ainsi que quelques habitués, et ça lui fit du bien de voir des visages familiers.

Mitch portait toujours son costume, mais il ôta sa cravate et l'enfonça dans sa poche.

« Enterrement, expliqua-t-il lorsque Tom haussa les sourcils d'un air interrogateur.

– Ton amie ? »

Mitch acquiesça, commanda un double.

« C'est ma tournée », dit Tom.

Il fit glisser le verre sur le comptoir puis laissa Mitch tranquille. Il était occupé, mais peut-être sentait-il également que Mitch voulait être seul avec ses pensées.

Celles-ci ne concernaient pas Jean, mais Forrest Trent et Sarah Young. Nelson Shaw, Jack Ruby et Holly Walsh. Leland Webster et Marshall Jeavons, les membres de la Ligue communiste du Texas, Ruth Paine et tous ceux qui avaient été impliqués dans ce qui s'était passé en novembre 1963. Mais que s'était-il réellement passé ? Commençait-il vraiment à envisager qu'on avait tenté de tuer Kennedy, ou se raccrochait-il à ce qu'il pouvait, tirant simplement une conclusion absurde pour expliquer la mort de Jean, l'hospitalisation de Jack Ruby, la disparition de Holly Walsh ? Et s'il y avait bien eu une tentative de meurtre, ce Lee Oswald était-il responsable ? Il semblait évident qu'il n'était pas trop apprécié. Il s'était fait une réputation d'arrogant, d'obstiné, d'agressif. Il était – rien que par son comportement – parvenu à faire se disperser le groupe de discussion. Ceux qui le connaissaient ne voulaient pas le voir, et il s'était assurément fait rare.

Il avait quitté son travail le 21 novembre et avait disparu. Une autre coïncidence, et elles étaient désormais trop nombreuses pour indiquer autre chose qu'un complot.

Y avait-il quoi que ce soit pour étayer la certitude instinctive de Mitch qu'Oswald devait être retrouvé ? Non. C'était une accumulation de petits détails, d'événements mineurs, de choses que les gens avaient dites et faites. C'était la conviction que Jean ne serait pas allée à Dallas et n'aurait pas cherché à voir Ruby si elle n'avait pas été totalement persuadée qu'il savait quelque chose d'important. Ni Jean, ni Ruby, ni Leland Webster ou Nelson Shaw ne pouvaient plus l'aider. Pourtant, il avait besoin d'un coup de main, et les seules personnes dont il pensait qu'elles pourraient l'écouter étaient les agents des services secrets. Ils étaient dans l'obligation de veiller sur la vie du président et de sa famille. Quel autre choix avait-il ? Il ne pouvait pas retourner à la police – quelle preuve avait-il qu'un crime avait été commis ? Il ne pouvait pas rédiger une déposition – qu'aurait-il exposé hormis des soupçons sans fondement et d'étranges coïncidences ?

Il fallait qu'il parle à quelqu'un, et ce quelqu'un devrait avoir suffisamment d'autorité pour se pencher sur la question. L'essentiel était d'assurer sa propre survie. Il était pris entre le marteau et l'enclume. Si les Young et les Trent de ce monde le mettaient en garde, ça signifiait que sa vie était déjà en danger. Qui étaient-ils ? Qui avait tout intérêt à ce qu'il abandonne ? S'il laissait tomber pour sauver sa peau, alors à quoi tout ça avait-il servi ? Jean ne l'avait pas fait, et ça lui avait coûté la vie.

Il lui semblait désormais que sa seule option était d'aller voir les autorités, et pourtant – il devait regarder les choses en face – les autorités étaient les personnes mêmes qui cherchaient à préserver un secret. Mais c'était ça ou rien, il n'y avait pas d'autre manière de voir les choses.

Plus tard, seul dans son appartement, Mitch alla chercher la bouteille de bourbon dans le placard de la cuisine. Il y avait des glaçons dans le freezer. Il se versa une bonne rasade et se tint à la fenêtre. Le chat vint s'asseoir sur le rebord et ils regardèrent tous deux la rue en contrebas.

Il leva son verre.

« Jean, dit-il. Tu me manques plus que jamais. »

Il caressa le chat.

« Et tu manques aussi à ce petit bonhomme. Tu manques comme pas possible aux deux Mitch. »

Le chat leva les yeux vers lui comme s'il comprenait.

« Tu sais, mon pote, je ne savais même pas jusqu'à maintenant à quel point je l'aimais. Elle a mis le nez dans une sale affaire, et je crois que c'est pour ça qu'elle a perdu la vie. »

Il marqua une pause, but une gorgée.

« Le moins que je puisse faire, c'est aller jusqu'au bout, pas vrai ? À n'importe quel prix. »

52

4 août 1964

La demande de Mitch pour rencontrer un représentant des services secrets dans les bureaux de L. Street à Washington avait reçu une réponse la veille en fin d'après-midi. Il n'avait pas donné de raison spécifique à sa requête, ce qui, ainsi qu'il l'apprendrait plus tard, avait causé le délai. S'il avait expliqué que c'était lié à une possible tentative de meurtre contre le président, ils auraient traité sa demande avec bien plus de célérité.

Ailleurs, les services secrets se seraient peut-être occupés de blanchiment d'argent, de contrefaçon et de fraude bancaire, mais à Washington, les agents avaient pour principale responsabilité la protection du président et de sa famille, celle des diplomates et des ambassadeurs en visite, et tout ce qui concernait la sécurité au Capitole.

Le mardi matin, Mitch se retrouva face à un homme qui était prêt à écouter. L'agent s'appelait George Everett, et même si la sécurité du président était sa principale mission, même s'il faisait son possible pour paraître intéressé par ce que Mitch disait, il semblait clair que non seulement il avait déjà entendu ce genre de choses à de multiples reprises par le passé, mais également qu'il n'était pas disposé à accorder beaucoup de crédit aux informations de Mitch.

Et Mitch comprenait, alors même qu'il parlait, que si les rôles avaient été inversés, lui aussi aurait douté de la véracité de ce qu'il affirmait.

« Alors, demanda Everett à un moment, vous ne connaissez pas ce Lee Oswald ?

– Non.

– Et vous ne l'avez jamais vu ?

– Non.

– Savez-vous à quoi il ressemble ?

– Non, aucune idée.

– Il a donc travaillé au dépôt de livres scolaires jusqu'au 21 novembre de l'année dernière, mais à en croire les registres il n'est pas venu le 22 et n'a contacté personne depuis pour expliquer son absence ?

– C'est ce que j'ai cru comprendre, oui.

– Et vous vous êtes intéressé aux efforts apparents d'une collègue journaliste pour retrouver une fille nommée Holly Walsh. Cependant, rien ne prouve qu'elle ait disparu, ni qu'elle ait été victime de quoi que ce soit.

– Exact.

– Et il n'y a aucun indice suggérant que Lee Oswald puisse être responsable de la mort de Leland Webster ?

– Ça semble fou, non ? »

Everett ne releva pas la question de Mitch. « Comment cet Oswald connaissait-il ce... (il jeta un coup d'œil aux notes qu'il avait prises) ce Jack Ruby ?

– Je ne sais pas. Enfin, Ruby était le propriétaire du club où la Ligue communiste du Texas se réunissait, mais je ne sais pas comment il connaissait Oswald. »

Everett prit une note. « Et vous affirmez qu'Oswald avait fui en Union soviétique.

– Oui. D'après les informations que j'ai pu rassembler, il est revenu après avoir vécu quelque temps à Minsk avec son épouse russe. Pour autant que je sache, elle vit toujours à Dallas, mais Oswald et elle sont brouillés. »

Everett acquiesça, prit une nouvelle note. « Bon. Comment relie-t-on tout ça pour arriver à la possibilité d'un plan dans le but d'assassiner le président en novembre dernier ?

– Je sais que ça paraît tiré par les cheveux, et je comprends que ce ne sont que des hypothèses et des déductions, mais il semble juste y avoir trop de coïncidences bizarres. Le fait que cet Oswald ait pu être responsable de la tentative de meurtre contre le général Walker, qu'il ait travaillé dans le bâtiment qui dominait l'itinéraire du cortège... »

Mitch marqua une pause. Il entendait un écho de la voix de Bill Sandford dans sa tête. *Parfois on veut tellement croire à une chose qu'on transforme tout ce qu'on voit pour que ça colle avec notre théorie.*

« J'y suis allé, agent Everett. Je me suis tenu devant cet immeuble à Dealey Plaza, et j'ai vu que c'était possible. Et Jack Ruby savait quelque chose, vous voyez ? Il craignait pour sa vie, et Jean y est allée et maintenant elle est morte...

– OK, monsieur Newman, dit Everett, l'interrompant. Vous semblez avoir effectué beaucoup de travail de terrain.

– Oui.

– Avec la sincère conviction que votre amie Mlle Boyd enquêtait sur une véritable menace contre la vie du président.

– Je ne sais pas si c'est ce sur quoi elle enquêtait. Tout ce que je sais, c'est qu'elle s'intéressait beaucoup à Jack Ruby et à cette fille qui travaillait dans ce club, Holly Walsh.

– Mais rien de ce que vous dites n'est étayé par quoi que ce soit.

– Je le sais, répondit Mitch. Et je comprends aussi l'impression que ça doit vous donner. »

Mitch n'avait pas mentionné le fait que le Carousel n'était pas le début de l'histoire, que Jean, d'après ce qu'il comprenait, était allée à Dallas pour enquêter sur des problèmes de fraude et de corruption pendant l'élection de 1960. Les agents des services secrets de Washington travaillaient pour le président, et pour lui seul. S'ils voulaient conserver leur poste, ils n'iraient pas critiquer leur employeur ni enquêter sur lui.

« OK, je crois que je commence à voir comment tous ces éléments pourraient sembler s'emboîter. » Everett mit l'accent sur le mot *sembler* afin de bien souligner à quel point ce que Mitch disait était improbable. « Y a-t-il autre chose que je devrais savoir, monsieur Newman ?

– Je ne crois pas, agent Everett. Je pense que ce Lee Oswald est peut-être coupable du meurtre de Leland Webster et qu'il a utilisé l'arme de Jack Ruby. Il a pu tuer Webster parce qu'ils travaillaient ensemble au dépôt de livres, et c'est de là qu'on a tenté de tuer le président en novembre dernier. »

Everett haussa les sourcils. « Vous me dites que cet Oswald a vidé une arme depuis ce bâtiment avec l'intention de tuer le président Kennedy ? »

Mitch regarda Everett avec surprise. « Non, ce n'est pas ce que je dis. Pas exactement. Pour être honnête, je ne sais pas précisément ce que j'essaie de dire, si ce n'est qu'il y a beaucoup de choses qui n'ont aucun sens et que je ne crois pas que je vais réussir à leur en donner sans un peu d'aide. Ou, plus exactement, sans une aide officielle. »

Everett secoua la tête. « Je dois vous dire que tout ça n'est rien qu'un très vague soupçon sans la moindre preuve.

– Certes, mais je pense que c'est un soupçon qui mérite une enquête. Je ne suis ni policier, ni officiel fédéral, ni agent des services secrets. Je suis journaliste free-lance. Je vous demande d'aller trouver cet Oswald et de voir quel rôle il joue dans tout ça, si c'est lui qui a pu tuer Webster, s'il sait qui est Holly Walsh et ce qui lui est arrivé...

– J'ai les informations, maintenant, coupa Everett, mais vous devez comprendre ma position. Une véritable enquête avec l'affectation d'agents sur le terrain se base d'ordinaire sur des éléments beaucoup plus solides que quelques soupçons en apparence dénués de lien entre eux et quelques faits lacunaires. Ce que vous m'avez dit ne semble pas indiquer de manière concluante qu'un tireur solitaire ait tenté de tuer le président à Dallas.

– Et si c'est ce qui s'est passé ? Si Oswald a vraiment essayé ? Si l'attaque du général Walker était juste un coup d'essai ? Il a quitté son travail la veille de l'arrivée du président à Dallas. Sans prévenir. Et si Oswald était également mort ? Ou s'il planifiait à cet instant même une autre tentative d'assassinat ? »

Everett sembla se détendre un peu. Il déboutonna sa veste et s'enfonça sur sa chaise. « Nous avons la convention nationale démocrate dans moins de trois semaines, monsieur Newman. Je peux vous assurer que toute notre attention est tournée vers la sécurité du président et le bon déroulement de cet événement. Je ne doute pas de vos bonnes intentions. Je comprends également que vous avez perdu une amie et que vous avez décidé de poursuivre son investigation. Je vois comment tout ça a pu générer beaucoup de pression et de stress.

– C'est ce que vous croyez ? Vous croyez que je compense la perte d'une amie en me faisant un film sur ce qu'elle faisait à Dallas en novembre dernier ?

– Je ne dis rien de tel, monsieur Newman.

– D'après ce que j'entends, vous ne dites pas grand-chose, agent Everett. Je suis venu ici avec un soupçon légitime et pas totalement invraisemblable concernant ce qui a pu être une menace très réelle et très spécifique contre la vie du président Kennedy. À voir votre ton et votre attitude, on dirait que vous ne me prenez pas du tout au sérieux.

– Monsieur Newman, je vous en prie...

– Avez-vous un supérieur à qui je pourrais parler ? Qui d'autre est ici ? Qui est l'agent spécial en charge de cette antenne ? »

Everett sourit d'un air légèrement sarcastique. « C'est moi.

– Alors je ferais peut-être bien d'aller directement à la Maison-Blanche et de voir s'ils me laisseront entrer.

– Monsieur Newman, écoutez-moi. » Everett se pencha et posa les mains à plat sur la surface du bureau. « Vous devez comprendre que nous prenons avec le plus grand sérieux chaque rapport que nous recevons concernant des problèmes de sécurité en relation avec le président, le vice-président, leurs familles respectives, les dignitaires en visite et toutes les personnes qui se trouvent au Capitole à l'invitation de la Maison-Blanche. Je m'excuse si je vous ai donné l'impression que vos informations n'étaient ni crédibles ni précieuses. Elles le sont assurément et seront traitées avec la même énergie et la même application que tous les rapports de ce genre qui nous arrivent. Comme je suis certain que vous pouvez l'imaginer, nous en recevons beaucoup, et ils prennent du temps. Il y en a, bien entendu, qui sont plus urgents et nécessitent une plus grande attention que d'autres. Notre tâche est d'établir des priorités, et ensuite d'agir. Je vous donne ma parole que nous nous pencherons sur cette question aussi vite que possible, et avec toutes les ressources appropriées. Et, pour finir, je vous remercie au nom des services secrets et du bureau du président, non seulement pour votre minutie, mais aussi pour votre patriotisme.

– Je comprends », dit Mitch.

Il se leva.

Everett l'imita et ils se serrèrent la main.

En quittant le bâtiment, Mitch vit Everett qui le regardait par la fenêtre. L'agent leva la main et lui adressa un salut de la tête.

Mitch longea L. Street en proie à un véritable sentiment d'anxiété. Il avait dit à Everett tout ce qu'il savait. Il lui avait communiqué chaque fait, avéré ou non, chaque soupçon, chaque hypothèse, chaque lien qu'il avait établi, aussi ténu fût-il. La seule chose qu'il ne lui avait pas révélée était la motivation initiale du voyage de Jean à Dallas. Des gens posaient déjà des questions à son sujet. Il ne savait pas qui ils étaient. Peut-être des policiers, des agents fédéraux, ou peut-être même des gens que Ruby connaissait dans le réseau du crime organisé à Dallas. Il avait rencontré un obstacle et avait tenté de l'enjamber. L'endroit où il avait atterri avait semblé aussi solide qu'un autre. Il n'arrivait pas à trouver Holly Walsh. Il ne pouvait pas interroger Jack Ruby. Shaw refuserait de l'aider, et désormais les services secrets paraissaient juste le caresser dans le sens du poil. La seule chose à faire semblait être de retrouver ce Lee Oswald. Peut-être que ce serait encore une impasse, mais il devait essayer. Un homme jeune avec une formation militaire, un transfuge, peut-être un traître, un homme qui avait utilisé un fusil pour tenter de tuer quelqu'un, et non seulement il s'était trouvé à Dallas en même temps que Jean et le président, mais il avait aussi abandonné son travail sans raison apparente.

Oswald – qu'il soit ou non de mèche avec Ruby – savait à coup sûr quelque chose, et c'était lui qu'il fallait désormais trouver.

53

Plus tard, bien plus tard, assis dans la cuisine de son appartement, Mitch se demanda s'il ne ferait pas mieux de laisser tomber. Si son hypothèse était exacte, si ce Lee Oswald avait vraiment eu l'intention de tuer non seulement Walker, mais aussi Kennedy – et, au-delà de ça, si c'était toujours son objectif –, alors tant pis. Qu'il le fasse.

Everett se trompait. Le travail de Mitch n'avait aucunement été motivé par le patriotisme. Personnellement, il estimait que, quel que soit l'individu qui occupait le Bureau ovale, le pays était toujours dirigé par les mêmes personnes. Des types en costume et sans visage. Des types avec de l'argent. Des vieilles familles qui étaient là depuis la colonisation de l'Amérique. La politique était un jeu pour ces personnes, et elles ne perdaient jamais. Jean avait débuté par une enquête sur un cas de corruption. Mitch avait suivi cette piste, et maintenant il faisait son possible pour que des gens qui le croyaient fou s'occupent d'un problème qui ne pouvait pas être prouvé et qui ne semblait pas avoir beaucoup de sens. La seule personne qui avait semblé suffisamment intéressée pour l'aider, Nelson Shaw, était restée sur le carreau. Et Mitch comprenait que s'il voulait poursuivre, il devrait agir seul. Une telle perspective le troublait grandement.

Il se versa à boire. Il sortit une fois de plus les lettres qu'il avait écrites à Jean.

Il regarda les enveloppes, sa propre écriture, et repensa aux émotions qu'il avait ressenties en les écrivant. Un sentiment de perte, du désarroi, de la peine, et même de l'incrédulité. Peut-être y avait-il eu un équilibre et avait-elle fini par le faire souffrir autant qu'elle avait souffert. Non, ça n'avait aucun sens. Il croyait sincèrement lui avoir fait beaucoup plus mal. Elle ne s'était jamais mariée, n'avait jamais eu d'enfants. Certes, elle était jeune, mais Alice n'avait jamais laissé entendre qu'elle avait vécu une vie stable et rangée. Pourtant, Jean voulait ces choses. Certes, elle désirait une carrière, elle désirait laisser une trace dans le monde, mais ses véritables aspirations étaient une famille, des enfants, un foyer.

Il n'avait pas été honnête avec elle. Il le comprenait désormais pleinement. Ce qui l'avait poussé à aller en Corée avait toujours été là – une certaine frustration, la conviction qu'il était destiné à quelque chose de plus grand et de plus important que la banalité et la routine d'une vie ordinaire. Mais maintenant ? Faisait-il tout ça parce qu'il voulait prouver qu'il avait raison depuis le début ? Ou juste parce qu'il fallait le faire ? Parce qu'il y avait un mystère qui dépassait leurs vies combinées ? Par vanité ? Pour attirer l'attention ? Pour tenter de convaincre le monde – et donc lui-même – qu'il était en effet destiné à des choses plus grandes ?

Tout ça, c'étaient des conneries. Rien que des conneries dénuées de sens.

Il ouvrit la lettre du 24 janvier.

Est-ce que tu veux que j'abandonne, Jean ? C'est ce que tu souhaites vraiment ? Dis-moi que tu ne veux plus jamais avoir de mes nouvelles, et je disparaîtrai.

Et le 1er février :

J'ai décidé d'écrire douze lettres. La douzième sera la dernière. Si je ne reçois aucune réponse après ça, je me fondrai dans le décor et disparaîtrai.

C'était si mélodramatique et égoïste. Il ne s'était intéressé qu'à ce que *lui* voulait et ressentait, et il ne se comprenait même pas.

La dernière qu'il eut la force de lire était datée du 9 du même mois. Il compta les lettres. C'était la dixième. Il l'avait refermée avec une nouvelle supplication insipide.

Je commence à manquer de mots, Jean. Pour être honnête, je commence à perdre espoir.

Au moins, on pouvait dire qu'il avait dans un sens tenu parole. Il avait écrit douze lettres et pas une de plus. Il se rappelait la dernière, combien il avait peiné sur chaque phrase, chaque mot. Finalement, il l'avait postée, sachant au fond de son cœur qu'elle resterait sans réponse.

Après ça, il l'avait détestée pendant un temps. Vraiment détestée. Puis il s'était détesté lui-même avec une passion et une violence renouvelées. Il s'était mis à boire et avait continué jusqu'à plus soif. Il avait été malade, et tellement en colère. Tout était si futile, désespéré et vain.

La mort de sa mère en septembre 1961 avait été le catalyseur du changement. Tandis qu'il continuait de se noyer dans un océan d'apitoiement sur son sort, il s'était torturé avec l'idée que c'était son comportement à lui qui avait provoqué son décès prématuré. C'était faux, il le savait, mais c'était comme s'il cherchait encore tout ce qui aurait pu alimenter son égoïsme. Car c'était bien de l'égoïsme, et ça en avait peut-être toujours été. Il avait vécu pour lui, et quand les autres l'avaient laissé tomber, il avait utilisé leur trahison imaginaire comme une preuve supplémentaire qu'il n'était d'une certaine manière pas responsable de qui il était ni de ce qu'était devenue sa vie.

Finalement, il s'était ressaisi. Il avait cessé de boire, recommencé à manger et à dormir convenablement. Il avait trouvé un peu de travail, payé ses factures, et il était devenu plus fiable et méthodique qu'il ne l'avait jamais été. Mais ça n'avait pas duré, car la faiblesse inhérente qui sapait ses efforts était toujours là. Il la masquait du mieux qu'il pouvait, mais ce n'était qu'alors, au moment où il s'était efforcé de se battre pour la mémoire de Jean, qu'il était devenu la personne qu'il avait toujours voulu être.

C'était pourquoi il devait continuer de se battre, sans se soucier des Nelson Shaw et des George Everett de ce monde, sans se soucier de Forrest Young et de Sarah Trent, sans se soucier du déluge d'ennuis qu'il risquait de s'attirer.

Ça s'arrêterait avec lui. Ils ne pouvaient pas menacer sa mère. Ils ne pouvaient pas menacer Jean. Ceux à qui il tenait le plus étaient partis, et partis pour de bon.

Bien sûr, ils pouvaient l'abîmer, mais il ne pensait pas pouvoir l'être plus qu'il l'avait déjà été.

Ceux qui connaissaient la vérité se trouvaient quelque part. Quelque part, des personnes avaient décidé de passer Jack Ruby à tabac. Peut-être ces mêmes personnes avaient-elles des informations sur Lee Oswald – qui il était, pourquoi il semblait avoir disparu, s'il avait réellement tenté de tuer John Kennedy en novembre 1963.

Enfin, il y avait ceux qui connaissaient les circonstances exactes de la mort de Jean et – surtout – qui savaient pourquoi il avait fallu qu'elle meure.

Il y avait tout simplement trop de souffrance pour laisser tomber.

54
11 août 1964

C'est l'argent qui empêcha Mitch de retourner à Dallas, et qui l'en empêcha pendant un bon moment. Il avait besoin d'un billet d'avion, d'un motel, d'une voiture de location, de nourriture. Il était presque indigent et avait plusieurs loyers de retard pour son appartement. La seule chose digne d'être vendue était son appareil photo, mais même ça n'aurait pas suffi.

La seule personne vers qui il pouvait se tourner était Alice, et lui demander près de trois cents dollars revenait à admettre que toute sa vie d'adulte avait été un gâchis total.

Il l'appela, lui expliqua qu'il devait retourner dans le Texas, qu'il n'avait pas d'autre option.

« Bien sûr, je peux vous donner l'argent, répondit-elle.

– Prêter », la corrigea-t-il.

Alice hésita avant d'accepter. *Si vous aviez un moyen de me rembourser, vous n'auriez pas besoin de me demander*, voilà ce qu'il entendit dans son silence.

Il savait qu'elle le faisait pour Jean. Si soutenir Mitch dans son entreprise l'aidait à comprendre ce qui s'était passé, peut-être même à découvrir que sa mort n'était en fait pas un suicide, alors ça valait tout ce qu'elle possédait. Mitch le comprenait, et c'était pourquoi il avait répugné à lui demander.

Il fallut deux jours à Alice pour s'organiser, mais l'argent fut finalement transféré. Lorsqu'il acheta son billet, ça faisait une semaine qu'il avait eu son rendez-vous avec l'agent des services secrets à Washington, et sa frustration frôlait la rage.

À son arrivée à Dallas l'après-midi du 11 août, il choisit encore un nouveau motel. Il donna encore une fausse identité. La prudence n'était pas de la paranoïa. Il n'avait qu'à repenser à la conversation troublante avec Forrest Young et Sarah Trent pour comprendre qu'il était bel et bien le caillou dans la chaussure de quelqu'un.

Il devait trouver Oswald, impossible d'échapper à la réalité. Peut-être que ce dernier avait peur. Il semblait en tout cas se faire aussi discret que possible. Avait-il tué Leland Webster avec l'arme de Ruby ? Le mobile ? Peut-être à cause de ce qui s'était passé au dépôt de livres. Peut-être que Webster avait prévu d'en parler à quelqu'un. Ou alors il avait pu tenter de faire chanter Oswald. Webster avait été assassiné aux alentours de la troisième semaine de juin. On approchait désormais de la mi-août.

Mitch savait qu'il ne pouvait pas recontacter Shaw, du moins pas de façon officielle, et il rechignait à l'entraîner de nouveau dans la mêlée alors qu'on lui avait repris l'affaire. La raison de ce retrait lui était inconnue. Peut-être s'agissait-il simplement d'établir des priorités dans un service déjà surchargé de travail. Il pensa à Young et à Trent à l'enterrement de Jean. Quel nom avaient-ils donné ? Barton & Garrison. C'était ça. Mitch savait sans avoir besoin de le vérifier que cette agence de presse n'existait pas. Ce nom était-il important, ou l'avaient-ils juste inventé sur le moment ? Et est-ce que ça valait le coup de continuer de s'intéresser à l'agression de Jack Ruby ? Mitch ne le pensait pas. L'envoyer dans le coma était un moyen aussi bon qu'un autre de le faire taire. Une fois encore, la coïncidence était trop grande pour que ce ne soit pas suspect. Non, il n'avait pas d'autre choix que de chercher Lee Oswald et de déterminer s'il avait joué un rôle dans cette succession surréaliste d'événements.

Mitch rappela Ruth Paine.

« Désolé de vous déranger avec ça, dit-il, mais j'ai vraiment besoin de retrouver Marina Oswald.

– Je ne sais pas quoi vous dire que je n'aie déjà dit, monsieur Newman.

– Vous avez peut-être sa dernière adresse ?

– Je ne l'ai pas, non, répondit Ruth Paine.

– Est-ce que vous auriez un numéro de téléphone ?

– J'en avais un, mais je l'ai appelé il y a quelque temps et il n'était plus en service. »

Mitch la remercia et contacta les renseignements. Il n'y avait personne du nom de Marina Oswald. Il se demanda si elle avait repris son nom de jeune fille.

Il retourna aux archives du comté. Les naissances, les mariages et les décès étaient conservés dans un service différent et il dut attendre plus d'une heure avant que quelqu'un soit disponible pour l'aider. Il commença à perdre patience tandis qu'il cherchait dossier après dossier. Il ne trouva aucun contrat de mariage, ce qui semblait confirmer qu'Oswald avait épousé Marina en Union soviétique.

Il expliqua son dilemme à l'employé, un homme d'âge mûr nommé Herb Travis.

« Alors vous devez vous adresser au département d'État, expliqua Travis. Si votre M. Oswald a quitté les États-Unis célibataire et est revenu avec une épouse étrangère, c'est eux qui ont dû autoriser son entrée. »

Mitch sembla reprendre espoir.

Travis sourit. « Je ne peux pas vous aider. Mauvaises archives, mauvais services, mauvais tout.

– Et comment je mets la main sur ces dossiers ?

– Avez-vous la date approximative de leur retour, et savez-vous à quel aéroport ?

– Aucune idée. Je crois que c'était en 1962, mais je dis ça de mémoire.

– Ils ont des enfants ?

– Oui. Deux filles.

– Nées aux États-Unis ?

– Je crois, oui.

– Alors il faut regarder dans les naissances. Une idée de leur âge ?

– Je sais que l'une d'elles est née vers la fin octobre 1963, ici, à Dallas.

– Alors vous venez de nous épargner beaucoup de travail. »

Travis trouva l'acte de naissance d'Audrey Oswald. 20 octobre 1963. Nom du père : Lee Harvey Oswald. Nom de la mère : Marina Nikolayevna Oswald, née Prusakova.

« Le voici, dit-il.

– Je vous remercie vraiment, répondit Mitch. Je n'aurais pas pu le trouver sans vous. »

Il rappela les renseignements depuis une cabine dans la rue. Aucune Prusakova n'était enregistrée au Texas, et encore moins à Dallas. Il était de retour au point de départ.

Il fallait qu'il devienne un journaliste d'investigation astucieux et obstiné – la chose qu'il voulait être depuis le début. Quelles ressources avait-il ? Des contraventions routières et des rapports d'arrestation, ce dont il s'était servi pour remonter jusqu'à Ruby.

Ainsi, le matin du 12 août, Mitch se retrouva sur les marches du tribunal de Dallas. Il demanda à voir Caroline Lassiter, fut soulagé d'apprendre qu'elle devait venir ce jour-là, mais pas avant 10 heures. Il attendit dans un restaurant de l'autre côté de la rue, but deux tasses de café et pria pour que Lee Oswald ait été arrêté à Dallas pour un quelconque motif.

Lorsqu'il vit Caroline gravir les marches, il laissa de l'argent sur le comptoir du restaurant et traversa la rue.

Si elle était surprise de le voir, elle ne le montra pas. Une fois encore, ses barrettes étaient assorties à ses chaussures. Cette fois, elles étaient bleues.

« D'autres rapports d'arrestation », dit-il, et il lui donna le nom qu'il recherchait.

Il y passa trois heures. Il fut méticuleux, prit soin de ne rien laisser passer, mais fit chou blanc. Il remercia Caroline pour son temps et elle sembla sincèrement désolée qu'il n'ait pas trouvé ce qu'il cherchait.

« Je ne peux que suggérer les registres du ministère du Travail, mais il vous faudrait le numéro de sécurité sociale de l'individu, dit-elle, et pour l'obtenir, vous devrez faire appel à la poste.

– Je peux juste y aller et demander le numéro ? »

Caroline secoua la tête. « Pas si simple. La poste est l'organisme émetteur, mais le numéro provient de l'administration de la sécurité sociale. Les autres personnes à l'avoir doivent être le fisc, peut-être les forces armées si la personne a servi dans…

– Oui. Il était dans le corps des marines.

– Savez-vous quand il a retrouvé la vie civile ? »

Mitch haussa les épaules.

« Si c'était il y a plus de trois ans, son dossier ne sera plus classé comme confidentiel.

– Et où je trouve ça ?

– Au bureau de l'administration des forces armées, répondit Caroline. Vous sortez d'ici, vous prenez à gauche, vous traversez la rue en diagonale, vous prenez la première à droite et le bâtiment se trouve trois blocs plus loin. »

Mitch sourit. « Vous êtes une encyclopédie ambulante, dit-il.

– Je suis une femme célibataire avec trop peu d'amis et un intérêt malsain pour les chats et les livres », répliqua Caroline.

Il éclata de rire et la remercia une fois de plus.

Oswald avait quitté les marines le 11 septembre 1959. Avec son numéro de sécurité sociale en main, Mitch appela le ministère du Travail en prétendant être le directeur des ressources humaines de la société Dallas Commercial Construction. Il donna le numéro et demanda la liste des précédents emplois d'Oswald. En juillet 1962, ce dernier avait été embauché par la Leslie Welding Company. Il avait démissionné au bout de trois mois. Il avait ensuite travaillé en tant qu'apprenti pour une société de reprographie nommée Jaggars-Chiles-Stovall. Il y était resté six mois.

« L'adresse que j'ai pour lui est dans Rawlins Street, dit Mitch.

– La dernière que nous avons est dans McArthur.

– Oh, oui, fit-il, j'ai aussi celle-là. Au verso de la page.

– 1111 McArthur, depuis juin 1963. Après ça, plus rien.

– Je vous remercie beaucoup », dit Mitch, et il raccrocha.

De retour au motel, il chercha McArthur. L'artère se trouvait de l'autre côté de la ville, mais pas trop loin. Il s'y rendrait en voiture et verrait si la maison était occupée.

55
13 août 1964

Mitch Newman passa la nuit dans sa voiture. À divers moments, il piqua du nez, se réveillant lorsqu'il entendait une sirène de police quelque part, ou lorsqu'une voiture passa à toute allure, son moteur vrombissant bruyamment. La maison d'Oswald était plongée dans l'obscurité, et lorsque le soleil se leva, il n'y avait toujours aucun signe de vie. À 10 heures, il songea que si quelqu'un avait été là, il aurait manifesté sa présence. Malgré ses réticences, il devait savoir si la propriété était habitée, alors il s'en approcha comme s'il était dans son bon droit. Il monta jusqu'au porche et fit mine de frapper à la porte. Il attendit, se gratta la tête, recula et scruta les fenêtres à l'étage. Pour un observateur, il devait ressembler à un visiteur habituel, se signalant à l'entrée puis contournant le bâtiment jusqu'à l'arrière au cas où la personne qui vivait là se serait trouvée dans le jardin.

L'arrière de la maison montrait des signes d'habitation très récents. Un feu avait été allumé dans une poubelle. Une chemise était accrochée à une corde à linge sur le porche, et à travers une petite fenêtre latérale, Mitch distingua un coin de cuisine, des casseroles, des assiettes et une boîte de Kellog's sur le plan de travail.

Il regagna sa voiture. Quelqu'un vivait bien là, mais était-ce Oswald ? Bien qu'il fût à court de cigarettes, affamé et endolori à cause de l'espace exigu, il ne remettait pas en cause ses actions ni sa motivation. Quelque chose avait changé, c'était certain.

Vers le milieu de la matinée, il éprouva le besoin de se dégourdir les jambes, ne serait-ce qu'un bref moment. Il roula jusqu'au premier commerce qu'il trouva, utilisa les toilettes, acheta trois paquets de cigarettes et plusieurs bouteilles de Dr Pepper. Deux boutiques plus loin, il y avait un Texburger. Il commanda trois sandwichs au steak haché, puis regagna McArthur avant que trente minutes se soient écoulées. La maison était toujours identique. Rien n'indiquait que quiconque en était entré ou sorti.

Vers 15 heures, il commença à se dire que rester là plus longtemps était une perte de temps. En désespoir de cause, il marcha jusqu'à la maison de l'autre côté de la rue et frappa à la porte. Un homme d'âge mûr ouvrit. Il avait une pipe coincée entre les dents, un journal à la main.

« Bonjour, dit Mitch. Je cherchais Lee Oswald au 1111. Vous le connaissez ?

– Lee ? Bien sûr que je le connais.

– Vous sauriez où il est, par hasard ?

– Qui êtes-vous ?

– Un ami d'un ami. Un homme nommé Ruby. Lui et M. Oswald se connaissent depuis longtemps, et M. Ruby est à Parkland. Il a été très grièvement blessé, et j'ai songé que M. Oswald devrait être informé.

– Vraiment ? Pourquoi vous n'avez pas laissé un mot sous la porte ou quelque chose comme ça ? Je vous ai vu monter là-bas. Je vous ai aussi vu passer la nuit dans votre voiture. J'ai songé à appeler les flics, mais vous n'aviez pas l'air de causer de problèmes. »

Mitch n'avait pas de réponse.

L'homme ôta la pipe de sa bouche. « Dites-moi ce que vous voulez vraiment et je répondrai peut-être à votre question.

– Je ne pense pas que vous me croiriez si je vous le disais.

– Essayez. Au pire, j'appellerai les flics, et je risque bien de le faire de toute manière. J'ai votre immatriculation, et maintenant je sais à quoi vous ressemblez.

– Je suis journaliste, dit Mitch. J'enquête sur la mort d'une collègue et j'ai parcouru tout Dallas. Je suis allé à la police, aux archives du comté, au tribunal. J'ai essayé de localiser la femme de M. Oswald, mais je n'arrive à rien.

– Et qu'est-ce que M. Oswald a à voir avec la mort de votre collègue ?

– Je ne suis pas sûr qu'il ait quoi que ce soit à voir avec. Je suis juste toutes les pistes possibles. Ça ne mènera peut-être à rien, mais ma seule alternative est d'abandonner, et ce n'est pas vraiment ce que je veux.

– Eh bien, je dois avouer que votre persévérance m'impressionne. Vous ne me feriez pas passer la nuit dans une voiture pour quelqu'un qui pourrait ou non se montrer.

– Ça dépend si vous avez vraiment besoin de lui parler.

– Oui, je suppose. Alors, comment vous vous appelez ?

– Mitchell Newman.

– Vous pouvez le prouver ? »

Mitch sortit son portefeuille et lui montra sa carte de presse.

« OK, donc je suppose que vous êtes qui vous prétendez être. Lee est parti depuis deux ou trois jours. Je ne sais pas où. On pourrait dire que lui et moi n'avons pas la même vision des choses. Il a des opinions qu'il semble décidé à partager avec les autres, et il se fiche un peu qu'ils soient intéressés ou non.

– Ces histoires de communisme ? »

L'homme resta un moment silencieux. « Vous voulez entrer, monsieur Newman ? Vous voulez un café, peut-être ?

– Avec plaisir.

– Dan Wilson », dit l'homme en tendant la main.

La maison était quelconque, sans fioritures, confortable. C'était un logement de célibataire ou de veuf. Mitch opta pour la première possibilité. Il n'y avait pas de photos personnelles, aucun signe de la moindre touche féminine. Comme Wilson avait passé toute la journée chez lui, Mitch supposa qu'il était à la retraite. Il lui posa la question.

« Oui, retraité.

– Vous faisiez quoi ?

– Pompier sur des installations pétrolières.

– C'est un boulot sacrément dur.

– Y en a des pires.

– Certes, mais pas beaucoup.

– Vous avez peut-être raison. »

Wilson prépara du café. Sur le moment, ce fut le meilleur que Mitch eût jamais bu.

« Donc, votre Oswald, il a causé des problèmes ?

– Ça vous étonnerait s'il l'avait fait ?

– Si vous voulez mon avis, c'est un sale petit voyou. Toutes ces histoires de cocos sont ce qu'elles sont, mais c'est probablement le pire traître à la patrie que j'aie eu le malheur de connaître.

– Vous dites qu'il aime partager ses opinions ?

– Ça, on peut le dire. Il était dans le corps des marines, d'après ce que j'ai cru comprendre.

– Oui, en effet.

– OK. Je n'ai jamais su si c'était une de ses affabulations.

– Affabulations ?

– Oh, vous savez. C'est un petit bonhomme. Un petit bonhomme avec de grandes idées. Il a fait ceci, il a fait cela, il va accomplir de grandes choses et tout le monde saura à quel point il est important. Grande gueule, petite quéquette, voilà ce qu'on dit par chez moi. »

Mitch s'esclaffa.

« Enfin bref, il semble incapable de garder un emploi. Il dit qu'il a été marié, qu'il a deux filles. Mais je n'ai jamais vu ni femme ni gamine, et ça fait près d'un an qu'il vit ici.

– Donc vous ne savez pas où il pourrait être ?

– Aucune idée.

– Et est-ce qu'il a dit d'autres choses qui vous ont semblé bizarres ? Des choses qui ressemblaient à des affabulations ? »

Wilson sourit. « Comme la tentative de meurtre contre Edwin Walker ?

– Vous êtes la seconde personne à être au courant pour ça, dit Mitch.

– Eh bien, il m'en a parlé, il m'a même montré l'arme qu'il prétend avoir utilisée. Il dit que ça s'est passé en avril dernier.

– Vous ne l'avez pas signalé à la police ?

– Et dire quoi ? On est au Texas. Tout le monde possède une arme. C'est un droit inaliénable. Et si vous commencez à parler aux flics de toutes les histoires de cinglés que vous entendez, ça devient un boulot à plein temps.

– Vous savez de quel genre d'arme il s'agissait ?

– Un Carcano .6,5 mm. Il dit qu'il l'a acheté par correspondance. Il a utilisé un faux nom pour qu'on ne puisse pas remonter jusqu'à lui. Il paraît qu'il possède aussi un calibre .38. Vous savez, d'après ce que j'ai vu, il est vraiment givré.

– Savez-vous si l'incident a été signalé ?

– Aucune idée. Pourquoi, vous croyez qu'il était sérieux ? »

Mitch secoua la tête. « Je ne sais pas, mais ça vaut le coup de se pencher dessus.

– Eh bien, si vous allez vous pencher sur ça, vous feriez aussi bien de voir s'il est sérieux quand il dit qu'il va devenir l'homme le plus célèbre du monde.

– C'est-à-dire ?

– C'est-à-dire qu'il prétend que le meilleur moyen de devenir vraiment célèbre est de tuer quelqu'un de très important.

– Vraiment ?

– Eh bien, c'est ce qu'il a affirmé, oui. Mais je sais pas s'il était vraiment sérieux.

– Quand a-t-il dit ça ? Récemment ?

– Y a peut-être un mois ou deux.

– Vous pensez que c'est le genre de personne qui serait capable de passer des mots aux actes ? D'après ce que vous savez de lui, vous pensez qu'il s'agit d'autre chose que de simples paroles en l'air ?

– Monsieur Newman, vous devez comprendre que je n'ai pris aucune des choses qu'il a dites très au sérieux. Il était remonté, en colère, parfois il était soûl, parfois il divaguait à propos d'un préjudice imaginaire. Tout l'énervait, et il ne se gênait pas pour râler.

– Et maintenant ?

– Eh bien, je ne sais pas si on a attenté à la vie de ce Walker, et je ne connais pas de personne vraiment importante qui ait été assassinée. Tout ce que je sais, c'est que Lee Oswald est tout sauf un patriote et qu'il est complètement mégalo, et maintenant vous arrivez et vous me dites qu'il est peut-être lié à la mort de quelqu'un.

– Savez-vous où il travaillait ? »

Wilson fit non de la tête.

« Au dépôt de livres scolaires. Ça surplombe l'itinéraire emprunté par le cortège présidentiel l'année dernière.

– Mais il ne s'est rien passé, monsieur Newman. Aux dernières nouvelles, le président est en parfaite santé à Washington.

– J'essaie de relier les choses entre elles, monsieur Wilson. Je me trompe peut-être, mais toute cette histoire commence à ressembler à bien plus qu'un petit bonhomme cinglé avec un ego surdimensionné.

– OK. Eh bien, je vous souhaite bonne chance pour votre enquête, monsieur Newman, mais je vous ai dit tout ce que je savais. Désolé de ne pas pouvoir vous aider plus.

– Je pourrais vous laisser le numéro du motel où je loge ? J'ai à faire, mais si Oswald revient, ça vous ennuierait d'appeler et de laisser un message ?

– Non, bien sûr, répondit Wilson. Avec plaisir. »

Mitch termina son café. Il remercia Wilson pour son temps et son aide et reprit la direction de la bibliothèque municipale dans le centre-ville. Tout en conduisant, il mangea son dernier sandwich au steak haché. Il était froid, et pas très bon.

Le *Dallas Morning News* avait relaté l'histoire le 12 avril 1963. Un coup de feu avait été tiré à travers une fenêtre de la maison du général en retraite Edwin Walker. La balle avait heurté le montant et des fragments de bois avaient dû être extraits de l'avant-bras de ce dernier. L'article n'évoquait pas sa démission, mais il mentionnait le fait que c'était un anticommuniste fervent et un membre de la John Birch Society. D'après le peu que Mitch savait de cette organisation, ses membres étaient considérés comme très à droite d'un point de vue politique, voire extrémistes. En tant qu'anticommuniste revendiqué, Walker devait avoir une idéologie diamétralement opposée à celle d'Oswald.

Dan Wilson avait vu un fusil .6,5 mm et affirmé qu'Oswald possédait également un calibre .38. Avec Marshall Jeavons de la Ligue communiste du Texas, ça faisait deux personnes qui partageaient – ne serait-ce qu'en partie – la conviction de Mitch qu'Oswald était capable de mettre en pratique ce qu'il disait. Leland Webster ne l'avait-il pas admiré parce que c'était un homme d'action, pas simplement de mots ? C'est ce que Jeavons avait affirmé, et ce point de vue semblait tenir la route.

La tentative de meurtre contre Walker en avril 1963 cachait-elle autre chose ? Que savait Ruby qu'il avait été si réticent à divulguer ? Qu'avait-il voulu dire quand il avait parlé de « tout ce qui s'est passé en novembre » ? Qu'est-ce qui pouvait être assez considérable pour justifier de tuer trois personnes et d'envoyer un homme dans le coma ?

Mitch devait retourner voir les services secrets. Il devait trouver quelqu'un qui prendrait les choses au sérieux et se pencherait dessus.

Il y avait forcément une antenne à Dallas, et ils pourraient relayer les communications à un agent plus haut placé à Washington. Sans aide – et une aide de quelqu'un possédant de l'autorité –, il était à la dérive. Être arrivé jusque-là était peut-être admirable, mais tout ça serait futile si ça ne donnait aucun résultat. Quelqu'un en dehors de Jean Boyd et lui devait comprendre que, quoi qu'il se passe, il y avait bien trop de choses qui n'avaient aucun sens.

56

« Je suis tellement fatiguée de tout ça », déclara Jackie. Elle était assise dans le bureau privé de Bobby, dans l'un des fauteuils près de la cheminée. Elle semblait avoir besoin de répit après une journée éprouvante.

« Je le vois bien. Vraiment », répondit Bobby. Son ton était compatissant, et il était sincère. Il comprenait son dilemme, et ça le troublait. « Cependant, tu es dans une prison que tu as toi-même construite, Jackie. Il n'y a pas d'alternative, et c'est toi qui t'es enlevé la possibilité de choisir.

– Comment ça ? demanda-t-elle, sachant précisément ce qu'il dirait.

– La visite de la Maison-Blanche, les interviews, les articles dans les magazines. Tu es la Première dame la plus reconnue et identifiable qui ait jamais orné les pages des journaux, et la première à avoir eu ta propre émission à la télévision à une heure de grande écoute. »

Jackie ne répondit rien. Bobby lui avait demandé de venir le voir, et elle l'avait fait. C'était toujours lui qui demandait, et il le faisait toujours poliment. Il la traitait avec respect et affection, et elle reconnaissait dans ses manières ce qui l'avait tellement attirée vers Jack. Dans un sens, Bobby était le plus fort des deux. Quand Jack avait nommé son frère procureur général, ça avait fait un tollé. Les journaux n'avaient pas parlé de népotisme, mais c'était là, entre les lignes. Le *New York Times* avait même affirmé qu'à tout juste trente-cinq ans Bobby était inexpérimenté et incompétent.

Bien sûr, ils ne savaient pas que Jack n'avait en fait jamais voulu de son frère à ce poste – leur père lui avait forcé la main, et il avait cédé. Et alors Bobby avait donné raison au père et tort à tous les autres. Il s'était entouré de personnes respectables et s'en était pris à la mafia et aux Teamsters. Il avait même eu le cran d'être en désaccord avec Hoover, ce porc du FBI. Il avait soutenu Jack sur les droits civiques, durant la crise de Berlin, pour Cuba. Il avait été un roc dès le premier jour, et Jackie l'aimait autant pour ça qu'elle l'aimait en tant que beau-frère.

« Il n'y a pas moyen d'y échapper, déclara-t-il. Une réélection est encore plus exigeante qu'une élection. Nous avons une mandature d'erreurs à expliquer et à faire admettre à nos soutiens, et si tu veux être la Première dame pendant quatre ans de plus, il va nous falloir plus que nos soutiens.

– Et si je ne veux pas ? »

Bobby la regarda comme lui seul pouvait le faire.

Elle baissa les yeux, n'insista pas pour avoir une réponse.

« Ce sera sympa à Atlantic City, dit-il.

– Bobby… honnêtement, il y a un million d'endroits où je préférerais aller.

– C'est la convention nationale démocrate. Tu dois être présente. Tu n'as pas le choix. *Nous* n'avons pas le choix. La moitié du poids de cette présidence vient du fait que tu as le vote des femmes. Sans ça, nous sommes finis. »

Elle s'esclaffa. « Tu es bien trop mélodramatique.

– Non, Jackie, je suis honnête. Il y a de nombreuses critiques. On dit des choses épouvantables. Nous avons déjà un combat sur les bras, et ne pas avoir ton soutien serait le coup de trop pour Jack. »

Elle resta un moment silencieuse. Quelque part il y avait une vie qu'elle ne vivait pas, et elle se demandait à quel point elle aurait été différente.

« Et toi, tu veux quatre ans de plus, Bobby ?

– Bien sûr.

– Et Ethel, et les enfants, qu'est-ce qu'ils veulent ?

– Ils veulent ce que nous voulons tous.

– C'est-à-dire ?

– Les effets incroyablement positifs que nous pouvons avoir pour ce pays dans son ensemble. Quatre ans, ce n'est pas assez long pour démarrer le moteur, et encore moins pour aller quelque part. Avec quatre années de plus, nous pouvons faire des droits civiques une réalité tangible, pas juste une loi, pas juste des signatures et des poignées de main, mais un mouvement national qui changera la vie et l'avenir de millions de personnes. Nous pouvons nous occuper du crime organisé et du communisme…

– Tu crois vraiment en toi, n'est-ce pas ? »

Bobby sourit. « Je crois en Jack. Je crois en toi. Je crois aux Kennedy. Je pense que nous sommes ici pour une raison, Jackie, et abandonner maintenant serait la plus grosse erreur et le pire regret de notre vie. »

Jackie se pencha en avant et lui prit la main.

« Je crois parce que tu crois, dit-elle. Je vais venir à Atlantic City. Je serai au moins là le premier jour, et nous verrons ce qui se passera. J'arborerai mon plus beau sourire de Première dame et je montrerai au monde que nous travaillons ensemble à ton nouveau rêve américain. »

Bobby la regarda. Elle eut l'impression qu'il voyait à travers elle.

« Je suis désolé, dit-il. Sincèrement.

– Pourquoi ?

– Qu'il ne se soit pas produit ce que tu croyais qu'il se produirait. »

Jackie haussa les épaules et secoua la tête. Dans ce simple geste, il vit une colère contenue, du chagrin, de l'acceptation, de la déception.

« Ça s'appelle la vie, Bobby. C'est la même chose pour tout le monde, pas simplement pour les Kennedy. »

Il tendit la main et lui toucha l'épaule. Elle ferma les yeux puis – pendant un bref instant – elle s'inclina sur le côté pour que sa joue effleure la main de son beau-frère.

C'était un moment de grande tendresse et de grande affection, et il sentit monter dans son cœur une étrange sensation de perte et de nostalgie. Tout aurait pu être si bien, si parfait. Ils auraient pu faire des merveilles, ici, mais d'une manière ou d'une autre les choses s'étaient dégradées et avaient été souillées.

Bien entendu, rien n'était perdu. Rien n'était jamais perdu, mais que faudrait-il faire, et à quel prix ?

On frappa à la porte.

Jackie se leva et ajusta sa jupe.

« Tu as mon accord, dit-elle.

– Merci. »

Elle ouvrit la porte. Walter Lambert se tenait de l'autre côté.

« Désolé, madame Kennedy. » Il regarda en direction de Bobby. « Monsieur. Si le moment est mal choisi…

– Non, non, Walter. Mme Kennedy et moi en avons fini. »

Lambert fit un pas de côté et Jackie quitta la pièce.

« Entrez, Walter, dit Bobby. Je me disais qu'il fallait que nous prenions un moment pour clarifier les questions que nous avons abordées pendant la réunion de mercredi.

– Oui, monsieur, bien entendu. »

Bobby s'assit à son bureau, invita Lambert à faire de même.

« Bon, Walter, j'apprécie pleinement votre implication et votre dévouement, mais il faut que vous compreniez à quoi nous allons avoir affaire avec la convention nationale.

– Bien entendu, monsieur. »

Lambert était au mieux imperturbable, mais à cet instant il semblait encore plus difficile à sonder. Il était implacable, peut-être l'homme le plus implacable que Bobby eût jamais rencontré, mais un tel poste exigeait une telle attitude.

« En tant que responsable de la protection personnelle du président, la sécurité de celui-ci et de sa famille est votre principale préoccupation. D'ailleurs, c'est votre seule préoccupation.

– Oui, monsieur. Absolument, monsieur. »

Bobby marqua une pause. « Je sais qu'il y a eu des choses auxquelles vous avez été confronté et dont vous ne vouliez peut-être pas... » Il sourit. « Des aspects de la sécurité qui ne répondaient pas aux attributions et aux procédures standards auxquelles vous avez été formé.

– Puis-je dire quelque chose, monsieur ?

– Oui, oui, évidemment. Je vous en prie, allez-y.

– C'est l'emploi de ma vie, monsieur Kennedy, à la fois en tant que vocation et en tant que devoir. J'ai juré de faire respecter la fonction de président, quitte à y laisser ma peau. Vous ne comprenez peut-être pas pourquoi ni comment un homme serait disposé à sacrifier sa vie pour celle d'un autre, mais c'est notre métier. C'est ce que nous faisons tous quand nous postulons à ce poste. Je peux affirmer sans me tromper qu'absolument chaque membre de mon équipe serait disposé à donner sa vie sans la moindre hésitation pour sauver celle du président.

– Oui, Walter... c'est un engagement très noble. Je le comprends bien. »

Lambert poursuivit. « La politique ne me concerne pas. Nous défendons et protégeons le président en tant qu'incarnation de la démocratie et de la liberté, de la Constitution des États-Unis d'Amérique.

– Oui. Oui, en effet, répondit Bobby. Donc voici ce que je veux vous dire, et je veux que vous l'interprétiez de la manière qui vous semblera appropriée au vu des défis qui nous attendent. Nous avançons en terrain glissant. En tant que force politique désireuse de faire le bien, on nous teste. Durant les jours et les semaines à venir, nous allons essuyer des attaques et des critiques, ce sera un véritable baptême du feu. Certains des problèmes auxquels vous avez pu être confronté risquent d'être dévoilés au grand jour, de faire l'objet d'une attention malsaine, voire d'être relayés dans les médias...

– Je suis désolé, monsieur, mais...

– Laissez-moi finir, Walter.

– Oui, monsieur.

– Les questions les plus importantes sont politiques et sociales. Notre politique internationale, la menace que représente le communisme, aussi bien à l'étranger que sur notre territoire. Les droits civiques, l'économie, l'emploi, la nature même de ce que signifie être la plus grande nation sur terre. C'est ça ma préoccupation, Walter, pas les critiques au vitriol et les rumeurs. Les gens ont besoin que nous réorientions leur attention vers le positif, vers les nombreuses choses que nous avons déjà accomplies, et c'est ce que nous allons faire pendant la convention. Il est de mon devoir, et je sais qu'il est du vôtre aussi, de ne pas perdre de vue cette montagne et de faire tout, absolument *tout* ce qui sera nécessaire pour que cette présidence ne soit pas vaine. Nous devons poursuivre le travail que nous faisons, et rien ne doit pouvoir le faire capoter. »

Bobby resta un moment silencieux, puis il se leva.

Lambert l'imita.

« Votre devoir est de protéger la fonction de président, Walter. Nous pouvons laisser derrière nous un héritage de réussites véritablement extraordinaires qui seront un gage de paix et de stabilité pendant des décennies, ou alors nous pouvons nous enfoncer dans un bourbier obscur et laisser un souvenir terni par des soupçons d'immoralité et des rumeurs sordides. »

Aucun des deux hommes ne parla pendant un moment.

« Nous nous comprenons, Walter ?

– Oui, monsieur Kennedy. Nous nous comprenons parfaitement. »

57

Allan Dempster, l'agent spécial en charge de l'antenne des services secrets de Dallas, était un homme à peu près du même âge que George Everett, mais bien plus sérieux, même s'il possédait un humour texan pince-sans-rire qu'il distillait tout du long de sa conversation. Lorsque Mitch lui eut exposé ce qu'il savait, jusqu'à la possibilité que Lee Oswald – communiste assumé, ancien transfuge, marié à une Russe, ancien du corps des marines, apparemment possesseur d'un fusil Carcano .6,5 mm et d'un revolver calibre .38 – ait pu être l'auteur du coup de feu au domicile du général Edwin Walker en avril 1963, Dempster voulut tout savoir dans le moindre détail.

Mitch se remit à parler. Il remonta jusqu'à l'appel de la mère de Jean en cette soirée fatidique du jour de la fête nationale. Lorsqu'il expliqua avoir fouillé dans les papiers de Jean, il parla également de ce qui avait initialement motivé la venue de celle-ci à Dallas. Il ne voulait plus rien garder pour lui, et il sentait que Dempster ne se laisserait pas troubler par une telle information.

« Je crois qu'elle soupçonnait que le succès de Kennedy pouvait en partie être dû à une élection truquée et à la corruption. »

Dempster esquissa un sourire ironique. « Personnellement, je soutiens Nixon, dit-il, mais les services secrets sont les services secrets. Nous ne servons pas des individus. Nous servons la fonction, peu importe la politique. Je vous en prie, continuez. »

Mitch poursuivit, relatant ses échanges avec l'inspecteur Nelson Shaw de la police de Dallas et sa découverte de Jack Ruby, qui avait alors déjà été arrêté pour le meurtre de Leland

Webster. Puis vinrent le club Carousel, une femme nommée Holly Walsh qui semblait n'être qu'un fantôme, la Ligue communiste du Texas et la possibilité qu'Oswald ait utilisé l'arme de Ruby pour tuer Webster. Il parla à Dempster du dépôt de livres scolaires, de Ruth Paine et de Marshall Jeavons, et termina en mentionnant la conversation qu'il avait eue avec Dan Wilson, le voisin d'Oswald, ajoutant que Wilson avait été la seconde personne à évoquer Edwin Walker et le fait qu'Oswald ait pu tenter de le tuer. Il lui répéta également le commentaire d'Oswald sur la façon dont on pouvait devenir la personne la plus célèbre du monde.

À chaque nouvel élément, il voyait que l'ensemble était bien plus grand que la somme de ses parties. Individuellement, chaque élément aurait aisément pu être expliqué. Mais ensemble, ils présentaient une perspective bien différente.

Il ne parla pas des employés du journal qui étaient allés récupérer les papiers de Jean dans la maison de West Haven. Il ne mentionna pas le fait que Lester Byron avait reçu la visite d'agents de police qui semblaient ne pas exister, ni le fait que ces mêmes personnes savaient où il logeait à Dallas. Il ne dit également rien des hommes qui l'avaient cherché dans un bar de quartier à Washington, ni de Young et de Trent à l'enterrement. S'il donnait l'impression d'être paranoïaque, ça risquait de diminuer la crédibilité de ses propos. Il avait besoin que quelqu'un écoute et comprenne – comprenne *vraiment* –, et il sentait qu'ici, au bureau de Dallas, il avait trouvé la bonne personne.

Tout du long, l'agent Dempster prit des notes détaillées, demandant souvent à Mitch de confirmer une date ou l'orthographe précise d'un nom, ou de revenir en arrière et de clarifier une succession d'événements.

« Et vous avez mené cette enquête pendant près de six semaines, complètement seul, observa-t-il.

– Je ne sais pas si enquête est le bon mot… »

Dempster sourit. « J'aimerais que mes agents fassent preuve de la même détermination et de la même persévérance que vous, monsieur Newman.

– Je suis soulagé que vous preniez tout ça au sérieux.

– Suffisamment pour consacrer du temps et des ressources à la recherche de ce Lee Oswald. Il m'a tout l'air d'être une sorte de franc-tireur. Nous pouvons au moins nous pencher un peu plus sur le coup de feu chez Walker. Je me rappelle avoir lu un article à ce sujet dans le journal. Pour autant que je sache, personne n'a jamais été arrêté ou inculpé. Bien sûr, ce n'était pas notre juridiction, mais je crois que ça aurait attiré l'attention des médias si la personne responsable s'était fait prendre.

– J'ai passé en revue de nombreux exemplaires du *Morning News*. Je n'ai pas trouvé d'autres articles sur l'affaire.

– Bon, nous pouvons engager le FBI, la police locale, toutes les ressources nécessaires. Nous ne mettrons pas longtemps à le trouver, et alors nous aurons le fin mot de tout ça.

– Alors, qu'est-ce que vous voulez que je fasse ?

– Pour être honnête, je ne pense pas que vous puissiez faire grand-chose de plus. Je ne sais pas si ce que vous avez exposé constitue une menace tangible et concrète contre la vie et le bien-être du président. De toute évidence, si Oswald a voulu faire quelque chose en novembre dernier, ça ne s'est pas produit. Et nous n'avons rien qui indique qu'il puisse tenter quelque chose maintenant. Mais ces événements sont liés. Je n'en ai pas le moindre doute. Je dois prendre en compte le lieu de travail d'Oswald, ses sympathies politiques et idéologiques, sa tentative de fuite en Union soviétique, le coup de feu contre le général Walker, le décès de son collègue et celui de la vôtre, la fille disparue, et maintenant l'agression de Ruby. Quoi qu'il ait pu se passer, il semble bel et bien se trouver au centre d'un ouragan d'ennuis. Ce fait seul justifie d'y consacrer du temps et des effectifs. Si nous n'enquêtions que quand nous avons des preuves juste sous le nez, nous arriverions toujours trop tard. Je vais demander un mandat pour perquisitionner la propriété de McArthur. Le simple fait qu'Oswald se soit procuré une arme sous un faux nom suffira à l'obtenir. Après ça, ses comptes en banque, ses contacts, ses connaissances, la routine. Nous le trouverons à coup sûr. »

Mitch resta silencieux.

« Ce que je dis, monsieur Newman, c'est que vous pouvez rentrer à Washington et reprendre le cours de votre vie. »

Mitch éclata spontanément de rire.

« J'ai dit quelque chose de drôle ?

– Non, pas du tout. Je suis désolé. C'est juste que cette histoire me consume, m'obsède, pourrait-on dire, depuis un mois et demi, et j'ai un peu oublié ce que je faisais avant. Tout a débuté avec la mort d'une amie très chère et très importante, et je ne suis pas sûr de pouvoir simplement partir sans savoir ce qui lui est vraiment arrivé.

– Je crois que vous devriez être fier de ce que vous avez déjà accompli, monsieur Newman. Moi, je le suis assurément. Sans votre implication, la vérité n'aurait jamais été connue. Je pense vraiment que vous devriez nous laisser poursuivre cette enquête.

– Alors est-ce que je peux vous demander une chose ?

– Bien sûr, oui.

– Me préviendrez-vous si vous trouvez Oswald ? Le fait que vous le localisiez et qu'il ne soit plus dans la nature serait… eh bien, ça m'apaiserait de savoir qu'un tueur fou n'a pas l'intention d'assassiner le président.

– Ça, je peux le faire. C'est inhabituel, contraire aux règles, mais je le ferai. Évidemment, je nierai vous avoir dit quoi que ce soit, mais je pense que nous pouvons convenir que nous n'en arriverons pas à ça. »

Mitch donna à Dempster son numéro à Washington. Ils échangèrent une poignée de main. Puis il quitta le bâtiment et reprit la direction du motel pour faire ses valises.

58

19 août 1964

Mitch n'arriva chez lui que tard le samedi. Le reste du week-end s'évanouit dans une succession brumeuse de périodes de sommeil, de repas, de moments passés devant la télévision. Il ne parla à personne, qu'au chat. Il pouvait désormais l'appeler Mitch sans avoir l'impression d'être devenu fou. Son épuisement le rattrapa tellement que le lundi il était toujours fatigué et réticent à faire quoi que ce soit hormis errer de pièce en pièce avec un verre à la main, tentant de se détacher de tout ce qui s'était passé depuis la mort de Jean. Il buvait trop. Il le savait, mais il s'en foutait.

La douleur semblait en partie s'apaiser, pour revenir à son réveil. Il voyait Jean, entendait sa voix, se rappelait parfaitement la façon qu'elle avait de rire à ses plaisanteries et de le traiter d'idiot. Un cadeau d'anniversaire, un film qu'ils avaient vu ensemble, la fois où ils avaient fumé de l'herbe et ri jusqu'à avoir mal aux côtes. Les souvenirs lui revenaient et il ne cherchait pas à les fuir. C'était douloureux, mais curieusement cathartique, et lorsque arriva le mardi soir, il sut qu'il avait survécu au pire. Peut-être lui serait-il désormais possible d'être nostalgique sans éprouver de chagrin, de se souvenir sans avoir de regrets.

Le mercredi matin, il sortit. Il marcha simplement jusqu'à ne plus vraiment savoir où il était. Il s'arrêta pour prendre un café dans un petit restaurant et vit sur le comptoir un exemplaire du *Tribune* du jour.

« MORT D'UN PROPRIÉTAIRE DE CLUB LOCAL »

Tel était le titre de l'article, et avant même de l'avoir lu, Mitch sut qu'il s'agissait de Ruby. Le compte rendu expliquait que Jacob

Rubenstein, un homme d'affaires et entrepreneur local, était décédé à l'hôpital Parkland des suites des blessures subies lors d'un incident à la prison de Dallas. Ce mot, *incident*, disait à la fois tout et rien.

Il ne lut pas la suite. Il se plongea juste dans un silence intérieur et but son café. Il n'était pas surpris, simplement consterné qu'une telle chose puisse se produire. Il savait que ce bref entrefilet dans le *Tribune* serait tout ce qui serait jamais rapporté sur cette affaire.

Tandis qu'il feuilletait distraitement le journal, son attention fut attirée par un autre article. Étrangement, il était encore plus déconcertant que la nouvelle du décès de Ruby, malgré le fait qu'il n'avait rien à voir avec l'enquête de Mitch. Une jeune femme nommée Judith Wagner avait été retrouvée morte dans son appartement. On soupçonnait une overdose. Elle avait vingt-neuf ans et, à en croire le compte rendu, elle travaillait avec succès dans les cosmétiques et la mode. Elle avait été assistante dans l'équipe de télévision qui avait filmé la visite de la Maison-Blanche, et on pensait que c'était elle qui avait coiffé Mme John F. Kennedy. Son père avait exprimé son incrédulité et sa sidération en disant : « Ça nous dépasse… ça nous dépasse totalement que notre magnifique et talentueuse fille ait pu se donner la mort. »

Aussi bien Mitch qu'Alice avaient éprouvé exactement la même chose. Une vie tragiquement et inexplicablement gâchée.

Il repoussa le journal sur le côté. Il ne voulait plus de mauvaises nouvelles.

Son premier instinct fut d'appeler Nelson Shaw. Le décès de Ruby était désormais un meurtre, et Mitch voulait savoir ce qu'il en pensait. Il se retint de le faire, mais seulement pendant un moment. Il avait atteint un stade où il n'en avait plus grand-chose à faire. Ruby était mort, et maintenant les services secrets étaient impliqués.

Il y avait une cabine téléphonique plus loin dans la rue.

« Congés annuels, lui dit-on.

– Depuis quand ? »

Il y eut un silence au bout de la ligne. « Désolé, mais ce n'est pas le genre d'information que nous sommes disposés à divulguer.

– Vous ne pouvez donc pas me dire quand il revient ?

– Je suis désolé, monsieur, non.

– Je peux laisser un message ?

– Oui, bien entendu.

– Dites-lui juste d'appeler Newman. Mitchell Newman.

– C'est noté, monsieur. Bonne journée. »

La personne raccrocha.

Mitch appela ensuite Shaw à son domicile. Personne ne répondit. Frustré, il téléphona à Dempster au bureau de Dallas.

« Je suis désolé, monsieur. L'agent Dempster est absent pour toute la journée. Il sera de retour demain.

– Y a-t-il un autre moyen de le contacter ?

– Désolé, monsieur, mais non. L'agent en question est occupé par une enquête sur le terrain.

– Sauriez-vous s'il est parvenu à localiser un certain M. Lee Oswald ?

– Je ne saurais vous dire, monsieur. Je suis désolé, mais vous allez devoir attendre jusqu'à demain matin et parler à l'agent Dempster en personne.

– OK. Je peux laisser un numéro juste au cas où il reviendrait ?

– Absolument, même si je suis tout à fait certain qu'il ne sera pas ici avant demain. »

Mitch donna son numéro à l'agent.

« S'il revient, s'il vous plaît, dites-lui de m'appeler. C'est très urgent.

– Oui, monsieur. Bien entendu. »

Il raccrocha, le regard fixé sur le combiné. Une femme âgée frappa à la porte de la cabine. Mitch faillit faire un bond.

« Vous avez fini, jeune homme ? »

Il sortit et regagna le restaurant. Il commanda un autre café. Le journal avait disparu.

59

Ce soir-là, Mitch eut finalement la douleur de découvrir pourquoi Jean avait refusé de ne serait-ce qu'accuser réception de ses lettres.

Les deux dernières qu'il avait envoyées – les 16 et 24 février 1951 – avaient été une ultime tentative de la reconquérir. Il s'était une fois de plus épanché, lui disant tout ce qu'elle signifiait pour lui, à quel point il avait été idiot, combien il était désolé, et même s'il répétait des choses qui avaient déjà été dites, il les avait exprimées avec une telle clarté que ça lui fit mal de lire ses propres mots et de se rappeler ce qu'il avait éprouvé. Il savait que la vie qu'il s'était imaginée avait disparu, disparu pour de bon. Elle avait été là, puis elle s'était envolée. À la lecture de ces lettres, il comprenait qu'il l'avait rendue responsable de ce qui était arrivé. Mais désormais il voyait les choses très différemment. Grâce au rétroviseur si limpide de la rétrospection, il reconnaissait qu'il avait été l'architecte de sa propre perte.

Ce qu'il ne s'attendait pas à trouver, mais qu'il découvrit dans la même enveloppe que sa dernière lettre, c'était une réponse. Elle faisait plusieurs pages, et chaque mot déclencha une douleur accablante et indescriptible dans son cœur, son esprit, au plus profond de lui. Il la lut avec incrédulité. Il la lut avec sidération. Il la lut sans parvenir à comprendre ce qu'il lisait. Quand la vérité lui apparut finalement, il craqua et fondit en larmes. Le centre de son monde s'effondra et il plongea tête la première vers l'abîme dans une chute incontrôlable et irrésistible. Il avait cru qu'elle s'était vengée en ne répondant pas, mais la vérité était bien pire, bien plus considérable, encore plus profonde et déchirante qu'il aurait pu l'imaginer.

Ivre, en colère, abasourdi, incapable de rester debout, de s'asseoir ou même de réfléchir clairement, il fixa les mots qu'elle avait écrits et comprit finalement ce qu'il avait fait.

10 mars 1951

Cher Mitch,

Ça fait plus de sept mois que nous ne nous sommes pas vus. Oui, j'ai reçu tes lettres, mais alors même que j'écris celle-ci, je sais que je ne la posterai jamais. Je ne veux pas que tu la lises car je sais que tu t'en servirais pour te torturer. Je t'ai aimé. Tu dois le comprendre. Je t'ai toujours aimé. Peut-être trop, car je vois désormais que je t'ai pardonné des choses qui n'auraient pas dû être pardonnées.

Tu es ton propre monde, Mitch. Ce n'est ni de l'égoïsme ni de l'ignorance. On ne peut pas ignorer les choses dont on n'a pas conscience. Tu as vécu pour toi et toi seul. Au début, j'ai cru que c'était moi. C'est peut-être la nature humaine, mais désormais, loin de toi, je sais que ça ne l'est pas. Tu es qui tu es, et la puissance de ta détermination a peut-être été la chose même qui m'a attirée vers toi. Je ne doute pas de ce dont tu es capable, et pourtant tu doutes tellement de toi. Te voir détruire tout ce que tu avais accompli et ne rien en faire m'a à moi aussi fait mal. Je ne prétends pas comprendre ce qui pousse un être humain à s'imposer ça, mais je comprends à quel point il est difficile d'assister à ce gâchis sans pouvoir rien y faire. La chose que tu dois voir mais que tu ne vois pas, c'est qu'être aussi impitoyable envers soi-même, c'est être impitoyable avec les autres. Plus ils sont proches, plus tu les repousses. Plus tu comptes pour eux, plus ils ressentent la souffrance que tu t'infliges.

Peut-être qu'avec le temps tu te verras sous un autre jour et comprendras que tu es ton pire ennemi. Je ne sais pas. Est-ce que c'est important pour moi ? Oui, évidemment, mais quand ça se produira, je pense que nous aurons vécu depuis tellement longtemps loin l'un de l'autre que tu ne te souviendras même pas comment c'était entre nous. C'était dur. Vraiment dur. Je ne me suis rendu compte à quel point ça l'était qu'après, quand je me suis éloignée et ai découvert qui j'étais vraiment. J'étouffais, Mitch. Voilà ce que je ressentais. J'étais noyée, écrasée, suffocante. Ma vie était devenue une extension de la tienne. J'avais cessé d'être moi, de même comprendre ce que je voulais, ce que j'éprouvais, où j'allais et pourquoi.

Et alors, quand tu m'as annoncé que tu allais en Corée, j'ai su que je devais partir dans un endroit tout aussi lointain. Je devais couper les liens et m'éloigner, redécouvrir la personne que je serais sans doute devenue si je ne t'avais pas rencontré. J'ai dix-neuf ans. Je sais si peu de choses, et pourtant je savais que je devais fuir. Voilà comment c'était, Mitch. Je t'ai imploré de rester, je t'ai supplié, mais je dois t'avouer que secrètement, au fond de mon cœur, j'espérais que tu partirais. Je crois que j'avais besoin que tu partes. Un jour, j'ai même souhaité ta mort. J'aurais voulu que tu meures là-bas dans cette jungle, pour ne plus avoir d'autre choix que de recommencer ma vie, et de le faire différemment. Je ne le pensais pas, évidemment, mais le simple fait d'y avoir songé me disait quelque chose sur ce que j'éprouvais réellement.

Et maintenant, ma confession.

Tu te souviens quand tu m'as annoncé que tu partais ? Tu te souviens de cette soirée ? Tu m'as dit que tu avais une nouvelle. J'ai répondu que moi aussi. Je t'ai dit de parler en premier et nous nous sommes renvoyé la balle jusqu'à ce que tu déclares finalement que tu allais laisser tomber l'université et partir en Corée, et nous en avons discuté toute la nuit. Tu t'en souviens ?

Eh bien, je ne t'ai jamais annoncé ma nouvelle.

J'étais enceinte, Mitch. J'étais enceinte de notre enfant, et je ne te l'ai jamais dit. Je ne te l'ai pas dit cette nuit-là, je ne te l'ai pas dit le lendemain, et après tous les cris et toutes les disputes, j'ai décidé de ne jamais te le dire. J'ai alors su que je ne pourrais pas avoir cet enfant, car il nous aurait liés à jamais, et c'était une chose que je ne pouvais permettre. Tu penses peut-être que si tu étais resté ça aurait été différent, mais en regardant en arrière et en comprenant à quel point ça aurait été impossible, je pense que ça aurait été une erreur. Malgré ma tristesse, ma culpabilité, mon incapacité à ne serait-ce que décrire ce que j'éprouvais, je savais que je ne pouvais pas garder ce bébé. J'étais moi-même à peine plus qu'une enfant. J'étais seule. Voilà ce que je ressentais, et voilà ce que je croyais.

Le monde semble si souvent sombre et cruel. Pour qu'un enfant grandisse, pour qu'il soit en sécurité, il doit être élevé avec amour, attention et dévouement. Je suppose que je le savais même alors. Il y a quelque temps, quelqu'un m'a dit qu'un enfant renforçait les relations, mais qu'il avait aussi la capacité de révéler les faiblesses et d'éloigner les gens. On a un enfant parce qu'on le veut. Ça ne devrait pas être une erreur, quelque chose qu'on regrettera, quelque chose dont on se servira pour pousser une autre personne à vivre une vie dont elle ne veut pas. Tu n'étais pas prêt à être père. Pour être honnête, je ne sais pas si tu le seras un jour. Seul le temps le dira. Notre enfant aurait été un fardeau, une obligation non désirée, et il était hors de question que je me serve de ça pour t'empêcher de faire ce que tu croyais avoir besoin de faire.

Trois semaines après ton départ, j'ai avorté. C'était comme commettre le pire crime qui soit, mais je l'ai tout de même fait. Ma mère ne l'a pas su. Je ne l'ai dit à personne. Peut-être est-ce une chose que je garderai pour moi jusqu'au jour de ma mort.

Répondre à tes lettres n'aurait entraîné que plus de détresse. Tu aurais essayé de me voir, et j'aurais trouvé tellement difficile de refuser. Et si je t'avais vu, je ne sais pas si j'aurais été capable de garder mon secret. Je n'ai donc jamais répondu, et je ne le ferai jamais.

Et même si on peut croire que j'écris cette lettre pour toi, je ne l'écris vraiment que pour moi-même. Si jamais je fléchis, si jamais je doute de ma décision, je la relirai et me rappellerai comment c'était vraiment. Notre relation était une possession. Une obsession. Tu me qualifiais de feu d'artifice dans une bouteille, et je crois que tu avais raison. Je me consumais à l'intérieur, et un jour, qui sait quand, j'aurais explosé. Et je crois que cette explosion aurait suffi à nous tuer tous les deux.

Voilà. C'est ma confession. Mon péché. Mon crime.

C'est ce que j'ai fait, et même si je pense que tu ne le sauras jamais, j'espère que si jamais tu découvres un jour la vérité, tu pourras me pardonner. J'en doute, car pour pardonner à autrui il est nécessaire d'être capable de se pardonner à soi-même, et c'est une chose dont je crois que tu ne seras jamais capable.

Je vois maintenant que je t'aimais plus que je ne m'aimais moi-même, et c'est pourquoi ça n'aurait jamais fonctionné. L'un de nous devait partir. Je ne crois pas que j'avais la force de le faire, alors c'est toi qui es parti le premier.

Je te souhaite d'être heureux, même si je crois que tu ne le seras jamais vraiment.

J'espère que tu trouveras quelqu'un qui t'aimera inconditionnellement, même si je ne sais pas si une telle personne existe.

Au revoir, Mitch. C'est ce que j'ai dit à ton départ, mais cette fois, ça signifie quelque chose de très différent.

Jean.

60
20 août 1964

Après avoir lu la lettre quatre, cinq, six fois, il se soûla. Il se soûla tellement qu'il ne se souvint pas de s'être écroulé dans la cuisine.

À un moment, il bredouilla dans un état de semi-conscience et s'aperçut qu'il criait après Jean, lui demandant où était l'enfant... qu'est-ce qu'elle avait fait de l'enfant, nom de Dieu...

Puis il retomba dans les vapes et ne refit pas surface avant plusieurs heures.

Lorsqu'il reprit conscience, il était toujours sur le sol de la cuisine. Il se sentait nauséeux, aveuglé par la douleur, et en dessous il ressentait le poids énorme de ce qu'il avait découvert dans la lettre de Jean. Il ne pouvait pas faire comme si ce n'était pas réel. Il aurait voulu que ce soit un affreux cauchemar, mais ce n'en était pas un. La lettre était là, sur la table.

Il devait se lever, trouver de l'aspirine et faire du café. Il devait se doucher, s'habiller, sortir de l'appartement et affronter la lumière du jour. Mais il resta allongé là, manifestement incapable de bouger, son esprit embrumé, et au moins une heure s'écoula avant que la sonnerie du téléphone transperce sa gueule de bois et le force à se lever de l'endroit où il était tombé.

« Allô ?

– Monsieur Newman ?

– Oui.

– Ici l'agent McCarry. Nous nous sommes parlé hier au téléphone. Vous cherchiez à joindre l'agent Dempster.

– Oui, oui, c'est exact. Il est disponible ?

– Je suis désolé, monsieur, non. Malheureusement, une mission l'a obligé à quitter l'État.

– Pour combien de temps ?

– Je n'en ai vraiment aucune idée.

– Et même si vous en aviez une, vous ne me le diriez pas, hein ?

– Eh bien, à vrai dire… l'agent Dempster voulait que je vous transmette un message. Il a dit qu'on lui avait attribué une enquête dans le New Jersey. Il a dit que vous comprendriez. »

Mitch réfléchit autant qu'il put. C'était déjà suffisamment difficile de faire une phrase, sans parler d'essayer de comprendre ce que le New Jersey signifiait.

« Il a ajouté autre chose ?

– Non, monsieur, rien. Il m'a juste demandé de vous dire qu'il était parti dans le New Jersey et que vous comprendriez. »

Lorsque McCarry eut raccroché, Mitch resta planté là téléphone à la main, se demandant ce que le New Jersey venait faire dans tout ça.

Il prit une douche, enfila des vêtements propres, but deux tasses de café et se tint près de la fenêtre jusqu'à ce que l'air frais lui éclaircisse un peu les idées.

Il n'appela pas Alice. À quoi bon ? Il ne pouvait pas lui dire ce que sa fille avait fait car Jean n'avait pas voulu qu'elle le sache, et Mitch ne pouvait pas la trahir. À la place, il téléphona à Lester Byron au *Tribune*.

« C'est Mitch.

– Mitch… comment allez-vous ?

– Je survis.

– C'était très émouvant à l'enterrement. Ce que vous avez dit venait du cœur. »

Mitch ne voulait pas parler de ça. Il ne voulait pas parler de Jean. Il ne voulait même pas se souvenir d'elle.

« Lester… dites-moi ce que vous savez sur le New Jersey.

– Le New Jersey ? Qu'est-ce que le New Jersey a à voir avec tout ça ?

– C'est exactement ma question… que savez-vous sur le sujet ?

– Je crois que c'est l'État le plus densément peuplé des États-Unis, on y trouve beaucoup de forêts, beaucoup de myrtilles. Je crois que Count Basie y est né…

– Pas ce genre de choses. Est-ce qu'il présente un intérêt médiatique ? Est-ce qu'il s'y est passé un événement qui a fini dans la presse nationale ?

– La convention nationale démocrate va se tenir dans le New Jersey », répondit Byron.

Mitch cessa de respirer pendant une seconde. Il l'avait su mais avait oublié ce détail quelque part en route.

« Atlantic City… Attendez, j'ai quelque chose… »

Il entendit Byron feuilleter des papiers sur son bureau, puis lancer : « Kathy ! Où est ce communiqué de presse sur la convention démocrate ? »

Mitch attendit. Il sentait son cœur battre la chamade.

« Nous y voici, dit Byron. Du lundi 24 au jeudi 27, ancien palais des congrès d'Atlantic City.

– La semaine prochaine, remarqua Mitch.

– Oui, elle débute lundi.

– Oh, mon Dieu.

– Quoi ?

– Lester… merci. Merci beaucoup.

– Mais… »

Il raccrocha.

Dempster était parti dans le New Jersey. Kennedy y serait quatre jours plus tard.

Et Lee Oswald – un communiste, un agitateur, un homme qui avait tenté d'assassiner un officier de l'armée, un homme qui voulait que le monde sache à quel point il était important – brillait par son absence.

61
21 août 1964

Mitch décida de conduire. Il partit tard le vendredi. Le trajet faisait environ trois cents kilomètres en passant par Baltimore et Wilmington puis en contournant Philadelphie par le sud avant d'atteindre Atlantic City sur la côte. Il n'y était jamais allé, n'avait jamais éprouvé le besoin de le faire. Mais désormais la question ne se posait pas. Sinon, pourquoi Dempster aurait-il voulu qu'il reçoive ce message spécifique ?

Peut-être que l'agent avait transmis l'histoire de Mitch à travers la chaîne de commandement et qu'Oswald avait été perçu comme une réelle menace, du moins suffisamment réelle pour justifier l'envoi en mission de Dempster. Ce dernier venait de Dallas. C'était là que vivait Oswald, et de là qu'il partirait. Dempster possédait par ailleurs toutes les informations que Mitch lui avait relayées, il était donc logique qu'il soit sur place pour les communiquer directement à quiconque aurait besoin de les connaître.

Mitch devait être là-bas. Sinon, il allait rester chez lui et réfléchir à la lettre de Jean, ressasser le passé, ce qui aurait pu advenir, la vie qu'ils auraient partagée s'il avait eu assez de jugeote pour considérer ce qu'il laissait derrière lui.

Le fantôme qui le hantait était l'enfant.

Jean avait eu raison. Indéniablement raison. Sa finesse de perception combinée au recul engendré par plusieurs mois de séparation lui avait donné une image claire et impartiale des choses. Mitch avait vécu pour lui. C'était évident. Il l'avait vampirisée, limitée, emprisonnée en jouant sur ses attentes, puis il l'avait abandonnée. C'était son crime, mais faire ce qu'elle avait fait? Prendre une telle décision sans lui en parler, sans expliquer sa réflexion, ses sentiments, son raisonnement?

Pourtant, n'avait-il pas fait la même chose? Il avait pris une décision à cause de laquelle elle l'avait perdu; elle avait pris une décision qui leur avait fait perdre un enfant. Œil pour œil. Elle lui avait finalement fait payer le mal qu'il lui avait fait.

Mitch repoussa ces pensées. Il ne pouvait pas rester seul dans son appartement à ne parler à personne d'autre qu'au chat, à se punir en se plongeant dans une hébétude alcoolisée. Il devait s'éloigner de Washington, et il n'aurait pu imaginer meilleure raison de partir. Peut-être qu'il pourrait se rendre utile. Peut-être que ses semaines d'enquête apporteraient quelque chose que personne d'autre ne possédait. Si Dempster était là-bas, Mitch devait le trouver, découvrir à qui il avait transmis ce qu'ils savaient, et voir comment il pourrait aider.

Mitch trouva un hôtel bon marché et quelconque dans North Bellevue Avenue, à quelques blocs du palais des congrès. On ne lui demanda pas de pièce d'identité. Il paya en espèces, déclara s'appeler Jim Denton. C'était la troisième fois qu'il utilisait un faux nom, et pourtant il ne croyait pas une minute pouvoir réussir à cacher ce qu'il faisait ni qui il était.

« Et combien de temps comptez-vous rester à Atlantic City, monsieur Denton? lui demanda le réceptionniste.

– Le week-end, répondit Mitch. Peut-être jusqu'au milieu de la semaine prochaine. Je suis ici pour affaires, pour des réunions, et ainsi de suite. Je ne sais pas trop combien de temps ça va durer.

– Eh bien, j'espère que vous passerez un bon séjour. Si vous avez besoin de quoi que ce soit, faites-le-moi savoir. Mon nom est Stanley.

– Merci », dit Mitch, et il monta à sa chambre.

Elle était propre mais spartiate. Un lit simple, une chaise à dossier droit, un petit bureau, une armoire étroite. La salle de bains était au bout du couloir. Mitch plaça ses quelques affaires dans l'armoire puis s'assit sur le lit et réfléchit à ce qu'il allait faire.

Dempster, supposait-il, serait au palais des congrès pour les préparatifs de sécurité que le protocole des services secrets exigeait. La présence policière serait très importante, comme chaque fois que le président faisait une apparition publique, même si pour la convention elle était décuplée. Si le président ne restait pas les quatre jours qu'elle durerait, il serait certainement ici pour la plus grande partie. Il pourrait même arriver dès le dimanche soir. Seules quelques rares personnes triées sur le volet connaîtraient son itinéraire et l'endroit où il résiderait. Le nombre d'agents fédéraux et de policiers des forces de l'ordre locales dépasserait le millier, ce qui nécessiterait une organisation des plus rigoureuse. Ajoutez à ça une menace tangible, et tout serait doublé. Peut-être que Dempster n'avait pas été réquisitionné à cause de ce que Mitch lui avait dit. Peut-être que chaque agent des services secrets dans un rayon de trois cents kilomètres avait été détaché pour renforcer les rangs et répondre aux exigences d'un événement aussi énorme.

Pour le moment, Mitch estima que le mieux à faire était de se rendre sur place. Il voulait marcher sur l'Atlantic Boardwalk, la promenade en front de mer, et voir de ses yeux le palais des congrès.

Il y avait déjà des signes de préparatifs. Des camions étaient alignés à l'arrière du bâtiment le long de Pacific Avenue et des groupes d'hommes franchissaient les accès de service, chargés de banderoles enroulées et de matériel d'éclairage. Une file de voitures et de fourgonnettes de police faisait face aux camions de l'autre côté de la rue, et un cordon de barrières avait été érigé pour détourner la circulation de la zone. Ici et là, des hommes en costume sombre observaient les choses d'un œil vigilant. Ils pouvaient appartenir aux services secrets, ou bien au FBI, ou peut-être que c'étaient des flics locaux en civil. Il régnait une atmosphère d'agitation organisée tandis que les camions dégorgeaient leur contenu et s'éloignaient pour être aussitôt remplacés par de nouveaux convois, d'autres hommes, d'autres équipements. Les véhicules de la radio et de la télé étaient plus loin dans South Georgia et South Florida, et chaque personne qu'il voyait portait autour du cou une accréditation.

Mitch retourna sur le Boardwalk. Il avait faim. Il fallait qu'il mange quelque chose. Il commençait à se faire tard et il supposait que retrouver Dempster ne serait pas simple. Il y aurait une antenne des services secrets en ville, ou peut-être – étant donné l'ampleur de l'événement et le nombre de personnes nécessaires – qu'un hôtel aurait été réquisitionné, non seulement pour loger tous les agents, mais également pour faire office de quartier général stratégique pour les opérations de sécurité. Mais tout ça devrait attendre le lendemain.

62

Walter Lambert se tenait à la fenêtre de sa chambre d'hôtel et observait South Mississipi Avenue en direction du palais des congrès.

C'était le 21 août, trois jours avant le lancement de la convention nationale démocrate, la plus grande opération de sécurité qu'il ait eu à superviser depuis l'investiture du président. Jusqu'à présent – à raison de six par jour en moyenne –, les services secrets avaient reçu plus de mille cinq cents menaces de mort écrites visant John F. Kennedy. Après Kennedy venait Lyndon Baines Johnson, qui atteignait à peine les mille trois cents, talonné par le procureur général avec seulement mille cent quarante-trois. Un total de près de quatre mille lettres pour trois hommes, et ces trois hommes atterriraient tous à l'aéroport Philadelphia International le dimanche soir.

Robert Kennedy et le vice-président seraient acheminés à Atlantic City dans des cortèges séparés. Ils seraient logés à deux endroits différents. Johnson résiderait chez un vieil ami et soutien du parti démocrate, le banquier Randall Hitchkiss. La propriété de ce dernier possédait un mur d'enceinte et abritait une douzaine de chiens d'attaque et sa propre équipe de sécurité. Avec un détachement des services secrets en renfort, c'était peut-être l'endroit le plus facile à sécuriser. Le procureur général serait logé au cinquième étage de l'hôtel Regency. Le bâtiment en comportait six, et le quatrième et le sixième n'abriteraient que des agents des services secrets.

Le président était le vrai problème, comme il l'avait été au mois de novembre précédent. À Dallas, il avait insisté pour que la limousine présidentielle soit décapotable. Quand la voiture avait été livrée en juin 1961, Lambert avait remis en cause l'absence de blindage et de verre pare-balles. Ce n'était rien qu'une Lincoln Continental quatre portes décapotable, mais Ford l'avait rallongée de cent quatre centimètres, avait renforcé la carrosserie et monté un moteur de trois cent cinquante chevaux construit à la main. Le poids de la voiture avait augmenté de sept cents kilos, et pourtant le pare-brise était toujours en verre de sécurité deux couches standard. Pour Lambert, ça n'avait aucun sens, mais bon nombre des procédures de sécurité éprouvées étaient passées par la proverbiale fenêtre quand les Kennedy étaient arrivés à la Maison-Blanche.

John F. Kennedy ainsi que la Première dame insistaient pour être *disponibles*. C'était bien joli, et politiquement ça les rendait peut-être plus aimables aux yeux du public que n'importe quelle administration précédente, mais c'était un cauchemar du point de vue de la sécurité. Lambert devait être certain de prendre toutes les précautions possibles. Pour un homme des services secrets, la plus grande crainte était de perdre un président dont il avait la charge, quelle que soit son opinion personnelle de l'homme, de ses actes, de ses méthodes et de sa politique. Démocrate ou républicain, aucune importance.

Ça faisait des mois qu'ils organisaient la convention nationale démocrate. Les préparatifs de Lambert s'étaient étirés sur plus d'une année. John F. Kennedy arriverait en hélicoptère sur le toit de l'hôtel Crowne Excelsior, et de là il serait mené à la suite du dernier étage. Une équipe de trente agents était affectée à ce seul étage, il y aurait dix tireurs d'élite sur le toit et l'hélicoptère demeurerait là tout au long du séjour du président au cas où une évacuation d'urgence serait nécessaire.

Ce qui avait poussé le Congrès à confier la protection du président aux services secrets.

Né à Annapolis, Maryland, en mai 1925, du sous-officier de marine Eugene Lambert et de Marion, née Carter, elle-même fille de marine, Walter avait grandi à l'image de son père. Il était allé à l'école préparatoire navale de Newport, Rhode Island, puis à l'académie navale dans sa ville de naissance avant de s'enrôler après son diplôme en tant qu'adjudant-chef.

De huit ans plus jeune que le président, Lambert n'avait pas servi pendant la Seconde Guerre mondiale, mais il avait assisté à quelques combats en tant que membre de la flotte du Pacifique en Corée.

En 1957, désormais lieutenant commandant, Walter Lambert avait démissionné. Il avait trente-deux ans et était célibataire. Il avait expliqué à son père consterné qu'il ne se voyait pas d'avenir à long terme dans la Navy.

« Alors qu'est-ce que tu comptes faire ? avait demandé Lambert à son fils.

– Maintien de l'ordre, avait répondu celui-ci.

– La police ?

– Non, pas la police. Peut-être le FBI, peut-être les services secrets. »

Walter avait choisi ces derniers, et il compensait plus que largement son manque de passion et d'imagination par son dévouement et sa loyauté. Il avait gravi les échelons d'une manière exemplaire, avait été l'un des plus jeunes agents de tous les temps affectés au Capitole, et certainement le plus jeune responsable de la sécurité du président de l'histoire des services secrets. Ce dont il était à juste titre fier. Tout ce qui pouvait potentiellement saper, diminuer, endommager ou détruire le président des États-Unis était son affaire, et il prenait son métier très au sérieux.

Les événements se déroulant du 24 au 27 août à Atlantic City, New Jersey, avaient été planifiés en portant une attention des plus méticuleuses au détail. Toutes les possibilités avaient été envisagées, toutes les éventualités parées, tous les scénarios répétés encore et encore. Sous le commandement direct de Lambert se trouvaient deux cent vingt-cinq agents des services secrets, soixante agents du FBI, la totalité de la police d'Atlantic City, et même les garde-côtes qui patrouillaient au large en cas d'attaque par des agresseurs venus de la mer. Il ne s'agissait pas simplement de la sécurité d'un seul homme. Il s'agissait de celle de toute une équipe administrative, depuis le vice-président et le procureur général jusqu'au chef de cabinet en passant par les conseillers juridiques adjoints et les filles qui faisaient des courses pour la femme du secrétaire d'État. Et ensuite, au-dessus de tout ça, il y avait la Première dame et les enfants du président, ainsi que les nombreux membres de la famille d'autres hauts fonctionnaires. C'était un cirque ambulant qui aurait ridiculisé P. T. Barnum et qui pourtant exigeait la confidentialité et le soutien logistique d'une invasion militaire.

Mais c'était pour ça que Lambert était là, et c'était pour ça qu'il était le seul homme apte à ce poste. Il estimait que personne d'autre ne comprenait le caractère sacré et inviolable de la fonction d'homme le plus puissant de l'hémisphère Ouest, voire du monde. Et tandis qu'il regardait le flot incessant de circulation et les hordes de badauds qui se pressaient sur l'Atlantic Boardwalk, il savait que sa propre existence ne valait rien comparée à ce qui était en jeu.

C'était une vie pour une vie. Tel était le serment, et il comptait bien s'y tenir.

63

22 août 1964

Lee Harvey Oswald fut l'un des nombreux individus dont il fut question lors du premier briefing des services secrets le samedi.

« Parlez-moi de la source de cette information, demanda Lambert à Allan Dempster.

– Son nom est Mitchell Newman, répondit celui-ci. Basé à Washington, originaire de Virginie, trente-cinq ans, célibataire, aucun lien connu avec un groupe ou une organisation figurant sur la liste de surveillance actuelle. C'est un journaliste free-lance, il remplace des photographes de scènes de crime, a soumis son travail à de nombreuses publications, principalement des reportages liés à la vie de tous les jours. Il ne semble pas avoir d'activité politique, a toujours voté démocrate. Son père était dans l'armée, tué durant la Seconde Guerre mondiale, et sa mère est morte en 1961. Il était en Corée de juillet à novembre 1950. Son dossier médical laisse entendre qu'il est rentré à cause du stress et d'un traumatisme à court terme, la routine. Pas d'antécédent de maladie mentale, aucun traitement. N'a jamais été arrêté, dossier fiscal impeccable, n'a jamais fait l'objet de la moindre enquête.

– Mariages antérieurs… enfants ?

– Néant. »

Lambert parcourut du regard les agents rassemblés autour de lui. « Oswald a déjà été sur notre radar. Il était à Love Field quand le président est arrivé en novembre dernier pour le voyage à Dallas. Après ça, plus de nouvelles, et il n'y a eu aucun rapport d'activité confirmé dans la zone qui pourrait potentiellement constituer une menace. Ancien du corps des marines, affiliations communistes actives, ancien membre de la désormais défunte Ligue communiste du Texas, marié à une Russe, mais à en croire les dernières informations, ils sont séparés et brouillés. Comme le dit le rapport de l'agent Dempster, le logement d'Oswald est en ce moment vide. Nous avons des hommes qui cherchent à le localiser en enquêtant dans les gares routières et ferroviaires et dans les aéroports. » Il marqua une pause pour réfléchir un moment. « L'erreur serait de ne rien faire. Néanmoins, ayant dit cela, ce serait aussi une erreur d'en faire trop. Concentrer notre attention sur une seule menace possible nous fait perdre toute objectivité. Nous devons constamment maintenir une vision périphérique. Considérer une seule menace potentielle aux dépens des autres nous expose à l'échec.

– Est-ce qu'on utilise des décapotables ? demanda Dempster.

– Non, pas cette fois. Dallas, c'était exceptionnel, et j'ai insisté pour que ça ne se reproduise pas. Toits solides, agents sur les marchepieds, procédure standard complète pour un passage motorisé en milieu urbain. La voiture du président le mènera du Crowne Excelsior au palais des congrès lundi matin, et un accès dégagé sera maintenu entre le palais des congrès et l'hôtel au cas où un retour en urgence serait nécessaire. Le médecin personnel du président, le contre-amiral George Burkley, sera présent à tout moment. Le vice-président tout comme le procureur général auront également leurs médecins respectifs à disposition. La Première dame et les enfants arriveront tard lundi. Leur itinéraire spécifique et leur heure d'arrivée n'ont pas encore été révélés, mais une équipe de sécurité distincte s'en occupera sous ma supervision directe. Pour le moment, il n'y a pas de plan pour acheminer la femme ou les enfants du procureur général jusqu'au New Jersey, mais ça pourrait changer. »

Lambert regarda les hommes autour de la table.

« Des questions ? »

Il n'y en avait pas.

« OK, bien. Donc, pour ce qui est de ce Lee Harvey Oswald, l'agent Dempster s'en occupera, et Franklin le secondera. »

Ils se tournèrent tous vers l'agent Carl Franklin, récemment arrivé du bureau de San Francisco. Celui-ci acquiesça.

« La photo d'Oswald est en train d'être reproduite en ce moment même. L'agent Dempster vérifiera qu'on vous donne à chacun une copie afin de l'ajouter aux clichés qui ont déjà été distribués. Selon moi, cet homme ne présente pas une réelle menace tangible. Néanmoins, nous n'avons jamais été aussi exposés depuis novembre dernier. Le palais des congrès sera plein à craquer, et les problèmes auxquels fait face cette administration exigeront une vigilance extrême sur chaque détail, aussi insignifiant qu'il puisse sembler. »

Lambert marqua une nouvelle pause. Il parcourut la pièce des yeux. Les hommes qui lui retournèrent son regard étaient attentifs, déterminés, professionnels.

« Je dois dire que je suis parfaitement sûr de votre implication. Je ne crois pas qu'il y ait dans le monde un autre chef d'État aussi invulnérable que l'homme que nous sommes chargés de protéger. Je n'ai pas besoin de le préciser, mais tout ce qui menace la fonction présidentielle est également une menace directe pour les fondements mêmes de la liberté dans le monde occidental. C'est aussi important que ça, messieurs. Et tandis que nous accomplirons notre devoir et nos responsabilités au cours des prochains jours, je veux que vous vous souveniez que nous sommes la dernière ligne de défense entre la démocratie et l'anarchie. Si notre homme tombe, nous tombons tous. Je me fais bien comprendre ? »

Il y eut une réponse franche et massive de la part des hommes rassemblés.

« Bien. Donc, agent Dempster, je vous laisse vous charger de ce nouveau souci. D'après ce que j'ai compris, les informations que vous détenez actuellement sont principalement indirectes, mais vous avez toute autorité et toutes les ressources dont vous aurez besoin pour les vérifier minutieusement. Tenez-moi informé, et je serai votre point de coordination et de liaison.

– Oui, monsieur.

– Excellent. » Lambert se leva. Tout le monde l'imita. « Notre devise, messieurs : dignes de foi et de confiance. »

Ces mots furent répétés par les agents présents.

« Hormis Dempster et Franklin, vous pouvez tous disposer. »

Les agents sortirent l'un après l'autre, et le dernier referma la porte derrière lui.

« Alors dites-moi, Allan, commença Lambert, cette histoire d'Oswald… à quoi avons-nous vraiment affaire ? »

64

Mitch se fit balader d'un agent des services secrets à l'autre pendant l'essentiel du samedi matin et le début de l'après-midi. Il fut même brièvement interrogé par deux inspecteurs de la police d'Atlantic City. Lorsqu'il se retrouva finalement assis face à Allan Dempster, il ne savait plus combien de personnes lui avaient dit que tout était sous contrôle, qu'une multitude d'agents s'assuraient qu'aucune menace contre la vie du président ne se transformerait en acte. Ces hommes étaient sûrs d'eux, mais quand Mitch avait été certain que Dempster avait bien été dépêché de Dallas, il avait refusé de partir tant qu'il ne lui aurait pas parlé.

Ainsi, en milieu d'après-midi, il se retrouva dans un petit bureau derrière le hall de l'hôtel Crowne Excelsior. Un autre agent était présent, un certain Carl Franklin, mais il ne prononça pas un mot durant tout l'échange. Tandis qu'il se tenait près de la porte, bras croisés comme une statue d'Indien, Mitch ne perçut rien que de la désapprobation.

« J'ai du mal à comprendre pourquoi vous êtes ici, monsieur Newman, commença Dempster.

– Moi aussi, répondit Mitch. Du moins, un peu.

– Vous pensez peut-être pouvoir faire quelque chose dont nous ne serions pas capables ? »

C'était une bonne question, à laquelle il n'avait pas de réponse.

« Non, dit-il. C'est juste que je me suis persuadé que le danger était réel et bien présent, et… Eh bien, je me suis simplement dit que je devais être ici. Je vous ai appelé à votre bureau et… »

Il n'acheva pas sa phrase. Il était certain que le fait que Dempster l'ait informé de son déplacement dans le New Jersey était contraire à la procédure, et il ne savait pas si le mentionner lui attirerait des problèmes.

« Je vous ai demandé si vous saviez à quoi ressemblait Oswald. Vous vous souvenez ? »

La question était simple, mais Mitch se sentit stupide. Il traquait quelqu'un depuis des jours sans même savoir quelle tête il avait.

Dempster ouvrit une enveloppe en papier kraft posée devant lui. Il en tira une photo, qu'il fit glisser en travers de la table.

Mitch la souleva. L'homme sur le cliché semblait propre sur lui, ordinaire, voire quelconque. Il n'y avait rien en lui de remarquable, mais en même temps, à quoi un potentiel tueur de président était-il censé ressembler ?

« Ça, monsieur Newman, c'est Lee Harvey Oswald, et je vais vous expliquer deux ou trois choses sur le protocole des services secrets. En novembre 1950, vers l'époque où vous êtes rentré de vos quatre mois en Corée... »

Mitch leva les yeux, surpris.

« Vous pensiez que nous ne nous renseignerions pas sur vous ? Vous croyez que nous ne savons pas tout de vous ? »

Mitch ne répondit rien.

« Donc, comme je disais, en novembre 1950, il y a eu une tentative de meurtre contre le président Truman. La Maison-Blanche était en rénovation et le président logeait à Blair House, de l'autre côté de la rue. Deux nationalistes portoricains se sont approchés de la maison et ont ouvert le feu sur les agents en service. L'un d'eux, Leslie Coffelt, a reçu trois balles de Luger, mais bien que mortellement blessé, il est parvenu à tuer l'un des assassins d'une balle dans la tête. L'autre tueur s'est fait prendre et a été condamné à mort. L'agent Coffelt est le seul homme à avoir été tué dans le cadre de ses fonctions en protégeant un président.

« Seuls trois présidents ont été assassinés : Abraham Lincoln, James A. Garfield et William McKinley. Il y a eu d'innombrables complots, plusieurs tentatives, mais personne n'a réussi. Les services secrets sont chargés de la protection du président depuis 1901. Le Congrès nous a confié cette mission après le meurtre du président McKinley. Depuis, il y a eu huit présidents, de Woodrow Wilson à Eisenhower, et nous n'avons jamais échoué dans notre mission. »

Mitch sourit. « Je suis impressionné.

– Vous n'en avez pas trop l'air, monsieur Newman. Vous semblez plutôt moqueur. C'est une activité extrêmement sérieuse. L'erreur, le contretemps, l'imprévisibilité n'ont aucune place dans notre travail. Accepter la responsabilité de la vie du leader du monde libre n'est pas une chose qu'on fait à la légère, et nous le faisons en comprenant – comme l'a fait l'agent Leslie Coffelt – que si c'est notre vie ou celle du président qui est en jeu, la question ne se pose pas.

– Je ne voulais pas paraître moqueur. »

Dempster resta un moment sans rien dire, puis il se pencha en avant et tapa de l'index sur la photo d'Oswald. « Vous croyez que c'est le seul coco anti-establishment qui représente un danger pour le président Kennedy ? Ce type n'a même pas proféré la moindre menace. Il n'a même pas envoyé une lettre. Nous en recevons de personnes comme lui des douzaines chaque jour. Nous nous penchons sur chacune d'entre elles. Nous les décortiquons. Nous remontons jusqu'aux personnes qui les ont envoyées. Nous enquêtons sur tout. C'est notre métier. C'est à ça que nous sommes formés, et j'ai vraiment besoin que vous nous laissiez faire. Sinon, si vous insistez pour être impliqué, alors vous devenez un de ces éléments imprévisibles. »

Mitch observa une fois de plus le visage de l'homme qu'il avait essayé de localiser.

« Je peux vous assurer, monsieur Newman, que le président assistera à la convention nationale démocrate, puis qu'il retournera à la Maison-Blanche avec la Première dame et sa famille, et qu'on ne se souviendra d'Atlantic City que pour son accueil enthousiaste et sa grande hospitalité.

– La convention est ouverte au public ? » demanda Mitch.

Dempster sourit. « Êtes-vous en train de me demander si vous feriez bien de quitter Atlantic City ?

– Je demande si je suis libre de rester.

– Monsieur Newman, soyons clairs une bonne fois pour toutes. Nous sommes en Amérique. C'est une nation démocratique et pacifique qui tire fierté du droit à la liberté individuelle. Tout ce que nous faisons dans chaque branche des services fédéraux et gouvernementaux a pour but la préservation de cette liberté. Vous ordonner de partir, vous demander même de partir, serait en contradiction avec ce que nous représentons, et ce serait d'autant plus ironique étant donné la nature de ce qui nous amène dans cette ville. Qu'un fou puisse considérer que son seul moyen d'attirer l'attention est de perpétrer un acte violent et haineux envers une personnalité publique reflète l'état d'esprit de cette personne. Il n'y a pas d'autres ramifications, et le fait que vous ayez travaillé si dur pour le révéler est – comme je l'ai déjà dit – non seulement louable, mais assurément patriotique. Le chef de notre détachement des services secrets n'a pas tari d'éloges sur vos efforts, et je suis certain de parler en son nom quand j'affirme que nous avons désormais les choses en main. Tout ce qui doit être fait a été fait et continuera de l'être durant le bref séjour du président dans cette ville. »

Mitch écoutait. On lui faisait un sermon, et ça ne lui plaisait pas trop. Les mots étaient appris et formels, et l'attitude de Dempster était très différente de celle qu'il avait eue quand ils s'étaient parlé à Dallas.

« OK, dit-il, merci pour votre temps. »

Il regarda une fois de plus la photo d'Oswald, bien résolu à graver son image dans sa mémoire.

« Si vous comptez rester, je suis sûr que vous apprécierez la convention, et s'il vous plaît, détendez-vous. Nous savons exactement ce que nous faisons. »

Mitch se leva. Il échangea une poignée de main avec Dempster ainsi qu'avec Franklin, puis ce dernier le raccompagna dans le hall jusqu'à la rue.

Il jeta un coup d'œil en arrière en direction de l'hôtel. Il y avait des agents des services secrets partout, ils étaient manifestement plus nombreux qu'en n'importe quel autre endroit proche du Boardwalk, et de cette seule observation il déduisit que le Crowne Excelsior devait être le lieu où logerait Kennedy pendant son séjour en ville.

Et lorsqu'il s'éloigna, il eut soudain un pressentiment inexplicable.

C'était le fait d'avoir vu le visage d'Oswald. Il avait un côté tellement quelconque et banal. Personne ne s'attarderait sur un homme comme ça. Il passerait inaperçu dans une foule. C'était la simple et effrayante vérité. Mitch lui-même avait examiné encore et encore le cliché, et désormais – rien que quelques minutes plus tard – il peinait à en conserver une image claire.

Il était convaincu qu'Oswald était à Atlantic City et que sa seule obsession était de trouver un moyen d'arriver jusqu'au président.

Il espérait qu'il n'y parviendrait pas mais avait le sentiment que les paroles de Dempster – le fait qu'on ne se souviendrait d'Atlantic City que pour son accueil enthousiaste et sa grande hospitalité – seraient contredites par les événements.

Elm Street, Dallas. Novembre 1963. Le dépôt de livres scolaires. Dix mois plus tard, une autre ville, un autre bâtiment, et pourtant Mitch pensait que le passé qui ne s'était pas réalisé deviendrait d'une manière ou d'une autre un présent terrifiant.

65

Tandis que le samedi laissait doucement place au dimanche, Mitch était allongé sans dormir et pensait de nouveau à l'enfant qui n'avait jamais existé.

Il se demanda ce qu'il aurait fait s'il avait su que Jean était enceinte.

Il se demanda ce qu'il lui aurait dit si elle avait été là dans la chambre d'hôtel.

Il n'avait pas les réponses à ces questions et ne tenta pas de les trouver.

Son cœur était brisé. Ça, il le savait. Et il se demandait s'il finirait par perdre la tête.

Il était anxieux, stressé, à cran. Il était convaincu que la convention tournerait mal, et il savait qu'il ne pouvait pas faire grand-chose pour retarder ou empêcher ça. C'était désormais entre les mains du destin.

Il se rappela une histoire qu'il avait lue à propos d'un marchand perse. Celui-ci était allé voir une diseuse de bonne aventure, qui l'avait informé que la Mort le trouverait le jour même. Terrifié, il avait demandé ce qui se passerait, mais la femme ne pouvait pas le lui dire. Le marchand était un homme d'habitudes. Il devait se rendre au marché ce jour-là comme il le faisait quotidiennement, mais à la place, il s'était précipité chez lui et avait informé son serviteur qu'il n'irait pas au marché car il partait pour Bagdad. Puis il avait pris son cheval le plus rapide et s'était enfui en direction de la grande capitale dans l'espoir d'y trouver un endroit où se cacher.

Le serviteur, déconcerté par le comportement de son maître, était allé seul au marché. Là-bas, il avait rencontré la Mort. Il avait été frappé d'horreur. L'heure n'était sûrement pas venue pour lui de mourir ? La Mort avait souri froidement et expliqué qu'elle était étonnée de voir le serviteur sans le marchand. L'homme avait demandé pourquoi, et la Mort, en se penchant vers lui, son souffle frais sur le visage du serviteur, avait murmuré qu'elle avait rendez-vous l'après-midi même avec le marchand à Bagdad.

Peut-être y avait-il une part d'inéluctable dans le déroulement des événements. Mitch se rappelait les hommes qui étaient morts en Corée, certains tombant juste à côté de lui pendant qu'il prenait ses photos. Il pensa à Ray-Ban, à la manière dont sa tête avait explosé. À l'arrière du crâne, du côté gauche. La balle aurait si facilement pu mettre un terme à la vie de Mitch. Pourquoi Ray-Ban ? Pourquoi pas lui ? Était-ce simplement le hasard, ou ces choses avaient-elles une signification et une logique ? C'était réellement une question de vie ou de mort, et quand vous aviez suffisamment côtoyé cette dernière, vous perceviez votre propre fragilité, le caractère fugace de l'existence, votre insignifiance.

Peut-être l'enfant avait-il également été inévitable – non seulement dans sa création, mais aussi dans sa destruction. La première n'avait pas été prévue, elle avait été non intentionnelle, alors que la seconde avait été délibérée et définitive. Peut-être que s'il était resté, il n'y aurait pas eu de grossesse. Peut-être que s'il était resté, Jean serait morte de toute manière. Pourquoi ? Parce que tout le monde devait mourir à un moment, et on ne pouvait rien y faire. Quand il était plus jeune, il avait rencontré des hommes qui avaient connu son père. Ils parlaient du courage de James Newman, du sacrifice qu'il avait fait pour son pays, de la tristesse qu'ils avaient éprouvée en le perdant. Mais tout ça n'avait aucun sens. À un moment l'épée tombait, et la vie prenait fin.

Peut-être qu'il en serait ainsi pour Kennedy. Si ce n'était pas Oswald, alors ce serait quelqu'un d'autre. Ou *quelque chose* d'autre. Une crise cardiaque, une attaque cérébrale, une maladie mortelle, un accident. Combien de façon de tuer un homme ? Une quantité infinie.

Mitch irait à la convention. Il resterait et y assisterait jusqu'au bout. Il ratisserait les rues, scruterait les visages dans la foule sur le Boardwalk. Il trouverait un point d'observation à proximité de l'entrée du palais des congrès et observerait les gens qui pénétraient dans le bâtiment. Il ne parlerait pas aux services secrets. Il ne parlerait pas aux fédés ni aux flics en civil. Il resterait dans son coin et ferait tout ce qu'il pourrait avec ce qu'il savait, persuadé que Lee Harvey Oswald était venu à Atlantic City pour tuer John Kennedy. Ils finiraient tous deux dans les livres d'histoire, unis par un événement commun, mais pour des raisons très différentes.

Si ça se produisait, ce ne serait pas à cause d'une négligence de sa part. Si ça se produisait, il saurait qu'il avait fait tout ce qui était en son pouvoir pour l'empêcher.

Tout comme Jean.

66
23 août 1964

Le dimanche débuta sans événement notable. Mitch attendit dans son hôtel en enchaînant les cigarettes. Il n'avait pas d'appétit, aucune envie de quitter sa chambre, mais en début d'après-midi, il se força à arpenter les rues aux alentours du palais des congrès, appareil photo à la main, cherchant constamment quiconque aurait la moindre ressemblance avec Oswald.

Il y avait des dizaines d'hommes qui, sur le papier, auraient pu être décrits exactement de la même manière. Âge comparable, taille moyenne, cheveux sombres coupés court, pantalon, chemise blanche et veste décontractée. Après un moment, Mitch eut la certitude que, même s'il le voyait, il serait juste un autre visage flou aussitôt oublié. Il tenta de se concentrer, mais c'était difficile. C'était également futile et, dans un sens, il le comprenait. Le besoin de faire quelque chose était juste une façon d'apaiser son sentiment d'impuissance. Il se demandait même s'il ne s'était pas si vigoureusement plongé dans cette affaire pour tenter d'accepter le fait qu'il ait trahi Jean. Et maintenant il ne s'agissait plus seulement de Jean. Il devait également se souvenir de l'enfant, et il ne pouvait y penser sans ressentir le fardeau effroyablement lourd de la honte et du regret.

Les mesures de sécurité en place autour du palais des congrès semblaient de plus en plus considérables à mesure que la journée progressait. De nouveaux policiers, de nouveaux agents en civil – peut-être de la police locale, peut-être des fédés – et les duos et trios facilement identifiables des hommes des services secrets.

Malgré leur formation en matière de dissimulation et de discrétion, Mitch avait l'impression de les repérer immédiatement. Leur façon de se tenir et leur façon de se parler sans jamais détacher les yeux de la rue ou du bâtiment les rendaient encore plus visibles. Quoi qu'il en soit, l'effet – intentionnel ou non – était saisissant.

Peu après 18 heures, il y eut une vague d'agitation et les hommes se réorganisèrent rapidement. Ça ne pouvait signifier qu'une chose : le président lui-même arrivait. L'emplacement du Boardwalk et le plan en damier faisaient que très peu de choses passaient inaperçues depuis certains points d'observation, et non seulement Mitch perçut le son de longs cortèges de lourds véhicules escortés par la police, mais il entendit également le bruit d'un hélicoptère au-dessus de lui. Les cortèges devaient transporter le vice-président et les membres du personnel de la Maison-Blanche, mais il supposa que le président arriverait par les airs.

Il se posta à l'angle de Pacific Avenue et de South Florida et regarda Army One, l'hélicoptère présidentiel, faire du surplace puis descendre jusqu'au toit du Crowne Excelsior, l'hôtel même où il avait rencontré les agents Dempster et Franklin. C'était pour lui la confirmation que Kennedy y résiderait. Il supposa que la Première dame et leurs enfants arriveraient plus tard pendant le week-end, ne serait-ce que pour faire acte de présence et encourager le vote des femmes. Les photographes de presse et les chroniqueurs de mode seraient là pour les doubles pages de rigueur.

C'était un cirque, indéniablement, et Mitch aurait menti s'il avait prétendu ne rien ressentir. Il était américain jusqu'au bout des ongles, et même s'il n'était pas fan du nationalisme cocardier et tapageur qui avait été fabriqué de toutes pièces pour soutenir l'implication américaine en Corée, et désormais au Vietnam, il éprouvait tout de même une certaine loyauté. Il ne faisait aucun doute qu'il était patriote, même si son patriotisme allait vers un type de démocratie et de liberté individuelle qui semblait de plus en plus rare et étriqué au fur et à mesure que les années passaient.

Debout parmi une petite foule qui levait les yeux en direction de l'hélicoptère, Mitch s'interrogea sur Kennedy lui-même. Ce type était une icône, un nouveau genre de leader – jeune, dynamique et progressiste. Malgré son passage dans la Navy, il n'était pas de la vieille garde comme ses prédécesseurs Eisenhower et Truman. C'était plutôt un homme de l'avenir, celui qui promettait des lendemains délivrés du communisme, de la guerre et des controverses politiques clivantes. C'était son topo, et ça avait fonctionné. Avait-il truqué l'élection ? Mitch le pensait. Et dans ce cas, méritait-il d'être à la Maison-Blanche ? Peut-être pas. Mais est-ce que ça justifiait qu'un raté solitaire armé d'un fusil à trente dollars le tue ? Non, il ne le pensait pas.

Kennedy était à Atlantic City. Il était là pour sauver sa carrière politique malgré les critiques et la censure, les rumeurs relatives à l'élection, les allégations d'infidélité, les accusations d'inexpérience qui les visaient lui et son frère, les catastrophes potentielles et également très réelles que constituaient Cuba, Vienne, le mur de Berlin, l'escalade au Vietnam. Le monde changeait vite et l'avenir des futures générations s'annonçait mal. Il fallait de la stabilité, et la mort d'un président n'entraînerait que désarroi, incrédulité et confusion.

Mitch ne pouvait imaginer les conséquences d'un tel événement, aussi l'écarta-t-il de son esprit.

Cette nuit-là, il dormit. Il était épuisé, aussi bien mentalement que physiquement. Le lendemain il assisterait à la convention et verrait si le destin influerait sur l'avenir du monde libre.

67

24 août 1964

Le lundi matin de bonne heure, la nouvelle arriva au commandement des services secrets : la Première dame, Caroline et John Jr n'arriveraient pas à Atlantic City avant le soir du mardi 25. L'intention avait été de les acheminer avec le même cortège que celui qui avait été utilisé pour le procureur général, mais la Première dame estimait que la journée d'ouverture de la convention serait trop stressante pour les enfants.

Sa prédiction était exacte.

Cet après-midi-là, la salle comble se leva aux premiers mots de Kennedy – *Président McCormack, camarades démocrates... Je suis ici pour obtenir votre nomination... Je suis ici pour mener une fois de plus ce parti à la victoire...* – et resta debout pour une ovation effrénée qui dura plus de dix minutes.

Si les phrases d'ouverture étaient acclamées de la sorte, Mitch ne pouvait qu'imaginer comment le discours du lendemain serait reçu. Quoi qu'il dise, il faudrait que ce soit important. Il devrait montrer au pays qu'il était toujours l'homme de la situation, celui qui méritait leur confiance inconditionnelle. Il devrait faire appel à tout son charisme et présenter à l'Amérique un programme tellement clair et impérieux que les électeurs lui accorderaient quatre ans de plus.

Mitch écouta depuis sa place parmi plus de mille journalistes présents. Ils faisaient crépiter leurs flashs, tenaient à bout de bras leur magnétophone, prenaient furieusement des notes et allaient et venaient entre la section réservée à la presse et la rangée de téléphones qui avait été installée à la droite du bâtiment pour leur usage.

Il avait l'impression qu'il se passait quelque chose, une chose à laquelle il prenait part, et il comprenait à quel point il avait changé au cours des six dernières semaines. Ce n'était pas qu'il était un homme différent. Pas du tout. C'était comme s'il avait redécouvert l'homme qu'il avait été, celui qu'il serait resté s'il n'était pas parti en Corée.

À un moment donné, après avoir pris des photos de Kennedy et de Johnson, du procureur général et du secrétaire d'État en train de sourire et de se congratuler, Mitch abandonna ses collègues et marcha à travers la marée infinie de spectateurs. L'atmosphère était à la jubilation et à l'euphorie. Des rangées et des rangées de banderoles, des gens qui lui plaçaient dans la main des badges au nom de Kennedy, qui agitaient des drapeaux et acclamaient, qui hurlaient à pleins poumons même s'ils savaient qu'on ne les entendrait pas. Kennedy serait le capitaine du navire dans cet océan tumultueux de guerres et de dissensions, et il les mènerait à bon port. Ils en étaient persuadés, et ils le montraient par leur passion et leur enthousiasme.

KENN-E-DY ! QUATRE ANS DE PLUS ! KENN-E-DY ! QUATRE ANS DE PLUS !

C'était une mélopée, une litanie, une déferlante de bruit de proportion biblique, et Mitch se tenait là et absorbait tout. Il ne participait pas. Il observait les visages, prenait des photos – pourquoi, il n'en savait rien, mais il en prenait tout de même –, et il se demandait chaque fois si Oswald était là. Peut-être juste devant lui, à pas plus de quatre mètres. Peut-être quelque part au milieu des éclairages et des portiques qui dominaient la vaste foule, fusil en main, l'œil collé à la lentille d'une lunette télescopique, le doigt sur la détente, son moment d'infamie et de reconnaissance imminent.

Mitch leva les yeux. L'éclat aveuglant des projecteurs l'étourdit. Il était impossible de voir dans la pénombre derrière. Il chercha du regard les agents des services secrets, mais ils étaient perdus et invisibles parmi les milliers de spectateurs. Comment pouvait-on contrôler une telle masse ? Comment pouvait-on identifier un individu avec des intentions meurtrières ? La tâche était écrasante, impossible, et il sut que sa présence ne servait à rien.

Lorsqu'il parvint à se frayer un chemin hors du palais des congrès, il était près de 16 heures. Il longea le Boardwalk jusqu'à South Mississippi Avenue et se dirigea vers le Crowne Excelsior, ne serait-ce que pour voir la procédure de sécurité que les services secrets mettraient en place lors du retour de Kennedy.

Il prit son temps. Il s'arrêta et mangea un morceau dans un restaurant de l'autre côté de la rue, depuis lequel il observa les allées et venues de toutes sortes d'officiels. C'est depuis ce poste d'observation, qui donnait directement sur le côté de l'hôtel, qu'il vit une berline approcher. À voir ses plaques d'immatriculation, il était clair que c'était une voiture officielle, et les hommes qui se postèrent en sentinelle autour lorsqu'elle s'immobilisa appartenaient à la police et aux services secrets.

Mitch leva son appareil photo. Il prit une succession de clichés tandis qu'une jeune femme sortait du véhicule et regardait derrière elle en direction de la rue avant d'être rapidement escortée dans le bâtiment. La façon dont ses cheveux étaient coiffés, le manteau brun clair qui lui descendait jusqu'aux mollets, ses chaussures à hauts talons indiquaient que ce n'était pas une secrétaire. Et Mitch ne voyait qu'une seule raison pour qu'une jeune femme séduisante soit entraînée de la sorte à l'intérieur de l'hôtel Crowne Excelsior par les services secrets.

Il regarda les agents se disperser tandis que la berline repartait. Le manège n'avait pas pris plus de trente secondes, et s'il n'avait pas été là, il n'aurait rien vu.

Il fixa son appareil photo, puis la rue.

Il était difficile de croire ce à quoi il venait d'assister, et encore plus de croire qu'il avait capturé l'arrivée de la jeune femme sur pellicule.

Il la rembobina et la tira de l'appareil, l'enfonça dans sa poche de pantalon et chargea un autre rouleau. Il se leva, sortit sur le trottoir. Il n'y avait pas un agent en vue, juste une voiture de patrouille et une demi-douzaine de flics de la police d'Atlantic City en uniforme à l'intersection d'en face. Son cœur battait à toute allure. Il éprouva tout d'abord de la colère, comme s'il venait d'être le témoin d'une trahison personnelle. On parlait d'infidélités de la part de Kennedy. Bien sûr, n'importe quel homme de pouvoir ou d'influence générait des rumeurs, lancées la plupart du temps par ses opposants et ses détracteurs, mais quelque chose dans la manière dont la jeune femme avait été discrètement escortée jusqu'à l'hôtel, dans la façon dont elle était habillée, dans l'impression de subterfuge que lui avait laissée la scène lui semblait inacceptable. Surtout, cela avait été perpétré par les services secrets et la police.

Mitch enfonça la main dans sa poche et tint la pellicule. Venait-il de capturer la preuve d'une infidélité de la part de John F. Kennedy, le président des États-Unis ? Et que se passerait-il s'il la publiait, s'il appelait Lester Byron et lui disait qu'il avait un scoop tel qu'il ne l'aurait jamais imaginé ?

C'était une idée stupide. Il parlait du président. Il prétendait que la police, le FBI et les services secrets avaient amené une jeune femme à la chambre d'hôtel de JFK. C'était ridicule.

Néanmoins, la pellicule devait être mise à l'abri. Mitch retourna donc à son hôtel et la plaça dans une paire de chaussettes enroulées qu'il enfonça sous d'autres vêtements dans son sac de voyage. Si on le fouillait pour une raison ou pour une autre, au moins on ne la trouverait pas.

Il retourna au Crowne Excelsior et pénétra dans le hall. L'endroit grouillait de monde – personnel de l'hôtel, agents, policiers, badauds. Le bourdonnement des conversations laissait penser que le président en personne passerait par ici. Ça sembla improbable à Mitch, mais à peine cette idée lui traversa-t-elle l'esprit que le vacarme des voix devint presque assourdissant. Des agents apparurent dans tous les coins du hall et de la réception. Un ascenseur fut ouvert, les autres furent bloqués par des flics armés. Une demi-douzaine d'agents en uniforme supplémentaires se postèrent au pied de l'escalier.

Lorsque Kennedy arriva, Mitch était là, à pas plus de trois ou quatre mètres. Le président souriait, saluant les gens, serrant des mains. Les agents qui l'escortaient n'étaient jamais à plus d'une cinquantaine de centimètres de lui, regardant de tous les côtés, faisant bouclier avec leur corps. Il n'y avait pas de balcon dans le hall, pas de mezzanine où un tireur aurait pu se poster. Si quelqu'un voulait abattre le président, il faudrait que ce soit une attaque soudaine depuis la foule, une main tenant un pistolet qui parviendrait à se frayer un chemin parmi la cohue et profiterait d'une fraction de seconde d'inattention.

Mitch brandit son appareil photo. Tout sembla ralentir. Il vit le visage de Kennedy. La foule criait. Le bruit était assourdissant. S'il y avait eu un coup de feu, personne ne l'aurait entendu jusqu'à ce qu'il soit trop tard.

Un pressentiment l'envahit soudain.

Il savait qu'il allait se passer quelque chose. Il le sentait. Son cœur cognait dans sa poitrine. Il était étourdi, nauséeux, éprouvait le besoin soudain de sortir de cet endroit, de s'échapper aussi vite que possible avant que l'inévitable se produise.

Puis la sensation disparut.

Kennedy aussi avait disparu, dans l'ascenseur avec trois ou quatre agents.

Pendant une fraction de seconde il eut l'impression que le président le regardait directement. L'effet fut intense. Il se sentit invisible, tout ce qui l'entourait n'avait plus la moindre importance, ne restait que la scène à laquelle il avait assisté dans la rue. Mais qu'avait-il vu exactement ?

Il resta planté là, son cœur battant à toute allure, et un instant plus tard ce fut comme si rien ne s'était produit.

« Vous avez réussi à prendre le président ? »

Mitch se retourna. Une femme lui faisait un grand sourire.

« Pardon ? Quoi ? »

Elle désigna son appareil photo d'un geste de la tête. « Le président ? Vous avez réussi à le prendre ?

– Oui, répondit Mitch. Oui… oui, je crois. »

Il baissa les yeux vers son appareil, puis les releva. La femme était partie.

Il resta dans le hall du Crown Excelsior tandis que la foule se dispersait, et il avait l'impression que le monde entier savait une chose qu'il ignorait.

68

Son nom était Vivian Wheaton. Elle avait vingt-six ans et venait de Chapel Hill en Caroline du Nord. Sa mère était morte quand elle avait sept ans, mais son père – désormais un orthodontiste respecté propriétaire d'une chaîne de cliniques qui couvrait trois comtés – n'avait lésiné sur aucune dépense pour qu'elle étudie dans le privé, moyennant quoi la jeune fille originaire d'une petite ville universitaire était non seulement d'une beauté saisissante, mais elle parlait bien et était élégante et cultivée.

Vivian avait pour la première fois rencontré le président lors de la collecte de fonds pour le projet de rénovation de la Maison-Blanche. Son père, un fervent démocrate et grand amateur d'antiquités, avait fait une généreuse donation pour le programme de restauration du bâtiment et de son contenu initié par la Première dame. Par la suite, la jeune femme avait été contactée par un membre anonyme du personnel de JFK qui l'avait conviée à venir voir une exposition de tableaux privée. Pensant qu'on l'avait appelée pour assister Mme Kennedy dans son travail, elle avait accepté l'invitation. Mais ce qu'elle avait découvert – tout d'abord avec surprise, puis avec une totale incrédulité –, c'était qu'il n'y avait pas d'exposition privée. À la place, on l'avait conduite à un hôtel du centre-ville de Washington et menée à une chambre dans laquelle le président l'attendait.

Ce rendez-vous, contrairement à toutes ses attentes, avait mené à une série d'autres rencontres au cours des huit mois qui avaient suivi. Sa liaison avec l'homme le plus important d'Amérique était un secret qu'on lui avait donné l'ordre de garder à tout prix. Cet ordre provenait non seulement de Jack – ainsi qu'elle l'appelait désormais –, mais également du chef de sa sécurité personnelle, Walter Lambert. Ce dernier était un homme bon, gentil et attentionné, mais il avait aussi un côté menaçant. C'était assurément un homme dont on voulait se faire un allié, pas un ennemi.

Et c'est ainsi que, le soir du lundi 24 août, Vivian se retrouva dans le penthouse de l'hôtel Crowne Excelsior, à Atlantic City, New Jersey, après avoir été discrètement introduite dans le bâtiment par les services secrets. Une fois la porte latérale franchie, ils avaient pris l'ascenseur de service puis avaient monté les deux derniers étages par l'escalier. Il y avait des agents à chaque niveau. Aucun d'entre eux ne la regarda directement, chose qu'elle trouva très déconcertante. C'était presque comme s'ils espéraient se convaincre que ce qu'ils voyaient n'était pas réel. Au dernier étage en revanche, Walter Lambert et elle se retrouvèrent seuls.

« Ça va ? » demanda-t-il.

Elle acquiesça. Elle était nerveuse. Elle avait déjà fait ça suffisamment de fois pour savoir précisément ce qui se passerait, ce qu'on attendait d'elle, ce qu'elle pouvait faire ou non, ce qu'elle avait le droit de dire ou non, mais ça la stressait tout de même.

Si son père l'apprenait… Si *n'importe qui* l'apprenait…

Elle se ressaisit. Walter ouvrit la porte et elle entra.

Le président des États-Unis se leva du siège sur lequel il était assis, près du lit. Il lui fit un sourire chaleureux, comme s'il était réellement ravi de la voir.

« Vivian… ma chérie… »

69

Peut-être que le destin influait sur tout.

C'était la principale pensée de Lee Harvey Oswald tandis qu'il était accroupi dans la petite poche d'ombre à la base de l'escalier, juste sous le penthouse du Crowne Excelsior.

Son uniforme, qui lui avait été livré seulement dans l'après-midi à sa chambre d'hôtel, était trop grand d'une taille. Il avait l'air d'un enfant déguisé dans les vêtements de son père. Il avait replié les manches à l'intérieur, serré sa ceinture au maximum, et pourtant son pantalon était encore trop ample. C'était un petit détail, mais – comme le disait le vieil adage – le diable était dans les détails.

C'était la seconde fois qu'il se trouvait dans cette situation. Ce matin de novembre avait été si clair et lumineux. Le ciel était parfaitement dégagé et il n'y avait rien qu'une légère brise. Il avait ressenti une telle décharge d'adrénaline, une incroyable excitation à l'idée de ce qu'il était sur le point de faire. Le programme avait été respecté, tout avait été calculé à la seconde près, et sa fuite et son départ du pays avaient été organisés avec précision. Moins de vingt-quatre heures après la mort de Kennedy, il aurait dû être à Moscou. Cette fois, il n'aurait pas simplement été un ancien technicien du corps des marines qui parlait passablement le russe et citait Engels de travers. Cette fois, il aurait été, sans conteste, l'homme le plus important et le plus célèbre du monde, car il aurait été responsable d'un acte que personne n'aurait pu ignorer, nier ou réfuter.

Love Field. C'était là que tout était allé de travers. Il n'aurait jamais dû y aller, mais il avait voulu assister à leur arrivée. Il avait voulu voir l'homme de près, pas simplement à travers la lunette d'un fusil. Il avait voulu le voir faire son célèbre sourire et serrer la main d'inconnus, peut-être même tendre lui-même le bras et échanger une poignée de main avec Kennedy, et ce dernier n'aurait jamais su qu'il s'était trouvé à quelques centimètres de son assassin.

Quelques minutes, peut-être même juste quelques secondes de retard à cause de cette foutue femme. Il avait atteint sa voiture alors même que la police dressait les barrières et bloquait les accès à l'autoroute. Moyennant quoi il s'était retrouvé coincé, et tandis qu'il attendait, la sueur perlant sur son corps, son cœur battant à toute allure, la colère montant inéluctablement dans sa poitrine, il avait prié et prié un Dieu en lequel il ne croyait pas pour que le cortège soit lui aussi retardé.

Il l'avait été, mais pas suffisamment.

En arrivant au dépôt de livres scolaires, il avait entendu les acclamations de la foule.

Lorsqu'il avait atteint le cinquième étage, il était déjà trop tard.

Frénétique et désespéré, il avait maladroitement attrapé la première balle, qui lui avait glissé des doigts. Elle avait heurté le sol et roulé par terre, et il s'était maudit, avait maudit sa malchance. Il avait inséré une seconde balle dans la chambre, actionné la culasse.

Puis il avait levé le fusil, collé son œil à la lunette télescopique et vu l'arrière de la voiture qui suivait celle de Kennedy, la Cadillac Touring noire quatre portes décapotable, alors qu'elle traversait son champ de vision. Juste derrière se trouvait la Lincoln gris acier dans laquelle étaient assis Johnson et sa femme, puis venait la Mercury jaune qui transportait la police et les services secrets, et lorsqu'il avait enfin été prêt, lorsque son cœur et sa respiration avaient été suffisamment réguliers pour qu'il puisse viser convenablement, c'était la Mercury Comet Caliente du maire de Dallas qui était dans son viseur.

Tout ça à cause de cette foutue femme.

Quand la foule à Love Field avait poussé une clameur à l'arrivée de John F. Kennedy et de la Première dame, elle était apparue de nulle part.

« Donc vous voulez également voir le président ? » avait-elle demandé, et il s'était retourné. Elle portait autour du cou une accréditation de presse presque semblable à la sienne et avait un carnet, un appareil photo et une expression exaltée, comme si elle voulait partager une révélation.

Il n'avait pas répondu, avait reculé d'un pas.

« Ne vous en faites pas, avait-elle continué. Je ne suis pas ici pour couvrir la visite. J'enquête sur quelque chose de bien plus intéressant. »

Il se rappelait avoir souri du mieux qu'il avait pu. Mais il fallait qu'il parte. Il devait regagner sa voiture et se mettre en route avant que le cortège démarre. Il devait être devant, sinon ils bloqueraient les routes et il prendrait du retard sur le programme.

Elle lui avait saisi le bras.

« Ne vous enfuyez pas. Vous êtes ici pour la visite, ou bien pour autre chose ?

– La visite, avait-il répondu. Il faut que j'y aille.

– Vous travaillez pour quel journal ? »

Il était resté silencieux.

« Je viens de Washington, avait-elle poursuivi. Dites-moi, est-ce que vous connaîtriez quelqu'un dans le camp Kennedy ? Est-ce que vous auriez des contacts personnels ? »

Il commençait déjà à s'éloigner.

« Je reste quelques jours, avait-elle ajouté. Ce sur quoi j'enquête pourrait vous intéresser. J'ai besoin de parler à quelqu'un qui soit proche de tout ça. Peut-être que nous pourrions nous entraider, vous savez ? »

Il s'était mis à trottiner.

« Mon nom est Jean Boyd ! avait-elle lancé à sa suite. Jean Boyd du *Washington Tribune* ! »

Puis il ne l'avait plus ni vue ni entendue et il avait joué des coudes parmi la foule enthousiaste pour rejoindre sa voiture. Mais il avait su avant même de démarrer qu'il avait joué de malchance et qu'il manquait de temps.

Mais ça, c'était en novembre, pas maintenant.

Car maintenant tout était sous contrôle. Maintenant il n'y avait pas de voitures, pas de journalistes, juste quelques marches et une porte derrière laquelle il trouverait le président. Il tenait le .38 dans sa main. Il aurait aimé une arme de plus gros calibre, mais Kennedy serait tout près, sans la moindre protection, et il savait qu'il pourrait l'atteindre deux fois, trois fois, peut-être plus.

Personne ne soupçonnerait jamais que ça avait été autre chose que l'œuvre d'un tueur déterminé, calculateur et plein de sang-froid. On lui attribuerait l'ordre de Lénine. On le ferait parader dans les rues de Moscou jusqu'au Kremlin tel un héros conquérant.

C'était comme si c'était fait.

Lee Harvey Oswald prit une profonde inspiration et attendit le signal.

70

Par la suite, Vivian resta allongée un bon moment. Elle se sentait déconnectée, comme si ce qui se passait ne lui arrivait pas à elle, mais simplement à son corps. C'était purement physique – pas d'émotions, pas de réelles sensations, pas de réalité. Comme regarder un film avec le son coupé.

Elle savait que ça ne pouvait pas durer. Elle savait que ça se terminerait mal. Mais à quoi s'était-elle attendue ?

Pendant combien de temps puis-je continuer de m'infliger ça ?

Jack remua. Il se hissa sur un bras et la regarda. Son sourire était là, mais il était vide. C'était son sourire pour la caméra, et elle savait ce qu'il signifiait.

Elle tendit la main pour lui toucher le visage. C'était un geste affectueux, mais il s'écarta soudain, comme s'il le percevait comme une menace.

« Il faut que tu y ailles, dit-il.

– Je sais. »

Elle se leva, se sentit soudain sans défense et vulnérable, voire honteuse, tandis qu'elle se tenait là, nue. Elle attrapa le peignoir et l'enfila.

« Ça m'a fait plaisir de te voir », dit-il.

Combien d'autres filles y a-t-il ?

« Moi aussi, monsieur le président. »

Il fit la moue. « S'il te plaît, Vivian... »

Est-ce qu'il les traite toutes de la même manière ?

Elle aurait voulu le gifler. Fort.

Cette idée lui fit l'effet d'une balle – *Parfois... parfois, Jack Kennedy, je voudrais que tu meures* –, et même si elle se ravisa, il était trop tard. Elle l'avait pensé tellement fort que pendant un instant elle se demanda si elle ne l'avait pas dit à haute voix.

Il esquissa alors un sourire presque sincère et dit : « Je suis désolé que nous ne puissions pas passer plus de temps ensemble, mais tu sais ce que c'est. »

Elle acquiesça. Étrangement, elle était presque désolée pour lui. Il était aussi piégé qu'elle. Il était l'oiseau dans la cage dorée, et tout le monde voulait regarder, voir, entendre ce qu'il avait à dire. Était-il possible qu'un tel homme soit parfois lui-même ?

Elle se retourna en entendant du bruit derrière elle. Un homme se tenait à la porte.

« Bonjour, dit-il, je suis le Dr Portman. »

Vivian fronça les sourcils.

« Ne vous en faites pas, poursuivit-il. Tout va bien. Je vais m'occuper de vous.

– Laissez-moi m'habiller », répondit-elle.

Portman fit un pas en avant. « Nous allons juste aller dans la pièce d'à côté. Walter vous apportera vos vêtements.

– Ralph ? fit Kennedy. C'est vous ? Qu'est-ce qui se passe ?

– Aucune raison de vous en faire, monsieur le président. Nous avons juste besoin que Mlle Wheaton sorte d'ici un peu plus tôt que prévu. »

Kennedy acquiesça. Il agita la main comme s'il congédiait des enfants qui auraient eu besoin d'une réprimande et s'étendit de nouveau.

Portman saisit le bras de Vivian. Ses manières étaient douces, paternelles, et il y avait tant de bonté dans ses yeux.

Elle le suivit.

Elle fit ce qu'il lui demanda. Elle savait que mieux valait ne pas poser de questions.

71

La porte au-dessus de lui s'entrouvrit à peine assez pour qu'il distingue la lumière, mais c'était le signal qu'il attendait.

Oswald se leva. Il agrippa le .38, monta en courant la dernière douzaine de marches et s'arrêta.

La porte s'ouvrit un peu plus. La lumière inonda le haut de la cage d'escalier. Il hésita une seconde. Il entendit des pas, puis une silhouette passa devant l'entrebâillement. Son cœur cognait.

Il fit un autre pas en avant. La porte s'ouvrit un peu plus. Walter Lambert se tenait là, déterminé, infranchissable, une arme à la main.

Tout avait mené à ça, à cet instant. Chaque pensée, chaque idée, chaque notion, chaque élément du plan. Il avait désormais en tête tout ce à quoi il avait travaillé depuis que les choses avaient si mal tourné au mois de novembre précédent.

Oswald prit une profonde inspiration.

Walter Lambert recula d'un pas. Il ouvrit encore plus la porte.

Oswald sortit de la cage d'escalier et se mit à longer le couloir sans dire un mot ni regarder en arrière. Lambert lui emboîta le pas jusqu'à ce qu'ils soient proches de la porte du penthouse.

Il passa alors devant Oswald et s'arrêta. Il frappa, attendit une réponse à l'intérieur, puis il ouvrit la porte.

Il la laissa ouverte tandis qu'il commençait à parler, puis il fit signe à Oswald d'approcher.

Ce dernier entra, arme brandie.

« Qu'est-ce que… », commença Kennedy, mais Oswald appuyait déjà sur la détente.

Il entendit à peine les détonations par-dessus le martèlement de son cœur. Il vit l'impact de la première balle, le sang jaillir et se mettre à couler, Kennedy reculer en titubant avant d'être arrêté par le mur. Ce fut désormais un jeu d'enfant, un coup de feu après l'autre jusqu'à ce que le marteau claque sur les cartouches vides et que le président soit au sol, son visage à peine reconnaissable, le mur éclaboussé de sang.

Oswald ferma les yeux une seconde.

Il ouvrit la bouche pour parler et, ce faisant, se tourna vers Lambert.

Son changement d'expression fut si soudain et si étrange que Lambert faillit éclater de rire. Mais ça ne dura pas. Il appuya à quatre reprises sur la détente de son Smith & Wesson modèle 36 de service, projetant Oswald sur le côté en direction de la salle de bains.

Au bruit des coups de feu, des agents accoururent de tous les côtés.

Ils trouvèrent le président exactement où il était tombé, et il était de toute évidence trop tard.

Même Ralph Portman, le médecin privé du procureur général, ne pouvait rien faire.

Aussi bien John F. Kennedy que son assassin encore non identifié étaient morts.

72

Le monde convergea vers Atlantic City, et Mitch était présent pour assister à tout.

La nouvelle s'était répandue comme une traînée de poudre, les rues s'étaient emplies de véhicules fédéraux et de voitures de police. Des foules de badauds s'étaient déversées des chambres d'hôtel, chacun écarquillant des yeux incrédules, incapable de comprendre ce qui s'était passé, refusant d'accepter qu'une telle chose ait pu se produire dans l'Amérique du XXe siècle.

Mais ça s'était bel et bien produit.

Le roi de Camelot était tombé.

Après un flot incessant de déclarations floues de la part des chaînes de télévision et des services télégraphiques, c'est Walter Cronkite qui annonça la nouvelle au monde lors d'un bulletin sur CBS, interrompant un épisode d'*As The World Turns*.

« Depuis Atlantic City, New Jersey, flash spécial, apparemment officiel : le président Kennedy est mort à 19 h 18, heure du Centre, 20 h 18 sur la côte Est... » Cronkite marqua une pause, la consternation s'emparant de lui. Il baissa les yeux, réprima l'émotion qui montait dans sa poitrine et ôta ses lunettes. « Le vice-président Johnson a quitté Atlantic City, mais nous ne savons pas pour où. Il prêtera probablement serment sous peu et deviendra le trente-sixième président des États-Unis... »

La convention nationale démocrate fut annulée.

Les États-Unis entamèrent une période de deuil national.

Le monde entier s'arrêta – incapable de respirer, incapable de réfléchir –, et il ne se remit à tourner qu'après plusieurs jours.

73

Mitch disparut. Il retourna à Washington et regarda les journaux disséquer le moindre aspect de la vie d'Oswald. Lester appela à de nombreuses reprises, le suppliant de venir et d'écrire un article, de révéler la succession d'événements précise qui l'avait mené à Atlantic City, mais Mitch refusa.

Il avait fait ce qu'il avait pu. Ça, il le savait. Il ne serait pas un vautour qui picorerait les os de cette tragédie et régurgiterait ce qu'il trouverait à un public désespéré. Il comprenait l'effet émotionnel. Lui aussi le ressentait, peut-être même encore plus fort, car il avait été proche et n'avait rien pu faire.

Les questions inévitables étaient répétées encore et encore. Où Oswald s'était-il procuré un uniforme de policier ? Comment avait-il pénétré dans l'hôtel où logeait le président ? Une fois à l'intérieur, comment avait-il accédé à la cage d'escalier qui l'avait mené au penthouse ? Comment était-il entré dans la suite présidentielle ? Où était la multitude d'agents des services secrets et du FBI dont le seul devoir était de garantir – au prix de leur propre vie – qu'il n'arriverait rien au président ?

Il y eut une enquête sur Lambert. Sur Dempster, Franklin et de nombreux autres. Tous furent traînés devant une commission spéciale dirigée par Earl Warren, l'homme même qui avait présidé le comité d'éthique chargé de trouver des preuves de corruption lors de l'élection de 1960 entre Kennedy et Nixon.

Ces histoires étaient désormais oubliées, de même que les rumeurs d'infidélité et de maladie, les critiques concernant la façon dont Kennedy avait négocié avec Castro et Khrouchtchev, les propos acerbes concernant sa prétendue mauvaise gestion de la conférence de Vienne, qui avait entraîné la construction du mur à Berlin. Toutes ces choses étaient renvoyées à l'histoire. Même si les générations à venir les examineraient en détail, pour le moment ces questions étaient insignifiantes comparées au chagrin insurmontable qu'éprouvaient une famille, puis une nation et, au bout du compte, le monde entier.

Le 31 août, Kennedy fut inhumé à Arlington.

Le 7 septembre, le rapport officiel sur les manquements des services secrets fut publié en interne par la commission Warren. L'enquête complète prendrait des mois, voire un an, et personne ne savait si les informations seraient ou non rendues un jour publiques. Avec Warren, la commission était constituée des sénateurs Richard Russell, John Sherman Cooper, Hale Boggs et Gerald Ford, ainsi que d'Allen Welsh Dulles, directeur de la CIA, et de John J. McCloy, ancien président de la Banque mondiale.

C'est ainsi que des hommes fiables, des hommes de sagesse et d'expérience, eurent la responsabilité de déterminer exactement comment le président avait été assassiné. Si quelqu'un pouvait découvrir la vérité, c'étaient bien ces hommes réputés et importants.

Le 11 septembre, tout juste dix-huit jours après la mort de son frère, le procureur général Robert Kennedy démissionna et fit une déclaration publique.

« Malgré la terrible tragédie que nous avons vécue en tant que famille et que nation, je suis fier d'annoncer mon intention de me présenter à la prochaine nomination démocrate pour la Maison-Blanche. Je compte de toutes mes forces entretenir l'héritage de la présidence de mon frère, prolonger les programmes qu'il a initiés, et marcher dans ses pas chaque fois que je le pourrai... »

Mitch fut frappé de constater que les frères Kennedy se ressemblaient à tant d'égards.

Il comprenait que le temps n'était pas – et n'avait jamais été – le grand guérisseur.

Le plus grand des guérisseurs, c'était l'espoir.

74

Mitch regarda l'allocution télévisée de Robert Kennedy depuis le tabouret de bar sur lequel il était assis lorsqu'il avait vu le président annoncer la loi sur les droits civiques tout juste dix semaines plus tôt.

Dix semaines.

Il était impossible d'imaginer que tant de choses s'étaient produites en si peu de temps. C'était pourtant le cas, et lui-même avait considérablement changé.

Tout ce qu'il avait fait, il l'avait fait pour Jean – pour sa mémoire, peut-être aussi pour se racheter de sa trahison –, mais avec ce qu'il savait désormais d'elle, de ce qu'elle avait fait, ses sentiments à son égard étaient très différents.

Pendant toutes ces années, il avait espéré qu'un jour elle lui pardonnerait. Maintenant c'était lui qui se demandait combien de temps il mettrait à lui pardonner.

Tom était occupé à l'arrière. Mitch pensa à l'autre Mitch et songea qu'il ferait bien de retourner à l'appartement et de le nourrir. Peut-être après un dernier verre.

Il se leva, longea le bar et attrapa la bouteille.

Il buvait trop. Il le savait. Mais pour être honnête, il s'en foutait. S'il mourait, il mourrait sans s'en rendre compte.

Il attrapa également le journal du jour, regagna son tabouret et le feuilleta.

Déjà-vu.

Une sensation saisissante et implacable de déjà-vu.

C'était un petit entrefilet qui aurait aisément pu passer inaperçu, presque identique à un autre qu'il avait vu quelques jours plus tôt. Vivian Wheaton – belle, tout juste vingt-six ans – avait été retrouvée morte. On pensait à un suicide. Son père affirmait qu'il ne comprendrait jamais ce qui l'avait poussée à un tel acte.

Il y avait une photo d'elle. Mitch la fixa, tout comme il avait fixé le cliché de Lee Harvey Oswald, et il sut. Il sut avec la même certitude qu'il savait comment il s'appelait.

De retour à son appartement, il fouilla dans son petit sac de voyage. Il l'avait laissé juste derrière la porte et le sac était resté là, non déballé, depuis qu'il était rentré d'Atlantic City.

Il le vida par terre, le chat l'observant comme si c'était encore un signe qu'il avait perdu la boule. Il trouva finalement ce qu'il cherchait – la forme caractéristique de la pellicule dans les chaussettes enroulées.

Il avait la bouche sèche. Il laissa tomber la pellicule, la ramassa. Il se sentait nauséeux.

Il ne pouvait pas porter le film à un labo photo commercial. Il avait besoin d'aide.

Il appela Lester au *Tribune*.

« J'ai besoin de développer une pellicule, dit-il. Tout de suite. »

Un peu plus d'une heure plus tard, il se tenait dans la chambre noire et regardait une image prendre vie. Il vit le visage de la femme apparaître sur le papier blanc, et il sut qu'il venait d'ouvrir les vannes à un déluge de souffrance et de questions sans réponses.

Il accrocha la photo à la corde au moyen d'une pince à linge en bois, puis il se dépêcha d'aller chercher Lester.

« Qu'est-ce qui se passe, Mitch ? »

Mitch lui montra le journal. « Vous voyez cette fille… celle qui s'est suicidée ?

– Oui, oui, je la vois. »

Mitch détacha la photo encore humide.

Byron regarda le cliché, puis le journal, puis de nouveau le cliché.

« La même fille, déclara Mitch.

– Absolument, répondit Byron. Où avez-vous pris cette photo ?

– À Atlantic City. C'est le Crowne Excelsior.

– Regardez, dit Byron. Mitchell… regardez… »

Il désigna un autre individu derrière Vivian Wheaton. Il regardait directement l'appareil. L'image était parfaitement claire.

Le visage qui leur retournait leur regard – un visage tellement ordinaire, tellement quelconque – était désormais connu du monde entier, et il était impossible de se tromper. L'homme portait un uniforme de policier. Il souriait.

« Oh, bon Dieu, dit Byron d'une voix qui était à peine un murmure. Bon Dieu de merde. »

75

Mitch se tenait dans l'appartement de Jean. Il était entré de la même manière que la première fois – par l'escalier de secours puis la porte de la cuisine.

Il se sentait confus, mais il était certain qu'il y avait ici quelque chose à découvrir.

Jean était allée à Dallas pour voir Kennedy, et elle avait trouvé autre chose.

Maintenant qu'il avait vu la photo de Vivian Wheaton, et celle de Judith Wagner, la façon dont elles étaient mortes… ça faisait trop, la coïncidence était trop grande.

C'était également comme ça que Jean était morte.

Il avait le souffle court. Il se sentait étourdi, nauséeux. Il éprouvait des sentiments étranges et inexplicables. De la colère, de la haine, l'impression qu'une injustice avait été commise – pas simplement à son encontre, mais à l'encontre de tout le monde.

On avait menti au public, et le mensonge resterait à jamais caché à moins que quelqu'un révèle la vérité.

Mitch ferma les yeux. Il inspira l'air rance. Personne n'était venu ici. Rien n'avait bougé.

Il traversa le salon jusqu'à la chambre, puis la salle de bains. Il ouvrit les placards, regarda sous le lit, derrière la commode. Il souleva le tapis et chercha des lattes de parquet qui auraient été récemment arrachées. Il regarda partout et ne trouva rien. Il n'y avait pas le moindre signe que quelque chose eût été déplacé ou repositionné.

Où ? se demandait-il. *Qu'est-ce que je cherche et où vais-je le trouver ?*

Retour dans la cuisine.

Sous l'évier, derrière les canalisations, dans le freezer, la poubelle. Il souleva le lino puis s'étendit le visage aussi près du sol que possible pour voir s'il y avait des bosses ou des parties surélevées qui auraient indiqué que quelque chose était caché dessous.

Rien.

Absolument rien.

Il se sentait frustré, par Jean, par lui-même, par tout ce qui s'était passé. Il ne supportait pas ce qu'il ressentait.

Il regarda en direction de la porte, vit la gamelle de Mitch.

Il se tourna de l'autre côté et vit la litière.

Il s'agenouilla, tira le bac vers lui. Il tendit la main et toucha le gros sable gris. Et il sut. Étrangement, il sut.

Là, sous un centimètre de litière pour chat, il découvrit une enveloppe protégée par du plastique. Elle n'était pas grande, peut-être douze centimètres sur dix-huit, mais elle lui sembla d'une pesanteur inimaginable.

D'une main hésitante, il la souleva. Il épousseta le sable, la porta jusqu'au plan de travail de la cuisine.

Il resta là à la regarder.

C'était l'héritage de Jean. Ce qu'elle avait laissé derrière elle.

C'était la raison pour laquelle elle était morte.

Du tiroir à ustensiles il tira une paire de ciseaux. Il coupa la partie supérieure du plastique et sortit l'enveloppe.

En l'ouvrant, il vit l'écriture de Jean, reconnaissable entre mille.

Une unique feuille de papier, sur laquelle elle avait inscrit plusieurs noms.

ESTHER WHYTE

HOLLY WALSH

JUDITH WAGNER

VIVIAN WHEATON

AUDREY QUINN

La liste se poursuivait, il y avait au moins une demi-douzaine d'autres noms, et tout s'écroula dans la tête de Mitch.

C'était inconcevable, absolument terrifiant.

Il y avait également des photos, avec des noms inscrits au verso.

Celle qui attira son attention représentait une jeune femme d'une beauté saisissante avec les cheveux noués en arrière et un sourire radieux et plein d'espoir.

Au dos, Jean avait inscrit *Holly*.

En dessous, elle avait griffonné *Dallas, novembre*.

Mitch se tint à la porte de la chambre de Jean.

Était-ce la pièce où ils l'avaient tuée ? Ou bien l'avaient-ils fait ailleurs avant de la transporter ici ?

Soudain il eut un haut-le-cœur et se précipita vers les toilettes. Il les trouva avant de vomir, mais il avait également les larmes aux yeux et la douleur dans sa poitrine le brûlait férocement.

Il s'agenouilla, une main sur le bord de la baignoire, et il pleura pour Jean, pour l'enfant, conscient qu'il ferait tout son possible pour que ces mensonges honteux et sordides rattrapent les individus indignes qui en étaient à l'origine.

Même si ça le tuait – même s'il y laissait sa peau –, il ferait cette ultime chose nécessaire.

Comme Jean.

ÉPILOGUE

Bobby Kennedy se tenait à la porte de la salle est et observait tandis qu'on emportait dans des cartons sans inscriptions les dernières affaires personnelles de son frère. Il jeta un coup d'œil par-dessus son épaule en entendant quelqu'un approcher.

Walter Lambert arriva du couloir et s'arrêta.

« Vous ne m'avez pas laissé tomber, Walter, dit Bobby, et la loyauté doit toujours être récompensée.

– Merci, monsieur.

– Nous en avons fini ?

– Quelques derniers détails à régler, mais rien d'important.

– Je pensais à cet Oswald. J'ai cru comprendre que c'était un marine.

– Oui, monsieur, en effet. Peut-être pas le marine idéal, mais un marine tout de même. Étrangement, je l'ai rencontré.

– Vraiment ?

– Juste avant de quitter la Navy, monsieur. Je suivais une formation de contrôleur aérien à la base de Keesler. Oswald était dans ma classe. Il y avait une foule d'autres étudiants, naturellement, mais il était là.

– Une sacrée coïncidence.

– Oui, monsieur. Je suppose qu'on pourrait dire ça. »

Bobby resta un moment silencieux. Puis il se tourna vers Lambert et dit : « J'essayais de me souvenir du nom de cette journaliste qui est venue ici l'année dernière. La fille de Washington.

– Boyd, monsieur. Jean Boyd.

– Oui, c'est ça. »

Bobby marqua une pause, fronça les sourcils. « Est-ce que j'ai raison de penser qu'elle a été l'une des nombreuses conquêtes de mon frère ?

– En effet, monsieur. »

Bobby ne fit aucun effort pour dissimuler son dégoût. « Et il serait peut-être temps que le Dr Portman prenne sa retraite, vous ne pensez pas ?

– Si, monsieur.

– Pas tout de suite, évidemment. Nous allons attendre que les choses retombent un peu. »

Lambert acquiesça.

Bobby sourit. Il parcourut du regard la splendeur de la salle est. « Savourons quelques moments de paix avant de nous atteler à la tâche de gouverner ce pays, d'accord ?

– Le calme avant la tempête, observa Lambert.

– Tout à fait, convint Bobby. Le calme avant la tempête. »

POSTFACE

Peut-être plus que n'importe quel autre personnage de l'histoire mondiale du XXe siècle, John Fitzgerald Kennedy a suscité l'intérêt, le questionnement, la curiosité, et provoqué une litanie de questions sans réponses et un nombre infini de théories du complot. Depuis l'implication de son père dans la contrebande, le crime organisé et Hollywood (sans parler de sa carrière politique minée par le scandale et la corruption) jusqu'aux rumeurs d'infidélités en série et de dépendance aux médicaments, Kennedy a été le sujet de plus de livres, séries télévisées, documentaires et reportages que n'importe quel autre président américain.

Des documents ayant trait à l'enquête sur son assassinat mais également à son passage à la Maison-Blanche ont été soigneusement publiés au compte-gouttes au cours des dernières décennies. On peut douter que la vérité sur ce qui s'est passé ce jour fatidique de novembre 1963 soit un jour connue, et si jamais elle est révélée, toutes les personnes directement ou indirectement impliquées seront depuis longtemps mortes. Avec le temps et le recul, les opinions ont sensiblement changé. Un sondage Gallup récent indiquait que seulement treize pour cent des personnes questionnées pensaient qu'Oswald avait agi seul.

Pour ce qui est de la condition physique de John F. Kennedy, on sait qu'il souffrait de diverses affections. Il était rongé par la colite, une inflammation de la paroi interne du côlon entraînant des douleurs abdominales, des crampes et des diarrhées. La prostatite (infection bactérienne de la prostate) était un autre souci, provoquant des frissons, de la fièvre, des sensations de brûlure et des douleurs lors de la miction. Il était surtout atteint de la maladie d'Addison, un trouble rare des glandes surrénales qui fait que le corps produit des quantités insuffisantes de cortisol et d'aldostérone, entraînant de la fatigue, une faiblesse musculaire, un état dépressif, une perte d'appétit et de poids et une soif accrue.

À côté de ça, il souffrait d'ostéoporose dégénérative, ce qui non seulement provoquait un inconfort permanent et significatif, mais limitait également les mouvements physiques simples. Tendre la main en travers de son bureau pour attraper un papier, enfiler ses chaussettes, rester debout pendant un long moment et d'autres fonctions habituelles pouvaient engendrer une douleur atroce et entraîner une immobilisation. Il a été suggéré que le corset qu'il portait pour atténuer la douleur en lui permettant d'avoir le dos droit a pu jouer un rôle dans sa mort. S'il ne l'avait pas porté, il se serait peut-être affaissé en avant quand la première balle du tueur l'a atteint. Le fait qu'il soit resté assis a fait de lui une cible d'autant plus facile pour le coup fatal à la tête.

On sait que Kennedy a pris simultanément jusqu'à douze médicaments. Ceux-ci incluaient de la codéine, de la procaïne, du Demerol et de la méthadone pour la douleur, de la Ritaline comme stimulant, du méprobamate et du Librium contre l'anxiété, du Tuinal et divers barbituriques pour l'aider à dormir. Il recevait également des injections d'hormones thyroïdiennes et un dérivé du sang nommé gammaglobuline pour l'aider à combattre sa propension à développer des infections.

À l'époque du débarquement de la baie des Cochons, il prenait également des stéroïdes, des antispasmodiques et des antibiotiques pour des infections urinaires, et en au moins une occasion on lui a administré un antipsychotique pour traiter de sévères sautes d'humeur dont on pensait qu'elles étaient déclenchées par les antihistaminiques qu'il prenait pour soulager diverses allergies.

Même si c'est difficile à accepter, de nombreux médecins – dont ceux qui soignaient personnellement Kennedy – ont déclaré que le nombre considérable et le dosage de ses traitements « n'altéraient en aucune manière sa capacité à remplir sa fonction de président des États-Unis ». Pourtant, la Ritaline, ainsi que nous le savons désormais, peut accentuer les états psychotiques préexistants et également entraîner d'autres traits psychotiques. Parmi les autres effets secondaires, on trouve des troubles de la libido, une sensation de désorientation, et même des hallucinations. La méthadone est un opiacé et un narcotique. Ses effets secondaires – diarrhée, fatigue, troubles du sommeil, anxiété et sautes d'humeur – peuvent nécessiter l'utilisation d'autres médicaments.

Quant aux infidélités supposées de Kennedy, ce sujet a peut-être suscité autant d'intérêt et soulevé autant de questions que les circonstances de sa mort. « Si je n'ai pas de rapport sexuel chaque jour, j'ai mal à la tête », a-t-il notablement déclaré au Premier ministre britannique Harold Macmillan.

Des douzaines de comptes rendus et de rumeurs non confirmés ont circulé, mais il semble y avoir des preuves pour étayer le fait que Kennedy ait eu des liaisons avec les femmes suivantes :

– Marlene Dietrich, ancienne maîtresse de Kennedy père, dont on pense qu'elle a eu des relations intimes avec JFK alors qu'elle avait soixante ans.

– Marilyn Monroe. Les allégations et les théories entourant la nature suspecte de sa mort – allant d'une surdose fatale de barbituriques administrés par son psychiatre, Ralph Greenson, à la présence de Robert Kennedy chez elle le soir de sa mort – perdurent encore aujourd'hui. Dans une lettre à Marilyn récemment publiée, Jean Kennedy Smith, la plus jeune sœur des frères Kennedy, écrit : *Comprenez que vous et Bobby êtes la nouvelle sensation ! Nous pensons tous que vous devriez l'accompagner quand il reviendra sur la côte Est !*

– Angie Dickinson, actrice.

– Judith Campbell Exner, présentée à Kennedy par Frank Sinatra. Exner deviendra par la suite la maîtresse du parrain de la mafia Sam Giancana. Elle a déclaré publiquement qu'elle était tombée enceinte de Kennedy et avait avorté.

– Ellen Rometsch, prostituée est-allemande communiste venue vivre en Amérique qui a fini dans un réseau de call-girls nommé le Quorum Club. On a rapporté que le club – situé dans une suite de trois pièces de l'hôtel Carroll Arms, face au bâtiment qui abrite les bureaux du Sénat – a été fréquenté par de nombreux personnages politiques importants et influents. Rometsch a été expulsée, apparemment sur ordre de Bobby Kennedy, de crainte que sa liaison avec JFK soit révélée au grand public.

– Mary Pinchot Meyer, femme d'un agent de la CIA, belle-sœur de Ben Bradlee, rédacteur en chef du *Washington Post*. Meyer était une amie proche du gourou du LSD Timothy Leary et une fervente pacifiste. Elle a été assassinée, à la manière d'une exécution, en octobre 1964 tandis qu'elle marchait dans Georgetown. Son meurtre demeure irrésolu.

– Blaze Starr, strip-teaseuse. En tant que membre du Congrès, JFK se rendait à Crossroads, son club dans le Maryland.

– Gunilla Von Post, mondaine suédoise avec qui Kennedy a partagé une nuit d'intimité sur la côte d'Azur tout juste trois semaines avant d'épouser Jackie. Cette intimité s'est reproduite deux ans plus tard, pendant une unique nuit. On dit que JFK a appelé son père pour lui faire part de son désir de divorcer de Jackie et d'épouser Gunilla. Joe Kennedy aurait répondu qu'un tel acte mettrait un terme à sa carrière politique. JFK et Gunilla ne se sont jamais revus.

– Gene Tierney, actrice.

– Pamela Turnure, attachée de presse de Jacqueline Kennedy.

– Mimi Alford, stagiaire à la Maison-Blanche.

– Priscillia Wear et Jill Cowen, secrétaires à la Maison-Blanche. Wear et Cowen ont accompagné JFK durant des voyages à Berlin, à Rome, en Irlande, au Costa Rica, au Mexique et à Nassau. En une occasion, alors que Jackie faisait visiter la Maison-Blanche à un reporter de *Paris Match*, elle est passée devant le bureau de Wear et a déclaré : « Voici la fille qui couche soi-disant avec mon mari. »

La liste pourrait continuer, mais ça ne servirait à rien sinon à alimenter d'autres théories, notions et hypothèses.

Kennedy demeurera à jamais un mythe énigmatique, le roi déchu de Camelot, le jeune meneur dynamique de la plus puissante nation du monde libre, et pourtant, à tant d'égards, une contradiction et une énigme. S'il n'était pas mort, qui sait ce qui serait arrivé. Aurait-il effectué un second mandat, ou bien ses défauts et ses manquements auraient-ils été si largement dénoncés par les républicains qu'il aurait échoué sur la dernière haie ? Son propre parti, craignant les conséquences de son comportement perpétuel, aurait-il fait capoter la campagne en faveur de quelqu'un de plus facile à contrôler ?

Si Kennedy n'était pas mort en novembre 1963, garderait-on le même souvenir de lui, ou aurait-il rejoint les rangs des disgraciés ?

C'est encore une question à laquelle nous ne connaîtrons jamais la réponse. Dans nos cœurs et nos esprits, il sera éternellement jeune – souriant, confiant, sa superbe femme à ses côtés, saluant ses partisans et serrant des mains tandis qu'il quitte Love Field en direction du centre-ville de Dallas dans le cortège présidentiel. Peut-être qu'au bout du compte nous nous souvenons de lui de la sorte car c'est le souvenir que nous souhaitons garder.

Nous voulons croire que, pendant un bref moment lumineux, il y a vraiment eu un Camelot.

MIXTE
Papier issu de
sources responsables
FSC® C003309
FSC
www.fsc.org

Les papiers utilisés dans cet ouvrage
sont issus de forêts responsablement gérées.

Imprimé en France par
CPI Brodard et Taupin à la Flèche
en mars 2020
N° d'impression : 3037376